Josie Charles stammt aus einer mittelgroßen deutschen Stadt. Früh entdeckte sie ihre Leidenschaft fürs Schreiben. Sie würde sich selbst als Romantikerin bezeichnen und hat eine Schwäche für schwierige Typen und mutige Frauen – trotzdem hat es eine ganze Weile gedauert, bis sie den Mut fand, ihren ersten romantischen Roman zu veröffentlichen. Mit fast dreißig hat sie beschlossen, dass die Zeit reif ist. Seitdem sind verschiedenste Storys aus dem Bereich Romance erschienen, von Sportler-Liebesromanen über College Love bis hin zu romantischen Kleinstadtgeschichten. Für Leser und alle anderen ist sie auf Facebook und Instagram jederzeit zu erreichen und freut sich über Rückmeldungen aller Art.

Josie Charles ist ein Pseudonym.

LOVE BEATS *faster*

REVENGE FIGHTS DIRTIER

JOSIE CHARLES

Überarbeitete Neuausgabe Februar 2025
Copyright © 2025 dp Verlag, ein Imprint der
dp DIGITAL PUBLISHERS GmbH

Made in Stuttgart with ♥
Alle Rechte vorbehalten

Revenge fights dirtier

ISBN 978-3-98998-816-3
E-Book-ISBN 978-3-98998-516-2

Covergestaltung: Jasmin Kreilmann
Unter Verwendung von Abbildungen von
depositphotos.com: © NitChan, © MaxFil, © prosotphoto,
© iweta0077, © zamuruev
Satz: dp DIGITAL PUBLISHERS GmbH
Druck und Bindung: Books on Demand GmbH, Norderstedt

VORWORT

Ihr Lieben ...

Nachdem ich euch zuletzt ins vorweihnachtliche New York entführen durfte, geht es diesmal wieder hart zur Sache. Denn hier ist er, der zweite Teil von „Love beats faster". Was soll ich sagen? Schon als mir die Grundidee zu dem Buch kam, war mir klar, dass es diesmal hart wird. Und zwar nicht im Sinne von fliegenden Fäusten, sondern auf eine ganz andere Art. Ich wusste, wenn ich das durchziehe, dann würde ich Alex durch die Hölle schicken. Ich war mir echt nicht sicher, ob ich das tun will ;-) Aber wie das nun einmal so ist: Sobald man eine Geschichte im Kopf hat, will sie auch raus. Und so habe ich es einfach mal drauf ankommen lassen ...

Doch auch diesmal hatte ich das große Glück, meine Alex-Muse Tanja W. an meiner Seite zu haben. Die ganze Zeit über konnten wir uns gegenseitig in Alex-Stimmung bringen, miteinander zittern und mit Alex leiden, was mir extrem beim Schreiben geholfen hat. Danke, Tanja, ohne dich wäre Alex' Welt nie entstanden <3

Auch ihr, meine anderen Mädels, wart einfach wieder Gold wert für mich! Danke darum auch an euch alle, die mit mir gehibbelt haben, ein offenes Ohr für mich hatten und auch an alle, die sich bereit erklärt haben, Alex' schwierigen Weg schon vor Veröffentlichung mit ihm zu gehen und dabei lustige Ausrutscher wie die „Händematte" aufzuspüren :-D Fühlt euch bitte megadoll gedrückt, Birgit G., Christine P., Hailey J. R., Heidi S., Mareike D., Michelle H., Nicky M., Nicole O., Nicole R., Tami H., Tina O., Susann B., Susanne K. und Susan S.!

Bevor es jetzt losgeht, möchte ich zum letzten Mal in diesem Jahr auch euch allen danken, die ich nur zu einem kleinen Teil persönlich kenne – meinen Leser_innen! Ihr macht es möglich, dass ich all die vielen Geschichten, die mir im Kopf herumspuken, auf dem Papier Realität werden lassen kann, eure Neugier erweckt meine Protas zum Leben, und das macht mich unendlich froh und dankbar! Wenn ihr Lust habt, mir zu schreiben, dann erreicht ihr mich jederzeit per E-Mail unter der Adresse josie_charles@gmx.de oder auf meiner Seite: www.facebook.com /autorin.josiecharles :-)

Ansonsten bleibt mir nur, euch noch eine wunderschöne Weihnachtszeit, besinnliche, romantische oder auch wilde Feiertage und einen tollen Start ins neue Jahr zu wünschen! Und natürlich eine große Portion Lesevergnügen mit Alex!

Alles Liebe,

eure Josie

PROLOG

Alex

Ich gehe in die Hocke und lege die Blumen auf der hellgrauen Steinplatte ab. Es sind Rosen. Achtunddreißig Stück – alle, die in dem kleinen Beet auf der Plantage noch übrig waren. Alle bis auf eine.

Lange starre ich die Blumen an und muss dabei an ein Gespräch denken, das ich vor ewiger Zeit geführt habe, mit meinem Onkel Harley Jones, als ich 14 war.

Ich weiß, dass sich der Gedanke, Rache zu nehmen, gut anfühlt, hat er damals gesagt. Aber dir muss eins klar sein. Eine Sache, die du nicht vergessen darfst. Rache bringt uns die, die wir verloren haben, nicht zurück. Niemals. Hast du mich verstanden, Dale?

»Alex«, murmle ich in die Stille des Friedhofs hinein. Das habe ich ihm damals geantwortet, mehr nicht. Denn Dale, der kleine Junge, der ich einst war, ist in Chicago geblieben. In einer Zeit vor dem ganzen Chaos, der Mafia, dem Zeugenschutz, den neuen Identitäten, die sie uns verpasst haben. Dale hätte Harley vielleicht geglaubt, hätte sich vorstellen können, dass Rache keine Lösung, kein Ausweg ist. Dass es besser ist, die Vergangenheit ruhen zu lassen und neu anzufangen, immer und immer wieder.

Doch Alex glaubt nicht an diesen Bullshit.

Ich spüre, wie ich den Stiel der verbliebenen Rose viel zu fest packe, sodass sich die Dornen in meine Handfläche bohren. Warmes Blut quillt zwischen meinen Fingern hervor und tropft auf die Grabplatte, die noch sauber und frisch ist, aber schon bald alt und vom Wetter grau sein wird, so wie all die anderen Gräber hier, auf dem Friedhof von Arecibo.

Auf einmal vernebeln Tränen meine Sicht und ich wische sie hektisch fort.

Sie soll mich nicht heulen sehen. Sie soll nicht sehen, dass ich …

Ich schüttle den Kopf und lache, kurz und hart, als mir klar wird, was für ein Blödsinn dieser Gedanke ist. Egal, was ich tue, sie sieht es nicht. Vollkommen egal, was ich sage: Sie hört es nicht.

Sie ist tot. Sie ist nicht hier. Unter dieser Steinplatte ist nur ein Sarg, der schon bald verrottet sein wird. Und Alessia, die Frau, die ich liebe – die Einzige, die ich je geliebt habe – von ihr ist nichts übrig.

In den letzten Tagen habe ich mir oft eingeredet, dass es vielleicht anders ist. Ich war nie gläubig, doch ich habe versucht mir zu sagen, dass sie jetzt dort oben ist oder ein Teil von ihr vielleicht noch an den Orten, an denen wir gemeinsam waren.

In unserer Wohnung zum Beispiel. Ich habe probiert, sie mir vorzustellen, wie sie morgens aus dem Badezimmer kommt, ihre langen Haare nass und wirr, oder wie sie abends auf der Fensterbank sitzt, mit einer Tasse in den Händen, wie sie runter auf die Straße sieht und mir von den Orten erzählt, die wir alle noch gemeinsam besuchen werden. Von ihrer alten Heimat in Rom hat sie besonders oft gesprochen und ihre dunklen Augen haben dabei geleuchtet wie …

Ich schüttle die Erinnerung ab. Es hat nicht funktioniert. Die Wohnung ist leer. Es ist nichts mehr von ihr da außer ihren Sachen, die sie nie wieder berühren, benutzen oder anziehen wird.

Das ist die Wahrheit, das ist das Einzige, was der Tod eines Menschen bedeutet: Leere.

Und wenn man diesen Menschen geliebt hat, wirklich geliebt, dann bedeutet sein Tod Leere für immer. Eine Leere, die sich anfühlt wie ein schwarzes Loch, die sich ausbreitet und nur Wut und Hass zurücklässt.

Und den Wunsch danach, andere dasselbe spüren zu lassen. Diejenigen, die schuld sind.

Ich hebe den Blick und zwinge mich, die Inschrift auf der Grabplatte zu lesen. Goldene, geschwungene Buchstaben. Kein Geburts- oder Sterbedatum, nur die Dinge, die wichtig sind. Ein Name und ein Versprechen:

Hier ruht Alessia Calliari
Die Liebe hört niemals auf.

Auch wenn mir Gott und die Bibel nach wie vor egal sind, bekomme ich diesen einen Absatz, aus dem auch die Inschrift stammt, seit Alessias Tod nicht mehr aus dem Kopf. Tag und Nacht geistert er durch meine Gedanken: *Die Liebe erträgt alles, glaubt alles, hofft alles, hält allem stand. Die Liebe hört niemals auf.*

Nein, das wird sie nicht, und sie tut sogar noch mehr. Sie hält mich aufrecht, sie lässt mich die Schuldigen finden. Sie sorgt für Gerechtigkeit.

Die Liebe tötet, wenn es sein muss.

Und das muss es.

Minuten- oder vielleicht stundenlang starre ich die Worte an. Dann stehe ich auf. Ich sage nichts, denn es ist niemand hier, der mich hören würde. Doch ich schwöre mir selbst etwas.

Von jetzt an werde ich mein Leben einer Toten widmen. Ich werde alles dafür tun, dass sie nicht umsonst gestorben ist. Ich werde herausfinden, wer dafür verantwortlich ist und machen, was ich am besten kann.

Rache nehmen.

Ob ich mich dadurch besser fühlen werde? Sicher nicht.

Ob meine Vergeltung mir Alessia zurückbringen wird? Ich wäre ein Idiot, so etwas zu glauben.

Aber eines ist sicher. Diejenigen, die sie mir genommen haben, werden mit ihrem Leben dafür bezahlen. Und das reicht mir schon.

Das ist alles, was ich noch will.

Ich wende mich von Alessias Grab ab und gehe ein paar Meter weiter über den menschenleeren Friedhof. Vor dem zweiten frischen Grab bleibe ich stehen und lege die einzelne, blutige Rose darauf ab. Noch einen Moment lang halte ich inne, dann verlasse ich mit entschlossenen Schritten den Friedhof.

Wer auch immer für das hier verantwortlich ist, hat mir das Herz aus der Brust gerissen.

Es ist Zeit, ihnen zu zeigen, wozu ein Mann ohne Herz fähig ist.

KAPITEL 1

Sieben Tage zuvor
Alessia

Auch wenn es ein früher Oktobermorgen ist, erhitzt die Sonne meine Haut, als hätten wir noch Hochsommer. Ich genieße die warmen Strahlen in meinem Gesicht und kneife die Augen ganz fest zusammen, damit ich nicht geblendet werde. Die Hängematte, in der ich liege, schwingt ganz leicht hin und her und ein sanfter Wind spielt mit meinem Haar. Ich habe Durst, bin aber zu träge um aufzustehen.

Ich genieße die Stille hier draußen auf der Plantage, auf der Alex' Mutter mit ihrem Mann lebt. Sie ist wie ein kleines Paradies. In der Stadt ist es viel lauter und hektischer und auch wenn ich Arecibo wirklich liebe, bin ich froh, dass wir hin und wieder hierherfahren und die Ruhe genießen.

Der Wind raschelt in den Blättern der Bananenbäume um mich herum, dann höre ich das leise Knacken von trockenem Laub. Ich rechne fest damit, dass Kim, die Tochter von Megan und Harley, gleich um die Ecke springt und mich mit ihrer Wasserpistole attackiert, doch der Wind flaut ab und schlagartig ist es wieder ganz still um mich herum.

Ich seufze, drehe mich auf die Seite, wobei ich Mühe habe, nicht aus der Matte zu purzeln und stoße mit der Nase gegen etwas. Erschrocken reiße ich die Augen auf und sehe direkt in Alex' unverschämtes Grinsen. Er hockt vor mir und hält mir eine dunkelrote Rose vors Gesicht.

»Erschreckt?«, fragt er und hört weder auf zu grinsen, noch nimmt er die Blume auch nur einen Zentimeter von mir weg. Im Gegenteil. Wieder stößt er damit gegen meine Nase.

Ich schnuppere daran und lächle. »Ist die für mich?«

»Nein.« Alex zuckt leichthin mit den Schultern. »Ich wollte sie meiner Mutter schenken und dachte, du kannst die vielleicht mal probeweise halten.«

Jetzt muss ich lachen. »Du bist ein Idiot.«

»Nun nimm schon.«

Behutsam nehme ich ihm die Rose aus der Hand und setze mich auf. »Sie ist wunderschön.«

»Selbstgezüchtet.«

»Aber klar.« Ich rieche noch einmal daran. Er redet ständig so einen Unsinn, erzählt mir, dass er ein geheimes Blumenbeet irgendwo hier auf der Plantage hat, auf dem Rosen für unsere Hochzeit wachsen. Ich muss jedes Mal schmunzeln. Zum einen, weil ich ihn mir nicht als Rosenzüchter vorstellen kann. Zum anderen, weil ich kaum glaube, dass wir jemals heiraten werden. Alex wirkt auf mich wie jemand, der in gewissen Maßen seine Freiheit braucht. Und auch ich bin mir nicht sicher, ob ich jemals wieder heiraten werde. Natürlich, meine letzte Ehe war nur eine Scheinehe, aber trotzdem. Es hat mir gereicht.

»Du glaubst mir nicht. Aber du wirst schon sehen.«

Ich mustere ihn. Noch immer hockt er vor mir. Das dunkle kurze Haar ist noch feucht vom Duschen und ich kann sein Aftershave riechen. Es ist ein sportlicher, männlicher Duft. Ich lasse meinen Blick weiter wandern, über seine tiefblauen Augen, die immer ein wenig herausfordernd funkeln und seinen Mund, den meist ein Grinsen umspielt. Meistens. Mittlerweile immer öfter. Als ich ihn kennengelernt habe, lag darum ein harter Zug und in seinen Augen stand eine Finsternis, die mir noch immer Sorge macht, wenn ich daran zurückdenke. Als wir uns kennenlernten, habe ich mich oft gefragt, wozu dieser Mann fähig wäre, wenn es drauf ankommt. Und die Antwort war jedes Mal dieselbe: zu allem. Ich bin wirklich froh, dass er jetzt hier bei mir ist und nicht im Gefängnis.

»Du starrst mich an«, stellt er fest und es scheint ihn nicht im Geringsten zu stören.

»Hm«, mache ich unbestimmt und sehe mir seine muskulösen Schultern an, die definierten Arme in dem dunklen Shirt, und schließlich wandert mein Blick …

»Schluss jetzt.« Alex wirft sich auf mich, zieht mich in seine Arme und gemeinsam kippen wir aus der Hängematte auf den weichen Boden. Er fängt unseren Fall mit seinem Körper ab und ich habe alle Mühe, die Rose in die Höhe zu recken, damit sie nicht abknickt.

»Alex!«, tadle ich ihn und will noch mehr sagen, doch er verschließt meinen Mund mit einem leidenschaftlichen Kuss, der mir den Atem raubt. Mir wird schlagartig schwindelig und ich habe das Gefühl, dass ich fallen würde, wenn da nicht Alex wäre, der mich fest an sich drückt.

Ich brauche einen Moment, bis ich seinen Kuss erwidern kann, dann massiere ich seine Zunge mit meiner und konzentriere mich ganz auf seine Hände auf meinem Körper. Seine Berührung jagt einen Schauer über meinen Rücken und lässt mein Herz schneller schlagen.

»Ih, Alex! Was macht ihr denn da?«

Kim. Ich halte inne und lasse die Augen geschlossen. Vielleicht geht sie wieder weg, wenn wir uns ganz still verhalten.

Doch ich höre sie noch immer kichern.

Alex drückt mir noch einen Kuss auf die Lippen, bevor er sich von mir löst und aufsieht. »Du bist ein Monster, Kim.«

»Ich weiß.« Sie klingt so amüsiert, als würde sie sich ihren Lieblingscartoon im Fernsehen anschauen.

Jetzt öffne ich auch die Augen und sehe zu der Kleinen rüber. Kim ist neun Jahre alt und scheint sich noch nicht ganz entschieden zu haben, ob sie Mädchen oder Junge sein will. Sie trägt eine Latzhose und hat ein Käppi auf, unter dem ihr langes Haar komplett verborgen ist.

»Ist das Frühstück schon fertig?«, frage ich, weil mir nichts Besseres einfällt und mir die ganze Situation doch ein wenig peinlich ist. Bisher haben wir uns vor ihr immer zurückgehalten.

»Nö.«

»Geh deiner Mutter helfen. Mach ein Lagerfeuer. Spray die Wände an, klau ein Auto oder so, aber lass uns mal einen Moment in Ruhe, ja?«, sagt Alex, ehe ich ihn daran hindern kann.

»Geht klar.« Kim mustert uns beide noch einen Augenblick eingehend, dann rennt sie davon.

»Ich will nicht wissen, welchen von deinen Vorschlägen sie jetzt ausführen geht.« Ich richte mich etwas auf, aber Alex zieht mich gleich wieder an sich.

»Sie ist genau so eine Nervensäge wie ich früher. Am besten, man sperrt sie irgendwo ein und holt sie erst mit 18 wieder raus. 21. Na gut, 30.«

Ich lächle und streichle Alex über die Brust. Er liebt Kim, das weiß ich, auch wenn ich seine Sprüche manchmal etwas derb finde, in Gegenwart einer Neunjährigen. Doch sie scheint zu wissen, wie sie damit umgehen muss. Die beiden verbringen ziemlich viel Zeit miteinander. Kim interessiert sich für MMA und möchte immerzu neue Techniken von Alex lernen. Sie ist wirklich ein besonderes Mädchen.

»Wir sollten langsam ins Haus gehen. Ich hab noch was mit dir vor ...«

»Was mit mir vor?«, frage ich.

Alex nickt. »*Sí*. Oder glaubst du, ich lasse es auf mir sitzen, dass uns Kim gerade unterbrochen hat?«

Ich muss lachen. Nein, das glaube ich natürlich nicht. Was so etwas angeht, ist er ein echter Südländer – voller Leidenschaft und Feuer.

»Hast du je etwas auf dir sitzen lassen?«, frage ich.

»Nein, aber jemanden.« Er zwinkert mir zu.

»Verstehe. Also dusche ich wohl besser hinterher.«

»Vorher, hinterher ... Willst du jetzt so lange rumquatschen, bis ich dich in meine Höhle schleife?«

»Du hast es aber eilig heute«, stelle ich grinsend fest.

»Wir haben nicht viel Zeit.« Auch er grinst, aber es wirkt irgendwie verschwörerisch. »Du musst nachher weg.«

»Ich?« Perplex sehe ich Alex an. »Wo muss ich denn hin?«

»Du musst mit Harley und Patricia weg.«

»Mit deinem Onkel und Grandma? Wieso denn das?«

»Weil ...« Alex sieht an mir vorbei in die Luft und ich erkenne wieder dieses Funkeln in seinem Blick. »Weil Harley ein bisschen Beschäftigung braucht. Ihr geht mit ihm ... shoppen.«

Jetzt verstehe ich überhaupt nichts mehr. »Bist du betrunken?«

»Sehe ich für dich betrunken aus?« Alex bohrt seinen Blick in meinen und wieder wird mir schwindelig.

»Nein. Eigentlich nicht.«

»Vertrau mir einfach. Ihr drei fahrt ein bisschen in die Stadt und heute Abend sehen wir uns wieder. Tu mir den Gefallen. Und Megan. Sie kann eine Auszeit von ihm gebrauchen.«

Jetzt geht mir ein Licht auf. »Sie plant eine Überraschung für ihn, richtig?«

»Vielleicht.« Alex schmunzelt, packt mich an den Hüften und hebt mich von sich runter. »Aber das werde ich dir alles später erklären.«

Ich stehe auf und halte Alex die Hand hin, um ihm ebenfalls aufzuhelfen. »Ich bin gespannt.«

Ein Shoppingtrip mit Harley und Patricia. Ich gehe nicht besonders gerne einkaufen. Und Harley ist auch nicht gerade ein Fashion Victim, soviel ich weiß. Aber wenn Alex so viel daran liegt, wird er schon einen triftigen Grund haben.

Ich werde ihm also den Gefallen tun und den Nachmittag mit Shoppen verbringen.

***

Eine gute Stunde später liegen wir eng umschlungen in dem schmalen Bett im Gästezimmer. Alex' Arme umfangen mich, ich spüre seine warme Haut auf meiner und fühle, dass ich absolut glücklich bin.

Es gibt nichts, das ich mir im Augenblick wünschen würde. Alles ist absolut perfekt.

Sechzehn Monate. So lange sind wir beide jetzt ein Paar und es kommt mir immer noch jeden Tag wie ein Traum vor, dass sich mein Leben in eine so vollkommen andere Richtung entwickelt hat, als ich geplant hatte.

Noch vor anderthalb Jahren war ich Luciana Cosentino, die Scheinfrau eines berüchtigten Mafiabosses. Ich hatte nichts anderes im Kopf, als diesen Mann und seine Familie zu Fall zu bringen. Dann trat Alex in mein Leben und wirbelte alles durcheinander. Er verfolgte genau dieselben Ziele wie ich: Er wollte Rache an Salvatore Cosentino, am ganzen Cosentino-Clan. Ich war Interpol-Agentin, er war ein Straßenkämpfer. Als ich die Wahrheit über ihn herausfand, hätte ich ihn beinahe erschossen.

Und jetzt? Jetzt lebe ich mit ihm in Puerto Rico und wünsche mir nichts mehr, als dass wir für den Rest unserer Leben zusammenbleiben.

Gott, wie kitschig dieser Gedanke ist. Es gab Zeiten, da hätte ich andere Frauen für sowas ausgelacht. Aber wenn man erstmal den Menschen gefunden hat, den Einen, mit dem man endlos reden, lachen und sogar streiten kann, bis die Fetzen fliegen, versteht man plötzlich all diese Romantikerinnen. Wenn ich einen Wunsch frei hätte, würde ich nichts anderes als das hier wollen. Nur uns, für immer.

»Bist du eingeschlafen?«, fragt Alex leise und dreht sich auf die Seite, sodass er mich ansehen kann.

Mein Kopf rutscht von seiner Brust und ich drehe mich ebenfalls um, blicke auf seinen muskulösen Oberkörper und fahre seine Tätowierungen mit den Fingern nach. Es sind einige dazugekommen in der letzten Zeit. Die Initialen seines Vaters auf seiner Brust, ein ganzes Kunstwerk aus Symbolen auf seinem Unterarm. Ich denke, das ist seine Art, mit der Vergangenheit klarzukommen. Damit abzuschließen. Seit er ein Teenager war, war sein ganzes Leben nur auf Rache und Vergeltung ausgerichtet, genau wie meines. Aber jetzt haben wir eine Zukunft ohne all das. Und wir sind beide da, um den jeweils anderen aus seinen düsteren Gedanken zu holen, wann immer es nötig ist. Wir haben beide früh Menschen verloren, die uns wichtig waren, aber jetzt haben wir uns.

Das ist das Einzige, was zählt.

»Nein«, antworte ich, auch wenn das wohl offensichtlich ist, und drücke ihm einen Kuss auf die nackte Brust.

Alex hebt die Hand und streicht mir ein paar Haarsträhnen aus dem Gesicht, sodass er mich ansehen kann. Ich blicke auf und erkenne, dass ein nachdenkliches Lächeln seine Lippen umspielt.

»Was ist?«, frage ich leise.

»Was soll sein, *cariño*?«

Mein Herz schlägt schneller, wie immer, wenn er Spanisch spricht. Das war von Anfang an so und es hat sich bis heute nicht geändert.

»Wenn du denkst, dass du mich so rumkriegst ...«

Alex lacht leise, es ist mehr ein Schnauben. »Glaub mir, ich würde nichts lieber, als dich direkt nochmal rumkriegen.« Während er spricht, lässt er seine Hand an meinem Körper hinabwandern, über meine Seite bis zu meiner Hüfte. Dann zieht er mich enger an sich und ich schlinge mein Bein um ihn.

Als ich seine Männlichkeit spüre, drücke ich ihm einen Kuss auf die Lippen und erwidere leise: »Das kannst du ...« Ich küsse sein Kinn, seinen Hals, beiße sanft in seine Haut und als er scharf einatmet, spreche ich weiter: »... schön vergessen, wenn ich heute noch shoppen gehen soll.«

Alex flucht und ich muss lachen.

»Jetzt würde ich am liebsten sagen, vergiss das Shoppen!«

»Aber?«, frage ich und blicke zu ihm auf.

Dieses unbestimmte Lächeln auf seinen Zügen ist wieder da. »Aber das geht nicht.«

Ich seufze theatralisch und drehe mich auf den Rücken. »Ich verstehe. Ein Mann, ein Wort, hm?«

Alex beugt sich über mich und ich lege die Hände auf seinen Rücken, spüre seinen definierten Muskeln nach. Wir trainieren oft zusammen. Er bringt mir Jiu Jitsu und Boxen bei, ich ihm Krav Maga. Seine Familie scherzt dauernd, dass man uns wohl wirklich als *unschlagbares Team* bezeichnen kann.

»Ich hab für dich auch ein Wort«, sagt er, beugt sich herunter und küsst mich sanft aufs Schlüsselbein.

Ich erschauere. »Und das wäre?«

»Heute Abend ...« Noch ein Kuss. »... werden wir zwei jede Menge Zeit für uns haben. Versprochen.«

Ich lasse meine Finger über seinen Nacken gleiten, fahre ihm durchs kurze Haar. »Nicht nur heute Abend, hoffe ich.« Das hoffe ich wirklich, denn ich habe eine kleine Überraschung für ihn. Wenn ich daran denke, fängt mein Herz schneller an zu schlagen.

»Versprochen.«

Ich lächle und schließe die Augen, um noch für ein paar Minuten seine Nähe zu genießen, ehe ich aufstehen muss.

Sein Versprechen gefällt mir. Das, was aus meinem Leben geworden ist, gefällt mir.

Und was das Beste ist: Ich spüre, tief in meinem Inneren, dass es Alex ganz genau so geht.

Alex

Ich sehe Alessia dabei zu, wie sie vor dem Spiegel in der Diele steht und ihr langes Haar kämmt. Ich will nicht behaupten, dass sie eitel ist, aber irgendwie habe ich mir Interpol-Agentinnen anders vorgestellt. Ich hätte gedacht, sie sind morgens schnell im Bad, allzeit bereit und sowas. Aber na ja, ich habe es hier schließlich auch mit einer beurlaubten Agentin zu tun.

Eigentlich wollte Alessia ein paar Wochen, nachdem wir die Cosentinos hatten hochgehen lassen, wieder in den Dienst einsteigen. Aber ihre Bosse haben ihr einen Strich durch die Rechnung gemacht. Die Ermittlungen laufen noch und es ist nicht sicher, ob nicht noch irgendwelche Verbündeten der Mafia-Familie frei herumlaufen. Solange das nicht geklärt ist, ist es besser, dass sie sich hier in Puerto Rico versteckt. Ich weiß, dass ihr das nicht passt. Mir passt dieses ewige Versteckspiel auch nicht. Aber ich kenne kaum etwas anderes und bin es seit Jahren gewöhnt, im Zeugenschutz zu leben. Alessia hingegen kommt mir manchmal vor wie eine Löwin im Käfig. Das macht aber nichts, solange ich sie gut zu beschäftigen weiß ...

»Jetzt starrst du mich an«, höre ich sie sagen.

Ich blicke auf und erkenne, dass sie mich durch den Spiegel ansieht.

»Nein, ich versuche nur, an dir vorbei mein eigenes Spiegelbild zu bewundern, *claro*?«

Sie lacht. »Aber sicher doch. Und das befindet sich rein zufällig genau auf der Höhe meines Hinterns, was?« Spielerisch lässt sie die Hüften kreisen und ich würde mich echt zu gerne davon ablenken lassen. Doch das geht jetzt leider nicht, denn ich habe heute etwas sehr Wichtiges vor.

»Nicht, dass mich der Anblick stört, aber bist du bald mal fertig? Ihr müsst los«, sage ich.

»Ich seh schon, du willst mich loswerden«, seufzt sie. »Soll ich das Haus nach deiner Geliebten absuchen?«

»Ist das nötig?« Ich komme näher, bleibe hinter ihr stehen und lege meine Arme um ihre schmale Taille. »Habt ihr Italienerinnen nicht ein Gespür für sowas?«

Alessia mustert mich skeptisch durch den Spiegel, dreht sich in meinem Griff zu mir um und sieht mir in die Augen. »Falsche Antwort. Du hättest sagen sollen: *Ich habe keine Geliebte und werde auch nie eine haben.*«

Obwohl ich über den Zorn in ihrem Blick grinsen muss, beschließe ich, ihr eine ernsthafte Antwort zu geben. Ich drücke ihr einen Kuss auf die Stirn, dann sage ich, dicht an ihrem Ohr: »*Si supieras lo mucho que significas para mi, entenderías que nunca mas tendré otro amor que no seas tú.*«

»Warum sagst du die romantischen Sachen immer auf Spanisch?«, fragt Alessia leise.

»Damit du Spanisch lernst.«

»Lern du doch Italienisch.«

»Irgendwann vielleicht.« Wenn sie wüsste, dass ich längst damit begonnen habe.

Sie blickt zu mir auf. »Verrate mir, was du da gerade gesagt hast«, fordert sie.

Ich schüttle langsam den Kopf. »Das musst du schon selber herausfinden.«

Ich habe ihr gesagt, dass ihr klar wäre, dass ich nie wieder eine andere Geliebte haben werde, wenn sie wüsste, was sie mir bedeutet. Natürlich, ich könnte es ihr übersetzen, aber so leicht mache ich es ihr nicht.

Ehe ich auch nur daran denken kann, sie abzuwehren, klatscht ihre Faust gegen meine Brust. »Raus mit der Sprache.«

Ich lache und hebe die Hände. »Überleg dir gut, ob du dich tatsächlich mit mir anlegen willst. Du weißt, dass mich keiner besiegen kann.«

Alessia setzt zu einer Antwort an, doch jemand anders ist schneller.

»Du irrst dich«, sagt Harley, mein Onkel, von der Haustür aus. »*Mich* kann keiner besiegen.«

Ich verdrehe die Augen. Ja, sein MMA-Kampfname war *Der Unbesiegte*. Aber das ist Jahre her und er arbeitet längst wieder als Cop, nicht mehr als Fighter. Wann wird er endlich aufhören, darauf herumzureiten?

»Ich könnte dich locker besiegen«, erwidere ich und Alessia lacht.

»Großkotzig wie immer, so kennt man dich«, kommentiert sie, küsst mich kurz zum Abschied und lässt mich los.

Ich sie aber nicht. Stattdessen ziehe ich sie wieder an mich und erwidere: »Was war das denn für ein Grundschüler-Kuss?«

»Du hast also in der Grundschule schon rumgeknutscht, hm?«, fragt sie, aber dann stellt sie sich auf die Zehenspitzen und ich nehme ihr Gesicht in die Hände, um ihr einen anständigen Abschiedskuss zu geben.

Harley schüttelt den Kopf. »Leute, nur damit ihr euch das klarmacht – ihr seht euch in ein paar Stunden wieder.«

Damit geht er an uns vorbei, wahrscheinlich um Patricia zu holen.

Ich löse meine Lippen von Alessias und sehe in ihre dunklen Augen. »Mach keinen Unsinn da draußen.«

»Mach *du* keinen Unsinn«, gibt sie zurück, löst sich von mir und schnappt sich ihre Handtasche.

Ich sehe ihr schmunzelnd nach. Ich glaube schon, dass es in ihren Augen ziemlicher Unsinn ist, was ich vorhabe. Schließlich sind wir gerade einmal seit sechzehn Monaten zusammen. Aber ich bin mir sehr sicher, dass ich trotzdem das Richtige tue. Bei solchen Dingen muss man sich auf sein Gefühl verlassen.

»So, ich bin auch endlich so weit!« Mit diesen Worten kommt Patricia aus dem Wohnzimmer, mit Harley im Schlepptau. Sie ist die Mutter von Harleys Frau Megan, aber für mich war sie immer wie eine Großmutter. Und auch jetzt, als sie mich so verräterisch anstrahlt, dass Alessia eigentlich direkt kapieren müsste, was Sache ist, kommt sie mir vor wie eine typische Grandma.

»Hach ja, ist das aufregend«, sagt sie und Alessia runzelt die Stirn.

Wahrscheinlich fragt sie sich, wie jemand so enthusiastisch sein kann, wenn es um ein bisschen Shopping geht. Möglicherweise versucht sie aber auch sich auszumalen, was Megan für Harley wohl für eine Überraschung plant. Wenn sie wüsste.

»Also, Mädels, seid ihr so weit?« Harley zieht seine ausgetretenen Boots an und hält mir über die Frauen hinweg die Hand hin.

Ich werfe ihm meinen Autoschlüssel zu und Alessias Blick wird jetzt noch fragender.

»Warum nehmen wir deinen Wagen?«

»Weil ich ...« Shit. Die Wahrheit ist, dass ich Harleys deutlich größeres Auto gleich brauchen werde, um ein paar Dinge zu transportieren. Aber das kann ich ihr schlecht sagen.

»Weil ich keine Lust hab, mich mit dem Pick-up durch den Stadtverkehr zu quälen«, springt Harley ein.

»*Sí*, das wollte ich sagen.«

Alessia nickt langsam und glaubt uns offensichtlich kein Wort.

Glücklicherweise hakt Patricia sich bereits bei Alessia unter und ruft: »Auto hin oder her, wir machen uns jetzt ein paar schöne Stunden! Ich will unbedingt noch ein Eis in der Stadt essen, bevor die Touristenzeit beginnt und man dort wieder kein Bein auf den Boden bekommt!«

Damit zieht sie Alessia auch schon zur Tür.

Ich zeige Harley den erhobenen Daumen und er zwinkert mir zu, dann wendet er sich ebenfalls ab.

An der Tür dreht sich Alessia nochmal zu mir um und ein herausforderndes Lächeln umspielt ihren Mund. Sie beißt sich kurz auf die Unterlippe, ehe sie sagt: »*Anche se è sciocco, perché ti rivedrò già presto, mi mancherai.*«

Damit verlässt sie an Patricias Seite das Haus und Harley folgt den Frauen mit einem Schulterzucken.

»Hey!«, rufe ich und laufe hinterher zur Tür. »Was hieß das, he?«

»Lern doch Italienisch!«, erwidert Alessia und ich sehe ihr ungläubig nach, wie sie mit wehenden Haaren die Verandastufen hinabläuft und auf den schmalen Weg einbiegt, der von der Plantage führt.

Die Frau macht mich fertig. Ich versuche mich an den Satz zu erinnern, um ihn mir selbst zu übersetzen. Aber sehr weit komme ich mit meinen Italienischkenntnissen noch nicht. *Irgendwas, auch wenn ich dich wiedersehe …*

Nein, keine Chance. Sie wird es mir später verraten müssen.

Ich höre mich selbst lachen, schüttle den Kopf und gehe zurück ins Haus. »Seid ihr so weit?«, rufe ich. »Die Luft ist rein!«

Sofort kommen meine Mutter, ihr Mann Juan, Megan und Kim in die Diele. Megan hat schon ihr Kleid dabei und Kim fragt: »Muss ich echt auch so ein Teil anziehen?«

»*Sí*, heute müssen wir alle besonders schick sein«, antwortet Juan und sieht mich an. »Nicht wahr. Alex?«

Ich atme tief durch und nicke. Mir wird klar, dass es jetzt losgeht.

Also schön. Dann wollen wir mal.

Alessia

Ich lasse den seidigen Stoff durch die Finger gleiten und bewundere, wie leicht und fließend er sich anfühlt.

»Probier es an«, sagt eine Stimme hinter mir und ich drehe mich zu Harley um. Er steckt in einem schicken dunklen Anzug, dessen weißes Hemd ein Stück weit offen steht. Er ist groß, durchtrainiert und hat blaue Augen wie Alex, allerdings viel heller. Früher, als ich über die Jones-Familie recherchiert habe, habe ich gelesen, dass sein kalter Blick im Käfig jeden Gegner eingeschüchtert haben soll. Jetzt gerade allerdings wirkt er überhaupt nicht kühl. Lächelnd deutet er auf das auberginefarbene Kleid, das ich anstarre, seit er in der Kabine verschwunden ist.

»Der Anzug ist toll«, sage ich. Alex hat mir aufgetragen, dass ich Harley dazu bringen soll, einen Anzug zu kaufen und ihn direkt anzubehalten. Wie ich das unauffällig machen soll, ist mir ein Rätsel, aber ich glaube, Harley ahnt sowieso schon etwas von Megans Überraschung, denn er grinst die ganze Zeit so komisch. »Du solltest ihn gleich anlassen.«

»Und du solltest dieses Kleid anprobieren.«

»Ich weiß nicht ...« Ich trete einen Schritt zurück und betrachte es eingehend. Es ist bodenlang und hat Off-Shoulder-Ärmel, die ihm etwas Märchenhaftes verleihen.

Wow, Off-Shoulder. Ich habe mir wohl doch noch den einen oder anderen Begriff aus der Zeit gemerkt, als ich Salvo Cosentinos Frauchen spielte und hauptberuflich in Zeitschriften blätterte. Ich muss schmunzeln. Das war so ein vollkommen anderes Leben damals ...

Ich sehe mir das Kleid weiter an. Um die Taille herum wird es eng und das Dekolleté ist nahezu züchtig im Gegensatz zu dem gewagten Ausschnitt am Rücken. Es ist wunderschön, aber ich sehe keinen Grund es anzuprobieren, denn ich werde es mir so oder so nicht kaufen. Zumindest fällt mir spontan kein Anlass ein, an dem ich es tragen könnte. Andererseits hat Alex heute Mittag, als wir aufgebrochen sind, gesagt, ich soll Harley so lange es geht beschäftigen, weshalb ein Abstecher in die Umkleide nicht schaden kann, denn wir haben erst halb sechs.

»Jetzt mach schon. Alex hat gesagt, ich soll dir was Schönes von ihm kaufen.«

Ich runzle dir Stirn. Wieso sollte Alex das gesagt haben?

Ehe ich nachhaken kann, kommt Patricia aus einer der Kabinen und ich staune nicht schlecht, als ich sehe, dass sie ebenfalls ein schickes Abendkleid trägt. Ihres ist aus dunkelgrüner Spitze, liegt eng an ihrem schlanken Körper an und lässt sie so elegant aussehen wie eine Hollywood-Diva.

»Wow, du siehst toll aus!«

Patricia lächelt verschmitzt und deutet auf den Traum in Lila vor mir. »Und du siehst darin sicher ganz wunderbar aus, meine Liebe. Probier es doch mal an.«

Okay. Irgendwas geht hier vor sich. Das wird mir so langsam klar, denn die beiden verhalten sich wirklich seltsam. Was haben Megan und Alex – mittlerweile bin ich mir sicher, dass die zwei zusammen etwas aushecken! – vor?

Also schön. Wenn Alex wirklich 650 Dollar für ein Kleid ausgeben möchte, dann kann er das gerne haben. Kurzerhand nehme ich das Abendkleid von der Stange und steuere damit die Umkleide an.

»Sehr schön«, sagt Patricia und wirkt überaus zufrieden.

Ich schließe den Vorhang hinter mir, ziehe mich bis auf die schwarze Spitzenwäsche aus und betrachte mich im Spiegel. Meine Haut ist gebräunt und ich sehe gesünder aus, als es noch vor einem Jahr der Fall war. Kein Wunder. Ich habe mich für das erste Treffen mit Salvatore Cosentino runtergehungert, um das perfekte Modepüppchen abzugeben. In seiner Gegenwart habe ich gegessen wie ein Spatz und auf den Sport musste ich auch größtenteils verzichten. Wenn man eine falsche Identität annimmt, um einen Verbrecher auffliegen zu lassen, darf man sich keinen Angriffspunkt leisten.

Behutsam, als wäre es ein rohes Ei, befreie ich das Seidenkleid von seinem Bügel und schlüpfe hinein. Ich ziehe es über die Hüften und meine Brüste und bin überrascht, wie gut sich der glatte Stoff auf meiner Haut anfühlt. Der Reißverschluss befindet sich an der Seite, sodass ich keine Hilfe beim Anziehen brauche. Ich ziehe ihn zu und spüre, wie die Seide meinen Körper umschmeichelt wie eine zweite Haut. Ich drehe mich leicht. Das ausgestellte Unterteil gibt ein leises Rascheln von sich und fliegt um meine Beine.

Ich wende mich wieder dem Spiegel zu und lege mir die schwarzen Haare über die Schultern. Das Kleid sieht einfach großartig aus. Alex wird es lieben. Auch wenn ich immer noch keinen Schimmer habe, wo ich so ein teures und elegantes Kleid jemals tragen soll.

Ich greife in mein Dekolleté und hole die schmale Silberkette heraus, die mir Alex zu unserem Halbjährigen vor zehn Monaten geschenkt hat. Sie ist dünn und elegant und hat einen kleinen Anhänger in der Form eines Ankers. Ein Symbol für Vertrauen, wie Alex mir gesagt hat – weil wir es geschafft haben, einander von Anfang an irgendwie zu vertrauen, obwohl wir beide zuerst nicht wussten, wer der andere wirklich ist.

»Bist du fertig, Liebes?« Patricia klingt ein bisschen ungeduldig.

Das ist nicht verwunderlich, denn schließlich trödle ich ziemlich herum, da ich Harley ja beschäftigen soll. Langsam gehen mir die Ideen aus, jetzt, wo wir alle ein Outfit für was auch immer haben.

Ich lächle und trete trotzdem endlich nach draußen.

Sowohl Harley als auch Patricia bleibt der Mund offenstehen und mein Lächeln wird noch breiter.

»Das ist einfach zauberhaft! Bleib so, genau so!« Patricia wedelt mit der Hand in Harleys Richtung. »Nun gib mir doch mal deinen Fotoapparat, Junge.«

Harley grinst, holt sein Smartphone aus der Tasche und gibt es ihr. »Du hast selber ein Telefon mit Fotofunktion, Patricia.«

»Bei meinem finde ich diesen dusseligen kleinen Knopf aber nie.«

Harley zwinkert mir zu.

Ich muss lachen und da schießt Patricia auch schon ein Foto von mir.

»Grandma«, nörgle ich. Sie weiß genau, dass ich ungerne fotografiert werde. »Schickst du es Alex?«

»Wir wollen ihm doch nicht die Überraschung verderben.« Sie gibt Harley das Handy zurück. »Das Bild ist nur eine Erinnerung an den Moment davor«, sagt sie kryptisch.

»Davor?« Ich runzle dir Stirn.

»Bevor er dich darin sieht.« Harley packt mich an den Schultern, dreht mich herum und schiebt mich zurück in Richtung Kabine. »Hol deine Sachen, wir müssen jetzt los.«

»Du meinst, ich soll mich umziehen und –«

»Nein, nein, zum Umziehen ist keine Zeit mehr. Wir bleiben alle drei so.«

Keine Zeit mehr?

Während ich langsam zurück in die Kabine gehe und meine Klamotten hole, dämmert mir allmählich, dass die geplante Überraschung ganz und gar nichts mit Megan und Harley sondern mit Alex und mir zu tun haben muss. Die ganze Jones-Familie ist nicht gerade besonders geschickt darin, etwas zu verbergen. Ich höre Harley und Patricia draußen tuscheln, verstehe aber kein Wort. Bis auf seinen Namen. Alex, beziehungsweise Dale, wie Patricia ihn als Einzige immer noch nennt.

Er hat etwas geplant. Da bin ich mir ganz sicher. Und wenn ich mir unsere Garderobe so ansehe, kann es nur eins sein.

Meine Kehle fühlt sich mit einem Mal wie zugeschnürt an und mein Herz schlägt schneller. Was ist, wenn Alex mir …? Ich wage den Gedanken gar nicht zu Ende zu denken. Und doch schleicht sich ein Wort in mein Unterbewusstsein.

Hochzeit.

Schon wieder dieses Wort. Schon das zweite Mal heute.

Was ist, wenn Alex mich fragt? Wenn er mir einen Antrag macht.

Was würde ich antworten?

Mein Herz schlägt noch eine Spur schneller, als mir klar wird, dass ich vermutlich ja sagen würde. Alex ist der Mann, den ich liebe. Der Einzige, für den ich je so empfunden habe. Ich kann mir niemand anderen als ihn vorstellen, mit dem ich meine Zukunft verbringen will.

Ich werfe einen letzten Blick in den Spiegel und atme noch einmal tief durch. Auf einmal bin ich so aufgeregt, dass ich am liebsten davonlaufen will. Doch sofort wird mir klar, dass es nur einen Menschen gibt, zu dem ich laufen würde, und das ist Alex.

Und damit ist auch der letzte Rest Unsicherheit aus meinem Inneren verschwunden.

Ich fühle mich bereit und verlasse die Kabine.

KAPITEL 2

Harley

»Das kann doch nicht sein«, knurre ich und versuche ein weiteres Mal den Gurt im Schloss einrasten zu lassen, doch er springt immer wieder raus. Ich hatte schon auf der Fahrt hierher das gleiche Problem und gebe den Versuch auf, das Gurtschloss doch noch irgendwie in Gang zu kriegen.

Das ist mal wieder typisch Alex. Er hält sich für so unbesiegbar, dass er es anscheinend nicht nötig hat, den Sicherheitsgurt zu erneuern. Was mich nur ärgert ist, dass er auch den Beifahrergurt nicht reparieren lässt. Alessia behauptet zwar, dass er bislang noch nicht kaputt war, aber sie würde sicher viele Dinge sagen, um Alex nicht in die Pfanne zu hauen.

Bei mir fährt sie jedenfalls nicht mit einem kaputten Gurt durch die Gegend. Sie kann sich, wie auch schon auf der Hinfahrt, nach hinten zu Patricia setzen.

Ich parke den Wagen aus und steuere den Eingang des Ladens an, vor dem die beiden Frauen in ihren Abendkleidern auf mich warten. Alessia setzt sich nach hinten zu Patricia und ich fahre direkt los und aus der Stadt hinaus, denn ich darf jetzt keine Zeit verlieren.

Eine Weile fahre ich immer geradeaus, dann setze ich den Blinker und sehe nach hinten zu Alessia, die ihre Hände keine Sekunde ruhig halten kann. Ob sie etwas ahnt? Ich fürchte es fast. Ich bin nicht der beste Schauspieler und auch mein Neffe ist alles andere als der neue Marlon Brando.

Außerdem biege ich gerade ab nach Osten, was quasi die entgegengesetzte Richtung zu der Plantage ist. Doch sie sagt nichts dazu.

Sie kann unmöglich ahnen, was er plant.

Oder doch?

Langsam werde ich auch nervös, so bescheuert das ist, denn schließlich geht es hier nicht um mich. Warum um alles in der Welt muss Alex auch die ganze Familie dabei haben und kann die Sache nicht unter vier Augen durchziehen? Der Junge benimmt sich wie ein echter Puertoricaner mit seinem Familiensinn und scheint immer wieder gerne zu vergessen, dass er eigentlich aus Chicago ist.

Ich kann mich noch genau an den Antrag erinnern, den ich Megan gemacht habe. Wir zwei waren ganz alleine am Strand, es war eine sternenklare Nacht und –

»Vorsicht!«, ruft Patricia von der Rückbank und ich schaffe es gerade noch rechtzeitig, an der roten Ampel zu halten.

Sie scheint nicht nur mich aus meinen Gedanken gerissen zu haben, sondern auch Alessia, denn zum ersten Mal seit Minuten sagt sie etwas.

»Das war knapp.« Sie streicht ihr Kleid glatt und lächelt nervös.

So habe ich sie noch nie erlebt. Sie ist eine extrem toughe Frau, aber wenn es um Alex geht, wird sie zum Mädchen. Ein paar Mal habe ich sie sogar rot werden sehen.

»Oh ja.« Ich verschweige den beiden Frauen, dass die Ampel noch vor einem Wimpernschlag grün war und dann ganz plötzlich auf rot umgesprungen ist. Sie sollen sich keine Sorgen machen. Ich bin dafür jetzt umso wachsamer, denn selbst wenn das hier Puerto Rico und alles manchmal etwas vorsintflutlicher ist, als in Chicago, funktionieren die Ampeln doch eigentlich genau so wie zu Hause.

Ich werfe einen Blick in den Rückspiegel, doch die Straße ist leer.

Wahrscheinlich werde ich langsam paranoid, was in erster Linie damit zu tun hat, dass mein Neffe im vergangenen Jahr unseren alten Krieg mit den Cosentinos wieder aufleben lassen musste. Für ihn war das leicht, er hatte damals nichts zu verlieren. Ich hatte eine Frau und eine Tochter. Jetzt hat Alex Alessia und weiß vermutlich genau, weshalb ich mich seit Jahren still verhalte. Man schützt die Menschen, die man liebt. Bedingungslos.

Ich lasse meinen Blick schweifen, aber weit und breit ist niemand zu sehen.

Vermutlich war ich einfach einen Moment unaufmerksam und die Ampel ist in diesem Augenblick umgesprungen.

Die Sonne steht bereits sehr tief und ich muss etwas Gas geben, wenn ich Alessia rechtzeitig abliefern will. Leider hat sie sich erst sehr spät für ein Kleid begeistern lassen und ewig lange in der Umkleidekabine gebraucht. Ich hatte schon die Befürchtung, dass wir sie gar nicht dazu kriegen würden, eins zu kaufen.

Endlich springt die Ampel auf Grün um, doch vor mir sehe ich, dass bereits die nächste rot wird.

Was ist denn heute nur los?

Es ist nirgendwo ein Mensch unterwegs und andere Autos sehe ich auch nicht. Ich überlege einen Moment, dann biege ich in die nächste Seitenstraße ab, um nicht noch mehr Zeit an Ampeln zu verlieren.

Alessia fragt auch diesmal nicht, wohin wir fahren, obwohl wir uns seit einiger Zeit nicht mehr in Richtung Plantage befinden. Sie ahnt etwas, das ist jetzt ganz klar.

Vor uns taucht eine Baustellenabsperrung auf, die die ganze Straße dicht macht und mich dazu zwingt, in eine weitere Nebenstraße abzubiegen, die eher ein Waldweg ist.

»Das kann doch nicht sein.« Ich wische mir mit einer Hand durchs Gesicht, denn langsam bricht mir der Schweiß aus.

Hinter mir wird auch Patricia unruhig und kramt nun ihr Handy raus, wahrscheinlich um Alex eine Nachricht zu senden. Ich kann nicht zulassen, dass diese erzwungene Umleitung ihm den Heiratsantrag versaut.

»Festhalten«, sage ich und gebe Gas.

Der Wagen hat gute Stoßdämpfer, denn er holpert weit weniger über den unbefestigten Boden, als ich es befürchtet hätte.

In Gedanken höre ich Alex bereits über die verzogene Achse schimpfen, aber da muss er jetzt durch.

Ich bin diesen Weg noch nie gefahren, weiß aber, dass er parallel zu der Straße verläuft, die wir eigentlich hätten nehmen sollen. Also werden wir jetzt etwas Zeit wieder reinholen.

»Du hast es aber plötzlich eilig.« Alessia grinst und lehnt sich entspannt zurück. Sie liebt die Geschwindigkeit und ich weiß, dass das eins der Dinge ist, die Alex wiederum an Alessia liebt.

Auch ich genieße es, mal wieder richtig Gas zu geben. Mit Kim und Megan im Auto fahre ich immer eher vorsichtig, Doch ich darf es nicht übertreiben, schließlich will ich auch Patricia und Alessia heile zur Cueva Ventana bringen. Wieso Alex ausgerechnet die Höhle für seinen Antrag ausgewählt hat, wollte er mir nicht verraten. Ich weiß, dass er früher oft dort war. Trotzdem finde ich die Entscheidung irgendwie seltsam. Aber er wird schon wissen, was er tut.

Als hätte das Schicksal in diesem Moment beschlossen, mir einen Strich durch die Rechnung zu machen, kippt plötzlich ein dicker Baumstamm direkt vor uns auf die Straße. Ich gehe in die Eisen, höre Patricia hinter mir kreischen und stemme mich gegen das Lenkrad, um nicht gegen die Windschutzscheibe gedrückt zu werden. Ich hoffe in diesem Augenblick, dass auf die Gurte auf der Rückbank Verlass ist und bringe Alex' Ford Mustang kurz vor dem umgekippten Baum zum Stehen.

Das war verflucht knapp!

Ich drehe mich schnell zu den beiden Frauen herum, um mich zu vergewissern, dass sie in Ordnung sind. »Seid ihr okay?«, rufe ich über das Rauschen in meinen Ohren hinweg.

Patricia starrt mich kreidebleich an. Ihr Mund steht leicht offen und ihre Augen sind glasig. Sie wirkt schockiert, aber unverletzt. Ich wende mich Alessia zu.

Sie starrt aus der Rückscheibe. »Oh mein Gott ...!« Ihre Stimme ist nur ein Flüstern und ich weiß, dass sie nicht unseren Beinahe-Unfall meint.

Ich folge ihrem Blick. Jetzt sehe ich es auch. Ein schwarzer Jeep rast ungebremst auf uns zu.

Wo kommt der auf einmal her?, schießt es mir im Bruchteil einer Sekunde durch den Kopf, gleichzeitig versuche ich sowohl Alessias als auch Patricias Gurte zu lösen.

»Raus aus dem Auto!!«, rufe ich.

Aber es ist zu spät.

Ich höre einen lauten Knall, das Bersten von Metall und Schmerzensschreie. Dann spüre ich, wie mein Körper mit unglaublicher Geschwindigkeit nach vorne geschleudert wird. Splitter zerschneiden mein Gesicht und ich schaffe es instinktiv, eine Hand hochzureißen und meine Augen zu schützen. Ich fliege durch die Windschutzscheibe und pralle hart gegen etwas, bevor ich zu Boden falle und alles um mich herum schwarz wird.

***

Als ich wieder aufwache fühlt sich mein Kopf an, als wäre er vom amtierenden Boxweltmeister als Punchingball benutzt worden. Ich habe keine Ahnung was passiert ist, noch weiß ich wo ich bin. Nur eines wird mir ganz schnell klar: Es riecht nach Rauch und das ist kein gutes Zeichen.

Ich öffne die Augen, zumindest versuche ich es. Das linke ist verklebt, vermutlich mit Blut, und das rechte muss ich direkt wieder schließen, als durch das eindringende Licht ein scharfer Schmerz direkt in mein Hirn beißt.

Was zur Hölle ist passiert?

Ich versuche mich zu erinnern, aber da sind irgendwie nur Dunkelheit und wirre Gedankenfetzen, die unsortiert durch meinen Kopf fliegen. Immer mal wieder blitzt einer von ihnen durch den Schmerz hindurch auf.

Da war doch was ... Was denn nochmal?

Ach ja. Der Rauch. Feuer.

Ich ignoriere den Schmerz und zwinge mich, die Augen zu öffnen. Und einen Moment lang wünschte ich, ich hätte es nicht getan. Ich liege auf der Straße, vor mir befindet sich ein umgekippter Baumstamm, der die halbe Fahrbahn blockiert und dahinter Alex' Mustang, aus dem meterhohe Flammen lodern.

Was hat der Junge denn jetzt wieder angestellt? Hoffentlich ist er nicht mehr da drin!

Mein Herz beginnt zu rasen und das Adrenalin, das durch meine Venen strömt, sorgt dafür, dass ich den Schmerz nicht mehr merke. Ich versuche mich in die Höhe zu stemmen, doch mein linker Arm gibt einfach nach und ich kann mich gerade noch so abfangen. Ich blicke an mir herunter und sehe, dass Knochen aus meinem Unterarm ragen.

Na schön. Der ist also nutzlos. Ich versuche, es wie früher im Ring zu machen, die Schmerzen zu ignorieren, das Adrenalin zu nutzen und mit dem zu arbeiten, was ich habe. Ich stemme mich in die Höhe und spüre, dass auch mein linkes Bein zumindest angebrochen ist. Diesmal reagiere ich, bevor der Knochen unter mir endgültig aufgibt und verlagere mein Gewicht aufs rechte Bein.

»Alex!«, rufe ich, während ich so schnell wie möglich vorwärts humple. »Alex!!« Der Rauch wird mit jedem Schritt dichter und ich muss husten, doch ich lasse mich nicht aufhalten. Im Gegenteil. Noch habe ich meinen Neffen nirgendwo gesehen, also ist es gut möglich, dass er noch im Auto ist. Wenn er diesen Unfall überlebt – verdammt nochmal, das wird er! – dann kann er sich auf was gefasst machen. Seine ewige Raserei muss –

Mein Blick fällt auf etwas Silbernes am Boden und mit einem Mal sind all meine Erinnerungen wieder zurück.

Der Heiratsantrag.

Der schwarze Wagen.

Der Unfall.

Alessia.

Sie und Patricia sind noch im Wagen! Sie sind von dem schwarzen Jeep eingequetscht worden!

Der Gedanke an die zwei in dem brennenden Wrack vertreibt endgültig die letzte Benommenheit. Ich eile vorwärts, ignoriere die Hitze, die mit jedem Meter stärker wird und rufe immer wieder ihre Namen.

Ich kämpfe mich durch den Rauch und bin endlich so nah am Auto, dass ich Details erkennen kann. Die Vorderseite des Wagens brennt, doch die Flammen haben noch nicht die Rückseite erreicht, sodass uns noch etwas Zeit bleibt. Sowohl die Heck- als auch die Frontscheibe sind zersplittert und ich überlege bereits, wie ich die beiden Frauen am besten nach draußen ziehen kann. Die Karosserie sieht aus, als wäre der Mustang in die Schrottpresse geraten, also kann ich es vergessen, sie durch die Türen zu befreien. Von dem Jeep ist nichts mehr zu sehen, dafür nehme ich durch den Qualm schemenhafte Bewegungen auf der Rückbank wahr, die mich aufatmen lassen.

Sie leben! Patricia und Alessia leben noch!

Sie müssen eingeklemmt sein, deshalb steigen sie nicht aus. Ich muss sie unbedingt da rausholen, bevor die Flammen sie erreichen.

Ich bin nur noch wenige Meter von ihnen entfernt und kämpfe mich so gut es geht vorwärts. Ich werde sie durch die Heckscheibe ins Freie ziehen und –

Es gibt einen leisen Knall und ehe ich verstehe, dass etwas explodiert sein muss, folgt auch schon eine zweite, ohrenbetäubende Detonation. Es wird erst gleißend hell und dann schwarz um mich herum. Mein letzter Gedanke ist, dass das nicht sein darf. Dass ich die Frauen aus dem Wrack holen muss, bevor ...

Doch schließlich erfasst die Dunkelheit auch mich und ich denke gar nichts mehr.

Alex

Ich sehe mich in der Höhle um und lockere dabei ganz automatisch die Krawatte.

»Alex! Komm schon, lass das!« Sally, die gerade zum gefühlt zehnten Mal die Gläser auf dem kleinen Tisch umsortiert, sieht mich an wie einen Schuljungen, der was angestellt hat.

»Es ist viel zu heiß für dieses Ding«, beschwere ich mich.

Meine Mutter seufzt und sieht Megan an. »Immer spielt er den harten Kerl, aber eine harmlose Krawatte ist zu viel für ihn.«

Megan mustert mich lachend. »Du hättest Harley vor seinem Antrag sehen sollen. Ich dachte zuerst, er wäre krank und hätte Fieber oder so.«

»Wenn ich dieses Teil nicht loswerde, hab ich auch gleich Fieber«, sage ich, ziehe mir die Krawatte über den Kopf und öffne die obersten zwei Hemdknöpfe.

Sally mustert mich unzufrieden, doch dann hellt sich ihr Blick auf. »Na ja, passt irgendwie auch besser zu dir.«

»Ganz meine Meinung.« Ich lasse die Krawatte in der Innentasche des Anzugs verschwinden, den ich extra für heute gekauft habe. Er ist schwarz, das Hemd auch, und ich hoffe, dass ich nicht zu sehr nach Trauer und Beerdigung aussehe. Aber Sally, Juan, Patricia und alle andere haben mir versichert, dass er okay ist. Mehrfach. Ich fürchte, ich habe ziemlich oft danach gefragt.

Ich atme durch und sehe mich nochmal in der Höhle um. Die Cueva Ventana ist keine gewöhnliche, dunkle Höhle. Zu einer Seite hin ist sie offen, als hätte jemand ein riesiges Fenster in die Felswand geschlagen. Und weil sie ziemlich hoch an einem Berghang liegt, sieht man von dort aus herunter auf das Tal des Rio Grande. Auf der anderen Seite kann man weitere Berge und dichten Urwald erkennen, unten schlängelt sich der Fluss hindurch. Gabriel, der Besitzer der Höhle, ist seit Jahren ein Trainingspartner von mir, deshalb darf ich herkommen, wann immer ich will. Schon früher war ich oft nach den Öffnungszeiten hier, wenn ich meine

Ruhe wollte. Und vor ein paar Monaten habe ich sie A-
lessia gezeigt. Sie hat sich vorn an den Abgrund gesetzt,
furchtlos wie immer, und sich minutenlang einfach
nur das Tal angesehen.

Dann hat sie etwas gesagt, das ich bis heute nicht vergessen habe: *Obwohl ich noch nie einem Menschen so
nah war wie dir, habe ich mich noch nie so frei gefühlt
wie jetzt. Ist das komisch?*

Nein, habe ich geantwortet. *Mir geht es genauso.*

Und in dem Moment habe ich gewusst, dass ich ihr
meinen Antrag hier machen muss.

Megan lacht. »Alex, setz dich doch hin oder so. Du
machst mich komplett mit nervös.«

»Mich auch«, stimmt Sally zu und streicht ihr dunkel-
graues Kleid glatt. Megan trägt auch eins, ihres ist rot.
Juan hat einen Anzug an und Kim ebenfalls ein Kleid,
auch wenn sie nicht wollte. Für heute muss alles perfekt sein.

»Ich kann mich doch nicht auf den schmutzigen Boden setzen«, sage ich und frage mich im selben Moment, ob ich besser Stühle mitgebracht hätte.

Wir werden gleich alle einfach hier herumstehen Ist
das okay? Na ja, es wäre auch komisch, wenn wir sitzen
würden. Das wäre ja fast wie auf dem Standesamt oder
in der Kirche, dabei ist das hier erst der Antrag.

»Vielleicht sollten wir die Kerzen nochmal ausmachen« sage ich und wische mir über die schweißfeuchte
Stirn. »Wenn Kim Bescheid sagt, können wir sie schnell
wieder anzünden.«

Diesmal ist es Sally, die mich auslacht. »Wie willst du
das denn schaffen? Das sind mindestens 200 Stück.«

Sie hat Recht. Zwar habe ich Kim und Juan, die beide am Höhleneingang stehen, gesagt, dass sie sofort anrufen sollen, wenn mein Auto auf den Parkplatz einbiegt, aber der Weg von dort bis hier hinein ist nicht sehr weit. Wir haben höchstens fünf Minuten. Ich sehe mir die Kerzen an. Sie stehen in allen Ecken der Höhle auf Ständern, die meine Mutter in ihrer Werkstatt auf der Plantage selbst gemacht hat. Die Kerzen sind dunkelrot, genau wie die Rosen, die ich überall verteilt habe. Alessia glaubt mir nicht, aber ich züchte sie wirklich selber. Bis wir heiraten, werde ich ein ganzes Blumenmeer zusammenhaben.

Was soll ich machen? Sie steht nun mal auf Rosen, also bekommt sie sie auch.

Ich sehe auf die Uhr, dann blicke ich nach draußen. Die Sonne steht schon tief. Wenn sie hinten über dem Tal untergeht, will ich Alessia fragen. »Langsam müssten sie kommen.«

»Sie werden sicher jede Minute hier sein«, beruhigt mich Megan.

»Wenn sie nicht in einen Stau geraten sind.« Meine Mutter klingt gleich viel nervöser.

Das ist typisch für sie: Sie befürchtet immer das Schlimmste. Ich kann es ihr eigentlich nicht übelnehmen, denn ich weiß genau, woran das liegt. Vor Jahren wurde sie von den Cosentinos entführt und hat wirklich schlimme Dinge durchgemacht. Manchmal nervt es mich trotzdem. Doch ich versuche, es mir nicht anmerken zu lassen.

»Nicht um die Zeit. Sie tauchen bestimmt jede Minute auf.«

Megan stimmt mir zu und legt zwei Finger an eines der gefüllten Sektgläser, die auf dem Tisch in der Mitte der Höhle stehen. »Das Zeug hier ist noch kalt, die Kerzen brennen noch eine Weile und der zukünftige Bräutigam hat sich noch nicht totgeschwitzt« versucht sie Sally ebenfalls zu beruhigen. »Alles gut, wir können noch ein bisschen warten.«

»*Sí*«, sage ich und sehe wieder nach draußen. »Zur Not frage ich sie eben, wenn es schon dunkel ist. Dann sieht man das Kerzenlicht besser. Ihr Frauen mögt das doch, oder?«

»Nein, Alex, wir hassen Kerzenlicht«, antwortet Megan und ich höre sie grinsen.

»Wenn ich etwas hier dran hassen sollte, wäre es höchstens dieses ... *Getränk*«, stimmt Sally, die sich wieder beruhigt zu haben scheint, mit ein.

Verwirrt drehe ich mich um und sehe auf die blau gefüllten Gläser. »Was denn?«

»Sekt oder Champagner wäre passender gewesen«, sagt Sally.

»Kann schon sein, aber das da war unser erster gemeinsamer Drink!« Ich deute auf die Gläser und die beiden lachen.

Klar, es ist vielleicht komisch, wenn man zu seiner Verlobung einen Cocktail namens *Adios, Motherfucker* trinkt. Aber erstens mag Alessia nicht besonders gerne Champagner und zweitens bin ich echt gut, was diesen Cocktail angeht. Außerdem hat dieser Cocktail eine Geschichte. Er hat uns zusammengebracht, wenn man so will.

»Er schmeckt! Er ist gut!«, sage ich, weil Megan und Sally immer noch lachen.

»Kann ja gut sein, aber wenn du Pech hast, sagt Alessia nach einem Glas davon *Adios* ...« Megan verstummt, als Schritte aus Richtung Eingang zu hören sind.

Stirnrunzelnd sehe ich in dieselbe Richtung wie sie. Zuerst denke ich, dass Juan und Kim vielleicht ihren Einsatz verpasst haben und spüre, wie mein Puls etwas schneller geht. Wenn Alessia jetzt auftaucht, geht es direkt los.

Was wollte ich nochmal genau sagen?

Aber dann wird mir klar, dass die Schritte, die wir hören, nur von einer einzelnen Person stammen. Und dass sie nicht geht, sondern rennt.

Im nächsten Moment taucht auch schon Kim in der Höhle auf. Sie ist außer Atem und sieht uns alle erschrocken an. »Da fährt gerade ein Auto auf den Parkplatz!«

»Wieso hast du denn nicht angerufen, Schatz?«, fragt Megan.

Kim schüttelt so hektisch den Kopf, dass ihr die Haare ins Gesicht fliegen. »Nicht das Auto von Alex!« Sie sieht mich an. »Es ist ein Polizeiauto!«

***

Ziemlich verwirrt erwidere ich Kims Blick. Was hat die Polizei hier zu suchen?

Dann wird es mir klar: Die Höhle hat offiziell geschlossen und wir treiben uns trotzdem hier herum. Sicher, Gabriel weiß Bescheid, aber sonst niemand. Wahrscheinlich ist der Streifenwagen zufällig vorbeigefahren und will jetzt nachsehen, ob hier niemand Mist baut. Teenager zum Beispiel kommen oft abends her, knacken das Schloss, betrinken sich und machen irgendwelche bescheuerten Mutproben. Ich weiß das, weil ich selber mal einer von ihnen war.

»Ich kläre das«, sage ich.

»Ist gut«, sagt Megan und beginnt damit, die Kerzen zu löschen.

Sally sagt gar nichts, sieht mir nur entsetzt nach, und für einen Moment macht mich ihre Art wütend. Diese Hilflosigkeit in ihrem Blick. Es ist doch gar nichts Schlimmes passiert, warum guckt sie so panisch?

»Werfen die uns jetzt raus?«, fragt Kim, während ich ihr durch den schmalen Gang im Felsen zum Eingang folge.

»Nein, das können sie gar nicht. Wenn sie ein Problem haben, sollen sie Gabriel anrufen, die Höhle gehört ihm schließlich.«

»Das ist schräg. Ich hab noch nie gehört, dass jemandem eine Höhle gehört. Wenn ich er wäre, würd ich hier einziehen.« Kim zuckt mit den Schultern, dann rennt sie los. Sie ist wie ich als Kind. Kann nie stillstehen.

»He, mach nicht so schnell! Ich kann's jetzt nicht gebrauchen, dass du hinfällst und wir ins Krankenhaus müssen, *amiga*!«

»Ich fall nicht hin, *amigo*!«, ruft sie und verschwindet hinter der nächsten Biegung.

Ich sehe auf mein Handy. Immer noch keine Nachricht von Harley oder Patricia. Ich hoffe echt, die tauchen nicht gleich auf, wenn ich mit den Cops diskutiere. Jetzt sind sie eh schon zu spät, also sollen sie sich noch etwas mehr Zeit lassen. Dann wird es eben wirklich ein Antrag im Dunkeln. Ich frage mich immer noch, wieso sie so lange brauchen. Vermutlich konnte sich Alessia einfach nicht für ein Kleid entscheiden. Sie sagt selber immer, dass sie in ihrer Zeit als Cosentinos Frau so viele Designerfummel hatte, dass sie sie jetzt nicht mehr sehen kann. Aber da muss sie heute durch, ich trage schließlich auch was, das ich sonst nicht anziehen würde. So einen Antrag macht man nur einmal im Leben. Da muss alles passen.

Ich sehe den Eingang vor mir und erkenne etwas, das mich wundert: den Schein von Blaulicht an den Felsen. Wieso kommen die Bullen mit Blaulicht, nur weil jemand in der Höhle ist? Das ist ziemlich übertrieben. Nicht dass wir es gleich mit irgendeinem alternden Cop mit Minderwertigkeitskomplexen zu tun bekommen, der uns Schwierigkeiten macht, weil er einen Grund sucht, sich aufzuspielen. Ich gehe jetzt auch etwas schneller, verlasse die Höhle und sehe, dass Kim und Juan schon zu den beiden Beamten in Uniformen laufen, die aus dem Auto gestiegen sind. Es sind ein dickerer und ein dünnerer Polizist. Auch wenn Harley bei der Polizei ist und ich einige seiner Kollegen kenne, sind die beiden Fremde. Sie sehen auf den Boden und wirken nicht sauer oder misstrauisch.

Warum nicht? Was hat das zu bedeuten?

Auch ich laufe jetzt schneller und hole Kim und Juan ein.

»Was ist los?«, frage ich.

»Wissen wir noch nicht«, sagt Juan.

Als wir den kurzen Weg zum Parkplatz fast hinter uns haben, ruft einer der Cops: »Wer von Ihnen ist Alexander Silva?«

Kim verdreht die Augen. »Na, ich sicher nicht.«

Juan sagt streng ihren Namen und schüttelt den Kopf.

»Das bin ich«, rufe ich, löse mich von den beiden anderen und jogge zu den Polizisten herüber. »Was gibt's?«

Der Dünnere der beiden Cops sieht mich ernst an, während der andere immer noch auf den Boden starrt.

»Sie sind Alexander Silva?«, hakt der Dünne noch einmal nach.

»Sí.« Was soll die Fragerei? Ich habe ewig nichts Illegales angestellt, also können die beiden kaum hier sein, um mich festzunehmen. Aber was wollen sie sonst?

»Señor Silva.« Der Cop räuspert sich und wartet, bis Kim und Juan uns erreicht haben und links und rechts von mir stehen bleiben.

So langsam spüre ich, wie ich nervös werde. Das geht bei mir eigentlich nicht sehr schnell. Aber diese zwei Bullen hier verhalten sich extrem seltsam. Offensichtlich sind sie nicht wegen der Höhle hier. Das muss bedeuten, dass irgendwas passiert ist.

Und dann, ganz plötzlich, wird es mir klar.

Bisher habe ich darüber gar nicht nachgedacht, weil ich nur diesen Antrag im Kopf hatte. Aber die Verspätung und jetzt das Auftauchen der Polizisten ...

Scheiße, ich hab Harley doch gesagt, dass er mit meinem Wagen nicht so rasen soll! Nicht heute zumindest.

Ich verschränke die Arme. »Okay, haben Sie ihm den Führerschein abgenommen oder was?«

Klar, deswegen sind die drei auch nicht aufgetaucht. Wahrscheinlich sitzen sie auf dem Revier in Arecibo und ich darf sie gleich abholen.

Der junge Cop sieht jetzt verwirrt aus. »Den Führerschein?«

»*Sí*, oder – Moment. Jetzt sagt nicht, er hat den Wagen zu Schrott gefahren.« Ich sehe den Dünnen, dann den Dicken an, der immer noch den Boden anstarrt.

Oh Mann, ich hab das Auto erst vor acht Wochen gekauft. Obwohl ich mittlerweile einen ganz guten Job als Jiu-Jitsu-Trainer habe, hat es eine ganze Weile gedauert, bis ich ihn mir leisten konnte. Wenn er jetzt kaputt ist, kriegt Harley ein Problem. Vermutlich kriegt er das eh. Für einen Polizisten hat es doch sicher Konsequenzen, wenn er einen Autounfall verursacht.

Auf einmal blickt der dicke Cop auf, als hätte er einen Entschluss gefasst. »*Señor* Silva«, sagt er, »es gab tatsächlich einen Unfall, draußen auf der Calle Martínez. Jack, der unseres Wissens nach Ihr Onkel ist, hat uns gesagt, dass wir Sie hier bei der Höhle finden würden.«

Für einen Moment weiß ich nicht, von wem die beiden reden. Mein Onkel heißt Harley. Dann wird mir klar, dass sie seinen Decknamen benutzen und ich muss grinsen, auch wenn ich eigentlich sauer bin. »Hat er sich nicht getraut, selber zu kommen?«

»Ihr Onkel ist in der Notaufnahme und wird, also er wird gerade operiert ...«, stammelt der Dünne.

Kim neben mir saugt scharf die Luft ein und fängt ohne Vorwarnung an zu weinen. Ich glaube, ich habe sie noch nie weinen gesehen und drehe mich zu ihr um, um ihr zu sagen, dass alles gut wird. Doch plötzlich gefriert mir das Blut in den Adern. Was hat der Cop gesagt? Notaufnahme? Operation? Ich hatte ... irgendwie nicht erwartet, dass es um *die* Art von Unfall geht.

Und auf einmal ist da nur noch eine einzige Frage in meinem Kopf, ein Wort. Ihr Name. Das Einzige, was wirklich wichtig für mich ist.

»Alessia«, keuche ich.

»Es tut uns leid, Ihnen das mitteilen müssen, *Señor*.« Der Polizist schüttelt den Kopf und spricht nicht weiter.

Was soll das heißen? Was meint er damit?

»Was tut Ihnen leid?!«, frage ich und höre selbst, wie wütend meine Stimme klingt.

Die werden mir jetzt keinen Scheiß erzählen. Die werden nicht sagen, dass ihr irgendetwas zugestoßen ist. Weil das nicht sein kann. Es ist absolut unmöglich. Ich würde wissen, wenn es so wäre. Ich hätte es gespürt.

»Es tut mir leid«, spricht der Dicke in einem komischen, ruhigen Tonfall weiter, der sich schlimmer anhört, als würde er schreien. »Aber für die beiden Frauen im Wagen konnten die Notärzte leider nichts mehr tun.«

Die Ärzte konnten nichts für sie tun.

Was soll das heißen?

Ich habe die Worte des Polizisten verstanden, aber ich kapiere sie nicht. Er hat nicht gesagt, dass ihnen was passiert ist, oder? Er hat nicht gesagt, dass sie tot sind. Dieses Wort – tot – hat er nicht gesagt. Das ist gut. Das kann nur heißen, dass ihnen nichts Schlimmes zugestoßen ist. Harley ist im Krankenhaus, aber die beiden sind ...

Ich sehe herüber zum Streifenwagen und versuche zu erkennen, ob jemand auf der Rückbank sitzt. Für einen Moment meine ich Alessia zu sehen, mit einem entschuldigenden Grinsen auf den Lippen, wie sie mir zuwinkt. Aber dann blinzle ich und erkenne, dass dort niemand ist.

»Sind ... sind sie schon zu Hause?«, frage ich und sehe die beiden Polizisten an. Gleichzeitig höre ich Kim schluchzen. Ich blicke nach rechts und erkenne, dass Juan bei ihr ist und sie in die Arme genommen hat. Wieder wende ich mich den zwei Bullen zu. Sie schauen einander an und sagen kein Wort.

»Haben ... Haben Sie Alessia und Patricia nach Hause gebracht?«, wiederhole ich meine Frage.

Der dünne Cop beißt sich auf die Lippe. Der andere sieht mich an, atmet tief durch und sagt: »Sie sollten sich vielleicht setzen.« Er fasst mir an den Arm, aber ich mache mich los.

»Ich muss mich nicht setzen, ich will wissen, wo sie sind.«

Der Polizist lässt die Hand sinken. »Der Wagen hat gebrannt, *Señor*, verstehen Sie? Die beiden Frauen saßen auf der Rückbank und haben es nicht rausgeschafft. Hätten wir nicht von Ihrem Onkel erfahren, dass dort überhaupt jemand saß, hätten wir angenommen, dass ... Nun ja. Das Wrack ist komplett zerstört. Es ist nichts übrig. Es tut mir unsagbar leid.«

Nichts übrig? Ich glaube, ich verstehe immer noch nicht. Ich hab nicht nach dem Auto gefragt, sondern nach Alessia. Was soll das heißen, es ist nichts übrig? Sie muss doch irgendwo sein!

Auf einmal packt eine Hand meine Schulter. Ich drehe mich um und sehe, dass Sally hinter mir steht. Tränen laufen über ihr Gesicht. Juan steht neben ihr, hat einen Arm um ihre Schulter gelegt. Kim weint immer noch, aber jetzt hat Megan sie im Arm.

Ich verstehe nicht, wieso alle heulen. Ich verstehe nicht, was hier läuft. Wieso sagt mir niemand, wo Alessia ist?!

Wütend mache ich mich auch von Sally los, fahre zu den Cops herum und packe den Erstbesten am Kragen. Es ist der Dünne.

»Sie werden mir jetzt auf der Stelle sagen, wo meine Freundin ist!«

Der Bulle stammelt irgendwas und der andere sagt: »Beruhigen Sie sich bitte!«

»Ich beruhig mich, wenn ihr zwei Penner mir sagt, wo Alessia ist!«

»Alex!«, schluchzt meine Mutter. »Das haben sie schon! Bitte ...«

Weiter höre ich ihr nicht zu. Ich stoße den Bullen zu Boden und bin mit einem Satz über ihm, packe ihn wieder am Kragen und schüttle ihn. »Sag mir, wo sie ist!«

Warum macht der Typ nicht einfach den Mund auf?!

»Alex!«, ruft Juan.

»*Señor*, beruhigen Sie sich!« Der andere Cop.

»Du sagst mir jetzt, was mit Alessia ist!«, schreie ich den Polizisten am Boden an.

Warum redet der Kerl denn nicht? Muss ich die Worte erst aus ihm rausprügeln?!

Gerade hebe ich die Faust, um genau das zu tun, als ich meine Mutter kreischen und dann etwas klicken höre.

Im nächsten Moment wird mir etwas Kühles an die Schläfe gedrückt. Ich muss nicht hinsehen, um zu wissen, dass es der Lauf einer Waffe ist.

»Sie werden jetzt Ihre Hände heben, von Officer Ramos runtergehen und sich beruhigen«, wiederholt der

Dicke. »Oder ich nehme Sie fest und Sie verbringen die Nacht in einer Zelle.«

In einer Zelle, tz. Das geht nicht, ich hab alles für den Antrag vorbereitet und Alessia wird jeden Moment hier sein, also kann ich mich auf gar keinen Fall festnehmen lassen. Ich muss mich zusammenreißen.

»Okay.« Langsam hebe ich die Hände und spüre, wie der Pistolenlauf von meiner Schläfe verschwindet. »Okay«, wiederhole ich und stehe auf. »Ich tu ihm nichts, seht ihr? Ich lasse ihn in Ruhe. Aber dafür will ich endlich wissen, was hier läuft. Okay?«

Der dicke Cop sieht mich misstrauisch an, aber in seinem Blick ist noch was anderes. Es sieht wie Mitleid aus. Er steckt seine Pistole wieder ein, während der andere aufsteht und sich den Staub von den Sachen klopft. Ich stehe nur da, warte darauf, dass einer der beiden endlich Klartext redet, aber dann erscheint Juan in meinem Gesichtsfeld. Auch er hat Tränen in den Augen, aber er wirkt gefasster als die Frauen.

»Junge«, sagt er und packt mich fest an den Schultern. »Das haben sie doch schon.« Er schüttelt den Kopf. »Es gab einen Unfall. Dein Onkel ist nochmal davongekommen. Aber Patricia und Alessia ...« Bei diesen Worten bricht auch seine Stimme. »Sie sind tot.«

Ich höre seine Worte, jedes einzelne davon. Aber gleichzeitig ist da so ein hohes Fiepen in meinem Kopf. Und dann wird alles um mich herum grell und unerträglich laut. Ich spüre, dass ich loslaufe, aber ich habe keine Ahnung, wohin. Ich höre, wie sie meinen Namen rufen, sie alle, doch ich bleibe nicht stehen. In meinem Kopf sind nur Juans Worte, immer und immer wieder: *Sie sind tot. Patricia und Alessia. Sie sind tot.*

Alessia.
Sie ist tot.

KAPITEL 3

Alex

Ich weiß nicht, wie lange ich schon hier sitze, in der Höhle, ganz vorn am Abgrund, mit Blick auf das Tal. Es ist längst dunkel und da unten ist nur noch Schwärze. Die Kerzen um mich herum sind fast alle heruntergebrannt. Eigentlich muss ich das alles noch wegräumen. Ich habe Gabriel versprochen, dass er die Höhle morgen früh ganz normal öffnen kann. Das war seine Bedingung, sie mir für die Verlobung zu überlassen.

Die Verlobung.

Alessia.

Sobald ihr Name in meinem Kopf ist, will ich aufstehen und abhauen. Aber vor seinen eigenen Gedanken kann man nicht weglaufen, und vor seinen Gefühlen erst recht nicht. Außerdem war ich noch nie ein Mann, der vor etwas davongelaufen ist. Und auch jetzt ist da ein kleiner Funke Verstand in meinem Hirn, der sagt, dass ich der Wahrheit ins Auge sehen muss. Aber ich kann nicht.

Die Wahrheit.

Was für eine Wahrheit soll das sein, in der Alessia tot ist?

In der sie auf dem Weg zu ihrer Verlobung in meinem Auto verbrannt ist? In der ich sie nie wiedersehen werde?

Wenn das die Realität ist, scheiße ich auf die Realität.

Und wenn es ein Traum ist? Ein verflucht langer, tiefer Albtraum? Gut möglich, dass ich noch gar nicht wach geworden bin. Dass der Tag, an dem ich sie fragen und ihr meinen Ring geben will, noch nicht begonnen hat. Das würde alles erklären.

Während ich immer noch runter in die Schwärze des Tals blicke, denke ich, dass ich es überprüfen sollte. Testen, ob ich wach bin oder nicht, wobei es eigentlich komplett unmöglich ist, dass ich nicht schlafe. Ich sollte etwas tun, das mich entweder aufweckt oder mir zumindest zeigt, dass ich träume.

Ich rutsche ein Stück näher an die Kante heran.

Wie viele Meter geht es dort hinunter? Dreißig, vierzig? Ich habe mir nie Gedanken darüber gemacht, aber wenn das hier ein Traum ist, spielt das auch keine Rolle. Dann werde ich entweder heil auf den Füßen unten ankommen oder einfach wach werden, während ich falle.

Ein guter Plan, Alex. Zeit, aufzuwachen. Was sitzt du hier noch rum?

Ich rutsche noch ein Stück nach vorn, sehe in den Abgrund und bin bereit, mich abzustoßen und in die Tiefe zu springen, von der ich ja eigentlich schon weiß, dass sie nur in meinem Kopf existiert.

Doch dann packt mich auf einmal eine Hand fest an der Schulter, im nächsten Moment zerren gleich zwei Hände an mir und eine Stimme fragt mich auf Spanisch, ob ich eigentlich vollkommen den Verstand verloren habe.

Sofort bin ich auf den Füßen. Ich fahre herum und hole mit der Faust aus, nur um zu erkennen, dass es

Juan ist, der mich am Aufwachen hindern will. Der Mann meiner Mutter.

Was hat er in meinem Traum zu suchen?

»Verschwinde«, höre ich mich selbst sagen und lasse die Faust sinken.

»Damit du dich in Ruhe umbringen kannst?! Damit du deiner Mutter endgültig das Herz brechen kannst?! Hat sie nicht genug durchgemacht?« Juans Augen sind rot und geschwollen, trotzdem funkelt er mich wütend an.

So kenne ich ihn gar nicht.

Ich lache ungläubig. Mich umbringen? Wieso sollte ich mich umbringen?

»Ich will nur aufwachen, Kumpel, also geh mir besser aus dem Weg!«

Während ich rede, will ich an ihm vorbei und wieder zum Abgrund, doch Juan stößt mich an den Schultern zurück. Er deutet auf die leeren Gläser auf dem kleinen Tisch in der Höhlenmitte.

»Hast du das alles getrunken?«

Auch ich sehe jetzt zu den Gläsern und spüre selbst, wie ich schwanke. Habe ich? Ich weiß es nicht mehr. Ich weiß auch nicht mehr, wie ich in die Höhle gekommen bin. Hat dieser seltsame Traum vielleicht hier angefangen?

»Alex, verflucht nochmal!« Juan packt mich wieder an den Schultern. »Rede mit mir!«

Immer noch starre ich die leeren Gläser an. Eins fehlt, vorhin waren es sechs. Ich sehe mich in der Höhle um.

Sagt man nicht, in Träumen stimmen die Details nicht?

Doch dann entdecke ich Scherben auf dem Boden an einer der Wände.

War ich das? Gott, ich erinnere mich nicht. Ich sollte – Etwas klatscht in mein Gesicht. Eine Ohrfeige.

»Alex, um Gottes willen!«, sagt Juan. »Du musst zu dir kommen! Was denkst du denn, wie deine Mutter sich fühlt, wenn sie dich auch noch verliert?«

Meine Mutter. Wen hat sie denn verloren? Ja, meinen Vater, vor einer ewig langen Zeit, sicher. Aber heute Abend? Heute habe nur ich jemanden verloren.

Nein, nicht jemanden. Alles. Und jetzt soll ich …

Moment. Mir wird etwas klar. Gerade eben habe ich mir eingestanden, dass das hier kein Traum ist, und jetzt, wo Juan vor mir steht und mich anschreit, fühlt es sich auch nicht mehr wie einer an. Schnell sehe ich mich um.

All das hier, die Höhle, die letzten Reste von Kerzenlicht, die Scherben, all das ist echt. Also ist auch der Unfall echt. Alessias Tod ist echt.

Auf einmal kann ich nicht mehr atmen. Es ist wie damals, nach meinem Fight gegen Salvatore Cosentinos Sohn. Ich war in der Umkleide und hatte das Gefühl, dass ich ersticken muss. Dann ist Alessia aufgetaucht …

Ich wende mich ab, laufe los in Richtung Ausgang. Ich muss hier weg, ich muss alleine sein, nachdenken, meinen Kopf klar kriegen, bevor noch ein Unglück passiert.

Aber Juan zieht mich wieder zurück, mit mehr Kraft, als ich ihm zugetraut hätte.

»Wo willst du denn hin? Megan ist ins Krankenhaus gefahren, auf dem Parkplatz wartet deine Mutter mit

Kim. Willst du der Kleinen wirklich so unter die Augen treten?«

Nein, will ich nicht. Ich will niemandem unter die Augen treten, sondern einfach von hier verschwinden. »Lass mich los.«

Juan stellt sich mir in den Weg, versperrt den schmalen Gang nach draußen. »Alex, bitte. Du kannst kaum gerade gehen.« Er hält die Flasche in die Höhe, in der ich den Cocktail mitgebracht habe. Sie ist leer.

Woher hat er die auf einmal?

»Hast du die auch noch geleert?«

»Lass mich durch«, höre ich mich sagen und spüre, wie Wut in mir aufflammt. Was will er überhaupt von mir?

»Ich mache dir einen Vorschlag. Ich besorge dir an der Tankstelle die Straße runter einen Kaffee, du kommst erstmal zu dir und anschließend lasse ich dich hier raus.«

Zu mir kommen?! Was denkt er, was hier passiert ist? Nach einem Fight muss man zu sich kommen, wenn man ein paar harte Schläge kassiert hat. Aber das hier ist nicht so eine Situation. Nichts, das wieder gut wird, sobald man zu sich kommt.

»Geh mir aus dem Weg, ich sag's nur noch einmal.«

»Alex. Ich weiß, ich bin nicht dein Vater. Aber wenn ich dir einen Rat geben darf ...«

Und dann passiert das, was eben schon fast geschehen wäre. Ich packe Juan am Kragen, drücke ihn gegen die Wand, reiße die Faust hoch – und lasse sie mit voller Wucht in den Fels dicht neben seinem Gesicht krachen. Er zuckt zusammen und ein rasender Schmerz schießt durch meinen Arm in mein Hirn.

»Zu mir kommen, was?!«, schreie ich ihn an und kann meine Stimme genauso wenig kontrollieren wie meinen Körper eben. »Meine Freundin ist tot, kapierst du das überhaupt? Sie ist tot, und ich kann daraus nicht einfach aufwachen! Das ist die Scheiß-Realität, und du kommst mir mit einem Kaffee?!«

Juan antwortet nicht. Immer noch erschrocken sieht er mich an und befürchtet wahrscheinlich, dass meine Faust als Nächstes ihn erwischt. Doch ich lasse ihn los, mache einen Schritt zurück und spüre, dass ich kaum noch Luft bekomme.

Sie ist tot.

Ich habe es laut ausgesprochen und jetzt ist es wahr. Auf einmal sehe ich Bilder vor meinem inneren Auge. Alessia in meinem Auto, das in Flammen steht, weit weg von mir, irgendwo draußen auf der Calle Martínez ...

Moment. Auf einmal wird mir etwas klar und ein Gefühl überkommt mich, das ich zuletzt vor Jahren hatte. Damals, als ich herausfand, dass der Dodge RAM, mit dem mein Vater von einer Brücke in den Tod gerammt worden ist, erst am Tag vor seinem Tod auf den Fahrer zugelassen worden war.

Damals hieß es, es sei ein tragischer Unfall gewesen.

Das haben die Cops heute auch gesagt.

Damals aber war es in Wahrheit keiner.

Ich spüre, wie sich meine Kehle noch weiter zuschnürt, als sich eine Frage klar und deutlich in dem Chaos in meinem Kopf formt.

Was, wenn Alessia nicht einfach gestorben ist?

Was, wenn sie ermordet wurde?

Ich wende mich von Juan ab und laufe los. Ich höre ihn meinen Namen schreien, aber diesmal hält er mich nicht mehr zurück. Besser für ihn. Diese neuen Gedanken in meinem Kopf machen mich blind vor Hass. Ich sehe immer wieder dasselbe Bild, in Endlosschleife: Alessia in dem brennenden Auto, Alessia in dem brennenden ...

Ich erreiche den Höhlenausgang und laufe hinaus in die warme stickige Nacht. Mehrere Stimmen rufen jetzt meinen Namen, aber ich laufe einfach weiter. Die Luft riecht nach Rauch und schmeckt nach Blut.

Mein Herz rast und mein Verstand brüllt in meinem Kopf, wütend wie ein wildes Tier. Ich laufe schneller.

Ich weiß genau, mit wem ich jetzt reden muss. Und ich weiß auch, wo ich ihn finde.

Harley

Als ich aufwache, weiß ich instinktiv, dass Megan an meiner Seite ist. Ich spüre sie, auch wenn ich die Augen noch geschlossen habe. Kim ist nicht hier, das weiß ich genau so sicher. Und wahrscheinlich ist es auch besser so. Sie muss nicht sehen, wie übel es mich erwischt hat.

Ich horche in mich hinein, wie ich es früher im Käfig getan habe.

Wie weit bin ich noch funktionsfähig?

Die Antwort ist erschreckend. Ich merke, dass mein linker Arm eingegipst ist und dass man mein Knie verbunden hat. Meine Rippen sind geprellt, vielleicht sogar gebrochen und der Teil von meinem Schädel, der nicht höllisch wehtut, fühlt sich an, als wäre nur noch Watte darin.

Ich öffne die Lider und stelle fest, dass ich immer noch nur auf einem Auge richtig sehen kann.

»Schatz …«, haucht Megan und rutscht näher an mich heran. Sie sitzt auf meiner Bettkante und ergreift meine Hand. »Gott sei Dank bist du wach.«

Ich blicke zu ihr herüber. Sie sieht erschreckend aus. Kreidebleich, mit rotgeränderten glasigen Augen. Am liebsten würde ich sie in die Arme nehmen und ganz weit weg bringen. Weg von dem, was sie so traurig macht. Doch das wäre unsinnig. Denn ich bin ein Teil von dem, wegen dem sie so fertig ist.

»Meg«, sage ich. Zumindest versuche ich es. Meine Stimme hört sich an, als hätte ich ein Kilo Schrauben gegessen. Ich streichle über ihre Finger und versuche mich an einem Lächeln.

Es muss ziemlich bescheuert aussehen, denn es entlockt ihr zumindest ein Schmunzeln. »Wie fühlst du dich?«, fragt sie dann und legt mir eine Hand auf die Wange. Ihre Finger sind warm und ich bin froh, dass sie da ist.

Was sage ich jetzt? Einerseits will ich sie beruhigen, andererseits will ich sie nicht belügen. Und eigentlich weiß ich selber nicht so richtig, wie ich mich fühle. Die Schmerzen sind nicht das Problem. Ich bin es gewöhnt, sie zu ignorieren. Viel schlimmer ist das, was ich gesehen habe. Alessia und Patricia in dem brennenden Wrack. Wie sie versucht haben zu entkommen. Wie der Wagen in die Luft geflogen ist. Auch wenn ich die Augen offen habe, sehe ich ihre schemenhaften Bewegungen in den Flammen.

Warum um alles in der Welt mussten sie das miterleben? Wieso konnten sie nicht wenigstens bewusstlos sein, als das Auto explodiert ist? Und warum habe ich sie nicht retten können? Wenn doch nur dieser verdammte Sicherheitsgurt gehalten hätte, wäre ich mit im Auto gewesen, näher dran am Geschehen. Vielleicht hätte ich sie rausholen können.

Oder du wärst jetzt tot, wispert eine Stimme in meinem Kopf.

»Harley?«, fragt Megan vorsichtig.

Sicher, ich schulde ihr eine Antwort. Aber ich weiß noch immer nicht, was ich sagen soll. »Wo ist Alex?« Diese Frage scheint mir im Augenblick am wichtigsten zu sein.

Megan sieht mich traurig an. »Ich weiß es nicht«, gibt sie zu.

Scheiße. Ich hoffe, dass irgendwer bei ihm ist. Dass ihm irgendjemand beisteht.

Als ich nach der Explosion aufgewacht bin, befand ich mich immer noch am Unfallort. Um mich herum Polizisten und Sanitäter. Ich habe sie zur Höhle geschickt, weil ich wollte, dass die anderen Bescheid wissen. Erst dann wurde mir klar, dass weder Megan noch Sally oder Juan mit Alex umgehen können, wenn er es erfährt. Wenn man ihm sagt, dass die Frau, mit der er den Rest seines Lebens verbringen wollte, tot ist.

Es war so klar, dass der Junge einfach loslaufen würde. Angetrieben von Wut und Verzweiflung. Dass er absolut kopflos reagieren und jeden von sich stoßen würde. Ich sollte für ihn da sein. Vielleicht kann ich –

»Hey, bist du verrückt?«

Auch wenn ich es nicht für möglich gehalten habe, hat es Megan geschafft, noch eine Spur bleicher zu werden.

»Du kannst nicht aufstehen. Du bist verletzt, Harley!«

»Mir geht es gut.«

»Das glaubst du nur, weil du bis oben hin zugedröhnt bist mit Schmerzmitteln.« Megan klingt fassungslos. »Du wirst schön liegen bleiben, bis es dir *wirklich* besser geht.«

Ich lasse mich zurück auf die Matratze sinken. Auch wenn ich es nicht gerne zugebe, spüre ich wirklich, dass ich alles andere als fit bin.

Megan nickt zufrieden und deckt mich zu, als wäre ich ein Fünfjähriger. Eine Weile schweigen wir und hängen unseren Gedanken nach. Meine kreisen immer wieder um die Frage, wie ich den Unfall hätte verhindern können.

»Kannst du dich daran erinnern, was passiert ist?«, durchbricht Megan irgendwann die Stille.

»An jedes einzelne Detail.«

»Ist ...« Sie sieht weg und sucht sichtbar nach den richtigen Worten.

Nun bin ich es, der ihre Hand nimmt. Ich drücke sie leicht, um ihr zu zeigen, dass ich da bin.

»Alessia und Mom ... Kannst du ... Weißt du, ob sie noch gelebt haben, als es ... passiert ist?«

»Sie haben sich beide nicht mehr gerührt, also denke ich, dass sie entweder bewusstlos oder ... schon tot waren.«

Megan schließt kurz die Augen und atmet durch. »Das ist gut. Zumindest ist das besser, als wenn ...«

Sie bricht ab, aber ich verstehe auch so, was sie meint. Es tut mir leid, dass ich sie anlüge, aber die Wahrheit wäre um ein Vielfaches schmerzhafter und würde ihr in keiner Weise helfen.

»Komm her.« Ich ziehe Megan so gut es geht in meinen Arm.

Sie legt vorsichtig ihren Kopf auf meine Brust und atmet zitternd ein und aus. Sie ringt um Fassung, versucht nicht in Tränen auszubrechen, das spüre ich. Ich streichle ihr übers Haar und halte sie einfach nur fest. Eine Weile sitzen wir so da, dann geht die Tür auf und Alex steht plötzlich im Zimmer. Er schließt sie ziemlich fest hinter sich und daran, wie er wankt, erkenne ich, dass er getrunken hat.

»Wir müssen reden!«

Megan sieht auf und flüstert seinen Namen, als hätte sie mit jedem, aber nicht mit ihm gerechnet.

Ich hingegen habe ihn erwartet und sehe ihm wortlos entgegen, auch wenn ich genau weiß, worüber er sprechen will.

Alex fixiert mich mit loderndem Blick. Ich bin mir nicht sicher, ob er überhaupt schon gemerkt hat, dass Megan auch hier ist. Wie versteinert steht er neben der Tür, vollkommen außer Atem, mit schweißfeuchtem Haar. »Wir müssen reden. Dieser Unfall ...!«

Natürlich will er über den Unfall reden. Eigentlich wundert es mich, dass er erst jetzt aufkreuzt, denn es dämmert draußen bereits wieder.

Megan sieht unsicher von ihm zu mir und ich streichle ihr über die Finger. Sie soll sich nicht noch mehr Sorgen machen.

»Komm rein, setz dich, beruhig dich und wir reden.« Ich versuche gelassen zu klingen – für Megan. Aber Alex ignoriert meine Aufforderung völlig.

Er klingt gehetzt, als wäre er den ganzen Weg in die Klinik gerannt. »Das war kein Unfall, hab ich Recht?!«

»Natürlich war es ein Unfall«, sage ich ganz instinktiv. »Und jetzt setz dich schon.«Ich blicke zu Megan rüber. Auch wenn sie mit der Zeit viel stärker geworden ist, als sie es am Anfang unserer Beziehung war, weiß ich, wie sehr ihr Streitereien zusetzen. Und ich habe das Gefühl, dass der Streit zwischen mir und Alex gleich ziemlich heftig werden wird. »Kannst du uns einen Kaffee holen?«

Megan versteht, dass sie uns alleine lassen soll und gibt mir einen kurzen Kuss. Ich sehe ihr nach, wie sie in Richtung Tür geht und einmal mitfühlend Alex' Schulter drückt.

Alex macht sich los und tritt einen Schritt zur Seite. Anscheinend will er kein Mitgefühl. Er will Blut sehen. Das erkenne ich an seinem Blick. Ich kenne es von mir selber.Er will Blut sehen. Er weiß nur noch nicht genau, wessen ...

»Ich will keinen Kaffee. Ich will, dass du meine Frage beantwortest!«

Ich sehe, wie Megan ihn noch einen Moment voller Mitgefühl anschaut, ehe sie nach draußen geht.

»Das habe ich schon. Setz dich jetzt.« Ich deute auf den Stuhl neben dem Bett. »Dann reden wir in Ruhe.«

»Mich setzen, he?« Alex tritt näher und greift tatsächlich nach der Lehne des Stuhls. Ich weiß, was jetzt kommt.

Alex packt den Stuhl und schleudert ihn gegen die nächste Wand. Scheppernd kracht er zu Boden und hinterlässt eine Kerbe im Putz.

Ich zeige mich unbeeindruckt und mustere ihn. Mir fällt auf, dass seine rechte Hand blutig ist. Anscheinend hat er seine Wut schon an irgendetwas ausgelassen.

Oder an jemandem. Ich kann ihn absolut verstehen. Wäre ich an seiner Stelle, würde ich nicht viel anders reagieren. Aber ich bin nicht an seiner Stelle. Ich muss meinen Neffen irgendwie zur Vernunft bringen, statt ihn noch weiter anzustacheln. Doch das ist verdammt schwierig, wenn man ans Bett gefesselt ist. Wie bringt man einen tobenden MMA-Fighter nur mit Worten dazu, sich zu beruhigen?

»Jetzt mach den Mund auf!«, wütet er weiter. »Warum warst du mit den Frauen auf der Calle Martínez?! Was hattet ihr da zu suchen?!«

»Beruhig dich«, sage ich wieder, auch wenn mir klar ist, dass es nichts nützen wird. »Was du hier tust, ist völlig bescheuert. Es ist klar, dass du es nicht wahrhaben willst, aber es war ein Unfall.«

Zuerst will ich ihm die kaputten Sicherheitsgurte vorwerfen, ganz automatisch, damit er aufhört, nach irgendwelchen Schuldigen zu suchen. Dann wird mir klar, dass ich damit alles nur noch schlimmer machen würde. Wenn er wusste, dass sie kaputt waren, rede ich ihm damit nur unnötige Schuldgefühle ein. Und wenn Alessia Recht hatte und sie vorher noch in Ordnung waren, wird er sich auf diesen Hinweis stürzen wie ein Bluthund.

»Einfach ein blöder Unfall, mehr nicht«, höre ich mich selber sagen.

Ein *blöder* Unfall? Habe ich das gerade wirklich gesagt?

Mein Hirn scheint immer noch zu 90 Prozent aus Watte und zu den restlichen 10 Prozent aus Schmerzmitteln zu bestehen. Und der Lärm, den Alex hier macht, führt nicht gerade dazu, dass ich mich besser

konzentrieren kann. Aber ich muss mich zusammenreißen. Wenn ich nicht will, dass er gleich rausstürmt
wie ein nicht zu bändigender Hurrikan, dann muss ich
aufhören, ihn zur Weißglut zu treiben.

»Ein blöder Unfall, klar!« Anscheinend findet er
meine Wortwahl ähnlich bescheuert wie ich.

Ich sehe ihm dabei zu, wie er durch den Raum tigert
und um Fassung ringt. In seinem Gesicht wechseln sich
die unterschiedlichsten Gefühle ab. Wut, Trauer, Fassungslosigkeit, Schmerz ... Ich wünschte, er würde einfach zusammenbrechen, heulen, sich in seiner Trauer
vergraben. Das würde ihm helfen, die Wahrheit, die für
uns alle noch unfassbar ist, zu realisieren. Doch so ist
er nicht. Seit er ein Junge war, ist „zornig" der Zustand,
den ich am besten von ihm kenne. Trauer fällt ihm
schwer, denn sie bedeutet Machtlosigkeit. Wut hingegen kann er an den Schuldigen rauslassen, oder an denen, die er für schuldig hält. Nur wird ihm das Alessias
Verlust nicht leichter machen.

»Ein Unfall, so wie damals bei meinem Vater oder
was?«, fragt er schließlich und macht mir erst jetzt richtig die Ironie des Schicksals bewusst.

Sein Vater kam auf ähnliche Art um. Alex zog los, um
ihn zu rächen und ist dabei auf Alessia gestoßen. Wen
wird er treffen, wenn er losgeht um sie zu rächen? Wen
hält das Schicksal diesmal für ihn bereit?

»Du suchst eine Verschwörung wo keine ist, Junge«,
sage ich, auch wenn ich es gerade bin, der die Schuld
bei irgendeinem gemeinen Schicksal sucht.

Einerseits bin ich froh, dass Alex hier ist und nicht bereits von irgendeiner Brücke baumelt, weil er sich mit
den Falschen angelegt hat. Andererseits überfordert er

mich gerade total. Ich weiß nicht, wie ich ihn von einem Unfall überzeugen soll, von dem ich selber alles andere als überzeugt bin.

»Ihr wart in Arecibo und wolltet zur Höhle.« Noch immer tigert Alex auf und ab, seine Worte klingen scharf wie Maschinengewehrfeuer. »Da nimmt man normalerweise die Hauptstraße. Gab es einen Stau? War sie gesperrt? Oder warum hast du einen anderen Weg genommen?«

»Wir waren spät dran, weil sich … Wir waren spät dran und alle Ampeln waren rot, also sind wir auf die Nebenstraße ausgewichen.«

Das ist schon wieder nur die halbe Wahrheit, aber ich kann und will einfach nicht riskieren, dass Alex sich in etwas verrennt. Nicht, bevor ich die Sache nicht selber unter die Lupe genommen habe. Auch wenn ich noch nicht wieder ganz bei mir bin, erinnere ich mich genau an den schwarzen Wagen, der direkt in uns hineingerast ist. Es war kein Unfall, sondern pure Absicht.

Aber warum? Und wer steckt dahinter? Eins steht fest: Wer auch immer es war, wird dafür bezahlen. Doch vorher muss Alex irgendwie aus der Schusslinie. Der Junge hat bereits genug mitgemacht. Er hat genug verloren in all den Jahren.

»Und dann? Was ist dann passiert? Wie kam es zu diesem Unfall?« Alex redet noch immer gehetzt, als hätte er keine Zeit zu verlieren.

Ich habe jetzt zwei Möglichkeiten: Entweder ich sage ihm die Wahrheit und gehe somit das Risiko ein, dass er rausläuft und sich mit dem nächstbesten Mafioso anlegt, um Alessia zu rächen, oder aber ich nehme die gesamte Schuld auf mich.

»Ich war zu schnell. Es wurde bereits dunkel und ich habe diesen Baumstamm nicht gesehen, der quer über der Straße lag. Es tut mir leid.«

Alex hört mit seinem ruhelosen Rumgerenne auf und fährt zu mir herum. Er packt das metallene Fußteil von meinem Bett so fest, dass seine Knöchel weiß hervortreten.

»Du warst zu schnell?! Du warst zu schnell mit meiner Freundin im Auto?!«

Was soll ich sagen? Nein, zu diesem Zeitpunkt nicht mehr? Ich habe den Wagen zum Stehen gebracht, aber jemand wollte auf Nummer sicher gehen? Wollte Alessia ganz sicher ins Grab befördern?

Ich sehe ihn einen Moment lang nur an, um schließlich zu nicken. »Ja. Viel zu schnell.«

Alex sieht mich ebenfalls lange an, dann versetzt er dem Bettgestell einen Stoß, lässt es los und wendet sich mit den Worten »*Hijo de puta mierda ...!*« von mir ab.

Ein Hurensohn. Das bin ich also für ihn.

Gut. Er soll seinen Zorn ganz auf mich fokussieren.

Doch den Gefallen tut er mir nicht. Zwar wendet er sich mir wieder zu, doch seine nächsten Worte sind genau das Gegenteil von dem, was ich hören wollte. Er hat mich durchschaut.

»Du belügst mich.« Alex zeigt mit dem Finger auf mich. Sein Gesicht ist eine von Wut und Schmerz verzerrte Maske. »Du lügst mich an. Glaubst du, dass du ein guter Lügner bist? Glaubst du, dass ich dich nicht kenne? Wie lange kennen wir uns jetzt, he? Ihr habt mich früher belogen, ihr alle. Als es um meinen Vater ging. Aber wenn du nur einen Funken Ehre in dir hast, belügst du mich diesmal nicht. Nicht, wenn es um *sie* geht!«

Doch, genau das habe ich vor zu tun. Ich werde ihn weiter belügen, so lange, bis er meine Version der Geschichte glaubt.

»Also schön«, sage ich und setze mich so gut es geht in meinem Bett auf. »Wenn du die Wahrheit nicht hören willst, was dann? Was ist deine Version der Geschichte?«

»Stell mich nicht hin, als wäre ich blöd, Harley! Du bist ein guter Fahrer! Du weißt, was Verantwortung ist! Wenn da ein Baum auf der Straße liegt, siehst du ihn und bremst rechtzeitig! Außer, etwas stimmt nicht. Vielleicht wurdet ihr verfolgt und du warst deshalb auf dieser Nebenstraße und viel zu schnell. Vielleicht wurden die Bremsen manipuliert. Ich weiß nicht, was genau passiert ist, ich war ja nicht da. Aber du weißt es. Und du wirst mir die Wahrheit sagen. Denn ich finde sie sowieso heraus!«

»Frag doch die Polizei, wenn du mir nicht glaubst. Sie werden dir bestätigen, was ich sage. Das Auto war vollkommen in Ordnung, wir wurden nicht verfolgt, wir waren einfach viel zu schnell.«

Zuerst will ich noch anfügen, dass der Baumstamm direkt hinter einer Kurve lag und ich ihn deshalb zu spät gesehen habe, aber ich kenne Alex gut genug um zu wissen, dass er sich den Unfallort ansehen und feststellen wird, dass das nicht stimmt. Wenn er nicht schon dort war.

Alex lacht ungläubig. »Die Polizei? Deine Kollegen? Deine Freunde? Soll ich vielleicht gleich deinen Partner fragen? Die werden mir alle dieselben beschissenen Lügen auftischen wie du!«

Ich habe noch mit keinem meiner Kollegen gesprochen, aber ich weiß aus Erfahrung, dass sie meine Version der Geschichte bestätigen werden. Denn von dem Wrack ist nach der Explosion zu wenig übrig, als das man an der Karosserie noch Spuren des anderen Autos erkennen könnte. Sie werden keine Bremsspuren finden, denn der andere Wagen ist ungebremst in uns hineingefahren und die Spuren, die er hinterlassen hat, als er gewendet hat und vom Unfallort geflohen ist, sind längst von denen der Krankenwagen und Polizeiautos überdeckt worden.

Von selber werden sie nicht nach einem Schuldigen suchen. Und ich werde sie auch ganz sicher nicht dazu bringen, offizielle Ermittlungen einzuleiten.

»Alex. Ich verstehe, dass der Gedanke, dass du nichts tun kannst, dass es keinen Schuldigen gibt, den du jagen kannst, schwer zu ertragen ist. Am liebsten würdest du gleich losziehen und sie rächen, denn dann musst du dich noch nicht damit auseinandersetzen, dass sie fort ist. Aber das bringt nichts. Je eher du es verstehst, desto besser: Es war ein Unfall und Alessia ist dabei traurigerweise ums Leben –«

Weiter komme ich nicht.

»Halt deine Schnauze!«, unterbricht Alex mich.

Und ich kann es ihm bei meinem haltlosen Gerede auch nicht verübeln. Ich an seiner Stelle hätte längst versucht, die Wahrheit aus mir herauszuprügeln. Doch Alex hat dafür viel zu viel Ehrgefühl. Er benimmt sich wie ein echter Puertoricaner und würde nie die Hand gegen seine Familie oder Kranke und Schwache erheben.

»Sag mir nicht, was ich zu tun habe! Und behalt deine Lügen für dich! Entweder sagst du mir jetzt, wie es wirklich war, oder ich bin die längste Zeit dein Neffe gewesen, das schwöre ich bei Gott!«

Ich habe mit so etwas gerechnet, aber damit muss ich dann wohl leben.

»Ich habe dir bereits gesagt, was vorgefallen ist. Wenn du mir nicht glauben willst ...«

Alex sieht mich noch einen Moment wütend an, auch wenn seine Wut ziemlich hilflos wirkt. Dann nickt er. »Wie du willst. Wie du willst, Harley.« Er wendet sich ab.

Ich halte ihn nicht auf, sehe ihm nur hinterher, wie er rausstürmt und die Tür zuknallt. Am liebsten würde ich ihm nachlaufen und ihn zur Vernunft bringen, ihm eine knallen, wenn es sein muss. Ihn dazu zu zwingen, in seiner Raserei innezuhalten, zu sich zu kommen, bevor noch ein Unglück geschieht.

So, wie er gerade drauf ist, traue ich ihm alles Mögliche zu. Vielleicht geht er in eine Bar, lässt sich volllaufen und fängt eine Schlägerei an. Vielleicht rennt er auch einfach vors nächste Auto. So oder so würde er gerade jetzt jemanden brauchen, der ihm gewachsen ist, und das in jeder Hinsicht. Aber ich bin an dieses dämliche Bett gefesselt und kann nichts tun.

Kurz überlege ich, jemanden von den anderen anzurufen. Aber wen denn? Juan, den Bananenzüchter? Er hat nicht mal im Ansatz Ahnung von den Gefühlen, die gerade in Alex toben. Sally vielleicht, seine psychisch angeknackste Mutter? Patricia würde ihm vielleicht ins Gewissen reden können, aber sie ist –

Gott. Das ist alles nicht zu fassen.

Auf einen Schlag hat unsere kleine Familie zwei Menschen verloren. Ich wette, Patricias Tod hat Alex noch nicht einmal realisiert. Ich höre seine Schritte im Flur verklingen und kann nur hoffen, dass er nicht auch noch verloren geht. Dass er einfach nach Hause geht, zur Ruhe kommt, sich in den Griff kriegt.

Aber ich kenne ihn leider zu gut, um wirklich daran zu glauben.

Viel zu gut.

KAPITEL 4

Eine Woche später
Harley

Ich werfe mir eine Handvoll Schmerzmittel ein, obwohl ich mir geschworen habe, mich nie wieder mit den Dingern zu betäuben. Aber heute geht es nicht anders. Es ist ein besonderer Tag und ich darf einfach nicht von meinen Schmerzen behindert werden. Man hat mich gestern vorzeitig und auf eigene Gefahr aus dem Krankenhaus entlassen, damit ich Patricias Beerdigung beiwohnen konnte. Ihre symbolische Trauerfeier – denn Überreste von Patricia und Alessia konnten nicht wirklich geborgen werden – hat gestern Nachmittag stattgefunden, im engsten Familienkreis.

Alex war als Einziger nicht dort.

Heute wird Alessia auf dieselbe Art verabschiedet und ich hoffe, dass er anwesend sein wird. Und für den Fall, dass er es ist, ist es wichtig, dass ich mich uneingeschränkt bewegen kann. Zumindest, so gut es geht.

Ich betrachtete die Krücke in meiner Hand und mich dann im Spiegel. Ich trage einen dunklen Anzug, der dem, den ich eigentlich für die Verlobung gekauft habe, sehr ähnelt. Es erscheint mir ein bisschen makaber, aber ich hatte nichts anderes und zum Einkaufen wollten die behandelnden Ärzte mich nicht lassen. Aber ich bezweifle ohnehin, dass Alex weiß, welchen Anzug ich mir für die Verlobung ausgesucht habe. Er hat mich am

Tag des Unfalls ja gar nicht darin gesehen. Der Tag des Unfalls – immer noch ist es für uns alle unfassbar, was geschehen ist. Es schien sich endlich alles einzurenken. Alex, der Letzte von uns, der die Vergangenheit bisher nicht hatte ruhen lassen können, schien eine Zukunft vor sich zu haben und nach Jahren hatte sich endlich auch unser Verhältnis zueinander wieder verbessert. Bevor er im letzten Jahr loszog, um Rache zu nehmen und dabei Alessia traf, hat mir Alex jahrelang vorgeworfen, dass ich nie versucht habe, die Cosentinos zu vernichten. Er musste erst selbst lieben, um die Entscheidungen nachvollziehen zu können, die ich damals getroffen habe.

Und jetzt? Ich kenne Alex. Er ist ein Mann der Extreme. Wenn man ihm das nimmt, was er liebt, dann ist er nur noch voller Hass. Und Alex' Hass ist gefährlich, nicht zuletzt für ihn.

»Harley?« Megan streckt ihren Kopf durch die Schlafzimmertür und lächelt leicht. Sie ist stark. Tapfer. Sie hat bei der Beerdigung ihrer Mom nicht eine Träne vergossen und auch jetzt wirkt sie gefasst. Eigentlich unglaublich für eine Frau, die so viel durchgemacht hat wie sie. Der frühe Tod ihres Vaters, der prügelnde Partner, der sie jahrelang in seiner Gewalt hatte. Dann der Ärger mit dem Cosentino-Clan. Die letzten Jahre waren ruhig, aber das heißt nicht, dass all die alten Narben verschwunden sind. Ich bin mir sicher, dass der große Zusammenbruch noch kommen wird.

Und ich hoffe, dass ich dann an ihrer Seite sein werde. Aber wie die Dinge im Moment aussehen, werde ich dann wohl nicht da sein. Noch im Krankenhaus habe ich mit Dylan über den vermeintlichen Unfall gesprochen und uns beiden sind einige Ungereimtheiten aufgefallen. Gravierende Dinge, die ich nicht einfach so stehen lassen kann.

Ich werde der Sache also auf den Grund gehen.

»Hey.« Ich nehme die Krücke zur Hilfe und drehe mich zu ihr um. »Alles okay?«

Megan tritt ein und schließt die Tür vorsichtig hinter sich. Ihre Stimme ist gesenkt, als sie mir antwortet. »Sally kann Alex noch immer nicht erreichen.«

Das habe ich fast befürchtet. Seit seinem Auftauchen im Krankenhaus gab es kein Lebenszeichen mehr von ihm. Doch. Eins. Zumindest gehe ich davon aus, dass es von ihm war. Als Megan mit Sally gemeinsam ins Bestattungsunternehmen gefahren ist, um Grabsteine für Alessia und Patricia auszuwählen, war für Alessias Beerdigung bereits alles organisiert worden. Wir sind uns sicher, dass es Alex war, der die Dinge geregelt hat.

Dann ist er wieder untergetaucht.

»Er braucht ein bisschen Zeit für sich. Aber er wird heute da sein, da bin ich mir ganz sicher.«

»Sally ist krank vor Sorge.«

Das kann ich verstehen. Und trotzdem ist es an der Zeit, dass Alex an sich denkt und nicht an seine Mutter.

Ich habe nur einmal versucht ihn anzurufen. Als ich die Mailbox erreicht habe, habe ich ihm versichert, dass er jederzeit mit mir reden kann und ich für ihn da bin, egal was kommt.

Dann habe ich es kein weiteres Mal versucht. Das Verhältnis zwischen uns bedarf keiner weiteren Worte. Er weiß, dass er sich auf mich verlassen kann. Und ich wiederum weiß, dass ich mich in gewisser

Weise auf ihn verlassen kann. Anders als Sally – und vielleicht auch Megan – glaube ich nicht, dass er sich das Leben nimmt. Das würde er niemandem von uns antun. Zumindest so viel ist sicher.

Doch er wird Mist bauen, wenn ich es nicht verhindere. Davon gehe ich stark aus. Und ich ahne auch, welche Art von Mist, doch kann ich es ihm kaum verübeln. Schließlich schmiede ich ähnliche Pläne.

»Hör mal.« Ich setze mich aufs Bett, stelle die Krücke beiseite und nutze die freie Hand, um Megan zu mir zu ziehen.

Sie setzt sich auf mein heiles Bein und schlingt die Arme um mich.

»Für Alex ist gerade eine Welt zusammengebrochen. Was glaubst du? Dass er sich zwischen uns setzen und sich trösten lassen will? So ist er nicht. Er macht die Sache mit sich alleine aus.«

Megan will etwas erwidern, aber ich lege ihr einen Finger auf die Lippen.

»Er ist stark, aber nicht so stark, dass er den Verlust in so kurzer Zeit verwinden kann. Er wird zur Beerdigung kommen und ich bitte euch, ihn nicht mit Vorwürfen und Fragen zu bombardieren oder ihn zu bemitleiden. Lasst ihn einfach in Ruhe trauern. Und wenn er gehen will, dann soll er gehen. Er weiß wo er uns finden kann und er wird von selber auf uns zukommen, wenn er so weit ist.«

Megan sieht mich lange an, dann nimmt sie sanft meinen Finger von ihren Lippen. Sie drückt mir einen Kuss darauf, bevor sie mir antwortet. »Wahrscheinlich hast du Recht. Er ist ein Sturkopf, genau wie du.«

Ich nicke.

»Ich werde es Sally sagen.« Megan erhebt sich und reicht mir meine Krücke. »Und jetzt müssen wir los, Two Face.«

Es ist nicht gerade der netteste Spitzname, den sie mir verpasst hat, aber irgendwie hat sie recht. Meine linke Seite hat es besonders stark erwischt. Nicht nur die Rippen, der Arm und das Bein wurden in Mitleidenschaft gezogen, auch in meinem Gesicht habe ich einige Verletzungen. Glücklicherweise hat sich mein linkes Auge so weit regeneriert, dass ich darauf wieder sehen kann. Ich bin nochmal davongekommen, und mit dem zweifelhaften Spitznamen musste ich rechnen. Schließlich nenne ich meine gertenschlanke Frau seit Jahren Baymax.

Ich erhebe mich und ein scharfer Schmerz schießt trotz der Tabletten durch meinen Kopf. So ein Autounfall ist wohl nicht so leicht wegzustecken wie eine Niederlage im Ring.

»Soll ich dir helfen?«

Ich schüttle den Kopf und bereue es sofort, weil sich der Schmerz dadurch noch verstärkt und ich ein Stöhnen nur schwer unterdrücken kann. »Nein, geh du schon mal vor und bring Kim ins Auto.«

Mir gefällt der Gedanke nicht, dass meine Tochter mich so lädiert die Treppe runterhumpeln sehen könnte. Schlimm genug, dass Megan sie mit ins Krankenhaus gebracht hat. Sie soll sich keine Sorgen machen müssen. Außerdem werde ich wohl noch eine oder zwei Pillen nachwerfen müssen und das muss ich nicht unbedingt unter Megans argwöhnischem Blick tun.

»Ist gut.« Megan scheint nicht ganz wohl bei der Sache zu sein, dann nickt sie aber und geht.

Ich sehe ihr nach und hoffe, dass ich Recht habe, was Alex angeht.

Alex

Ihre Augen. Sie haben einen anderen Ton. Nicht ganz so dunkel, sondern mit ... mit etwas Gold darin.

Gold, ja, das ist es, aber ich habe kein Gold.

Also nehme ich ein dunkles Gelb und mische ein wenig davon in das Braun. Dann trage ich es auf die Leinwand auf, und plötzlich schauen mir nicht mehr die Augen einer Fremden, sondern Alessias Augen entgegen. Sie sieht mich an, so wach und lebendig, als wäre sie wirklich hier. Mit diesem speziellen Ausdruck, der immer nur in ihren Augen liegt, wenn sie mich ansieht.

Es ist fast wie Magie, ein Zaubertrick. Auf einmal ist sie hier, ich spüre die Wärme ihres Körpers und höre sie atmen, und als ich den Blick an ihrem Gesicht hinunterwandern lasse ...

Als ich das tue, ist da nichts. Nur weiße Fläche. Natürlich, ich bin noch nicht weiter gekommen. Da sind nur zwei Augen, die mir von der leeren Leinwand entgegensehen, und mit einem Schlag ist die Vision vorbei.

Es tut genauso weh wie jedes Mal. Jedes verdammte Mal, wenn mir klar wird, dass sie nicht wirklich hier bei mir ist, fühlt es sich an, als würde mir jemand ein Messer zwischen die Rippen stechen, direkt ins Herz.

Ich keuche, lasse den Pinsel sinken und sehe mich um. Ich bin im Wohnzimmer unserer gemeinsamen Wohnung und umgeben von Bildern, die sie zeigen. Sie lehnen überall an den Wänden, vor dem Fernseher, auf der Fensterbank. Einige der Leinwände sind kaputt, zerrissen, die Keilrahmen durchgebrochen.

War ich das? Wann? Ich habe keine Ahnung. Die letzten Tage sind verschwommen, verwaschen. Irgendwann war ich draußen, habe mit einem Priester gesprochen. Wie ich zu ihm in die Kirche gekommen bin? Keine Ahnung. Wir haben über die Beerdigung geredet, die …

Schnell sehe ich wieder zu dem Bild, in ihre lebendigen Augen, und ein Teil von mir fragt: Welche Beerdigung?! Sie ist hier! Direkt vor dir! Wen zur Hölle willst du beerdigen, Alex?!

Doch ein anderer Teil von mir kennt die Wahrheit. Der Teil, der immer noch funktioniert, sieht die leere Leinwand und spürt auch in sich nichts als Leere. Doch, da ist noch etwas.

Hass. Er hat diesen speziellen Teil von mir dazu gebracht, die letzten Tage nicht nur damit zu verbringen, Leinwände zu füllen, alte Bilder mit ihrem Gesicht zu überpinseln, Fehlversuche kaputtzumachen.

Nein, dieser Teil hat gearbeitet. Recherchiert. Dinge herausgefunden. Ein Ticket gebucht.

Der andere, *schwache* Teil von mir, der irgendwie immer noch Dale ist und nicht Alex, setzt sich hin und verdrängt die Realität, malt Bilder wie ein Mädchen. Das hat er schon als Kind getan. Alle glaubten, dass *Dale* mal Künstler werden würde, dieser naive kleine Schwachkopf. Scheiß auf Dale. Scheiß auf den Jungen aus Chicago. Scheiß auf diese verfluchte weiße Leinwand.

Ich lasse den Pinsel fallen, greife nach dem Keilrahmen und schleudere ihn gegen die nächste Wand. Dann stehe ich auf und der Raum dreht sich um mich herum. Habe ich geschlafen, irgendwann in den letzten Tagen? Keine Ahnung, aber ich weiß, dass ich geträumt habe. Ich habe Alessia gesehen, als wäre sie noch hier. Wie sie mit mir im Bett gelegen hat, wie sie unter der Dusche gestanden, die Tür offen gelassen und genau gewusst hat, dass ich sie beobachte. Wie wir gemeinsam trainiert haben.

Sie landet auf der Matte. Schon wieder. Sie lacht, aber ich weiß, dass sie sich insgeheim darüber ärgert. Sie ist viel zu ehrgeizig, um zu verlieren.

Mit einer fließenden Bewegung rollt sie sich ab, landet auf den Füßen und sofort sind ihre Fäuste wieder erhoben. »Nochmal! Mach schon.«

Ich verschränke die Arme und mustere sie. Wie sie vor mir herumtänzelt in ihren Sportshorts und ihrem knappen Top. Man sieht ihr an, dass sie seit vielen Jahren Kampfsport macht. Trotzdem hat ihr Körper etwas Weiches, Weibliches an sich, das mich immer wieder vom Training ablenkt.

»Weißt du, eigentlich dürfte ich gar keine Chance gegen dich haben, so wie du aussiehst«, sage ich.

»Du sollst mich angreifen und nicht versuchen, mich mit irgendwelchen Komplimenten zu besänftigen«, gibt sie zurück.

Ich lache. »Sei doch froh über die Pause. Oder gefällt es dir so gut auf der Matte?«

Alessia verdreht die Augen und lässt die Fäuste sinken. »Mio Dio, wenn du keine Sprüche klopfen kannst, bist du auch nicht glücklich.« Sie macht einen Schritt auf mich zu und mustert mich streng, aber nicht ohne den Hauch eines Lächelns auf den Lippen.

»Ich glaube nicht, dass ich Sprüche brauche, um glücklich zu sein«, erwidere ich und ziehe sie in meine Arme. Ihre Haut fühlt sich leicht feucht und erhitzt vom Training an.

Sie blickt zu mir auf und ihre Augen funkeln angriffslustig. »Sondern?«

»Nur das hier«, sage ich ganz ernst und weiß, dass ich sie damit entwaffne. Das hier – das sind sie und ich, nur wir. Irgendwann wird sie wieder bei Interpol anfangen und wer weiß, vielleicht werde ich nochmal in den Käfig steigen, aber egal was kommt, das hier wird immer das Wichtigste sein, der Mittelpunkt. Mit Alessia würde ich überall hingehen, alles tun, alles riskieren. Bevor ich sie hatte, wusste ich nicht, wie es sich anfühlt, einem Menschen wirklich nah zu sein. »Nur das hier«, wiederholt sie leise und stellt sich auf die Zehenspitzen, um –

»Alex!« Hector schnipst mit den Fingern vor meinem Gesicht herum. »Hey, *colega!*«

Ich blinzle, und dann ist Alessia weg, und ich liege auch nicht mehr auf der Matte. Ich lehne am Kühlschrank in der Garage, die direkt unter der Wohnung liegt und seit Ewigkeiten mein Trainingsbereich ist.

Wie bin ich hierhergekommen?

»Kannst du mich hören? Bist du betrunken? Hey!« Eine Ohrfeige klatscht in mein Gesicht und ich packe Hectors Handgelenk, damit er seine verdammten Finger von mir lässt.

»Natürlich kann ich dich hören«, knurre ich und stoße mich vom Kühlschrank ab. Es fühlt sich komisch an, mit jemandem zu sprechen. Der Priester war der Einzige in der letzten Zeit.

Wann war das? Vor fünf Tagen? Sechs?

Hector, der nicht nur mein Vermieter, sondern auch mein bester Freund ist, mustert mich, als würde er befürchten, dass ich jeden Moment den Verstand verliere. »Ich bin mir da nicht so sicher. Du stehst jetzt seit geschlagenen fünf Minuten da und starrst diese alte Matte an.«

»Ich hab nur zugesehen, wie ...« Ich breche ab. Er würde das nicht verstehen. Wie soll er auch? Er weiß, dass Alessia nicht hier ist, aber trotzdem sehe ich sie. Ich sehe sie überall. Irgendwann wird das anders sein. Die Details werden verblassen. Die Sommersprossen in ihrem Gesicht und die Art, wie sie sich bewegt, der Klang ihrer Stimme und der Ton ihres Haars. Dann werden mir immer noch die Bilder bleiben.

»Alex.« Hector legt mir eine Hand auf die Schulter. »Ich verstehe dich, okay? Aber jetzt musst du dir etwas Anständiges anziehen und dann müssen wir los.«

»Los?« Wohin müssen wir denn? Moment, welcher Tag ist heute? Dieser Priester, er hat mir einen Termin genannt. Aber das kann unmöglich schon heute sein.

»*Sí.* Wir müssen los. Zu ... zu der Beerdigung, *amigo.*«

Beerdigung. Ich höre mich selber lachen. Diese Beerdigung ist doch eigentlich nichts als ein schlechter Scherz. Es war nichts über, das man beerdigen könnte, das haben die Cops doch gesagt. Aber der Priester meinte, dass meine Familie eine symbolische Beisetzung will. Für beide. Leere Särge, in denen niemand liegt, weil nichts außer Asche geblieben ist.

Asche.

Mehr wird auch nicht übrig bleiben, wenn ich fertig bin, das schwöre ich.

»Alex!« Hector packt meine Schultern und schüttelt mich. »Du musst dich jetzt wirklich fertigmachen. Eigentlich müssten wir längst unterwegs sein. Ich hab dir doch gestern gesagt, dass ich dich um elf abhole!«

Ich runzle die Stirn. Gestern? Keine Ahnung, wovon er spricht. Fragend sehe ich ihn an.

Hector öffnet den Mund, um noch etwas zu sagen und sieht dabei ziemlich unglücklich aus. Doch ehe er ein Wort hervorbringt, kommt noch jemand in die Garage. Eine Frau mit schwarzem Haar in einem ebenfalls schwarzen Kleid. Alessia. Ich kann ja nicht ohne sie gehen.

Wortlos schiebt sie Hector zur Seite, tritt vor mich und legt mir beide Hände ins Gesicht. Ich blinzle.

Das ist gar nicht Alessia, sondern Marisol. Hectors Schwester. Meine Ex.

Klar, natürlich. Es kann ja nicht Alessia sein, denn sie ist tot. Wir beerdigen sie heute. Nein, nicht sie. Ihren leeren Sarg.

Auf einmal ist dieses Fiepen in meinen Ohren wieder da und ich höre Marisols Worte nur dumpf im Hintergrund. »Du musst dich rasieren, *mi tesoro*. Und eigentlich hättest du auch einen Haarschnitt brauchen können.«

Ich schüttle den Kopf. »*No*«, antworte ich ganz automatisch, »das ist Teil meiner Tarnung.«

»Wann geht es los?«, fragt sie und klingt ganz anders als Hector. Nicht so aufgewühlt, sondern als wäre alles normal. Als wäre nichts passiert. Dabei war sie eine gute Freundin von Alessia. Wie macht sie das? Warum bin ich der Einzige hier, der vor Schmerz nicht klar denken kann?

Weil du sie geliebt hast, du Trottel, antworte ich mir selbst. Und du kannst klar denken. Du musst. Ab jetzt musst du.

Ich schüttle den Kopf, um die Benommenheit loszuwerden und bereue es sofort. Wie immer, wenn die Realität zu mir durchdringt, fühlt es sich furchtbar an. Aber da muss ich jetzt durch. Meine Schonfrist ist vorbei.

»Heute Abend«, sage ich und höre, dass meine Stimme etwas schleppend klingt. Das muss aufhören. Wenn wir gleich an ihrem Grab sind, dann muss ich … An ihrem Grab. Der Gedanke schmerzt zu sehr, um ihn zu Ende zu führen.

»Hast du dir das gut überlegt?«

Ich bin froh, dass ich aus meinen Gedanken gerissen werde. Zumindest für einen Moment. »Da gab es nichts zu überlegen.«

Sie lächelt dünn. »Das dachte ich mir. Es ist doch immer dasselbe mit dir, Alex. Wann wirst du je zur Ruhe kommen?«

»Wer weiß«, antworte ich vage, weil ich keine Ahnung habe, was ich sonst sagen soll. Ich kann mir denken, was alle erwarten: dass ich weitermache. Mein Leben einfach weiterlebe.

Alessia hätte es so gewollt, das würden sie mit Sicherheit sagen, wenn sie nicht wüssten, dass ich auf solche Lügen nicht hereinfalle.

Alessia war wie ich. Wenn alles in Ordnung war, konnte sie sich zurücklehnen und entspannt auf sich zukommen lassen, was das Leben für sie bereithielt.

Doch wenn das Leben sie herausgefordert hat, dann war sie wie ein Sturm, wie eine Flamme.

Eine Flamme.

Sofort muss ich daran denken, wie sie gestorben ist. Ich mache mich von Marisol los und wende mich dem Waschbecken an der Wand zu, weil ich mir für einen Moment sicher bin, dass ich kotzen muss. Doch nichts geschieht. Ich atme tief durch und starre in den rostigen Spiegel über dem Becken. Ich erkenne mich selbst kaum wieder. Wenn noch nicht mal ich mich erkenne, wird es leichter sein, dafür zu sorgen, dass das auch kein anderer tut.

Marisol tritt neben mich und hält mir eine Plastiktüte hin. »Hier, dein Anzug. Ich habe ihn für dich gewaschen. Jetzt zieh dich um und komm. Du würdest es dir nicht verzeihen, wenn wir zu spät kommen.«

Sie hat Recht. Auch wenn es ein leerer Sarg ist, muss ich zum Friedhof. Ich nicke, dann wende ich mich vom Spiegel ab und ziehe meine Sachen aus. Marisol beobachtet mich und fummelt dabei an einem Rosenkranz herum, den sie um den Hals trägt. Hector stützt sich am Kühlschrank ab und atmet tief durch.

»Wirst du zurückkommen?«, fragt er schließlich und versucht sich dann an sowas wie einem Scherz: »Oder kann ich die Wohnung endlich neu vermieten?«

Ich lasse mir Zeit mit meiner Antwort, ziehe zuerst die Anzughose und das Hemd über. Keine Ahnung, was ich sagen soll. »Mach damit, was du willst«, sage ich schließlich.

»Alex.« Marisol dreht mich zu sich herum und hilft mir mit der Krawatte. »Du hast hier immer noch

Freunde. Eine Familie. Ich will nur, dass du das nicht vergisst. Wir sind alle für dich da.«

Ich nicke, aber in Wahrheit denke ich nicht über die nächsten paar Wochen hinaus.

Ein Leben ohne Alessia. Wie soll das aussehen?

Für mich zählen nur die Zeit, die ich mit ihr hatte und die Dinge, die ich tun werde, um zu vergelten, dass diese Zeit vorbei ist.

Und danach? Ich brauche keine Zukunft, wenn sie nicht Teil davon ist.

»So kannst du bleiben«, sagt Marisol und tritt zurück.

Hector sieht auf die Uhr. »Gut, dann kommt jetzt. Wir haben Glück, wenn wir es noch pünktlich schaffen.«

Ohne einen weiteren Blick zur Matte greife ich nach meiner Reisetasche, die ich irgendwann gepackt haben muss und folge den beiden nach draußen. Als wir zu Hectors Auto gehen, spüre ich deutlich, dass ich beobachtet werde. Alessia. Wenn ich mich umdrehen würde, dann könnte ich sie oben am Fenster stehen sehen, in einem meiner Shirts, das lange Haar in einem losen Zopf über der Schulter liegend. Sie würde mir zuwinken und sagen, dass ich mich beeilen, dass ich nicht zu lange wegbleiben soll.

Ich verstaue die Reisetasche im Kofferraum, steige in den Wagen und blicke nicht mehr zurück.

Harley

»Wir müssen jetzt rein«, sagt Megan und zieht sanft an meinem unversehrten Arm.

Ich nicke, behalte dabei aber den Mittelgang des Friedhofs im Auge. Dass er wirklich nicht auftaucht, hätte ich nicht erwartet und ich muss zugeben, dass jetzt auch ich anfange, mir ernsthaft Sorgen zu machen. Doch ehe ich anfange, ähnlich durchzudrehen wie Sally, die sich seit Tagen verrückt macht, verbiete ich mir diese Gedanken. Er hat beschlossen, nicht zu kommen, seine Freundin auf ihrem letzten Gang nicht zu begleiten. Das ist ungewöhnlich, aber nicht verwunderlich. Manche können das eben nicht.

»Okay«, sage ich und wende mich vom Gang ab, nur um zu sehen, dass fast alle anderen Gäste schon in der Kapelle sind. Viele sind es nicht. Juan und Sally natürlich. Kim, der man deutlich anmerkt, dass ihr mit ihrer Großmutter eine wichtige Bezugsperson genommen wurde. Ein paar Trainingskollegen von Alex, die im letzten Jahr auch Alessia in ihrem Freundeskreis aufgenommen haben. Insgesamt sind wir kaum mehr als fünfzehn Personen, was verdammt wenig ist für eine puertoricanische Beerdigung. Aber so ist das nun einmal, wenn man lebt wie wir, entwurzelt und unter falschem Namen.

Megan deutet auf die große Uhr über dem hölzernen Portal der Kapelle, dann sieht sie mich an. »Es geht gleich los. Wir können wirklich nicht länger ...« Sie runzelt die Stirn und blickt an mir vorbei.

Auch ich drehe mich wieder um, so gut das mit der Krücke geht und spüre zum ersten Mal seit Tagen so etwas wie Erleichterung.

Gemeinsam mit seinem besten Freund aus Teenagerzeiten und dessen Schwester kommt Alex den Mittelgang entlang. Sein Blick ist auf den Boden gerichtet. Wie ich trägt er einen Anzug und ich erkenne, dass es der ist, den er für die Verlobung gekauft hatte.

Für einen Moment muss ich an damals denken, an die Beerdigung seines Vaters. Alex war zu diesem Zeitpunkt gerade einmal zehn Jahre alt. Ein Junge, der den Tod und seine Endgültigkeit noch nicht wirklich erfassen konnte. Während wir in der Kapelle auf dem Friedhof in Chicago darauf warteten, dass es losging, plapperte er unentwegt auf mich ein. Es ging ums Kämpfen. Darum, dass er in seiner Schule im Sportunterricht einem anderen Jungen ein paar Techniken hatte zeigen wollen und ihm dabei beinahe das Schlüsselbein gebrochen hätte. Nur die Tatsache, dass er totenbleich im Gesicht war, ließ mich an diesem Tag erkennen, wie es wirklich in ihm aussah. Und auch heute, als er mir hier auf dem Friedhof von Arecibo entgegenkommt, ist er für seine Verhältnisse unwahrscheinlich blass. Doch er geht aufrecht und als er, kurz bevor er uns erreicht, den Blick hebt, ist da nicht eine einzige Träne in seinen Augen. Erschreckenderweise erkenne ich aber auch nichts anderes darin. Nur Leere.

Er und seine zwei Begleiter werden langsamer und ich spüre, dass Megan meinen Arm etwas fester umfasst.

»Hallo, Alex«, sagt sie und nickt den anderen beiden zu. »Schön, dass ihr da seid.«

»Schön, ja?«, wiederholt Alex in beißend zynischem Tonfall.

Jetzt, aus der Nähe, erkenne ich, wie schlecht er aussieht. Dunkle Schatten liegen unter seinen Augen, er ist unrasiert. Etwas Rotes ist an seinen Händen und ich denke zuerst, dass es Blut ist. Doch dann erkenne ich auch Spuren von Schwarz, Braun und Gelb. Farbe. Klar. Viel zu oft vergesse ich, dass Alex neben dem Kämpfen auch eine ganz andere Seite hat. Ich bin froh, dass er sich anscheinend nicht herumgetrieben und geprügelt hat. Doch irgendwie macht mir das auch Sorge, denn ich spüre seine Anspannung. Er ist ein Vulkan kurz vor dem Ausbruch.

»Tja, wir ...« Hector räuspert sich. »Wir gehen dann wohl besser rein.« Er legt seinem besten Freund eine Hand auf die Schulter und nimmt ihn mit sich.

»Er ist wütend.« Megan blickt ihm nach, dann sieht sie zu mir auf.

»Auf mich«, stimme ich ihr zu und denke daran, wie er mich im Krankenhaus angesehen hat. Fassungslos und enttäuscht zugleich. »Er wird sich beruhigen.«

»Wird er das? Oder versuchst du nur, mich zu beruhigen?« Megan schüttelt den Kopf. »Ich bin nicht Sally. Du musst mich nicht schonen.«

Ich atme tief durch und blicke für einen Moment auf das Gräbermeer hinter ihr. »Ich habe keine Ahnung«, sage ich, »ob und wie schnell sich Alex von dieser Sache erholen wird. Er war immer stark, aber auch immer unberechenbar.« Ich zucke mit den Schultern und der Schmerz, der dabei durch meinen linken Arm kriecht, erinnert mich daran, dass ich sowas im Moment lassen sollte. »Ich werde für ihn da sein. Ob er will oder nicht.«

»Gut«, sagt Megan nur, da sie weiß, wie ernst mir das ist, und umarmt mich kurz.

Dann gehen wir ebenfalls rein.

Alex hat allein in der letzten Reihe Platz genommen, weit abseits von allen anderen. Sally setzt sich gerade wieder auf ihren Platz. Vermutlich hat sie mit ihm zu reden versucht. Als ich an ihm vorbeigehe, sehe ich, dass seine Hände zu Fäusten geballt sind. Es muss schwer für ihn sein, die Fassung zu wahren. Doch auch wenn er immer von sich sagt, dass er an keinen Gott glaubt, scheint er Alessia, wo immer sie jetzt ist, heute nicht enttäuschen zu wollen.

Megan und ich setzen uns in die vorderste Reihe und nehmen Kim zwischen uns. Der Platz zwischen Sally und mir, der für Alex reserviert war, bleibt frei und ich nicke dem Priester zu, als er mich fragend ansieht, als Zeichen, dass er beginnen kann.

»Ist er nicht gekommen?«, flüstert mir Kim mit großen Augen zu.

Ich deute in die letzte Reihe, während die Orgel zu spielen beginnt.

Kim dreht sich um und ihr Blick verfinstert sich. Sie versteht genau, was in Alex vorgeht, das sehe ich an ihren klugen Augen. Manchmal erinnert sie mich so sehr an ihn früher, als wäre sie seine, nicht meine Tochter.

»Hey«, flüstere ich und deute nach vorn, als sie mich anschaut.

Kim dreht sich wieder um und blickt dem Pfarrer entgegen. Die Musik wird leiser, dann verstummt sie. Und die Trauerfeier beginnt.

Alex

Der Priester redet und redet, ohne auch nur die geringste Ahnung zu haben. Er sagt etwas davon, dass Alessia Italienerin war und etwas über ihren frühen Tod, etwas über die „wichtigen Menschen", die sie hier in Puerto Rico gefunden hat und eine Menge über Gott und darüber, wie er uns alle zu sich nimmt, wenn wir mal gehen.

Ich will, dass er seine verlogene Schnauze hält. Wenn er nicht immer wieder sagt, dass sie tot ist, vielleicht wird es dann weniger wahr, oder vielleicht kann ich es nur zumindest glaubhafter einreden. Es war eine Scheißidee, die Wohnung zu verlassen. Ihre Sachen sind da, alles riecht nach ihr und fühlt sich nach ihr an.

Hier aber ist sie nicht. Nichts von ihr. Noch nicht mal ihr Körper. Und dieser Kerl da vorne in seiner Kutte, er spricht von ihr, als hätte er sie gekannt. Was bildet er sich ein, auch nur Alessias Namen in den Mund zu nehmen?

Was weiß er schon von ihr?

Wie sich ihr Lachen angehört hat? Wie fest sie mit ihren kleinen Frauenfäusten zuschlagen konnte? Wie es sich angefühlt hat, ihren warmen, lebendigen Körper in den Armen zu halten? Ich wünschte, ich hätte sie halten können, als sie gestorben ist. Dass sie nicht allein gewesen wäre in diesem Moment. Wenn ich mit in dem verdammten Auto gewesen wäre, dann hätte ich uns da raus gebracht – oder die Flammen ertragen, nur um bei ihr zu sein.

Auf einmal fällt mir das Atmen schwer und meine Eingeweide krampfen sich zusammen, als würde eine riesige Faust darin wühlen. Ich versuche nicht hinzuhören, doch das ist unmöglich. Die Stimme des Pfarrers hallt von den Wänden der kleinen Kapelle wider, so laut, als würde er direkt in meinem Kopf sprechen.

»Die Menschen, die Alessia nahe waren, sagten mir, sie hätte eine aufregende Vergangenheit hinter sich. Hier in Arecibo jedoch fand sie ein Zuhause und, mehr noch, einen Menschen, der für sie ein Fels in der Brandung geworden ist. Ein Anker auf rauer See.«

Ich muss an die Kette denken, die ich ihr geschenkt habe und mache die Augen zu. Wenn dieser Kerl jetzt auch noch über unsere Beziehung spricht ...

War er dabei, als wir uns kennengelernt haben? Als wir uns ineinander verliebt haben? Als sie mich vor Wut fast erschossen hätte, nachdem sie herausgefunden hatte, wer ich wirklich bin?

»Und so möchte ich einen Menschen, der für Alessia ganz besonders wichtig gewesen ist, an einem solchen Tag nicht unerwähnt lassen. Wäre sie jetzt hier und könnte Ihnen, Alexander, noch ein paar letzte Worte sagen.«

Dann was?!, will ich fragen. Was würde sie sagen? Los, erzähl, du kennst sie doch offenbar so gut! Würde sie ein paar Floskeln von sich geben, vielleicht sowas wie „Werd bitte wieder glücklich“ oder „Ich werde immer bei dir sein“?!

Ich stelle diese Fragen nicht laut. Das könnte ich auch gar nicht, denn meine Kehle ist wie zugeschnürt. Meine Augen brennen und mein Herz hämmert gegen meine Rippen, als ob es nicht länger in meinem Körper bleiben will.

»Sie würde sagen ...«

Ich will diesen Mist nicht hören. Ich will nicht, dass sich dieser Priester in das einmischt, was zwischen Alessia und mir war und es zu etwas macht, das sich fremd anfühlt. Das alles hier, diese ganze Veranstaltung, ist nichts als eine Lüge. Tröstende Worte, wo es keinen Trost gibt. Einen Sarg für jemanden der nicht einfach gestorben, sondern ausgelöscht worden ist.

Ich muss das beenden. Ich will nach vorne gehen, den verfluchten leeren Sarg von seinem Sockel stoßen und allen die Wahrheit zeigen: Es ist nichts übrig. Nichts!

Gerade bin ich dabei aufzustehen, als plötzlich eine Hand nach meiner greift.

Schnell sehe ich neben mich und erkenne, dass es Kims ist. Sie muss zu mir nach hinten gekommen sein, ohne dass ich es gemerkt habe. Sie trägt ein schwarzes Kleid mit weißem Kragen und ihr Haar ist zu zwei Zöpfen geflochten. Ernst und beschwörend zugleich sieht sie mich an, während sie meine Finger mit mehr Kraft drückt, als man so einem kleinen Mädchen zutrauen würde.

»Ich mag das auch nicht hören«, flüstert sie. »Hören wir nicht hin. Machen wir was anderes!«

Ich sollte etwas sagen, etwas, das sie tröstet. Sie ist auch traurig, nicht nur ich. Sie hat auch jemanden verloren. Aber da sind keine Worte in mir, die etwas besser machen würden. Ich habe eigentlich überhaupt keine Worte.

»Was schlägst du vor?«, bringe ich schließlich heraus.

»Armdrücken«, wispert Kim und deutet auf die Bibelablage.

»Du hättest keine Chance«, sage ich und spüre nicht mehr so stark, dass ich kaum atmen kann. Ich muss mich für sie zusammenreißen. Ich bin ihr Vorbild, so wie Harley früher mein Vorbild war. Er war immer stark, also bin ich es auch geworden. Kim darf nicht spüren, dass ich am Ende bin.

»Das sagst du nur, weil du Schiss hast.«

»Ich. Schiss. Vor dir halber Portion«, erwidere ich.

Kim presst die Lippen aufeinander und stößt mir den Ellbogen in die Rippen. Ich tue ihr den Gefallen, ein schmerzhaftes Geräusch zu machen und sie lacht lautlos.

Dann haben wir es geschafft. Der Priester scheint mit seiner Rede fertig zu sein, denn er fordert uns auf, uns zu erheben, um gemeinsam zu beten. Beten. Normalerweise würde ich spätestens jetzt gehen. Ich werde keine Bitten an einen Gott richten, der Alessias Tod zugelassen hat. Das würde ich noch nicht mal dann, wenn ich an ihn glauben würde. Doch Kim ist hier, also stehe ich mit ihr auf.

Wieder spielt die Orgel, während der Pfarrer mit dem Gebet beginnt.

»Du musst die Hände falten«, wispert Kim.

Ich tue ihr den Gefallen und höre zu, wie der Pfarrer von ewigem Leben und Vergebung der Sünden redet. Und dabei denke ich an die Sünden, die ich in Kürze begehen werde. Alles, was ich bisher getan habe, das meine unsterbliche Seele gefährdet haben könnte, ist nicht mal ansatzweise damit zu vergleichen. Diesmal wird Blut an meinen Händen kleben.

»Hey«, zischt mir Kim zu und reißt mich zum zweiten Mal aus meinen Gedanken. »Kann ich mitkommen?«

Verwundert sehe ich zu ihr runter. Wovon redet sie?

»Wohin?«, frage ich.

Ihre Augen bleiben traurig, doch sie grinst mich verschwörerisch an. »Ich hab Mom und Dad belauscht. Sie sagen, du wirst losziehen und Mist bauen.«

Mist bauen. Natürlich. Harley versteht wieder mal gar nichts. Ich habe nicht vergessen, wie er mich im Krankenhaus angelogen hat. Finster sehe ich zu ihm nach vorn, dann setze ich mich wieder, sodass ich mit Kim auf einer Höhe bin.

»Und was willst du tun, hm? Meinen Bodyguard spielen?«

»Dafür bin ich doch viel zu klein!«, schimpft Kim und sieht mich an, als wäre ich blöd. Dann verschwindet der Rest ihres Grinsens und sie wird wieder vollkommen ernst. »Ich hab Angst, dass du nicht zurückkommst«, gibt sie zu. »Kannst du mir versprechen, dass du zurückkommst?«

Ich erwidere ihren Blick lange. Tausend Dinge gehen mir durch den Kopf. Erinnerungsfetzen. Ich habe selbst erlebt, wie Leute losziehen, um die Dinge wieder geradezurücken. Ich habe genau das gefühlt, was sie jetzt fühlt. Und vielleicht wäre spätestens jetzt der Zeitpunkt, an dem ich daraus lernen sollte. Hierbleiben. Es gut sein lassen. Mich auf die konzentrieren, die noch da sind.

Ich blicke auf, sehe mir die Menschen in der Kapelle an. *Mi familia*, einen nach dem anderen. Meine Mutter, die seit Alessias und Patricias Unfall mindestens fünf Kilo abgenommen hat und aussieht wie der wandelnde Tod. Juan, der an ihrer Seite steht und älter und ernster wirkt als je zuvor. Megan, der ich sogar von hier hinten ansehe, wie krampfhaft sie versucht, die Fassung zu wahren. Harley.

Dann wende ich mich wieder Kim zu. »Du wirst mich irgendwann verstehen«, sage ich.

Ihre Augen sind immer noch auf mich gerichtet und füllen sich ganz plötzlich mit Tränen. Ihre Mundwinkel zucken, und noch ehe sie zu schluchzen beginnt, ziehe ich sie in meinen Arm. Sie vergräbt das Gesicht an meiner Schulter und weint lautlos, während das Gebet in ein weiteres Kirchenlied übergeht. Alle setzen sich wieder und ich werfe zum ersten Mal, seit ich hier bin, einen Blick auf den Sarg. Er ist schwarz und mit weißen Rosen geschmückt. Ich erinnere mich jetzt wieder genauer an mein Gespräch mit dem Priester. Ich habe die Farben ausgesucht. Schwarz wie Alessias Haar und Weiß, weil sie in dieser ganzen Angelegenheit keine Schuld getroffen hat. Nicht das kleinste bisschen.

Was mit ihr geschehen ist, hätte nicht passieren dürfen. Auch wenn ich nicht dabei war, weiß ich, dass sie um ihr Leben, um unser Leben gekämpft hat bis zur letzten Sekunde. Bis zu ihrem letzten Atemzug. Und wenn sie mir etwas sagen könnte, dann wäre es nicht das tröstliche, rührselige Zeug, das der Pfarrer gerade gefaselt hat. Nichts davon.

Wenn sie könnte, dann würde sie zu mir sagen: *Finde sie, Alex. Finde sie und lass sie brennen, wie ich gebrannt habe. Lass sie für das bluten, was sie uns genommen haben.*

Das war meine Alessia. So kenne ich sie. Und ich verspreche ihr, dass ich Rache nehmen werde.

Die Musik geht langsam dem Ende zu. Ich drücke Kim an mich und gebe ihr einen Kuss auf die Stirn. Dann schiebe ich sie sanft von mir. »Du musst tapfer sein. Das bist du doch, oder?«

Kim nickt und wischt sich die Tränen aus dem Gesicht. »So wie Deadpool.«

»Ja.« Ich lächle sie an, auch wenn es sich wie eine Grimasse anfühlt, und stehe auf. »So wie Deadpool.«

»Gehst du jetzt schon?« fragt sie.

Ich nicke. Ich will nicht sehen, wie sie diesen leeren
Sarg in die Erde lassen. Und ich will vor allem nicht,
dass sich jemand an meine Fersen heftet. Heute Abend,
bevor mein Flug geht, werde ich noch einmal wieder-
kommen. Mit den Rosen, die ich von der Plantage holen
werde, solange sonst keiner da ist. Ich werde sie auf ihr
Grab legen. Alle, bis auf eine. Auch wenn meine Gedanken im Moment hauptsächlich Alessia gelten, habe ich
auch Patricia, meine Grandma, nicht vergessen.

»Ich kann dir nicht versprechen, dass ich zurückkomme«, sage ich zu Kim. »Aber ich verspreche, dass
ich alles dafür tun werde, was ich kann.«

Sie nickt wortlos und wischt sich die letzten Tränen
aus dem Gesicht. Sie ist tapfer, so wie ich es ihr gesagt
habe. Ich drücke ihre Schulter und zwinkere ihr zu,
dann schiebe ich mich aus dem Gang und gehe zur Tür.

Es ist Zeit.

Harley

Ich kann es nicht glauben. Ich habe ihn verpasst. Gleich
zweimal. Vorhin auf dem Friedhof ist er mir schon ent-
wischt und jetzt das. Ich stehe auf der Straße und
schaue nach oben zu der Wohnung, in der er mit Alessia gelebt hat. Obwohl es bereits dunkel ist, brennt nirgends Licht. Er ist schon aufgebrochen.

Die Frage ist nur: Wohin?

Einfach fort, wäre eine Möglichkeit. Fort, weil er es
nicht länger aushält, jeden Tag an sie erinnert zu werden.

Aber das glaube ich nicht.

Die zweite und wahrscheinlichere Möglichkeit ist, dass er irgendwie rausgekriegt hat, dass ein weiteres Auto am Unfall beteiligt war. Von mir weiß er es sicher nicht. Vielleicht hat er Kontakte, die ihn auf die Ungereimtheiten aufmerksam gemacht haben, die der ganze Unfall mit sich gebracht hat. In diesem Fall ist er losgezogen, um Rache zu nehmen. So viel steht fest.

Womit sich wieder neue Fragen auftun. Weiß er mehr als ich? Alles, was ich bereits rausgefunden habe, habe ich für mich behalten. Es ist nicht viel. Mir fehlen noch einige Stücke in meinem Puzzle. Ich wüsste also noch nicht, wo ich ansetzen sollte. Wen ich aufsuchen, an wem ich Rache nehmen sollte. Weiß er es? Weiß er, wo er die Verantwortlichen finden kann?

Ich sehe wieder zu den dunklen Fenstern der Wohnung hinauf. Insgeheim ahne ich, was er vermutet und dieser Gedanke ist mir auch schon gekommen, wenn ich ehrlich bin. Er glaubt, dass Alessia von den Cosentinos getötet worden ist. Ich hatte denselben Einfall, aber logisch erschien er mir nicht. Der ganze Clan sitzt im Gefängnis. Es ist niemand mehr da, der Rache nehmen könnte. Und wenn man es genau nimmt, dann ist es recht unwahrscheinlich, dass irgendein Mitarbeiter oder Freund der Familie dahintersteckt. Denn gäbe es da noch jemanden, hätte er sicher nicht sechzehn Monate gewartet und dann nur Alessia aus dem Weg geräumt. Sie hätten uns alle getötet.

Logisch ist das, was Alex und ich glauben, also nicht.

Trotzdem sagt mir mein Gefühl, dass es so war. Deshalb habe ich Vorsichtsmaßnahmen getroffen, denn wenn ich eines nicht will, dann ist es, meine Familie zu verlieren. Doch so weit ich meinen Kollegen auch traue, ist es mir dennoch lieber, wenn ich die Sache selber in die Hand nehme und dieses Katz- und Mausspiel ein für alle Mal beende. Ich, nicht Alex, der krank vor Trauer ist und völlig neben sich steht, im Alleingang. Verdammt, er hätte mir nicht entwischen dürfen! So wie ich Alex kenne, wird er jetzt bereits auf dem Weg an den Ort sein, wo er den letzten Cosentino vermutet.

Nur wo soll das sein?

Ich seufze, als mir klar wird, was ich als Nächstes tun werde und humple auf den Garageneingang zu. Megan glaubt, ich bin zu einem Arzt gefahren. Das ist gut. Sie muss nicht erfahren, dass ich ebenfalls vorhabe, Rache zu nehmen. Dass ich vorhabe, diesen Krieg zu beenden. Entweder an Alex' Stelle oder mit ihm gemeinsam. Je nachdem, wie sich die Dinge entwickeln.

Probehalber lange ich nach dem Griff des Garagentors, doch es ist abgeschlossen. Halb so wild.

Ich schaue mich kurz um, aber es ist niemand zu sehen. Und selbst wenn mich jemand beobachtet, wird vermutlich keiner eingreifen oder die Polizei rufen. Außer Hector und seine Schwester. Ich schaue noch einmal zu deren Wohnung rüber, aber an den Fenstern ist niemand, also wage ich es und hole die Brechstange aus der Innentasche. Es war zwar etwas umständlich, sie da zu verstecken und mein Gang war mit Sicherheit ziemlich steif, aber es hat funktioniert. Ich werfe noch einen kurzen Blick hinter mich, dann setze ich die Stange seitlich am Tor an. Eine kräftige Bewegung später geben Schloss und Tor nach und ich kann es einfach nach oben schieben. Es nervt mich, dass ich diese dämliche Krücke mitschleppen muss und nicht so wendig und schnell bin wie normalerweise, denn so muss ich das Tor ganz aufgleiten lassen. Aber ich habe Glück. Ich komme unbehelligt in die Garage und von dort – mithilfe des Brecheisens – auch ganz leicht in Alex' Wohnung.

Normalerweise würde ich nicht in seine Privatsphäre eindringen, aber im Augenblick ist rein gar nichts normal und so mache ich eine Ausnahme. Ich schließe die Tür hinter mir und frage mich, wo ich anfangen soll.

Ich humple ins Wohnzimmer und bin im ersten Moment ziemlich geschockt über das heillose Chaos, das hier herrscht. Leere Flaschen, Fast-Food-Verpackungen, aber vor allem Leinwände. Dutzende Malereien, die alle dasselbe Motiv zeigen: Alessia. Mal nur ihr Gesicht, dann sie im Ganzen. Hier in der Wohnung, auf der Plantage, am Strand, sogar im Auto – auf dem Beifahrersitz, das Haar im Wind wehend, mit einem breiten Grinsen auf den Zügen.

All diese Bilder sind verdammt gut. Alex ist ein Riesentalent, das war er schon als Kind. Doch gleichzeitig ist es beklemmend, zu wissen, dass er in der letzten Woche wie ein Besessener Zeichnungen von ihr angefertigt hat. Und es macht mir noch klarer, dass ich ihn schnell finden muss, bevor er sich in irgendetwas reinreitet, das ihn dann auch noch um Kopf und Kragen bringt. Denn bei klarem Verstand ist er offensichtlich nicht.

Am besten sehe ich zuallererst im Drucker und Papierkorb nach. Vielleicht hat er sich ein Flugticket gedruckt und einen Fehlversuch in den Müll geworfen. Doch sowohl Drucker als auch Papierkorb sind leer. Einen Laptop suche ich vergeblich.

So ein Mist. Mein Neffe ist einfach zu gründlich. Wann hat er seine Reise geplant, gepackt, hinter sich aufgeräumt? Er kann keine Sekunde geschlafen haben in der letzten Zeit.

Ich lasse meinen Blick auf der Suche nach einem Anhaltspunkt durch den Raum schweifen und inspiziere flüchtig das Chaos, glaube aber nicht, dass ich hier irgendeinen Hinweis auf Alex' Verbleib finden werde.

Darum gehe ich zurück in den Flur und zögere. Wenn ich nicht als Nächstes in Bad oder Küche suchen will, was mir ziemlich sinnlos vorkommt, dann muss ich jetzt ins Schlafzimmer. Der Gedanke behagt mir nicht. Trotzdem greife ich nach kurzem Zögern nach der Klinke, drücke sie herunter und öffne die Tür. Schwärze schlägt mir entgegen. Die Rollos sind unten und es riecht, als wäre länger nicht gelüftet worden. Ich taste nach dem Lichtschalter und als es hell wird, erkenne ich, dass das Bett gemacht ist. Früher, als Alex' Leben zum letzten Mal auf nichts als Rache ausgerichtet war, gab es hier nur eine Matratze. Alessia hat ihn verändert. Das Zimmer wirkt, so weit ich das beurteilen kann, beinahe gemütlich. Bett und Schrank sind aus hellem Holz, alles ist sauber. Und es wirkt, als wäre es länger nicht benutzt worden.

Ich sehe zum Schrank herüber. Er ist geschlossen, aber ich bin mir sicher, dass er zumindest zum Teil leer ist. Gerade will ich eine der Türen öffnen, um zu sehen, ob sich anhand der Klamotten, die Alex eingepackt hat, vielleicht eine Reiseziel eingrenzen lässt, da fällt mein Blick auf ein Bild auf dem Nachttisch. Es zeigt Alessia. Sie lächelt in die Kamera, das Sonnenlicht bricht sich in ihren Augen und in dem kleinen, silbernen Anhänger um ihren Hals. Ich trete einen Schritt näher und mir bleibt für einen Moment die Luft weg.

Diese Kette.

Und mit einem Mal bin ich wieder auf der Straße im Wald, auf der der Unfall passiert ist.

Ich gleite aus der Bewusstlosigkeit wieder in die Realität, höre, wie sich ein Auto mit durchdrehenden Reifen entfernt. Das muss der Wagen sein, der uns gerammt hat. Die Nebelschleier in meinem Kopf drohen dichter zu werden, doch ich kämpfe dagegen an.

Mein Schädel fühlt sich furchtbar an und als ich versuche, die Augen zu öffnen, ist das linke verklebt.

Ich versuche mich an das zu erinnern, was passiert ist und rieche den Rauch. Höre das Feuer lodern.

Den Schmerz ignorierend schaffe ich es, die Augen zu öffnen und mich in die Höhe zu stemmen. Ich sehe das brennende Auto vor mir, die Schemen auf der Rückbank, den umgekippten Baum. Und den kleinen silbernen Gegenstand, der zu meinen Füßen liegt.

Es ist Alessias Kette.

Die Kette, die sie auf dem Foto trägt, das auf Alex' Nachttisch steht.

»Das kann doch nicht sein«, flüstere ich und weiß es doch besser.

Die Kette, die einige Meter von Alex' Wagen entfernt lag, gehörte zweifelsfrei Alessia.

Wie ist sie dahin gekommen?

Es gibt nur eine mögliche Antwort darauf und die jagt einen Schauer über meinen Rücken.

Mit einem Mal ist es nicht mehr so wichtig, Alex zu finden.

KAPITEL 5

Sieben Wochen später
Catania, Sizilien
Alex

»Ein Punch! Noch einer! Noch einer, na los, zeig mir, wie du zuschlagen kannst, das ist doch kein Kaffeekränzchen hier! *Avanti, avanti!*«

Ich schlage zu, wieder und wieder, während Paulo die Pratze mal direkt vor mich hält, mal ein Stück nach unten oder zur Seite variiert. Er denkt, er kann mich verwirren, mich kleinkriegen, doch ich sehe jede seiner Bewegungen kommen und mein Körper reagiert, ohne dass ich auch nur nachdenken muss. Zuschlagen ist einfach, Kämpfen bis zur Erschöpfung ist einfach. Mit dieser Art von Schmerz komme ich klar.

»Das geht besser! Gib's mir, komm schon, zeig mir, wer der Herr im Käfig ist!«

Noch ein Schlag, dann noch einer, allein schon, um das dämliche Gelaber zu übertönen.

Der Herr im Käfig! Wen interessiert der verfluchte Käfig?

Ich brauche keine Zuschauer, die mir zujubeln, keine Promoter, die mir erzählen, dass ich der nächste große Star in der UFC sein werde. Alles, was ich will, ist eine Eintrittskarte. Ich schlage wieder und wieder zu. Dabei versuche ich mich zu konzentrieren, doch mein Hirn spielt mir wie so oft in letzter Zeit einen Streich. Die Bilder tauchen auf.

Zuerst sehe ich ihr lachendes Gesicht. Es zuckt vor meinem inneren Auge umher, ist erst da, dann wieder fort, doch dann verändert es sich und auf einmal steht ihr schwarzes Haar in Flammen.

»Ja! Besser! So ist es gut! Komm schon, leg noch mehr Wut hinein, mehr Zorn, mehr Hass!«

Ich prügle weiter auf die Pratze ein. Egal wie schnell Paulo die Position wechselt, er ist immer noch zu langsam für mich. Ich lande einen harten Treffer nach dem anderen. Meine Schultern und Oberarme brennen wie Feuer.

Feuer.

Ich sehe das brennende Wrack, in dem sie gestorben ist. Ich sehe, wie sie verzweifelt versucht, sich aus den Flammen zu befreien und ich höre, wie sie meinen Namen schreit. Aber ich war nicht da. Diese Pisser haben sich nicht getraut, sie anzugreifen, solange sie in meiner Nähe war. Diese feigen Bastarde haben gewartet, bis wir uns für ein paar Stunden trennen, und dann haben sie zugeschlagen. Typisch Mafia. Die Handschrift der verfluchten Cosentinos. Ein Mafia-Mord ist nur ein guter Mord, wenn er unerwartet kommt und wenn er in die Familie des Opfers ein möglichst großes Loch reißt. Aber sie haben sich verrechnet. Sie hätten uns beide töten sollen. Ich werde –

»Au! Bist du verrückt?!« Auf einmal fällt die Pratze zu Boden, Paulo wendet sich ab und drückt sich beide Hände aufs rechte Auge.

Ich lasse die bandagierten Fäuste sinken und spüre erst jetzt, wie sehr ich außer Atem bin. Verwirrt sehe ich Paulo zu.

Was hat er auf einmal?

»Gezielt zuschlagen, habe ich gesagt! Auf die Pratze, nicht auf mich, du Vollidiot!«

»*Scusa*«, keuche ich immer noch atemlos, als Paulo sich zu mir umdreht und ich sehe, was ich angerichtet habe. Statt auf die Pratze habe ich ihm mit voller Wucht ins Gesicht geschlagen. Ich muss ihm eine Platzwunde zugefügt haben, denn zwischen den Fingern seiner rechten Hand, die er sich immer noch vors Auge presst, quillt Blut hervor.

»Deine Entschuldigungen kannst du dir sparen! Das war jetzt das dritte Mal diese Woche, dass du einen von uns verletzt hast! Du bist wütend, das habe ich gleich bei deinem ersten Training hier gemerkt! Aber was immer dich wütend macht – ich bin dein Trainer und du hast es nicht an mir auszulassen! Krieg das in den Griff oder du bist raus, ist das klar?!«

Ich nicke. »*Sì*. Es wird nicht wieder vorkommen.«

»Heute zumindest nicht! Pack deine Sachen und verschwinde!« Mit diesen Worten stürmt Paulo in Richtung Waschraum und lässt mich allein im Gym stehen.

Ein paar Momente lang stehe ich nur da und sehe ihm nach. Warte darauf, dass sich die Nebel in meinem Hirn lichten. Es ist immer noch nicht leicht, klar zu denken. Morgens aufzustehen und zu wissen, dass ein weiterer Tag ohne sie anbricht. Abends schlafen zu gehen und zu wissen, dass ich von ihr träumen werde, nur damit sie mir morgens wieder genommen wird.

So läuft mein Leben jetzt: Ich verliere sie wieder und wieder. Doch mit jedem Mal wird mein Hass größer. Und es zeigt sich, dass ich Recht hatte – Hass ist der beste Motor. Er lässt mich weitermachen. Auch jetzt.

Ich habe lange auf einen ungestörten Moment im Trainingsraum gewartet. Meistens sind außer mir noch andere Fighter hier, aber heute habe ich Paulo um ein abendliches Sondertraining gebeten und bin seit circa einer Stunde mit ihm allein. Ich warte, bis er die Waschraumtür hinter sich geschlossen hat, dann gehe ich zu seiner Tasche, die unter einer der Holzbänke am Hallenrand steht. Meine habe ich vorhin so daneben platziert, dass ich im Ernstfall einfach tun kann, als würde ich darin und nicht in seiner herumwühlen. In Wahrheit jedoch hocke ich mich zu Paulos Sachen, öffne die Tasche und suche nach seinem Handy. Paulo habe ich ziemlich kurz nach meiner Ankunft in Sizilien kennengelernt. Das war vor drei Wochen. Davor habe ich mich zwei Wochen lang in einem kleinen Hotel in Rom eingemietet, um alles vorzubereiten – vor allem mich selbst. Ich habe meine Haare länger wachsen lassen und trage dauerhaft einen Dreitagebart. Ich habe es auch mit Kontaktlinsen versucht, aber die sind nicht geeignet für mich. Hätte ich beim Training eine durch einen gezielten Schlag verloren, wäre ich sofort aufgeflogen. Ich habe mir einen neuen Namen zugelegt, eine neue Identität. Seit ich in Catania angekommen bin, heiße ich Savio Giordano. Ich bin Amerikaner mit italienischen Vorfahren. Italienisch spreche ich jetzt fast fließend. Ich bin Savio Giordano und ich bin nach Sizilien gekommen, um hier ein berühmter Fighter zu werden. Offiziell.

Inoffiziell habe ich keinen genauen Plan. Ich weiß nur, dass die Cosentinos von hier stammen und dass sie ihre Geschäfte wenn dann mit Sicherheit hier wieder aufnehmen, wo sie Kontakte haben.

Ich will immer noch nichts als Blut sehen. Blut und Feuer.

Ich habe das Versprechen nicht vergessen, das ich Alessia gegeben habe.

Es ist das Einzige, was noch Bedeutung für mich hat. Die meisten Zeit über sorgt der Gedanke an die Rache, die vor mir liegt, dafür, dass ich mich einigermaßen im Griff habe. Aber manchmal, so wie jetzt gerade, verliere ich die Beherrschung. Darum habe ich die Jungs hier im Gym verletzt. Einem von ihnen habe ich den Arm ausgekugelt, einem anderen die Nase gebrochen. Und erst vorgestern bin ich aus meinem Hotel geflogen, nachdem ich an der Bar Stress mit einem anderen Gast angefangen hatte. Keine Ahnung mehr, weswegen. Ich habe einfach rot gesehen.

Endlich finde ich Paulos Handy zwischen seinen Klamotten und einem alten verschwitzten Handtuch. Ich lasse das Display aufleuchten und habe Pech: Um das Telefon zu entsperren, brauche ich eine PIN. Den Geburtstag von Paulos Tochter und den seiner Frau habe ich schon herausgefunden. Ich probiere beide, aber sie stimmen nicht.

Shit.

Im Waschraum wird das Wasser aufgedreht und ich sehe kurz zur Tür. Ich könnte willkürlich noch eine weitere Zahlenkombination ausprobieren, bevor das Handy gesperrt wird, aber dabei würde ich sicher nicht auf die richtige stoßen. Also bleibt mir nur Plan B.

Ich öffne das Seitenfach meiner eigenen Sporttasche
und ziehe eine kleine Plastikbox hervor. Ich lege das
Handy kurz weg und hole aus der Box die leere Speicherkarte, die ich mitgebracht habe. Dann baue ich
Paulos Handy so weit auseinander, dass ich seine Speicherkarte herausnehmen kann und tausche sie gegen
die neue, leere aus. Anschließend lege ich das Handy
zurück an seinen Platz, mache die Tasche zu, schnappe
mir meine Sachen und gehe zur Tür.

Wenn Paulo herausfindet, dass seine Speicherkarte
leer ist, wird er an einen technischen Fehler glauben.
Manchmal löschen sich die Dinger eben. Aber ich
werde hoffentlich Glück haben und auf seiner Karte etwas finden, das mich näher an die Menschen heran-
bringt, die ich suche.

Meine alten Feinde. Die Cosentinos.

Ich weiß, dass sie alle seit über einem Jahr im Knast
sitzen und dort auf einen der größten Mafia-Prozesse
warten, die es in Italien je gab. Ich weiß aber auch, dass
Mafia-Familien von ihren Beziehungen untereinander
leben und dass es daher mit Sicherheit noch jemanden
hier draußen gibt, der loyal genug ist, um diejenigen,
die an ihrer Verhaftung schuld sind, büßen zu lassen.

Wer auch immer das ist, ich werde ihn finden.

Ich verlasse das zweistöckige Gebäude im Zentrum
von Catania, in dem sich das Gym befindet. Draußen ist
es kalt. Viel kälter, als ich es in Italien für möglich gehalten hätte. Ist noch November oder schon Dezember?
Während ich meine schwarze Trainingsjacke aus der
Tasche krame, sehe ich mich um und entdecke Weihnachtsbeleuchtung in vielen Fenstern. Sofort muss ich

an letztes Jahr denken. Alessia und ich haben gemeinsam mit Hector und Marisol die verdorrte alte Palme vor unserem Haus geschmückt. Kugeln daran gehängt, den Stamm mit künstlichem Schnee angesprüht und all sowas. Es sah schrecklich aus. Alessia hat Fotos geschossen und dabei Tränen gelacht. Ich versuche, mir ihr Gesicht an jenem Tag ganz genau vorzustellen und bin erleichtert, dass es noch geht.

Aber ihre Stimme ... ihre Stimme verblasst langsam. Das ist mir schon vor ein paar Tagen aufgefallen und es macht mir verdammte Angst.

Ich laufe schneller, als könnte ich die Gedanken so hinter mir lassen, ziehe die Jacke an und die Kapuze über meinen Kopf. Obwohl ich mein Aussehen verändert habe, macht es mich etwas paranoid, hier zu sein. Das Gute ist, dass meine letzte Begegnung mit den Cosentinos sich fast vollständig in Chicago abgespielt hat. Hier könnten mich nur die Gäste der Feier erkennen, auf der Alessia und ich alles hochgehen lassen haben. Doch die meisten davon dürften im Knast sitzen, also gibt es eigentlich keinen Grund, vorsichtig zu sein.

Trotzdem. Ich will kein Risiko eingehen, also schlage ich mit gesenktem Blick den Weg zu meinem neuen Zuhause ein. Es ist eine verlassene Fischerhütte ganz in der Nähe vom Strand. Ich habe sie zufällig gefunden, nachdem ich aus dem Hotel geflogen war. Ich lief ziellos durch die Gegend, als ich plötzlich vor dem kleinen Holzhaus stand. Wer auch immer dort mal gewohnt hat, scheint einfach abgehauen zu sein, ohne irgendwas abzumelden, denn das warme Wasser und der Strom gehen noch. Ideal für meine Zwecke. Als hätte mich das Schicksal hergeführt.

Ich erreiche die Hütte, von deren Fassade rote Farbe bröckelt, über eine neblige Wiese. Ein paar Meter durch den Sand, dann bin ich da. Im Sommer sind hier sicher überall Touristen, aber jetzt bin ich ganz allein hier draußen.

Das Vorhängeschloss vor der Tür habe ich geknackt und durch ein neues ersetzt. Eigentlich sollte ich Harley ja dankbar sein, dass er mir als Kind ein paar Polizeitricks gezeigt hat. Ich kann die meisten Schlösser öffnen und kenne die Schwachstelle sämtlicher Handschellen. Doch ich empfinde im Moment nichts als Wut, wenn ich an ihn denke.

Als ich Licht mache, fällt mein Blick auf die Bilder an der Wand. Ich habe sie aus meiner Wohnung in Arecibo mitgenommen. Es sind Fotos vom Tatort, die ich selber gemacht haben muss, irgendwann in der verschwommenen Woche nach Alessias ... nachdem es geschehen ist.

Das Wrack war natürlich nicht mehr da. Die Straße war weiträumig gesperrt und der Baumstamm, mit dem Harley angeblich kollidiert ist, lag noch da. Ich habe ihn mir genauer angesehen, und was ist mir dabei aufgefallen? Der Baum ist nicht etwa entwurzelt worden. Er wurde abgesägt. Ich habe den Stumpf gefunden und die Spuren der Motorsäge deutlich gesehen. Aber das war nicht alles, was mir aufgefallen ist. Nachdem ich den ersten Hinweis darauf, dass der Unfall in Wahrheit keiner war, entdeckt hatte, habe ich noch eine Ungereimtheit gefunden.

In einer der Nächte nach Alessias und Patricias Tod habe ich Harley im Krankenhaus besucht. Er hat tief und fest geschlafen, aber das machte nichts. Ich wollte nicht wirklich zu ihm, sondern ich brauchte nur sein Handy. Ich glaubte ihm nach wie vor kein Wort und wollte wissen, ob er wegen des „Unfalls" schon mit seinen Bullenkollegen in Kontakt war. Ich fand zwei Dinge, die für mich wichtig waren.

Das eine war ein Foto. Es hängt ebenfalls ausgedruckt an meiner Wand und ist das Letzte, was ich mir jeden Abend ansehe, bevor ich schlafen gehe. Alessia ist darauf, in einem dunkel lilafarbenen Kleid. Sie sieht glücklich aus. Glücklich und nervös. Harley muss es an dem Tag geschossen haben, als ich ihr den Antrag machen wollte. Sie muss etwas geahnt haben. Wenn stattdessen nur einer von uns gewusst hätte, dass ich sie niemals fragen würde, hätten wir uns nicht so leichtfertig verabschiedet. Ich hätte sie gar nicht gehen lassen.

Ich schüttle den Kopf wie nach einem harten Schlag, um die Gedanken loszuwerden.

Die zweite Sache, die ich auf Harleys Handy fand, waren ein paar Notizen über den Unfall, die er sich gemacht hatte. Eine Menge wirres Zeug, beeinflusst von den Schmerzmitteln, die sie ihm im Krankenhaus gaben. Aber auch etwas Entscheidendes: Dort stand, dass der Gurt auf der Beifahrerseite kaputt gewesen wäre und die Frauen deshalb beide hinten saßen. Ich weiß aber sicher, dass das nicht so war.

Scheiße, ich bin doch kein Idiot. Sowohl Alessia und ich lieben es ... *liebten* es, schnell zu fahren. Da sorge ich doch für vernünftige Gurte! Kein Zweifel, jemand hat an meinem Auto herum manipuliert. Wer nicht angeschnallt ist, stirbt bei einem Unfall viel schneller.

Außer natürlich, er wird auf der Rückbank eingeklemmt und verbrennt.

Ich schlage die Tür fest hinter mir zu. Ich darf mich jetzt nicht von meiner Wut übermannen lassen, sonst bringe ich heute Nacht nichts Sinnvolles mehr zustande. Aber das muss ich.

Also atme ich tief durch, während ich mich an den kleinen Esstisch der Hütte setze. Viel mehr gibt es hier nicht: den Tisch, zwei Stühle, in der Ecke ein schmales Bett, dazu eine Küchenzeile und auf der Rückseite des Gebäudes eine Toilette in einer einzelnen Kammer. Noch nicht mal eine Dusche, darum dusche ich im Gym.

Ich greife neben mich, hebe zwei lose Bodendielen an und ziehe meinen Laptop hervor. Tagsüber verstecke ich ihn dort, für den Fall, dass hier mal eingebrochen wird. Ich fahre ihn hoch und lege die Speicherkarte ein. Dabei spüre ich, wie sich alles in mir verspannt. Gut möglich, dass ich gleich etwas finde. Dokumente, vielleicht E-Mails, oder Fotos, die jemanden zeigen, den ich von der Feier kenne.

Oder ich finde einfach gar nichts. Ich muss zugeben, dass ich keine sonderlich guten Anhaltspunkte hatte, als ich hergekommen bin. Die Cosentinos waren immer in der Fightszene aktiv, also suchte ich mir einen Fight Club, der in Sizilien gerade angesagt ist. Ich erfuhr, dass die Kämpfer aus diesem Club sich seit einer Weile bei Turnieren besonders gut schlagen und dass erst vor kurzem das zugehörige Gym aufwendig renoviert worden ist. Klingt, als käme von irgendwoher das nötige Geld. Möglicherweise trügt mich mein Instinkt, aber ich könnte mir gut vorstellen, dass es von der Mafia stammt. Und wenn ja, dann gibt es für das ganze Geld sicher auch eine Gegenleistung. Oder es hat sie schon gegeben.

Endlich erkennt mein Laptop die Speicherkarte. Ich rufe sie auf und entdecke ein paar Daten, mit denen ich nichts anfangen kann, aber auch eine Fotogalerie.

Wer sagt's denn? Ich beuge mich vor und rufe sie auf, wobei ich selbst nicht genau weiß, was ich erwarte. Bilder von Alessia vor dem Unfall? Von meinem Auto? Das ist fast schon albern. Trotzdem fange ich an die Fotos zu durchsuchen. Irgendwo muss ich ja beginnen.

Ich entdecke genau das, was man bei einem italienischen MMA-Trainer erwarten würde: ein paar Fotos von dem frisch renovierten Gym, einige Selfies, aufgenommen vor dem Spiegel in der Umkleide, die Paulo oben ohne zeigen. Ein paar Bilder von seiner Frau und seiner kleinen Tochter. Auf einem sitzen die zwei auf einer Decke am Strand und strahlen in die Kamera. Auf einem anderen hält das kleine Mädchen ihrem Vater eine Blume hin. Ich muss an Kim denken. Ich hoffe, sie ist o–

Auf einmal spüre ich, wie mir ein Eimer eisiges Wasser über den Rücken geschüttet wird. Nicht wirklich. Aber es fühlt sich genauso an. Ich starre auf den Bildschirm und rühre mich nicht, und für einen Moment scheint sogar das Herz in meiner Brust stehenzubleiben. Ich atme nicht, merke das aber erst, als mir schwindelig wird. Und dann, ganz plötzlich, beginnt mein Puls zu rasen und ich ziehe den Laptop näher an mich heran, als würde die Aufnahme deutlicher, plastischer werden, wenn ich nur nah genug rangehe. Es ist kein gutes Foto, was vermutlich an dem Rauch liegt, der vor der Linse herumwabert, doch das, was ich sehe, reicht schon. Es ist das Wrack eines schwarzen Autos. Viel übrig ist tatsächlich nicht, aber man erkennt noch Reste des rot lackierten Dachs und der ebenfalls roten Motorhaube. Zweifellos die Überreste meines Mustang.

Mir wird schlecht, als ich mich zwinge, den hinteren Bereich des Wagens in Augenschein zu nehmen. Doch es ist nichts zu sehen. Keine toten Körper, nicht mal Teile davon. Nur Rauch und Reste von Metall und Kunststoff.

Ich zwinge mich durchzuatmen, doch meine Gedanken rasen. Woher hat Paulo dieses Bild? War er es etwa? Er selbst?

In dem Gym, wo ich jetzt bin, ist er nicht nur Trainer, sondern es gehört ihm auch. Als ich begann, hier in Catania nach einem Verein zu suchen, wurde ich immer wieder auf ihn hingewiesen. Geh zu Paulo, der bringt dir was bei.

Was, wenn er nicht nur ein Fighter, sondern auch ein Killer ist?

Ich springe auf, mache ein paar Schritte durch die Hütte. Ich sollte sofort zu ihm fahren und die Wahrheit aus ihm herausprügeln! Wenn ich erst mit ihm fertig bin, wird er mir alles sagen, was ich wissen will. Vor allen Dingen, wer ihn beauftragt hat. Und dann werde ich ihm den Hals umdrehen, diesem Pisser!

Schon bin ich bei der Tür, doch ich halte mich gerade noch zurück. Irgendwas passt hier nicht. Und im nächsten Moment wird mir auch klar, was.

Ich hetze zurück zum Tisch, schließe das Foto und mein Blick fliegt über den Monitor, bis ich den Unterordner gefunden habe, den ich als Letztes durchsucht habe.

WhatsApp. Das heißt, er hat das Bild nicht gemacht. Es wurde ihm geschickt.

Verdammt! Ehe ich mich zurückhalten kann, versetze ich dem Tisch mit beiden Händen einen festen Stoß, er kippt hintenüber und der Laptop fällt zu Boden.

Dann wird mir klar, dass das hier immer noch ein Schritt nach vorn ist. Paulo ist vielleicht nicht der Killer, aber er hat zweifelsfrei etwas mit Alessias Tod zu tun. Ich muss wissen, mit wem er sich schreibt und was.

Und ich weiß auch schon, wer mir dabei helfen wird.

Harley

Es war ein extrem anstrengender Tag. Ich bin diese Art von Anstrengung nicht mehr gewöhnt, und als ich abends unter der Dusche stehe, tun sämtliche Muskeln in meinem Körper weh. Dazu kommen die Knochen, die immer noch nicht perfekt geheilt sind. Mein linker Arm wird von einer Titanplatte und Schrauben zusammengehalten. Das Bein war zum Glück wirklich nur angebrochen, doch es macht nach wie vor leichte Probleme. Aber das ist alles nichts, was nicht auszuhalten wäre.

Kaum auszuhalten ist dagegen das Schrillen meines Handys. Megan kann es nicht sein, mit ihr habe ich gerade erst geredet. Kim hatte ich auch kurz dran. Also muss es jemand anders sein, der mich beim Duschen stört. Kurz denke ich darüber nach, das Klingeln einfach zu ignorieren. Aber das wäre ziemlich kindisch, also mache ich das Wasser aus, öffne die Duschtür und greife nach dem Telefon. Ein Blick aufs Display verrät mir, dass es wohl wirklich besser ist, diesen Anruf anzunehmen. Es könnte wichtig sein.

Ich drücke auf den grünen Hörer, dann halte ich mir das Telefon ans Ohr. »Dylan. Was gibt's?«

Mein früherer Kollege von den Cops in Chicago klingt angespannt. »Er hat mich gerade angerufen.«

Sofort ist meine Erschöpfung verflogen. Ich steige aus der Dusche, schnappe mir das erstbeste Handtuch und frage: »Wo ist er? Wie geht es ihm?«

Dylan atmet geräuschvoll ein, ehe er antwortet. »Tja, dein Junge ist nicht dumm, Harley. Er hat nicht über ein Telefon, sondern über das Internet angerufen, versteckt hinter mehreren Proxys.«

»Was zur Hölle soll das heißen?«

»Dass wir, wenn überhaupt, die Standorte der Server finden können, die er genutzt hat, nicht aber ihn.«

»Scheiße, seit wann ist Alex denn so ein Computergenie?!«

Dylan lacht dünn. »Das muss er nicht sein. Anleitungen fürs anonyme Telefonieren gibt es überall.«

Ich presse die Lippen aufeinander und schlinge mir das Handtuch um die Hüften. Meine Hoffnung, Alex zu finden und zur Vernunft zu bringen, ist damit wieder mal umsonst gewesen. Aber wenigstens lebt er und scheint in Freiheit zu sein, weder von der Polizei noch von der Mafia irgendwo gefangen. Das ist gut. Dann kann ich mich weiter um mein eigentliches Ziel kümmern.

»Was wollte er?«, frage ich.

»Software.«

»Bitte?«

Dylan seufzt. »Er wollte, dass ich ihm ein Programm schicke, mit dem man Handys hacken kann. Und eine Anleitung, wie es funktioniert.«

Ich fluche innerlich. Dylan zu kennen ist für mich praktisch, denn mein früherer Partner ist mittlerweile einer der führenden Technikexperten bei der Chicagoer Polizei. Aber dass Alex ihn auch kennt, seit er ein kleiner Junge war, ist ein verdammtes Problem. Immerhin weiß ich jetzt, dass ich Recht hatte. Alex ist losgezogen, um die Wahrheit herauszufinden. Und wenn er sie gefunden hat, dann wird er sicher nicht nach Hause zurückkehren, als sei nichts gewesen. Er wird die Hölle losbrechen lassen. Ohne Rücksicht auf Verluste.

»Hast du ihm den Gefallen getan?«, will ich wissen.

»Die Alternative war laut ihm, dass er bei der betreffenden Person einbricht, alles kurz und klein schlägt und sich das Handy einfach holt, also ...«

Ich schließe für einen Moment die Augen. Sicher war das die Alternative. Alex ist kompromisslos in allem, was er tut. Er weiß allerdings auch genau, was er sagen muss, damit andere das tun, was er will. Na ja. Wenn er noch in der Lage dazu ist, Dylan zu erpressen, hat er wenigstens nicht gänzlich den Verstand verloren. Er kann noch halbwegs klar denken.

»Wie hat er sich angehört?«, frage ich.

»Als hätte er es eilig.«

»Betrunken? High?«

Dylan macht ein unbestimmtes Geräusch. »Komm schon, Harley. Du weißt selbst, dass Alex nicht der Typ dafür ist. Seine Droge ist Zorn.«

Ja, da hat er wohl Recht. Ich wünschte jedoch, er würde seine Trauer und seinen Schmerz einfach in Alkohol ertränken. Dann wäre es einfacher, ihm zu helfen. »Wohin hast du die Software geschickt?«, frage ich.

Dylan sagt einen Moment lang nichts, ich höre ihn tippen, dann lacht er leise.

»Was ist so komisch?«

»Ich habe den Mailhoster gerade nachgeschlagen. Es war eine Wegwerfadresse. Man kann Alex ja viel nachsagen, aber ein Dummkopf ist er wirklich nicht.«

»Leider«, knurre ich und bedanke mich bei Dylan für die Information, ehe ich mich verabschiede. Gut. Wenigstens weiß ich jetzt, dass Alex so weit okay ist. Aber ich weiß jetzt auch sicher, dass er sich nicht etwa irgendwo verkriecht, sondern dass er definitiv einen Krieg vorbereitet.

Warum glaubt dieser Idiot immer und immer wieder, dass man Kriege allein gewinnen kann?

Alex

Es ist spät in der Nacht, als der Laptop endlich ein Signal von sich gibt. Ich hebe den Kopf von der Tischplatte wische mir über die Augen und sehe auf den Monitor. Das Notebook ist zum Glück nicht kaputtgegangen, als es zu Boden gefallen ist. Es funktioniert immer noch einwandfrei, und Dylans Programm tut das offenbar genauso.

Weil es von der Polizei kommt und nicht von irgendjemandem selbst programmiert worden ist, ist es auch noch ziemlich einfach zu bedienen. Alles, was ich tun musste, war Paulo eine Nachricht zu schicken, versehen mit einem Trojaner. Ich musste noch nicht mal einen Anhang mitsenden, das Virus versteckte sich hinter dem Text. Ich fragte ihn also, wie es ihm geht und sagte ihm, dass mir der Schlag von vorhin leidtut. Und kaum hatte er den Text geöffnet, fing die Software auch schon an, sein Handy zu knacken. Und jetzt hat es offenbar geklappt.

ZUGANG ERMÖGLICHT

steht in großen Buchstaben auf dem Monitor. Darunter ist ein kleines Icon in der Form eines Smartphones, darunter steht Paulos Nummer.

Ich richte mich auf, klicke das Icon an und spüre, wie mein Puls gleich wieder in die Höhe schnellt. Ich habe in den letzten Wochen mit Dutzenden Leuten geredet, bin hunderten falschen Spuren nachgelaufen wie ein räudiger Köter. Aber jetzt bin ich diesen Pissern auf der Spur.

Paulo schreibt sich mit unzähligen Leuten, das sehe ich gleich, als ich auf sein WhatsApp zugreife. Mit seiner Frau natürlich, mit ein paar Jungs aus dem Fight Club, mit einigen, die auf ihren Fotos älter aussehen und wahrscheinlich seine Eltern oder Schwiegereltern sind. Ich überspringe die Gespräche mit Frauen, weil ich nicht glaube, dass der Anschlag auf Alessia, Patricia und Harley von einer Frau verübt worden ist.

Also gehe ich all die anderen Chats durch, scrolle die Texte schnell runter und suche nach Fotos. Sein Vater hat ihm das Bild von dem Wrack nicht geschickt, sein Schwiegervater auch nicht. Die ersten Jungs aus dem

Gym, auf die ich stoße, genauso wenig. Aber irgendwo muss es sein. Also suche ich weiter und weiter, so lange, bis es draußen fast schon wieder hell wird. Und dann finde ich es. Das Foto, das ich vorhin in dem Bilderordner gesehen habe, versehen mit einer Nachricht von einem meiner Trainingskollegen:

BOOOM. Das ist das Ergebnis. Ich habe ganze Arbeit geleistet, oder?

Ich starre den Text lange an. Lange und ohne mich zu rühren, ohne zu atmen. Nur mein Herz hämmert in meiner Brust, wie eine Faust, die wieder und wieder zuschlägt.

Luca. Sein Name ist Luca. Er ist einer der Besten im Gym, wenn nicht der Beste. Wir haben ein paar Mal im Sparring gegeneinander gekämpft. Hätte ich gewusst, was er getan hat, hätte ich ihn totgeprügelt.

Ich springe auf, der Stuhl scheppert zu Boden.

Dieser Bastard! Warum hat er das getan?!

Du kennst die Antwort, sage ich mir. Weil er sich bei der Mafia einschleimen will. Für Geld. Für die Bewunderung der Paten.

Immer noch fassungslos starre ich auf den Monitor, dann drehe ich mich ruckartig um und stürme zur Tür. Ich werde ihn erledigen, jetzt gleich. Ein Leben für zwei Leben, kein fairer Tausch, aber besser als nichts.

Ich reiße die Tür auf, eile raus in die eiskalte Nacht – und kapiere, dass ich ein Problem habe. Ich kenne seine Adresse nicht. Ich habe keine Ahnung, wo ich hin muss.

»Scheiße«, höre ich mich selbst fluchen.

Das kann doch nicht sein. Ich weiß, wer es war und kann nichts tun. Wie schon die ganze Zeit über kann ich nicht das Geringste tun!

Ich drehe mich um, knalle die Tür der Hütte hinter mir zu. Mein Blick fällt auf den Monitor, auf das Foto und die Nachricht.

Ganze Arbeit geleistet. Ganze verfluchte Arbeit.

Mit einem Schritt bin ich beim Tisch, packe die Platte mit beiden Händen und werfe ihn mit voller Wucht gegen die Wand. Aber das reicht nicht. Ich stürze herüber zur Küchenzeile und fege alles herunter, was darauf steht. Teller, die Kaffeemaschine, Tassen. Dann ist das Bett dran, das Gestell gibt unter einem heftigen Kick nach. Ich reiße die dämlichen Tatortfotos von der Wand, doch dann gibt es hier nichts mehr zu zerstören. Alles ist kaputt und ich fühle mich kein Stück besser.

An der Tür lasse ich mich zu Boden sinken. Mein Atem geht schnell und stoßweise, trotzdem bekomme ich kaum Luft. Ich sehe mich um und mir wird klar, dass das hier nicht hilft. Egal was ich zerstöre, es tut dadurch nicht weniger weh, dass Alessia nicht hier ist.

Doch ich werde trotzdem weitermachen. Die Menschen, denen Luca wichtig ist, sollen denselben Schmerz empfinden wie ich. Seine Eltern? Selber schuld, wenn sie ihn zu einem Mörder erziehen!

Ich drehe den Kopf Richtung Fenster. Es ist mittlerweile fast vollständig hell. Nicht mehr lange, dann öffnet das Gym.

Ich werde meine Rache bekommen. Noch heute.

***

Als Paulos Wagen vor dem Gym parkt, warte ich schon an der Tür. Noch immer ist es kalt, mein Atem kondensiert vor meinem Gesicht, aber innerlich habe ich das Gefühl zu verbrennen.

Paulo steigt aus und kommt langsam auf mich zu. Das Gym liegt in einer Seitenstraße abseits von den Touristenattraktionen, um diese Zeit ist es vollkommen still. Ich höre nur Paulos Schritte und meine eigenen schnaufenden Atemzüge. Ich muss mich beherrschen, darf nicht an die Nachricht denken. Nicht daran denken, dass er von Alessias Ermordung weiß.

»Willst du dich heute besonders gut anstellen, nachdem du es gestern versaut hast?« Schief grinsend bleibt er vor mir stehen. Über seinem Auge klebt ein großes Pflaster.

Auch wenn meine Kehle immer noch wie zugeschnürt ist, bringe ich ein paar Worte heraus: »Ich will kämpfen.«

»Klar willst du das, sonst wärst du nicht hier.« Paulo will an mir vorbeigehen und die Tür aufschließen, doch ich halte ihn fest.

»Du verstehst mich nicht. Ich will richtige Fights. So schnell wie möglich.«

»Du bist noch nicht bereit.«

Ich packe Paulo fester und drehe ihn zu mir herum. »Ich bin mehr als bereit und ich beweis' es dir! Ich will gegen deinen Besten kämpfen! Lass mich gegen Luca antreten! Heute!«

Paulo mustert mich von oben bis unten. Sein Blick bleibt an meinen Händen hängen, die was abbekommen haben, vorhin in der Hütte.

»Mit wem hast du dich geprügelt, Savio?«

»Der Einrichtung«, knurre ich.

Paulo lacht lautlos und schüttelt den Kopf. »Was ist es, das dich so wütend macht? Verrat es mir und ich lasse dich heute gegen Luca antreten.«

Ich starre ihn an und bin kurz davor, auf ihn loszugehen, diesmal mit Absicht. Was geht ihn mein Leben an? Was geht es ihn an, wie ich mich fühle? Ich weiß, manche glauben, man dürfte als Fighter nicht wütend sein, weil man dann nicht klar im Kopf ist, wenn es darauf ankommt. Aber ich bin anders. Ich habe in meinem ganzen Leben erst einen Kampf verloren. Und ich habe immer nur aus Wut gekämpft.

»Lass mich antreten und ich sage es dir. Hinterher.«

Paulo betrachtet mich noch einen Moment, dann schüttelt er den Kopf und wendet sich wieder ab. »Na schön. Ich will ehrlich zu dir sein. Ich kann einen guten Fighter gebrauchen. Es sieht aus, als würden wir hier in Catania einen neuen Profi-Stall aufziehen. Luca ist mein Favorit, ich trainiere ihn seit Jahren.« Er schließt die Tür auf, dann sieht er über die Schulter zu mir. »Wenn du ihn fertigmachst, kannst du seinen Platz einnehmen.«

Damit verschwindet er im Hausflur und läuft die Stufen zum Studio hoch. Ich starre ihm hinterher und gebe ihm stumm ein Versprechen. Ich werde Luca fertigmachen. Fertiger, als ihm lieb ist.

Die anderen Fighter tauchen nach und nach während der nächsten Stunde auf. Ich ziehe mich in den Geräteraum zurück, um nicht durchzudrehen, sobald ich Lucas dämliches Gesicht sehe. Ich mache mich warm. Sit-ups. Liegestütze, bis meine Schultern schmerzen. Ich höre die anderen in der Halle reden und lachen und versuche, nicht darauf zu achten. Allein seine Stimme würde mich dazu bringen, rot zu sehen, das weiß ich.

Also konzentriere ich mich nur auf mich oder versuche es zumindest – doch als Paulo irgendwann kommt, um mir Bescheid zu sagen, dass es losgehen kann, habe ich trotzdem Mühe, nicht gleich an ihm vorbei zu stürmen und kurzen Prozess zu machen.

Durch einen schmalen Flur folge ich Paulo in den Trainingsraum, wo sich das Oktagon befindet.

»Ich dachte, wir machen es wenn dann richtig«, sagt er, ohne sich zu mir umzudrehen. »Bare knuckle, keine Runden, keine Regeln. Ihr kämpft, bis einer aufgibt oder K.o. geht.«

Ich nicke. Paulo dreht sich fragend zu mir um und mir wird klar, dass er das nicht gesehen hat.

»Gut«, sage ich.

Dann erreichen wir die Halle. Die anderen Fighter, vielleicht zehn oder zwölf Mann, haben sich um den Käfig versammelt. Luca tänzelt schon darin herum und sieht mir entgegen. Kaum blicke ich in sein Gesicht, wird das Feuer in mir zu glühender Lava. Die Worte, die er Paulo geschrieben hat, wabern durch mein Hirn und ich hasse ihn noch nicht einmal mehr dafür. Das, was ich empfinde, geht tiefer.

»Du willst dich also beweisen, Savi!«, ruft er. »Einen besseren Gegner hättest du dir nicht aussuchen können! Ich werde dir genau zeigen, an welchen Stellen es bei dir noch hakt!«

Er grinst mir blöd entgegen und die anderen lachen. Ich ziehe mein Shirt aus und lasse es zu Boden fallen, ohne ihm eine Antwort zu geben. Es gab Zeiten, da hätte ich ihn locker in seine Schranken gewiesen, noch bevor der Kampf überhaupt begonnen hätte. Aber die Zeiten sind vorbei. Dieses ganze Getue interessiert mich nicht mehr. Das Einzige, was mich interessiert, ist ihn fertigzumachen.

Ich steige in den Käfig, sehe ihm mit festen Blick entgegen. Vor anderthalb Jahren, als ich losgezogen bin, um den Mörder meines Vaters zur Rechenschaft zu ziehen, stellte ich mir oft die Frage, ob ich in der Lage sein würde, ihn zu töten. Diesmal sind da keine Fragen in meinem Kopf. Da ist nur eine Tatsache, so unumstößlich wie der Wechsel von Tag zu Nacht: Wenn Liebe tief genug geht, dann tötet sie.

Liebe tötet.

»Was ist mit dir?«, fragt Luca, der immer noch umhertänzelt, um sich warmzuhalten. »Hat's dir die Sprache verschlagen? Angst vor der eigenen Courage, eh?«

Ich sage nichts, stehe nur da. Jede Faser meines Körpers brennt darauf, dass es endlich losgeht.

Paulos Stimme dringt an mein Ohr, verwaschen, wie aus weiter Ferne: »Okay, Jungs! Die einzige Regel lautet: keine Regeln. Zeigt, was ihr drauf habt! Zeigt mir, wie sehr ihr es wollt! Fertig? *Fight!*«

Das Kommando hallt wie ein Echo durch meinen Kopf. Meine Muskeln spannen sich an, meine Fäuste heben sich wie von selbst.

Luca sprintet zwei Schritte und springt nach vorne, geradewegs auf mich zu. Eine Aktion, die eigentlich ziemlich unerwartet kommen würde, wenn ich nicht bereit wäre und mit allem rechnen würde. Wenn ich nicht immer noch diese verdammte Nachricht von ihm im Kopf hätte, sein Geständnis.

Ich habe ganze Arbeit geleistet.

Er hat meine Freundin und meine Großmutter in einem Wrack verbrennen lassen. Er hat sie auf dem Gewissen.

Ich springe zur Seite und verpasse ihm gleichzeitig einen Schlag seitlich gegen das Gesicht, der ihn noch im Flug eine halbe Drehung machen und dann zu Boden gehen lässt.

Bei einem normalen Übungskampf würde ich warten, bis er sich wieder gefangen hat, doch hier ist rein gar nicht normal, deshalb zögere ich keine Sekunde und verpasse ihm einen Kick gegen den Kopf. Blut spritzt und die Jungs grölen, aber das nehme ich nur am Rande wahr. Ich habe gleich zwei Gründe, diesem Bastard hier den Garaus zu machen und werde ihm sicher auch nicht nur einen Augenblick geben, um wieder zur Besinnung zu kommen.

Stattdessen lasse ich mich nun mit einem ganzen Gewicht auf ihn fallen und treibe ihm so auch noch das letzte bisschen Luft aus den Lungen. Paulos bester Mann ist benommen. Kein Wunder nach meinem Tritt. Er keucht, seine Hände tasten nach Halt, doch den werde ich ihn nicht finden lassen. Nicht mehr in diesem Leben.

Ich drehe ihn auf den Rücken, nagle seine Knie am Boden fest und decke sein Gesicht mit Schlägen ein. Immer und immer wieder lasse ich meine Fäuste gegen seinen Kopf krachen. Fühle ich mich dadurch besser? Nein, kein Stück. Aber es ist genau das, was er verdient.

Vor dem Käfig schreit Paulo irgendetwas, wahrscheinlich feuert er Luca an, doch ich verstehe kein

Wort. Da ist nur dieses Fiepen in meinen Ohren, das sogar die Geräusche meiner Schläge dämpft. Ich dresche auf Luca ein, weiter und weiter, bis mich zwei Hände an den Oberarmen packen. Jemand versucht mich an weiteren Schlägen zu hindern.

Ich springe auf die Füße, bereit, dem Kerl, der es wagt, sich einzumischen, ebenfalls eine zu verpassen. Doch kaum habe ich ausgeholt, werde ich von einer dritten Person gepackt und zurückgezerrt, und dann mischt sich noch ein Vierter ein, der mich in den Würgegriff nimmt und mich auf den Boden zwingt. Ich versuche meine Arme zu befreien, doch meine neuen Angreifer überkreuzen sie auf meinem Rücken und jemand kniet sich mit seinem ganzen Gewicht darauf. Der Würgegriff lockert sich und ich versuche mit einem wütenden Schrei, wieder auf die Beine zu kommen. Aber ich habe keine Chance. Ich bin bewegungsunfähig.

»Bist du total irre oder was?!«, fährt mich irgendjemand an.

»Willst du ihn totschlagen oder wie soll das hier enden?!«

Natürlich soll es so enden! Wie denn sonst?! Ich drehe den Kopf und sehe herüber zu Luca. Er liegt stöhnend am Boden, sein Gesicht ist voller Blut, seine Augen schwellen bereits zu.

»Er hat abgeklopft, du Geisteskranker! Hast du kein bisschen Ehrgefühl?!«

Ehre. Ich scheiße auf Ehre. Hier geht es um Rache, und nur um Rache. Noch einmal versuche ich mich zu befreien, aber mein Körper gehorcht mir nicht mehr so, wie er sollte. Ich habe mich vollkommen verausgabt. Ich habe keine Kraft mehr. Keuchend sinke ich zurück auf den Boden und spüre, wie das Gewicht langsam von meinem Rücken verschwindet. Dann werde ich auf die Füße gezogen.

Paulo steht vor mir und sieht mich kalt an. »Raus hier, na los.«

Verständnislos sehe ich ihn an.

»Hörst du schlecht? Raus aus dem Käfig!«

Ich kann nicht raus aus dem Käfig, ich bin hier noch nicht fertig. Doch als ich auch nur versuche, mich zu Luca umzudrehen, der mittlerweile von ein paar der anderen versorgt wird, packen mich gleich vier Arme und halten mich fest.

»Ich will«, beginne ich, aber Paulo lässt mich gar nicht ausreden.

»Was du willst, spielt keine Rolle. Ich habe dich oft genug gewarnt. Du hast Talent, aber ein Fighter, der im Käfig die Kontrolle verliert, hat in meinem Gym nichts zu suchen.«

Ich starre ihn fassungslos an. »Was soll das heißen?«

»Das heißt, pack deine Sachen, verschwinde und lass dich hier nicht wieder blicken.«

»Paulo, ich —«

»Ich will nichts hören! Verschwinde!« Er gibt den anderen ein Zeichen und sie zerren mich unsanft Richtung Tür.

Ich mache mich los. »Das schaffe ich alleine!«

Doch die beiden Fighter, die mich eben von Luca weggerissen haben, trauen mir nicht über den Weg. Sie schieben mich bis zur Tür, stoßen mich nach draußen und kurz darauf fliegt mir meine Trainingstasche hinterher. Dann wird die Tür geschlossen.

Ich bleibe stehen, atme durch. Und kann das erste Mal, seit ich im Morgengrauen herausgefunden habe, wer Alessias und Patricias Mörder ist, einen klaren Gedanken fassen.

Du hast es versaut, Alex. Dieses Gym war deine Eintrittskarte, dein Weg zu den Schuldigen und den Hintermännern. Jetzt stehst du wieder vor dem Nichts.

Ich packe mir mit beiden Händen an den Kopf. »*Puta madre que te parió*«, höre ich mich fluchen und meine Stimme klingt fremd.

Was soll ich jetzt tun? Wie soll ich weitermachen?

Ich habe nicht die geringste Ahnung, doch eine Sache weiß ich: So wird es nicht enden. Ich lasse Luca nicht mit einer Tracht Prügel davonkommen.

Aber er ist nur ein Handlanger. Die, die bei der Mafia wirklich etwas zu sagen haben, töten niemals selbst. Trotzdem klebt Alessias Blut an ihren Händen und das heißt, dass ich sie nicht davonkommen lassen darf. Aber wie soll ich an sie herankommen? Wo soll ich ansetzen, nachdem ich gerade alles verspielt habe?

Ich kenne die Antwort und sie gefällt mir nicht. Es gibt einen Menschen, eine Person, die vom ersten Moment an mehr über die ganze Sache wusste als ich. Jemanden, der mich belogen hat. Der noch etwas gutzumachen hat. Ich besitze vielleicht keine Ehre mehr, doch ich hoffe, dass er es tut.

Noch einmal blicke ich hinter mich zur Tür des Gym, von wo aufgeregte Stimmen zu hören sind. Dann wende ich mich endgültig ab, verlasse das Gebäude und ziehe mein Handy aus der Tasche.

Ich schüttle den Kopf über mich selbst, als ich den Browser aufrufe und mit ein paar Klicks dafür sorge, dass er mich nicht aufspüren kann. Eigentlich sollte ich ihn nicht anrufen, schließlich habe ich mit ihm gebrochen. Aber er schuldet mir etwas. Die Wahrheit. Also tippe ich seine Nummer ein, gehe noch ein paar Meter vom Studio weg, verstecke mich hinter der nächsten Hausecke und drücke auf Anrufen.

Sofort ertönt das Freizeichen. Ich warte ungeduldig. Keine Ahnung, ob ich das Richtige tue, ob das hier wirklich Sinn macht. Aber irgendwie muss es weitergehen, jetzt auf der Stelle. Ich kann nicht vor dem Nichts stehen, kann jetzt nicht stillstehen.

Es klickt in der Leitung, dann fragt Harleys Stimme: »Alex?«

Woher weiß er, dass ich es bin? Für einen Moment fürchte ich, dass die Verschlüsselung nicht funktioniert hat. Aber das ist eigentlich unmöglich. Er hat einfach ein gutes Gespür, das ist alles.

»Wir müssen reden«, sage ich. »Du musst mir die Wahrheit sagen. Ich kann nicht –«

»Alex. Hör mir erstmal zu.«

Ich presse die Lippen aufeinander und kann nur hoffen, dass er eingesehen hat, wie falsch es war, mich zu belügen. Er soll mir sagen, was an dem Tag des Unfalls wirklich passiert ist. Alles, bis ins kleinste Detail. Doch was er dann in Wahrheit sagt, ist leider etwas ganz anderes.

»Ich verstehe, dass du reden willst. Aber nicht so. Nicht am Telefon. Ich bin in Italien. Du auch, nehme ich an? Dann treffen wir uns.«

Er ist – was? Woher weiß er, dass ich hier bin? Dylan, schießt es mir im ersten Moment durch den Kopf. Doch Dylan hat keine Ahnung.

»Was suchst du hier?!«, zische ich.

»Dich natürlich«, erwidert Harley und seine Gelassenheit kotzt mich an. »Es war klar, dass du dich auf die Spuren der Cosentinos begibst.«

»Das geht dich absolut nichts an!«

»Und doch hast du mich angerufen. Also. Wenn du mit mir reden willst, triff mich in Taormina, Via Domenico Di Leo, Hausnummer 12. Ich warte hier auf dich.«

Damit legt er auf.

Er legt einfach auf und ich fasse es nicht. Er ist hier und sucht mich? Taormina ist die Nachbarstadt, wahrscheinlich hätte es nicht mehr lange gedauert und er hätte genau vor mir gestanden! Muss er sich in alles einmischen?

Ich stoße mich von der Wand ab und marschiere los. Ich brauche dringend ein Taxi. Und einen Funken Selbstbeherrschung – sonst ist Harley die längste Zeit der Unbesiegte gewesen!

Harley

Die Pizzeria, in der ich auf Alex warte, liegt im Touristenviertel von Taormina und ist gut genug besucht für ein unauffälliges, anonymes Treffen. Dauernd gehen hier Menschen ein und aus. Niemand wird auf uns achten.

Ich bin schon seit einer Weile in Italien und kenne den Ort mittlerweile ganz genau. Schließlich bin auch ich auf der Suche – genau wie Alex.

Während ich warte, sehe ich immer wieder zur Tür. Ich kann nur hoffen, dass er auftaucht. Bei Alex weiß man nie. Möglicherweise ist er zu wütend, vielleicht treibt ihn seine Wut aber auch gerade her. Auf jeden Fall lässt er sich Zeit, was wohl bedeutet, dass er nicht in Taormina wohnt.

Langsam geht es auf Mittag zu und der Laden wird voller und voller. Ich sehe mir die Leute an und denke an meine Familie. Es ist hart, gerade jetzt nicht bei ihnen sein zu können. Schließlich haben wir nicht nur einen Menschen verloren. Nicht nur Alex hat jemanden verloren. Und wie es aussieht ...

Das Geräusch, mit dem der Stuhl mir gegenüber vom Tisch gezogen wird, reißt mich aus meinen Gedanken. Ich blicke auf, und da ist er plötzlich. Er lässt sich auf den Stuhl fallen, rückt dicht an den Tisch heran und sieht mich mit einer seltsamen Mischung aus Verachtung und nervöser Hoffnung im Blick an.

»Hier bin ich. Jetzt sag mir die Wahrheit.«

Im ersten Moment bin ich geschockt darüber, wie er sich verändert hat. Er trainiert, das erkenne ich sofort. Er ist nicht abgemagert, wirkt nicht betrunken, all das ist nicht der Fall. Doch dieser Ausdruck in seinen Augen ist absolut fremd. Wenn da noch ein Rest des Jungen, der er früher mal war, in ihm ist, dann weiß er ihn gut zu verstecken. Im Moment zumindest sehe ich nichts als einen Mann, der nur noch von Hass getrieben ist. Der zu allem fähig ist. Da war mir die stumpfe Leere, die er auf der Beerdigung in den Augen hatte, fast noch lieber.

Sein dunkles Haar hat er unter einer Kapuze versteckt, die er sich tief ins Gesicht gezogen hat. Ich blicke an ihm herunter und sehe, dass wieder etwas Rotes an seinen Händen klebt. Diesmal ist es keine Farbe.

»Hallo, Alex«, sage ich, so ruhig ich kann. Einer von uns beiden muss ja die Fassung bewahren.

»Rede«, fordert er.

»Warum so eilig?«

Alex starrt mich an, dann lacht er tonlos, richtet sich auf und sein Blick irrt für einen Moment durch den Laden, als würde er erst jetzt kapieren, wo er ist. »Eine Pizzeria«, sagt er. »Ein öffentlicher Ort. Das ist toll, wirklich. Warum treffen wir uns nicht gleich in einer Fernseh-Talkshow?«

»Menschen, die sich in der Öffentlichkeit treffen, sind unauffälliger als Menschen, die sich auf Hinterhöfen rumtreiben. Wärst du zur Polizei gegangen, wie ich es dir früher geraten habe, wüsstest du das.«

Wieder sieht er mich an und schüttelt den Kopf. »Ich kann nicht fassen, dass du hier bist! Du bist der verdammte Harley Jones, hast du das vergessen? Der Unbesiegte. Jeder in der MMA-Szene kennt dich!«

Er hat gut reden. Die Leute, mit denen ich damals zu tun hatte, sind ganz andere, als die, für die Alex später gearbeitet hat. Ich werde so schnell nicht erkannt werden. Es ist Jahre her, dass ich für die Mafia gekämpft habe und trotzdem trage ich zur Sicherheit langärmlige Shirts, um meine auffälligen Tattoos zu verdecken. Und was tut Alex? Er lässt seine Haare wachsen und das ist alles. Er muss vollkommen verrückt geworden sein.

»Kannte mich mal«, gebe ich zurück so gelassen ich kann. Noch immer bleibe ich vollkommen ruhig, auch wenn ich spüre, dass gerade das Alex bis aufs Blut reizt. Doch wenn ich ihn anschreie, ihm Vorwürfe mache, ihm vor Augen führe, was ich von seinem einsamen und komplett leichtsinnigen Rachefeldzug halte, wird er einfach gehen. Und vorher vermutlich noch die Einrichtung kurz und klein schlagen. Also bemühe ich mich, weiter gelassen zu bleiben. »Willst du was essen?«, frage ich. »Oder trinken?«

»Ich will, dass du redest und dann verschwindest. Geh zurück nach Hause. Das hier ist nicht dein Krieg!«

Mein Neffe starrt mich an und in seinem Blick lodert ein Feuer, das mir gar nicht gefällt. Keine Ahnung, was er in den vergangenen Wochen genau getrieben hat. Aber es hat nicht dazu geführt, dass er die Geschehnisse um Alessia auch nur ansatzweise verwunden hat. Im Gegenteil. Die Trauer scheint sich tief in seinen Verstand gefressen zu haben. Oder in das, was davon übrig ist.

Auf einmal muss ich an damals denken, an unser allererstes Gespräch über den Tod seines Vaters. Alex war gerade vierzehn, doch er hatte schon begonnen, sich zu verändern. In den ersten Jahren in Puerto Rico hatten wir alle das Gefühl, dass er gut zurechtkommt. Dass er die Dinge, die in Chicago und später in Somerset geschehen sind, allem voran die Entführung seiner Mutter verarbeiten und ganz von vorn beginnen konnte. Aber als er aufhörte, ein Kind zu sein und ein Teenager wurde, war da immer mehr Finsternis in seinem Blick.

In der Schule fingen die Probleme wieder an, die er schon in Chicago gehabt hatte. Er prügelte sich, geriet andauernd in Streit. Ich nahm mir vor, das Gespräch mit ihm zu suchen, doch er kam mir zuvor. Nicht, weil er über sich reden wollte. Sondern weil er die Wahrheit über seinen Vater erfahren wollte. Er glaubte uns nicht mehr, was wir ihm all die Jahre vorgemacht hatten: dass es ein Unfall gewesen war. Er sagte mir an jenem Nachmittag, dass er sich rächen würde, wenn er erst erwachsen wäre. Ich habe versucht, es ihm auszureden. Ihm gedroht, dass ich ihn nicht weiter trainiere, wenn er mit dem Unsinn nicht aufhört.

Doch das alles half nicht.

Er schmiss das Training, suchte sich andere, die ihm das Kämpfen beibrachten und mit siebzehn zog er bei seiner Mutter aus. Mit mir hat er zu dem Zeitpunkt kaum noch geredet. Patricia und Kim, den beiden konnte er nicht böse sein, doch von uns anderen fühlte er sich hintergangen. Als würde man einem Zehnjährigen sagen, dass sein Vater bei einem Mordanschlag umgekommen und elendig ertrunken ist! Aber dass wir ihn nur schützen wollten, konnte er nie verstehen. Das kann er bis heute nicht.

Ehe ich ihm eine Antwort gebe, denke ich für einen Moment ernsthaft darüber nach, ihm von meinem Verdacht zu erzählen, für den es so viele Indizien, aber leider noch keinen endgültigen Beweis gibt. Doch das wäre ein Fehler, das spüre ich genau. Denn wenn ich Unrecht habe, dann würde ihn das erst recht in den Abgrund stürzen. Es gibt nichts Schlimmeres als falsche Hoffnung. Er muss einfach noch eine Weile durchhalten.

»Es ist überhaupt kein Krieg«, sage ich schließlich. »Es ist einfach nur Wahnsinn, was du hier tust. Du bist fertig, Alex, merkst du das nicht? Du wirst Fehler machen.«

Du machst jetzt schon welche, sieh dich doch an, füge ich in Gedanken hinzu.

Alex starrt mich noch eine Sekunde lang an, dann blickt er auf seine Hände. Seine Fingerknöchel sind wund, doch mir ist klar, dass das Blut, das an seiner Haut klebt, nicht sein eigenes ist.

»Das habe ich schon«, sagt er, vergeblich um Ruhe in seiner Stimme bemüht. »Ich habe rausgefunden, wer sie getötet hat. Ich hatte die Chance, ihn umzubringen, aber ich war nicht schnell genug. Ich hätte ihm einfach den verfluchten Hals umdrehen sollen.«

Er spricht lauter, als er sollte und ein junges Paar, das gerade mit zwei Pizzakartons auf die Tür zuhält, dreht sich zu uns um. Ich sehe sie entschuldigend an und versuche gleichzeitig zu verarbeiten, was Alex mir gerade verraten hat.

Weiß er wirklich, wer den Unfall verursacht hat? Oder redet er sich nur was ein? Und, noch wichtiger: Hat er wirklich versucht, einen Mann zu töten?

Ich schüttle den Kopf. »Hör dir selber mal beim Reden zu, damit du siehst, was aus dir geworden ist. Denkst du, Alessia hätte das gewollt?«

Ein Ruck geht durch Alex' Körper und ich sehe, wie sich seine Oberarme anspannen, als er die Hände zu Fäusten ballt. Wieder irrt sein Blick kurz umher, dann fixiert er mich aus brennenden Augen und ich bin mir nicht sicher, ob er gleich aufspringt und auf mich losgeht oder einfach in Tränen ausbricht.

»Sie will gar nichts mehr. Sie ist tot, vielleicht solltest du das mal kapieren. Sie wird mir nie wieder von irgendwas abraten oder mir die Meinung zu irgendwas sagen oder ...« Er macht eine umfassende Handbewegung: »Oder auch nur eine blöde Pizza essen. Das ist nicht gerecht, es –«

Ich weiß, ich hatte mir vorgenommen, ruhig zu bleiben. Aber der aufkeimende Wahnsinn, der immer wieder in seinem Blick aufblitzt, macht es mir schwer. Irgendwie muss er sich doch zur Vernunft bringen lassen!

»Nein, das ist nicht gerecht! So vieles ist nicht gerecht, Alex! Aber wenn alle, denen was Ungerechtes passiert, so reagieren würden wie du, weißt du, was dann los wäre?« Ich lasse meine Worte kurz auf ihn wirken. »Du hast immer noch Verantwortung, verstehst du? Deine Mutter, dein Stiefvater, Kim, willst du sie alle ins Unglück stürzen, nur weil du unbedingt Blut sehen musst? Was glaubst du denn? Dass die Mafia dich mit deinem Rachefeldzug davonkommen lässt? Die werden dich umbringen und die Menschen, die du liebst, werden dasselbe fühlen wie du jetzt! Willst du das wirklich?«

»Ist mir egal«, knurrt Alex, aber ich weiß, dass das nicht stimmt. Er sieht auf den Tisch und wirkt in diesem Moment einfach nur erschöpft. Wie ein Mann, der längst nicht mehr weiß, ob der Weg, den er eingeschlagen hat, der richtige ist.

Ich beuge mich zu ihm vor und senke die Stimme. Ich will ihn nicht anschreien. Im Grunde versucht er ja nur, das Richtige zu tun. »Kim ist jetzt so alt wie du warst, als der ganze Mist angefangen hat. Willst du sie wirklich enttäuschen, indem du entweder als Mörder oder gar nicht nach Hause zurückkehrst?«

Alex scheint über meine Worte nachzudenken. Er runzelt die Stirn und ich glaube für einen Augenblick wirklich, dass er sich von mir gleich einfach in einen Flieger zurück nach Arecibo setzen lassen wird.

Doch dann blickt er auf und ich erkenne, dass die Entschlossenheit keinen Millimeter aus seinem Blick gewichen ist. Im Gegenteil. »Kim«, sagt er, »wird nie das erleben, was ich erlebt habe. Vielleicht gehe ich drauf, aber dann werde ich den ganzen verdammten Clan mit mir nehmen. Alle, die übrig sind. Kim wird sich nicht ihr ganzes Leben lang verstecken müssen. Und sie wird auch ihren Vater nicht an die beschissene Mafia verlieren.« Er steht auf und wie schon bei seiner Ankunft ruckt der Stuhl mit einem lauten Quietschen über den Boden. »Flieg nach Hause, Harley, und hör auf, mir nachzulaufen. Egal ob du es durch Lügen oder durch Gespräche versuchst, du kannst mich nicht aufhalten. Mir ist jetzt klar, was ich zu tun habe.«

»Was soll das heißen?«, frage ich alarmiert.

Alex zuckt mit den Schultern. »Ich war die ganze Zeit auf dem richtigen Weg. Ich war nur einfach nicht konsequent genug.«

Damit wendet er sich ab und stürmt aus dem Laden. Sofort stehe ich auf, um ihm zu folgen. Doch mir ist klar, womit das enden würde:

Wenn ich ihn wirklich zurückhalten will, dann geht das nur mit körperlicher Gewalt. Alex ist gut, aber ich könnte ihn bezwingen. Da gibt es nur ein Problem – wenn ich das tue, habe ich sein Vertrauen endgültig verspielt. Und meine Selbstachtung.

Natürlich gab es Trainingskämpfe zwischen uns, doch ich würde nie ernsthaft die Hand gegen meine eigene Familie erheben. Es würde ja auch nichts bringen, ich kann ihn schließlich schlecht in den Flieger prügeln.

Ich lasse mich fluchend zurück auf den Stuhl fallen und muss schmerzlich an einen anderen Alex denken. An den kleinen Jungen, der glaubte, dass Helden wie Deadpool die Welt retten können und dass es für jede Ungerechtigkeit immer eine Wiedergutmachung gibt. Der Mann, der er geworden ist, glaubt nicht mehr an Helden, sondern nur noch daran, dass er zerstören muss, was sein Leben zerstört hat.

Und es gibt nur eins, was ich dagegen tun kann: Ich muss weitermachen, weitersuchen.

Vielleicht kann ich das Schlimmste noch verhindern.

Kapitel 6

Zwei Tage später
Alex

Harley und ich haben nicht sehr viel gemeinsam. Außer dem Punkt, dass wir beide Fighter sind, ist da nur noch eine einzige Sache: Wir haben dieselbe Methode, um den Kopf freizubekommen. Und wenn ich heute Abend eines brauche, dann ist das ein klarer Kopf.

»Ich weiß nicht, mein Freund. Das passt überhaupt nicht zu deinen anderen Motiven. Wenn du mir etwas Zeit gibst, entwerfe ich was Detailliertes.«

»Fang endlich an«, sage ich.

Der Tätowierer blickt mir prüfend in die Augen. »Schön, wie du willst. Aber beschwer dich hinterher nicht.«

»Fang an.«

»Okay. Dann lehn dich zurück.«

Ich lasse mich gegen das kühle Leder des Liegestuhls sinken und sehe durch die Schaufensterscheibe nach draußen. Ich bin hier im Zentrum von Catania. Die Sonne scheint und draußen laufen Menschen vorbei, machen Weihnachtseinkäufe. Sogar hier drinnen, wo die Wände schwarz gestrichen und mit Fotos von Tätowierungen vollgehängt sind, gibt es Weihnachtsdekoration. Kugeln in Rot und Grün hängen von der Decke, eine goldene Girlande hängt über der Tür. Wenn ich gewusst hätte, dass letztes Weihnachten unser einziges bleiben würde ...

Dann was? Hätte ich irgendwas anders gemacht?

Ich schließe die Augen und warte auf den Schmerz. Ich will nicht darüber nachdenken, nicht schon wieder. Ich muss mich konzentrieren.

Der Tätowierer seufzt, dann wirft er die Maschine an und einen Augenblick später sticht die Nadel in meine Brust. Es ist ein anderer Schmerz als der, den ich vom Kämpfen kenne. Gezielter, gleichmäßiger. Er lichtet den Nebel vor meinem Geist, so als wäre ich in Eiswasser gesprungen.

Bin ich auf dem richtigen Weg? Auch wenn es mir nicht passt, hat das Gespräch mit Harley diese Frage in mir aufgeworfen. Doch egal, wie oft ich darüber nachdenke, es gibt immer nur eine Antwort: Ja.

Vor drei Tagen bin ich mit dem Ziel losgezogen, den Mörder meiner Freundin zu töten. Das war richtig, er darf nicht damit davonkommen. Aber mein Plan war nicht gut. Es war eigentlich klar, dass die anderen eingreifen würden. Wenn ich Erfolg haben will, dann muss ich es anders machen. Auf eine Art, die ihm keine Chance zum Überleben lässt.

Der Tätowierer wechselt die Richtung, zieht die Nadel ein Stück quer über meine Brust. Es fühlt sich an, als würde er mit einem sehr scharfen Messer hineinschneiden. Ich balle die Hände zu Fäusten, atme tief durch.

Keine Chance zum Überleben. Das heißt, ich darf ihn nicht in einem fairen Kampf töten, sondern ich muss es auf seine Art machen. Ist das richtig? Sicher. Wenn ich

Luca leben lasse, wird er weiter für die Mafia morden. Er ist nichts als Abschaum.

Zuerst habe ich überlegt, ihn zum Reden zu bringen. Damit er mir alles verrät, was er weiß. Aber mir ist schnell klar geworden, wie sinnlos das wäre. Wer für die Mafia arbeitet, redet nicht. Und wenn dieser Jemand auch noch ein Fighter ist, kann man ihn auch nicht mit Schmerzen dazu bringen. Jeder, der sich auf die Mafia einlässt, weiß, dass er bei Verrat nicht alleine büßen wird. Luca weiß es ganz sicher auch, denn was das angeht, drückt sich die Mafia klar und deutlich aus. Wenn er redet, werden zuerst die leiden, die er liebt und dann er selber.

Deshalb wird er eisern schweigen: Weil ich ihm nichts antun kann, das schlimmer wäre als das, was ihn erwartet, wenn er redet.

Ich werde ihn also beseitigen, ganz einfach. Nicht totschlagen. Sondern vernichten, so wie er Alessia vernichtet hat. Und dann brauche ich ein neues Gym.

Paulo hat angedeutet, dass hier irgendeine große Sache aufgezogen werden soll. Große Sachen haben in Sizilien immer mit der Mafia zu tun. Und große Sachen im Fight-Business immer mit den Cosentinos. Ich darf nicht lockerlassen. Ich muss an die Hintermänner herankommen. Aber zuerst: Luca.

Wieder wechselt die Nadel die Richtung. Ich öffne die Augen, blicke an mir herunter und sehe, dass bereits etwas Blut aus der frischen Wunde quillt. Der Tätowierer tupft es ab, sticht weiter. Diese Tätowierung wird mir helfen, von jetzt an nicht mehr dermaßen auszuticken wie vorgestern im Gym. Jeden Morgen, wenn ich in den

Spiegel blicke, werde ich sie sehen und mich daran erinnern, was ich verloren habe. Daran, dass meine Rache das Einzige ist, was ich noch habe und dass ich mich darauf konzentrieren muss.

Der Umriss ist fertig. Der Tätowierer beginnt mit dem Ausmalen. Der Schmerz wird stärker, greller, und in meinem Kopf gehe ich meinen Plan für heute Abend durch. Habe ich an alles gedacht? Wird es so laufen, wie Alessia es gewollt hätte? Ich habe ihr ein Versprechen gegeben, und das lautete nicht, dass ich ihren Mörder im Käfig zu Tode prügeln würde.

Lass sie brennen, wie ich gebrannt habe. Lass sie für das bluten, was sie uns genommen haben.

Ich blicke wieder zum Schaufenster. Draußen geht eine Frau vorbei, groß und schlank, in einem roten Mantel. Sie ist in Begleitung von zwei Männern, doch ich achte nur auf sie. Ich sehe sie nur von der Seite und ihr Gesicht wird fast komplett von ihrem langen, gewellten Haar verdeckt, doch trotzdem bleibt für einen Moment mein Herz stehen. Es ist wie in der Garage am Morgen vor der Beerdigung: Eine Sekunde lang denke ich, es ist Alessia, sogar noch mehr als an jenem Morgen. Weil sie läuft wie Alessia, weil sie ... wirkt wie sie.

Ich stehe auf, gehe näher an das Fenster heran.

»Hey!« ruft der Tätowierer. »Das hätte ins Auge gehen können!«

Ich höre nicht auf ihn, trete bis ganz vorn an die Schaufensterscheibe und starre der Frau nach. Ich weiß, dass sie nicht Alessia ist, doch für einen Moment erlaube ich mir, es zu glauben. Mir einzureden, dass sie einkauft oder einen Spaziergang macht, während ich beim Tätowierer bin, dass wir uns gleich treffen und alles ist wie früher.

Doch im nächsten Augenblick verschwindet die Frau hinter der nächsten Biegung und die Realität holt mich ein. Alessia wird nie wieder irgendetwas tun. Ich werde ihr nie wieder irgendwo begegnen.

Ich vermisse sie so sehr.

»Können wir weitermachen, Kumpel?«, fragt der Tätowierer.

»*Sì.*« Ich nicke langsam und drehe mich von der Scheibe weg. Dabei fällt mein Blick auf einen Spiegel an der Wand zwischen all den Fotos. Ich betrachte das neue Tattoo mitten auf meiner Brust. Es ist ein Kreuz, schwarz und schmal. Eine ewige Erinnerung.

Das Kreuz verschwimmt und ich wische mir über die Augen. Dann blicke ich an mir hinauf und stelle fest, dass eine einzelne Träne über meine Wange läuft. Es ist das erste Mal, seit ich an Alessias Grab stand, und das war das einzige Mal seit vielen Jahren. Es fühlt sich verflucht komisch an. Normalerweise weine ich nicht – ich habe schon als Junge gelernt, dass das niemandem hilft. Aber diese Frau gerade ...

Ich ertrage den Gedanken nicht, dass sie nicht Alessia war, und doch ist es so.

Kopfschüttelnd eile ich zurück zum Tätowierstuhl.

»Mach weiter«, sage ich und setze mich wieder.

»Ganz sicher? Oder willst du erst noch eine Runde durchs Studio spazieren?«

Unauffällig wische ich mir die Träne aus dem Gesicht. »Mach weiter.«

Je schneller wir hier fertig werden, desto besser. Es gibt noch viel zu tun.

***

Ich habe alles besorgt, was ich brauche: einen Leihwagen, Benzin, ein Sturmfeuerzeug, schwarze Kleidung. In der Hütte ziehe ich mich um, dann fahre ich zum Gym und sehe, dass Lucas dunkelblaues Motorrad vor der Tür parkt. Er ist also wieder fit genug, um zu trainieren. Unter diesen Umständen ist das gut für mich. Ich halte etwas abseits, stelle den Motor ab und warte.

Gegen 18 Uhr, als es schon dunkel ist, kommt Luca aus dem Studio. Sein Gesicht ist voller Blutergüsse, doch er trägt einen feinen Anzug. Wieso das? Ich kann nur hoffen, dass er nach Hause fährt und nicht zu irgendeiner Veranstaltung oder in ein Restaurant. Aber falls doch, dann werde ich eben noch länger warten.

Ich beobachte, wie er das Gesicht verzieht und seinen Helm aufsetzt, was sicher wehtut. Er zögert einen Moment, dann steigt er auf die Maschine und ich fahre ihm hinterher, immer mit einem oder zwei Autos Abstand zwischen uns.

Wir verlassen Catanias Stadtzentrum und fahren ins hügelige Hinterland. Gut. Wenn er außerhalb wohnt, ist die Gefahr geringer, Unschuldige zu verletzen. Wir fahren Richtung San Gregorio, bis aus den Hügeln eine stetig ansteigende Straße wird. Wenn ich mich nicht täusche, bewegen wir uns jetzt den Südosthang des Ätna hinauf.

Hätte nicht gedacht, dass Luca hier draußen wohnt. Soweit ich gehört habe, arbeitet er, wenn er nicht gerade für seine Fighter-Karriere trainiert, im Restaurant seines Vaters. Muss eine Menge Geld abwerfen, der Laden, denn wir kommen fast nur an Einfamilienhäusern mit großem Garten vorbei. Wer weiß, vielleicht ist er irgendwo eingeladen. Das würde den feinen Anzug erklären.

Ich folge ihm ein paar Serpentinen hinauf und gehe dann vom Gas, als er langsamer wird. Ich halte an, schalte das Licht aus und beobachte, wie Luca sein Motorrad auf eine Zufahrt steuert. Er hält neben einem Pfeiler, drückt auf einen Knopf und beugt sich herunter, um etwas zu sagen. Das Tor öffnet sich, sein Motorrad verschwindet auf dem Grundstück und es schließt sich wieder.

Okay. Ich lehne mich im Sitz zurück und atme ein paar Mal tief durch. Jetzt sitzt er in der Falle. Zwar ist das hier offenbar nicht sein Haus, aber wem es gehört, ist mir ziemlich egal. Wenn jemand wie Luca in einem Anzug in so eine Gegend hier fährt, trifft er sich mit großer Sicherheit mit Mafia-Abschaum.

Ich schließe die Augen und versuche, ruhiger zu werden. Gleich darf ich keinen Fehler machen und mich vor allen Dingen nicht erwischen lassen. Diesmal kriege ich ihn. Diesmal werde ich ihn erledigen.

Mord ist nie richtig, wispert eine Stimme in meinem Kopf. Ihre Stimme. *Wenn du das tust, wird es dein Gewissen für immer belasten.*

Das hat sie zu mir gesagt, damals, als ich Terry Grimes umbringen wollte. Am Ende habe ich es nicht getan. Doch mit Alessias Tod hat sich etwas Entscheidendes geändert. Jetzt habe ich kein Gewissen mehr. Und auch sie würde jetzt anders denken, das weiß ich.

»*Una vida por una vida, mi amor*«, sage ich leise.

Ein Leben für ein Leben. Mehrere, wie es aussieht.

Sie haben mir ja auch mehrere Menschen genommen.

Ich steige aus, ziehe mir die Kapuze über den Kopf, gehe um den Wagen und hole zwei der acht Benzinkanister, die ich dabei habe, aus dem Kofferraum. Anschließend schleiche ich mich an das Grundstück heran. Es ist sehr groß und von einer Mauer umgeben, die jedoch nicht wirklich aussieht, als könnte sie Einbrecher abhalten. Wahrscheinlich warten sie nur darauf, dass es jemand versucht. Wer bei der Mafia einbricht, ist selber schuld.

Dahinter erkenne ich ein verwinkeltes weißes Wohnhaus mit schwarzem Dach und mehreren Balkonen. Sobald ich auf der anderen Seite bin, werde ich versuchen, mit einem Blick durch die Fenster herauszufinden, wo im Haus er sich aufhält und mich auf diese Ecke konzentrieren.

Doch zuerst stelle ich die Kanister auf der Mauer ab, ziehe mich hinauf und halte kurz inne, wobei ich mich nach einem Wachhund oder eine Hundehütte umsehe. Als sich nirgends etwas rührt, springe ich mit dem Benzin hinunter und laufe geduckt über den gestutzten Rasen aufs Haus zu. Zum Glück gibt es ein paar Büsche. Ich kann mich problemlos von einem zum anderen vorarbeiten und zwischendurch immer wieder Deckung suchen.

Dann erreiche ich das Gebäude.

Im Erdgeschoss gibt es auf dieser Seite keine Fenster, doch auf der Rückseite erkenne ich orangenen Lichtschein. Ich laufe also weiter und entdecke dabei, ein

Stück entfernt zwischen ein paar Olivenbäumen verborgen, etwas, das für mein Vorhaben gar nicht perfekter sein könnte: einen Gastank, wie ihn viele Häuser haben, die weit draußen liegen. Wenn ich den in Brand setze, dann wird hier nicht viel übrigbleiben. Die Explosion wird für ein verdammtes Inferno sorgen.

Also gut. Planänderung. Mein Puls erhöht sich, als ich auf den Tank zuhalte. Schade, dass Luca nie erfahren wird, wieso er sterben musste. Doch am Ende kommt es einzig und allein darauf an, dass er für seine Taten bezahlt.

Ich nähere mich dem Tank und merke im ersten Moment gar nicht, dass ich dabei in den Lichtschein trete, der aus dem Gebäude stammt. Erst als ich die grauen Kanister in meinen Händen überdeutlich sehe, stoppe ich, springe hinter den nächsten Busch und wende mich dem Gebäude zu, um zu überprüfen, ob ich entdeckt worden bin.

Was ich sehe, lässt mich für einen Moment zögern. Auf der Rückseite von Lucas Haus, auf die ich von hier einen perfekten Blick habe, gibt es eine Veranda, dahinter eine breite Glasfront zum Wohnzimmer. Dort, an einem großen Tisch, sitzen – ich zähle sie schnell durch – sechs Personen und essen zu Abend.

Sechs Menschen. Sechs Leben. Kann ich das verantworten?

Ich sehe mich kurz um, dann wage ich mich aus meiner Deckung und laufe geduckt zum nächsten Busch. Ich muss zumindest sicherstellen, dass keine Kinder anwesend sind. Hinter dem Busch gehe ich in die Hocke und versuche die Personen im Inneren des Hauses genauer zu erkennen. Es scheinen alles Erwachsene zu sein, zwei sitzen vor Kopf, die anderen auf den langen Seiten. Einer der Männer hebt gerade sein Glas und prostet den anderen zu. Kinder sehe ich nirgends, es liegt auch, soweit ich das beurteilen kann, kein Spielzeug herum.

Gut. Aber ich kann von meiner Position aus auch nicht das ganze Zimmer sehen. In der rechten Ecke könnte sich ein Sofa mit noch mehr Gästen befinden oder was weiß ich.

Also sehe ich mich nach einer neuen Deckung um. Bäume oder Büsche gibt es zwischen mir und dem Haus jetzt nicht mehr, allerdings wird das Verandadach von zwei dicken steinernen Säulen gestützt. Ich atme durch, dann laufe ich zur linken und verstecke mich dahinter.

Jetzt bin ich nur noch rund drei Meter von der Glasfront entfernt. Sollte einer von den Leuten am Tisch nach draußen blicken, kann ich nur hoffen, dass die Scheibe zu stark spiegelt, als dass man mich sehen würde. Ich beuge mich langsam ein Stück vor, blicke an der Tafel vorbei und sehe weiter hinten wirklich eine Sofaecke direkt an einem brennenden Kamin. Doch weitere Gäste befinden sich dort nicht.

Sechs Menschen. Sechs Leben. Ich horche in mich hinein und stelle fest, dass ich bereit bin, sie alle für die beiden Leben zu opfern, die Luca ausgelöscht hat. Für das, was er meiner Familie angetan hat. Wer mit einem Killer am Tisch sitzt und in Ruhe zu Abend isst, ist mit Sicherheit keinen Deut besser.

Was für Leute werden in Zukunft noch mit mir am Tisch sitzen wollen, sofern ich diese Nacht überlebe?

Ich schiebe den Gedanken fort und konzentriere mich wieder auf meinen Plan. Ich werde diese beiden Kanister gleich vor der Glasfront verteilen. Dann zwei um den Gastank herum. Mit dem Sprit aus den übrigen stelle ich eine Verbindung zwischen Tank und Haus her. Ich gehe einmal ums Gebäude herum und blockiere sämtliche Fenster und Türen, indem ich dort besonders viel Benzin ausgieße. Anschließend lasse ich das Sturmfeuerzeug in die brennbare Flüssigkeit fallen – und schon ist meine tödliche Falle perfekt.

»Jetzt lasse ich sie brennen, *cariño*«, erwidere ich und drehe den ersten Kanister auf. Dabei sehe ich mir die Menschen an der Tafel nochmal genauer an.

Auf der linken Kopfseite sitzt Luca. Auf der rechten sitzt ein Kerl mit Glatze und tätowiertem Hals, den ich nicht kenne. Auf der langen Seite, mir zugewandt, befinden sich zwei weitere Fremde. Eine Frau erhebt sich ein Stück und langt über den Tisch nach einer Weinflasche. Sie lacht.

Wie alt mag sie sein? Vielleicht dreißig? Sie hat keine Ahnung, dass das Glas Wein, das sie sich gerade eingießt, ihr letztes sein wird, und darüber kann sie froh sein. Ich bete, dass auch Alessia ihren Tod nicht kommen sah. Erfahren werde ich es nie.

Ich lasse den Deckel des Kanisters ins Gras fallen und bin bereit, mich vorsichtig aus meiner Deckung zu wagen, um das Benzin vor den ersten möglichen Fluchtweg zu gießen.

Doch als ich gerade den ersten Schritt machen will, dreht sich auf einmal einer der Gäste auf der anderen Tischseite zu mir um, eine weitere Frau, so als würde sie etwas von ihrem nahenden Tod ahnen.

Ich zucke zurück, starre angespannt in ihre Richtung –

Und ganz plötzlich, von einer Sekunde auf die andere, ändert sich einfach alles. Die ganze Welt wird aus den Angeln gehoben, so wie an dem Abend vor vielen Wochen, als die zwei Polizisten mir sagten, dass Alessia tot ist. Auf einmal dreht sich alles, ich meine Beine tragen mich nicht mehr und ich sinke auf die Knie.

Die Frau da drinnen, sie blickt immer noch suchend in den Garten. Sogar von hier aus kann ich den goldbraunen Ton ihrer Augen erkennen, ihre leicht gebräunte Haut, die weich und samtig ist, wenn man sie berührt. Ich weiß, wie sie sich anfühlt. Ich weiß es ganz genau.

»Alessia«, flüstere ich und warte darauf, dass sie verblasst, wie jedes Mal, wenn ich sie sehe. Aber das tut sie nicht. Sie sitzt einfach weiter auf ihrem Platz, an einem Tisch mit ihrem Mörder.

Ich presse die Lider zusammen, versuche meinen Verstand wieder in die Spur zu zwingen. Ich kann mich nicht auf irgendeine Fantasievorstellung einlassen.

»*Todo menos ahora*«, höre ich mich flüstern. Bloß nicht jetzt.

Das hier ist nicht die erste Halluzination von ihr, die ich habe. Seit Wochen sehe ich sie überall. Aber es ist die bei weitem plastischste. Sie sieht so echt aus, so real. Ich mache die Augen wieder auf – und sie ist immer noch da. In einem nachtblauen Kleid sitzt sie am Tisch und dreht sich langsam, zögernd wieder um.

Gott, sie sieht so echt aus. Es fühlt sich an, als könnte ich einfach durch die Terrassentür ins Haus marschieren und sie anfassen, mit ihr sprechen, sie mitnehmen.

Was, wenn es so ist? Wenn es wahr ist? Wenn wir eine zweite Chance bekommen?

»Nein, dreh nicht durch, das ist nicht möglich«, flüstere ich, doch ich höre mir selber gar nicht zu.

Ich versuche mich dazu zu zwingen, meinen Plan weiter zu verfolgen. Die ganzen Bastarde da drinnen einfach brennen zu lassen. Ich sollte es jetzt sofort tun, es hinter mich bringen, bevor meine Nerven endgültig verrücktspielen. Ich packe den Benzinkanister fester, so fest, dass meine Finger schmerzen, und will etwas von seinem Inhalt auf den Boden kippen, einfach anfangen. Aber etwas in mir weigert sich.

Anstatt ein Inferno zu entfachen, macht sich mein Körper selbstständig und ich stehe auf. Ich trete endgültig aus meiner Deckung, gehe langsam näher an die Scheibe heran. Ich werde das hier nicht zu Ende bringen können, solange ich sie so plastisch vor mir sehe. Sie muss verschwinden, verblassen, wie sie es sonst immer tut. Aber stattdessen sieht sie immer noch diesen Typen neben sich an, lacht erneut und greift dann nach ihrem Wasserglas.

Ich komme noch näher, so nah, dass ich ihre langen Wimpern und ihre Sommersprossen erkennen kann. Mein Herz klopft so heftig und schmerzhaft in meiner Brust, als würde es jede Sekunde explodieren und mich von innen verbrennen lassen.

Ich gehe noch näher ran. Wenn jetzt auch nur einer von ihnen nach draußen blickt, werden sie mich sehen. Aber das interessiert mich nicht. Ich starre nur Alessia an.

Sie kann nicht echt sein. Das Auto ist verbrannt. Es war nichts übrig. Sie wurde nicht geborgen, noch nicht einmal tot, und lebendig schon gar nicht.

Aber sie sitzt da. Sie sitzt dort direkt hinter der Scheibe. Immer noch starre ich sie an, sauge jede Sekunde dieser Halluzination in mir auf.

Und dann sehe ich etwas, das die Dinge ändert. Von jetzt auf gleich und so gründlich es nur geht.

An Alessias Schläfe befindet sich eine Narbe, halb unter ihrem Haar verborgen. Sie sieht frisch aus, man erkennt noch die Stellen, an denen die Wunde genäht worden war. Wenn sie von dem Unfall stammt ...

Langsam drehe ich den Kopf zu Luca. Er isst Suppe, deutet mit seinem Löffel auf den Mann ihm gegenüber und sieht trotz seiner Verletzungen sehr zufrieden aus. Er hat Paulo ein Foto von dem brennenden Auto geschickt, er hat mit seinem Mord geprahlt. Wie passt das zusammen? Wie passt es damit zusammen, dass Alessia jetzt hier sitzt und mit ihm zu Abend isst?

Es gibt eine Menge mögliche Antworten darauf, aber keine macht Sinn. Wenn sie noch am Leben wäre, dann hätte sie sich bei mir gemeldet. Aber wieso sollte man erst einen Mordanschlag auf sie verüben und sie dann am Leben lassen? Vermutlich drehe ich einfach durch. Ich verliere den Verstand. Das muss es sein.

Ich sehe auf den Rücken der Frau. Versuche mir klarzumachen, dass sie, genau wie die Frau in dem roten Mantel, nicht Alessia ist. Auch wenn es wehtut – das ist nicht Alessia.

Doch sie sieht aus wie Alessia, sogar von hinten. Ihr schlanker Hals sieht aus wie Alessias, ihre Schultern, ihr Rücken, ihr Haar. Und sie dreht sich in diesem Moment noch einmal zu mir um.

Endlich funktionieren meine Reflexe wieder. Ich springe zurück hinter die Säule, sammle den zweiten Kanister auf und renne dann los in die Schatten jenseits der Veranda.

Kurz darauf höre ich, wie die Terrassentür aufgeschoben wird.

»Hallo? Ist da jemand?«, fragt eine Frauenstimme und ich spüre, wie sich jeder Muskel in meinem Körper zusammenkrampft. Das ist sie. Die Stimme, die in meiner Erinnerung während der letzten Wochen mehr und mehr verblasste. Die Stimme, die ich trotzdem aus Tausenden erkennen würde.

Alessias Stimme.

Ich bleibe stehen, atme heftig, umklammere die Benzinkanister mit beiden Händen. Für einen Moment kann ich nicht atmen, nicht denken, noch nicht einmal etwas fühlen. Dann stürzt die Wahrheit auf mich herunter wie eine Welle, trifft mich wie der härteste und gleichzeitig beste Punch meines Lebens.

Sie. Ist. Am. Leben.

Ihr Herz schlägt und sie atmet, nur wenige Meter entfernt von mir. Das kann nicht sein, es kann nicht wahr sein, nicht echt sein, so läuft die Welt nicht. Wir verlieren Dinge, Menschen, unsere Identität, und dann müssen wir damit zurechtkommen.

Aber nicht immer. Nicht heute Nacht. Manchmal bekommen wir jemanden zurück.

»Hallo?«, fragt sie noch einmal und ich spüre, wie etwas in mir, das ich für tot gehalten hatte, schmerzhaft wieder zum Leben erwacht. Hoffnung. Auf einmal bin ich voll davon, sie fühlt sich an wie eine Droge. Ich drehe mich um. Ich muss zurück zu Alessia. Ich muss sie da rausholen, sie wieder zu mir holen. Jetzt.

»Was riecht denn hier so komisch?«, fragt eine Männerstimme.

»Ich rieche nichts«, erwidert Alessias Stimme.

Ich sehe mich loslaufen, den Kerl, der bei ihr ist einfach niederschlagen und sie in meine Arme ziehen. Doch im letzten Moment hält mich etwas zurück, ein Funken Verstand, der auch jetzt noch funktioniert.

Sie lebt. Sie ist gleich dort hinten, aus Fleisch und Blut, nicht aus Asche. Das ist das kostbarste Geschenk, das mir je gemacht wurde. Es wiegt alles andere wieder auf. Und es bedeutet auch, dass ich jetzt nichts überstürzen darf. Ich kann sie zurückbekommen. Ich werde. Aber ich werde dabei nicht riskieren, sie noch einmal zu verlieren.

Also weiche ich tiefer in die Schatten zurück, verhalte mich ganz still und warte.

Warte auf den richtigen Moment.

***

Es ist ein langer Abend – wenn das, was ich vorhin gesehen habe, wirklich echt war, der beste meines Lebens.

Ich habe mich ein Stück hinter dem Gastank in einem kleinen Olivenwald versteckt, der noch zum Grundstück gehört, sitze an einen Baum gelehnt da, mit dem vollen Benzinkanister neben mir, und beobachte das Haus aus der Ferne. Es fällt mir schwer, einfach stillzusitzen. In mir herrscht das reinste Chaos und meine innere Stimme brüllt mich die ganze Zeit an, dass sie lebt.

Dass ich das kapieren soll. Ich will ihr glauben. Ich will
es so sehr, dass es wehtut.

Aber ein paar Dinge passen nicht. Was hat sie hier zu
suchen, bei diesen Leuten? Wenn sie leben würde, wäre
sie doch zurück nach Hause gekommen. Außer natürlich, sie wird gefangen gehalten. Aber sie wirkte auf
mich nicht wie eine Gefangene. Und dann dieses Kleid.
Zu einem einfachen Abendessen würde sie nie sowas
anziehen und sich so kunstvoll die Haare machen. Das
hat sie gar nicht nötig, so schön, wie sie ist.

Also was, Alex? Also war sie es nicht und du bist endgültig verrückt geworden?

Nein. Ich bin mir absolut sicher, dass ich das nicht
bin.

Andererseits habe ich Alessia so oft gesehen in den
letzten Wochen. Erst vorhin im Tattoo-Studio, die Frau
in dem roten Mantel ...

Was, wenn sie das auch war? Catania ist nicht so
groß.

Gedankenverloren taste ich über die frische Tätowierung, die sich unter meinem Shirt warm und wund anfühlt. Ist es möglich, dass sie an mir vorbei lief, während ich mir dieses Kreuz für sie stechen ließ?

Mit beiden Händen fahre ich mir durchs Gesicht. Ich
sollte mit jemandem reden, der mir hilft, das alles hier
zu verstehen, und der Erste, der mir einfällt, ist Harley.
Aber nach unserem Gespräch in Taormina werde ich
das ganz sicher nicht tun. Und dass er in dieser Sache
nicht auf meiner Seite steht, hat er mehr als bewiesen.
Er hat mich belogen, hat immer wieder versucht, mich
hiervon abzubringen.

Ein blöder Unfall, oder was hat er im Krankenhaus gesagt? Hätte ich auf ihn gehört, wäre ich nie hergekommen. Dann würde ich immer noch glauben, Alessia wäre tot.

Bei dem Gedanken flammt neue Wut in mir auf und mir wird klar, dass eher die Hölle zufriert, als dass ich ihn anrufen und um Rat bitten werde.

Du willst einen Rat, Alex? Gib ihn dir selbst: Geh in dieses Haus und hol dir die Frau. Du weißt, dass es Alessia ist. Du weißt es.

»Sí«, flüstere ich in die Nacht. Ich werde reingehen. Natürlich werde ich. Und ein Blick Richtung Gebäude verrät mir, dass der Zeitpunkt dafür gekommen ist. Lucas Motorrad habe ich schon vor einer Weile wegfahren gehört. Jetzt sind auch die Lichter erloschen und es ist alles vollkommen still. Ich stehe auf, gehe ein paar Schritte näher heran. Nichts rührt sich mehr. Doch ein blinkendes Licht an der Terrassentür verrät mir, dass es eine Alarmanlage gibt.

Macht nichts. Ich weiß genau, wie ich reinkomme. Geduckt verlasse ich den kleinen Wald und laufe an dem Gastank vorbei in Richtung Haus. Ungefähr zehn Meter vor den Säulen, an denen ich vorhin stand, bleibe ich stehen und öffne den Benzinkanister, während ich mir die oberen Fenster ansehe. Hinter einem davon ist sie vielleicht. Lebendig. Fast unverletzt. Das klingt wie ein Traum. Wie eine dieser Geschichten, von denen man liest, dass sie wahr sind und die man doch nicht glauben kann. Wenn Alessia lebt, ändert das alles. Mich. Diese ganze verrückte Sache hier. Wenn sie lebt, muss ich sie einfach nur noch nach Hause holen. Und das werde ich.

Ich sehe neben mich und gieße das Benzin auf den Rasen. Der beißende Geruch treibt mir Tränen in die Augen. Ich verteile es auf einem ungefähr zwei mal zwei Meter großen Fleck, dann lasse ich den Benzinkanister in die Lache fallen, laufe ein Stück weiter in Richtung Haus und zünde das Sturmfeuerzeug. Ein kurzer Blick hinter mich, und im nächsten Moment werfe ich das Feuerzeug in das Benzin.

Sofort lodern die Flammen hoch. Sie erfassen eine Fläche von mehreren Quadratmetern und erhellen die Nacht, die hier draußen auf dem Land viel dunkler zu sein scheint als in Catania. Von jetzt auf gleich ist der Garten der Villa in orangefarbenen Schein gehüllt, das verbrennende Gras lässt Rauchwolken entstehen. Ich lege die letzten Meter zum Haus zurück, presse mich an die Wand neben der Terrassentür und warte.

Zuerst geschieht jedoch nichts.

»Venga ya«, flüstere ich. Komm schon. Und als hätten die Menschen im Gebäude mich gehört, vernehme ich auf einmal Schritte, die sich der Veranda nähern.

Ich mache noch einen Schritt zur Seite, doch hier, unter dem Dach, ist es im Vergleich zu weiter hinten, wo das Feuer lodert, so dunkel, dass mich ohnehin niemand sehen wird. Trotzdem passe ich auf, dass ich mich nicht rühre, als die Tür mit einem Ruck aufgestoßen wird und gleich zwei Männerstimmen auf Italienisch losschimpfen.

Ich verstehe nicht alles, aber sie fragen sich auf jeden Fall, wo die Flammen auf einmal herkommen. Einer sagt was von einem Leck in der Gasleitung und beide laufen nach draußen. Einer von ihnen hat eine Glatze, der andere ist groß, dürr und schwarzhaarig. Das sind zwei der Kerle, die gestern Abend mit Alessia und Luca am Tisch saßen. Den Dritten kann ich nicht entdecken.

Noch eine Sekunde lang sehe ich zu, wie die zwei Typen ziemlich kopflos auf das Feuer zulaufen, dann schlüpfe ich durch die Terrassentür, die sie offen gelassen haben, ins Innere des Hauses. Jetzt muss es schnell gehen. Schnell und leise. Durch eine Tür auf der linken Seite gelange ich in eine Diele, von der aus eine Treppe nach oben führt. Alles hier wirkt teuer, aber auch ein bisschen alt, zum Beispiel die Treppe, die aus Holz besteht und unter meinen Schritten knarrt. Aber jetzt gibt es kein Zurück mehr. Ich muss die Räume der Villa nach Alessia absuchen, bevor das Feuer gelöscht und die Aufregung vorbei ist. Wenn niemand im Haus ist, der nicht mit am Tisch saß, werden sich mir dabei höchstens die Frau und der dunkelhaarige Typ in den Weg stellen. Ein verdammtes Kinderspiel, fast zu leicht. Wenn alles gut geht, werde ich Alessia heute Nacht noch in meinen Armen halten können. Der Gedanke kommt mir nicht real vor. Wie ein schlechter Scherz. Doch wenn ich eins in der letzten Zeit gelernt habe, dann das: Egal, wie unfassbar dir etwas erscheint, es kann dennoch echt sein.

Ich erreiche den ersten Stock und sehe auf den ersten Blick fünf Türen. Es geht auch noch weiter hoch, doch erst werde ich mich hier umsehen. Gerade will ich mit dem ersten Zimmer beginnen, als sich die Tür eines anderen weiter links öffnet. Schnell drehe ich mich um und erkenne, dass eine Frau das Zimmer verlässt, die durch den plötzlichen Aufruhr wach geworden sein muss – doch es ist nicht Alessia. Sie ist zu klein und ihr Haar ist lockig.

Verschlafen sieht sie sich um, nuschelt etwas, und ich nutze den Moment, den sie braucht, um richtig wach zu werden, um auf sie zuzustürzen, sie gegen die Wand zu drücken und ihr meine Hand auf Mund und Nase zu pressen.

Aus erschrockenen Augen sieht sie mich an. Mit beiden Händen packt sie meinen Arm und versucht mich loszuwerden, aber sonderlich kräftig ist sie nicht. Wieder probiert sie etwas zu sagen, doch ich lasse sie nicht. Auf keinen Fall darf sie Alarm schlagen.

Ihre Augen werden noch größer, als sie realisiert, dass sie keine Luft bekommt. Normalerweise würde ich nie einer Frau wehtun – nur Bastarde tun so etwas. Gewalt gegen Frauen ist für mich das Letzte. Aber wenn sie jetzt schreit, dann kommen die anderen Männer vermutlich zurück ins Haus und ich darf kein Risiko eingehen. Ich weiß schließlich nicht, was Alessia für sie ist. Eine wichtige Geisel? Oder nur ein Spielzeug? Ich weiß, wie Mafiosi drauf sind. Wenn sie mich erkennen, töten sie sie, nur um zu sehen, wie ich reagiere.

Darum halte ich der anderen Frau weiter Mund und Nase zu, auch dann noch, als sie unter meinem Griff zu zappeln beginnt. Verzweifelt wehrt sie sich und scheint überzeugt davon, dass ich sie umbringen will. Doch sobald ihr Körper erschlafft, nehme ich die Hand weg und lasse sie vorsichtig zu Boden gleiten. Es wird sicher einige Minuten dauern, bis sie wieder wach wird. Das reicht mir.

Kurz lausche ich, doch im Haus ist es still. Nur aus weiter Ferne höre ich die Stimmen der Männer im Garten, doch hier drinnen scheint bisher noch niemand sonst etwas bemerkt zu haben. Ich wende mich also von der Bewusstlosen ab und fange endlich an, die Räume zu durchsuchen. Die Tür von dem Zimmer, aus dem sie kam, steht offen. Es ist ein Schlafraum, der jetzt leer ist. Links daneben gibt es nur eine weitere Tür, ich schleiche mich an und öffne sie vorsichtig – ein großes, leeres Bad mit einer Menge Marmor und einer runden Wanne in der Mitte.

Okay. Weiter. Ich gehe zur rechten Seite und mache die erste Tür dort auf. Dahinter erkenne ich eigentlich nichts außer einer Menge Fitnessgeräten. Die nächste Tür. Ich greife nach der Klinke, drücke sie herunter, so leise ich kann –

Und mit dem, was ich dann sehe, habe ich als Allerletztes gerechnet.

Wie ein Idiot bleibe ich in der Tür stehen, im Gegenlicht des erleuchteten Flurs, und blicke herunter auf die zwei Gestalten, die in dem großen Bett an der Wand mir gegenüber liegen.

Es sind ein Mann und eine Frau. Sie sind zugedeckt, doch ihre bloßen Schultern verraten, dass sie nackt sind. Ich spüre etwas in mir wach werden, das ich schon ewig nicht gefühlt habe: rasende Eifersucht. Denn die Frau, die da liegt …

Scheiße. Fast muss ich lachen, als mir klar wird, wie bescheuert es ist, in diesem Moment eifersüchtig zu sein. Völlig egal, mit wem sie im Bett liegt – Hauptsache, sie lebt, atmet, ist nicht in diesem verdammten Auto verbrannt.

Ganz automatisch setzen sich meine Beine in Bewegung und ich trete näher an sie heran. Das lange Haar hat sie zu einem Zopf geflochten, wie sie es meistens nachts tut. Sie ist vollkommen ungeschminkt und trotzdem die schönste Frau, die ich je gesehen habe. Sekundenlang beobachte ich einfach nur, wie sich ihr Brustkorb hebt und senkt. Noch immer kann ich nicht fassen, dass sie nicht tot ist und am liebsten würde ich sie einfach in die Arme nehmen sie stundenlang festhalten und jedem da oben im Himmel danken, der es hören will.

Stattdessen hocke ich mich zu ihr, starre sie an und versuche zu begreifen, wirklich zu begreifen, was ich sehe. Zum ersten Mal seit jenem Abend in der Höhle scheint wieder etwas Sinn zu machen. Wie der Moment, wenn man gerade aus einem völlig absurden Albtraum erwacht. Man versteht, dass das, was man bis gerade noch für die Realität gehalten hat, nichts als Unsinn war. Hirngespinste.

Ich denke an Alessias leeres Grab. An das Wrack, aus dem ihr Körper nicht geborgen werden konnte. Natürlich nicht. Weil sie nicht darin verbrannt ist. Sie ist gar nicht verbrannt. Sie ist nicht zu Asche geworden.

Sie ist noch da.

Ohne es kontrollieren zu können, strecke ich die Hand aus. Aber einen Moment lang wage ich nicht, sie zu berühren. Irgendwie befürchte ich, dass sie sich dann in Luft auflösen wird. Dass sie sich doch noch als Halluzination herausstellt. Doch ich fühle ihre Körperwärme und höre ihre Atemzüge ganz deutlich. Also berühre ich sacht ihre Schulter – und dann wird sie plötzlich wach.

Sie schreckt hoch, aber nur ein kleines Stück. Ihr Kopf ruckt zu mir herum, ihr Blick trifft meinen und sie tut zunächst einfach gar nichts. Wir sehen uns nur an und ich erwarte, dass der Ausdruck in ihre Augen zurückkehrt, der darin war, als sie vor sieben Wochen die Plantage verlassen hat.

Aber es geschieht nicht. Unverwandt und erschrocken zugleich starrt sie mich an, dann weicht auf einmal alle Farbe aus ihrem Gesicht.

Zuerst verstehe ich diese Reaktion nicht. Dann wird mir klar, dass ich ein Idiot bin. Es ist dunkel und ich habe eine Kapuze auf. Sie erkennt mich nicht. Ich blicke zu dem Mann neben ihr, der sich immer noch nicht rührt, und setze dann die Kapuze ab.

»Ich bin es, *cariño*«, flüstere ich und höre selbst, dass meine Stimme so gar nicht nach mir klingt. Eher, als wäre ich ein Mann, der gerade erwürgt wird. »Es tut mir leid, dass ich jetzt erst komme. Die haben mich glauben lassen, dass du tot bist. Die haben ...«

Scheiße, da sind so viele Dinge, die ich ihr sagen muss. Aber doch nicht jetzt!

Reiß dich zusammen, Alex. Nimm sie mit. Bring sie erstmal einfach nur hier weg.

»Hör zu, wir müssen jetzt verschwinden. Ich habe die anderen abgelenkt, aber viel Zeit haben wir nicht. Ich geb dir meine Jacke und –«

Weiter komme ich nicht. Der Kerl, der neben Alessia liegt, bewegt sich im Schlaf, sie sieht blitzschnell zu ihm herüber und setzt sich dann noch ein Stück weiter auf. Mit einer Hand hält sie sich die Decke vor die Brust. »Raus hier, los!«

»Nicht so laut«, zische ich, doch es ist, wie ich im nächsten Moment erkenne, sowieso zu spät, um unauffällig zu sein.

Der Typ neben ihr dreht sich auf den Rücken und nuschelt etwas. Keine Frage, er wird wach. Okay, jetzt muss es schnell gehen.

»Komm«, sage ich und greife nach Alessias Arm. Ich stehe auf und will ihr ebenfalls aufhelfen, aber anstatt aus dem Bett zu steigen und mit mir zu kommen, reißt sie sich los und stößt mich von sich.

»Was ist denn?«, nuschelt der Kerl im selben Moment, und als ich seine Stimme höre, erkenne ich ihn. Ich erkenne ihn und kann dennoch nicht glauben, dass er es ist, der da mit meiner Freundin im Bett liegt.

Irritiert sehe ich zu ihm herüber. Er setzt sich auf und tastet nach etwas, das auf dem Nachttisch liegt. Einer Waffe. Klar hat dieser feige Pisser eine Waffe griffbereit, wenn er schläft.

Tommaso Cosentino, der Sohn des Mafiabosses. Kaum zu glauben, dass er frei ist. Warum verrottet der Mistkerl nicht im Knast?!

Ich weiche einen Schritt zurück, denn ich will auf keinen Fall, dass Alessia in die Schusslinie gerät. »Baby, du musst jetzt mitkommen«, zische ich. »Vertrau mir, worauf wartest du denn?!«

Alessia sieht herüber zu Tommaso, dann mich an.

Ich starre sie ebenfalls an und alles geschieht gleichzeitig. Auf der Treppe werden Schritte laut. Ein Blick in den Garten verrät mir, dass dort kein Feuer mehr lodert. Und im nächsten Moment sagt Alessia das, womit ich so ungefähr am wenigsten gerechnet hätte. »Wer sind Sie? Was wollen Sie hier? Verschwinden Sie! Hauen Sie ab aus meinen Schlafzimmer oder mein Freund jagt Ihnen eine Kugel in den Kopf!«

Tommaso scheint richtig wach zu werden, ruft etwas von „Einbrecher" und „Sicherheitsdienst". Und dann wendet er sich mir zu, ich ziehe reflexartig die Kapuze wieder über meinen Kopf und höre ein Klicken, als er die Pistole entsichert.

Verflucht. Das läuft alles total schief. Warum ist Alessia nicht aufgestanden? Weshalb verhält sie sich so seltsam? Keine Zeit mehr, nachzudenken. Ein letztes Mal sehe ich sie an, doch sie rückt herüber zu Tommaso, umklammert seinen Arm und ist in diesem Moment vieles, aber nicht die Frau, die mit mir verschwinden wird. Ich könnte sie mir schnappen, sie einfach mitnehmen. Aber Tommaso Cosentino war schon immer ein irrer Hurensohn und ich kann förmlich vor mir sehen, wie ich versuche mit ihr zu fliehen und er trotzdem auf mich schießt. Und dabei sie erwischt ...

Also tue ich das einzig Richtige.

Während Tommaso die letzten Reste von Schläfrigkeit abzuschütteln scheint und der Lauf der Waffe suchend durchs Schlafzimmer zuckt, mache ich einen Satz herüber zum Fenster, reiße es auf und springe, ohne mich noch einmal umzudrehen, raus in die Nacht. Noch im Fallen höre ich, wie ein Schuss die Stille zerreißt. Dann komme ich auf Händen und Knien auf dem Rasen auf.

Die Luft ist raucherfüllt. Über mir werden wütende Stimmen laut und das Licht scheint jetzt überall im Haus gleichzeitig anzugehen. Ich richte mich auf und spurte los, und während ich renne, höre ich einen Satz wieder und wieder in meinem Kopf: *Wer sind Sie? Was wollen Sie hier?*

Alessia, die vor ein paar Wochen fast meine Verlobte
geworden wäre, hat mich gefragt, wer ich bin.
Sie hat mich nicht erkannt.

KAPITEL 7

Alessia

Ich liege mit dem Rücken zu Tommaso im Bett und versuche krampfhaft, meinen rasenden Puls unter Kontrolle zu kriegen. Draußen höre ich die leisen Stimmen unserer Leute, die wieder und wieder unser Grundstück durchkämmen. Das Ganze ist der totale Albtraum.

Zumindest für mich.

Tommaso schläft seelenruhig, atmet mir heiß und schnaufend in den Nacken und scheint keinen weiteren Gedanken an den Eindringling zu verschwenden.

Der Eindringling.

Ein warmes Gefühl macht sich in mir breit, als ich an das Gesicht unter der Kapuze denke. An die tiefblauen Augen, den zu allem entschlossenen Blick. Zuerst habe ich geglaubt, ich würde träumen. Dann wurde mir klar, dass ich hellwach bin.

Alex hat mich gefunden. Er war tatsächlich hier.

So sehr ich mich gefreut habe, ihn zu sehen, so sehr hat es mich auch erschreckt. Ich habe gehofft, dass er mich nicht finden wird. Dass ich die ganze Sache hinter mich bringen kann, ohne ihn zu gefährden. Denn eins steht fest: Dass er weiß, wo ich bin, bedeutet, dass er versuchen wird, mich hier rauszuholen. Und das kann ich unter keinen Umständen zulassen. Ich muss hierbleiben. Zumindest noch eine Weile.

Doch wenn Alex sich einmal etwas in den Kopf gesetzt hat, wird es schwer, ihn davon abzubringen. Sein Kampfgeist ist etwas, das ich an ihm liebe. Im Augenblick könnte allerdings kaum etwas hinderlicher sein.

Er wird mich befreien, mich zu sich holen wollen. Das Feuer im Garten war nur ein kleiner Vorgeschmack auf das, was er dafür bereit ist zu tun.

Ich denke an seinen irritierten Gesichtsausdruck, als ich so getan habe, als würde ich ihn nicht erkennen. Es fiel mir unendlich schwer, ihm nicht um den Hals zu fallen. Aber ich musste es tun. Um ihn und auch um mich zu schützen. Uns.

Meine Tarnung darf nicht auffliegen und dazu gehört, dass ich die Frau ohne Vergangenheit spiele. Ohne Erinnerungen.

Die Idee mit dem angeblichen Gedächtnisverlust kam mir genau im richtigen Moment. Nachdem Tommasos Handlanger uns auf der Calle Martínez ins Auto gefahren waren, sind mir für einige Zeit alle Lichter ausgegangen. Als ich wach geworden bin, zerrte man mich gerade aus Alex' Ford. Noch halb im Delirium habe ich dennoch blitzschnell reagiert und mir die Kette vom Hals gerissen, die mir Alex geschenkt hat. Ich habe sie neben den schwarzen Sportwagen fallen lassen, als Zeichen, dass ich noch lebe, und Gott für meine Ausbildung bei Interpol gedankt. Schnell zu reagieren lernt man dort. Überleben auch. Und ich versprach mir, genau das zu tun – damit ich zurück nach Hause kommen kann. Zurück zu Alex und der Familie, die in so kurzer Zeit meine geworden ist.

Dass es eine so lange Reise werden würde, habe ich zu dem Zeitpunkt jedoch nicht gedacht.

Ich kannte die beiden Männer nicht, die mich auf die Rückbank ihres Autos verfrachtet haben und dann losgerast sind. Dennoch war mir sofort klar, dass ich es mit der Mafia zu tun haben muss. Mit den Cosentinos, Sympathisanten oder Geschäftspartnern von ihnen. Ich habe die Augen geschlossen gelassen und versucht, Ruhe zu bewahren. Tausend Fragen schwirrten in meinem Kopf herum. Eine davon war besonders hartnäckig.

Was haben sie mit mir vor?

Es gab nur zwei Möglichkeiten: Entweder würden die beiden Mafiosi mich irgendwo in den Wald fahren, um mich hinzurichten, oder aber sie würden mich zu ihrem Anführer bringen.

Letzteres würde mir zumindest eine kleine Chance verschaffen.

Nachdem diese Frage erstmal so weit geklärt war, stellte sich mir die nächste und weitaus bedeutendere.

Wie kann ich mich retten?

Während ich also auf der Rückbank lag und die Schmerzen verdrängte, die meinen Verstand vernebelten, suchte ich nach einer Antwort. Plötzlich kam mir einer meiner Lieblingsfilme in den Sinn. Alex und ich lieben schnelle Autos und haben die Fast & Furious-Reihe nicht nur einmal gesehen. Und da gibt es die Stelle, an der Letty, die Freundin des Hauptcharakters, nach einem Unfall das Gedächtnis verliert.

Ich selber konnte mich zwar an jedes Detail des Unfalls und auch an jeden Augenblick davor erinnern, trotzdem erschien mir eine Amnesie in diesem Moment zumindest als kleine Chance, mein Leben zu retten. Wenn mich diese zwei Kerle wirklich zu ihrem

Boss bringen wollten, dann würde ich so tun, als könnte ich mich an rein gar nichts erinnern. Ich hoffte, dass es mir ein bisschen Zeit verschaffen würde, um mich zu erholen und einen Angriff zu starten, durch den ich mich dann würde retten und in Sicherheit bringen können.

Dass mein Plan allerdings *so* gut funktionieren würde, hätte ich nicht gedacht.

Ich rutsche ein Stück von Tommaso weg, als mir seine Anwesenheit wieder bewusst wird. Alex hatte Recht: Tommaso hat mich nie wirklich verachtet. Er war nur wütend, weil ich mit seinem Vater zusammen war und nicht mit ihm. Ich kann seine Nähe nicht ertragen, seine schleimigen Liebesbekundungen und seine feuchten Küsse widern mich an. Ich hasse ihn, wie ich vor ihm noch niemanden gehasst habe.

Und trotzdem gaukle ich ihm vor, ihn ebenfalls zu mögen.

Ich befinde mich in einer ähnlichen Situation wie früher, als ich Salvatore Cosentinos Scheinfrau war. Nur, dass ich jetzt seinem Sohn Zuneigung vorspiele.

Alex muss ich dabei verdrängen, denn das schlechte Gewissen, das sich immer dann meldet, wenn ich Tommaso küsse, droht mich noch zu zerfressen. Genauso ist es mit der Sehnsucht. Ich vermisse ihn jeden Tag mehr und habe das Gefühl, vollkommen verrückt zu werden ohne ihn. Jetzt gerade, nachdem ich ihn gesehen habe und er mich berührt hat, fehlt er mir mehr denn je. Am liebsten würde ich aufspringen und ihm nachlaufen und für einen Moment macht sich die absurde Angst in mir breit, dass ich ihn verlieren werde, wenn ich es nicht tue. Dass er sauer ist, weil ich bei Tommaso liege, uns aufgibt und sich eine andere sucht. Aber im Grunde weiß ich, dass er das nie tun würde, denn ich weiß, wie sehr er mich liebt.

Weil ich ihn ganz genauso liebe.

Ich hoffe, dass er auf sich aufpasst und sich nicht erwischen lässt. Und dass er meine Pläne nicht durchkreuzt. Denn wenn ich es schaffe, noch eine Weile als Spionin durchzuhalten, kann ich es schaffen, auch die letzten Freunde der Cosentinos hinter Gitter zu bringen. Für immer.

Nachdem mich die beiden Mafiosi nach Italien gebracht und bei Tommaso abgeliefert haben – sie haben mich einfach in der Eingangshalle auf dem Boden abgelegt, als wäre ich irgendein zugestelltes Paket –, habe ich es gewagt, die Augen zu öffnen. Der Blick, den mir Salvatores Sohn zuwarf, war eisig. Ich habe versucht ängstlich auszusehen, was gar nicht so leicht war, denn ich wäre ihm am liebsten direkt an die Gurgel gesprungen.

Doch ich habe mich zurückgehalten. Statt ihn anzugreifen, habe ich ihn gefragt, wer er ist und wo ich bin. Nachdem er mir einige Male gedroht hat, ihn nicht zu verarschen, hat er angefangen, seine Chance zu wittern. Er hat einen Arzt kommen lassen, der mich untersucht und ihm bestätigt hat, dass eine Amnesie nach einem solchen Unfall sehr wohl möglich wäre.

Und so begann Tommaso mit seinem Spielchen. Er erzählte mir, dass wir seit Jahren zusammen wären, dass ich einige Zeit verschwunden war und er nicht wisse, wo ich gesteckt habe. Er hat sogar alte Fotos rausgekramt, auf denen ich mit ihm zusammen zu sehen bin, um mir zu beweisen, dass wir uns kennen.

Ich gebe mich auch nach sieben Wochen noch zurückhaltend, bitte um Zeit, komme aber trotzdem nicht drum herum, dass er sich mir hin und wieder nähert. Schließlich will ich unter keinen Umständen, dass er Verdacht schöpft.

Nur wenige Tage, nachdem ich in Tommasos Haus gebracht wurde, habe ich es gewagt, Interpol zu kontaktieren. Es war riskant, das weiß ich, aber ich hatte keine andere Wahl. Abhauen war keine Option – tagsüber bewachen Sicherheitsleute das Haus und nachts liegt Tommaso neben mir. Doch eigentlich hatte ich mir zu dem Zeitpunkt ohnehin schon vorgenommen, den Cosentinos endgültig den Garaus zu machen, statt nur zu fliehen. In der Zukunft dürfen sie keine Rolle mehr in unseren Leben spielen und meine Kollegen von Interpol werden mir helfen, dafür zu sorgen. Sie waren ziemlich überrascht, von mir zu hören. Sie wussten nicht mal von meinem angeblichen Tod, sondern dachten, ich wäre nach wie vor in Puerto Rico. Alex und Harley müssen versäumt haben, ihnen Bescheid zu geben. Kein Wunder. Der Unfall muss alle völlig aus der Bahn geworfen haben. Auch wenn ich Alex nur kurz gesehen habe, habe ich erkannt, was die letzten Wochen mit ihm gemacht haben. Der finstere Zug, den er früher an sich hatte, ist wieder da. Mehr denn je. Er sah aus, als hätte er seit Wochen nicht geschlafen, trotzdem war sein Blick überwach und hart wie Stahl. Ich muss zu ihm zurück. Und diesmal muss ich bleiben.

Ein Grund mehr, den Mafia-Clan endgültig fertigzumachen. Meine Kollegen haben mir ihre Zusammenarbeit und Hilfe zugesichert, meinten, dass sie das Haus verwanzen würden, um genügend Beweise gegen ihn und die anderen zu sammeln. Um mich vorzeitig herausholen zu können, falls es doch zu brenzlig wird.

Sie konnten es sich nicht erklären, dass Tommaso nicht mehr im Gefängnis ist. Aber ich schon. Wenn genügend Geld fließt, bekommt man in Italien jeden aus dem Knast.

Jedenfalls ist es jetzt meine Aufgabe, Tommaso genau dorthin zurück zu befördern. Und nicht nur ihn. Auch jeden anderen, der Alex und mir, unserer gemeinsamen Zukunft, noch irgendwie gefährlich werden könnte.

Leider weiß ich, dass Alex ähnliche Pläne verfolgen wird, jetzt, wo er mich gefunden hat. Und alles in mir schreit danach, einfach mit ihm zusammen zu arbeiten. Doch das wäre zu riskant. Ich bin die Agentin von uns, ich habe die Ausbildung und die richtigen Leute hinter mir. Ich habe einen Plan und Alex ist, wenn man so will, nur ein Zivilist, den ich in die ganze Sache nicht mit reinziehen darf. Er ist viel zu impulsiv und lässt sich zu schnell von seiner Wut leiten.

Also muss ich die Sache ohne ihn durchziehen und kann nur hoffen, dass er mir nicht in die Quere kommt.

Ein frommer Wunsch, denn ich weiß genau, dass er nicht aufgeben wird.

Ich befreie mich von Tommasos Arm, der auf mir liegt und mir das Atmen schwer macht. Dann stehe so vorsichtig wie möglich auf.

Leise trete ich ans Fenster und sehe hinaus in die Nacht. Heller Rauch steigt immer noch von der Stelle auf, an der Alex das Feuer gezündet hat. Ich ertappe mich dabei, wie ich den Garten nach ihm absuche, in der Hoffnung, ihn noch einmal zu sehen. Dabei sollte ich eigentlich froh sein, wenn er sich vom Haus fernhält. Wenn er sich nicht noch mehr in Gefahr begibt. Wäre er nicht so schlaftrunken gewesen, hätte Tommaso ihn gerade erschossen. Dabei darf ihm auf keinen Fall etwas zustoßen. Ich wünsche mir nichts mehr, als dass er unversehrt bleibt.

Ich brauche ihn noch.

Nein. *Wir* brauchen ihn noch.

Alex

Die erste halbe Stunde, nachdem ich von der Villa abgehauen war, war ziemlich hart. Ich bin ziellos mit dem Wagen durch die Gegend gerast, durch die verzweigte Hügellandschaft rund um Catania, immer weiter den Ätna hinauf, und in meinem Kopf war immer wieder nur derselbe Gedanke: Diese Frau kennt dich nicht. Du hast dich getäuscht. Das ist nicht Alessia.

Doch je weiter ich von dem Landhaus wegfuhr, desto klarer wurde mein Kopf. Tommaso Cosentino, der eine Frau bei sich hat, die genau aussieht und spricht wie Alessia, die eine Narbe am Kopf hat, die von dem Unfall stammen könnte – die aber nicht Alessia ist?

No, das ergibt noch viel weniger Sinn. Klar, sie hat mich nicht erkannt. Aber das muss eine andere Ursache haben. Und so langsam wird mir bewusst, welche das sein könnte. Doch ist das wirklich möglich oder spinne ich mir nach all den schlaflosen Nächten in der letzten Zeit einfach nur was zurecht?

Ich halte den Wagen auf einem Parkplatz an, ein Schild weist ihn als den höchst gelegenen des ganzen Vulkans aus. Als ich aussteige, kann ich etwa dreißig

Meter über mir den ersten rauchenden Krater sehen. Weißer Dampf steigt in die klare Nacht auf. Der Ätna war auch einer der Orte, die Alessia sich mit mir ansehen wollte.

Manchmal, wenn ich mich in Salvatores Villa zu Tode gelangweilt habe, bin ich auf den Dachboden gegangen und habe von dem kleinen Fenster dort den Vulkan beobachtet. Dass er immer aktiv ist, Tag und Nacht, und stetig auf seinen nächsten Ausbruch hinarbeitet, hat mich beruhigt. Weil ich im Grunde dasselbe getan habe. Warten. Mich vorbereiten. Kannst du das verstehen, Alex?

Sí, das konnte ich. Für andere Menschen mag ein schwelender Vulkan beängstigend sein. Aber wenn du selbst Feuer in dir trägst, wenn du selbst von innen verbrennst, ist das etwas ganz anderes.

Ich steige aus dem Auto, atme die schwefelhaltige Luft und gehe zur Motorhaube. Ich lehne mich dagegen und sehe einen Moment lang einfach nur dem Rauch zu. Dann fasse ich einen Entschluss. Ich muss mit jemandem reden. Ich schaffe die meisten Dinge allein, das war schon immer so. Aber um wirklich zu verstehen, was hier vor sich geht, brauche ich Hilfe. Also rufe ich die einzige Person an, der ich schon immer vertrauen konnte.

Als Hector abnimmt, klingt er verschlafen, aber auch ziemlich erleichtert. »Alex! *Dio Mio,* ich dachte schon, ich höre nie wieder was von dir!«

Erst jetzt wird mir klar, dass ich mich in den vergangenen sieben Wochen kein einziges Mal bei ihm oder Marisol gemeldet habe. »Tut mir leid, *amigo.*«

»Wie geht es dir? Was treibst du? Hast du ... du weißt
schon. Hast du es getan?«

Was er meint ist, ob ich Alessias Mörder erwischt
habe. »Ja und nein«, sage ich.

Hector stöhnt. »Es ist mitten in der Nacht, hör auf in
Rätseln zu sprechen, mein Freund!«

Ich sehe auf die Uhr und stelle fest, dass es schon wieder fast sechs ist. Das heißt, in Puerto Rico ist es eins.
Automatisch denke ich an die warmen Nächte dort, an
den Wind, der durch die Palmen rauscht, an die Luft,
die dort viel süßer ist als hier, und zum ersten Mal vermisse ich mein Zuhause. Vielleicht, weil ich mehr und
mehr kapiere, dass wir zurückkehren können. *Wir*,
nicht nur ich.

Ich atme tief durch. »Ich muss dir was erklären Hector. Nein, eigentlich musst du mir was erklären.«

Eine kurze Pause, dann: »Gut. Bin ich nicht ganz wach
oder sprichst du immer noch in Rätseln?«

»Hör mir einfach zu. Ich glaube, ich habe sie gefunden.«

»Wen gefunden?«, fragt mein bester Freund.

»Alessia.«

Wieder sagt Hector einen Moment lang nichts, doch
als er weiterspricht, klingt seine Stimme verändert.
Vorsichtiger. »Alex. Ich weiß, dass es schwer zu akzep-
tieren ist, aber ...«

Ich schüttle den Kopf. »Spar dir das und hör zu. Sie ist
nicht tot, Hector.«

Endlich hält er die Klappe und ich erkläre ihm alles,
was heute Abend passiert ist. Von meinem Plan, die
ganze Hütte hochgehen zu lassen bis zu dem Moment,
als Tommaso auf mich geschossen hat. »Ich weiß, wie

sich das anhört. Im ersten Moment dachte ich ja selber, dass ich den Verstand verloren habe. Aber ich weiß, was ich gesehen habe. Und gehört. Das war sie. Ihr Gesicht, ihr Körper, ihre Stimme. Alessia lebt.« Ich schüttle den Kopf, weil ich meine eigenen Worte nicht glauben kann. »Sie lebt. Und ich werde sie zurückholen.«

Hector schweigt. Diesmal ziemlich lange. Zuerst denke ich, dass er aufgelegt hat, doch dann höre ich ihn durchatmen. »Alex ich wünschte, ich wäre dort und hätte sie mit meinen eigenen Augen gesehen. Du weißt, ich respektiere dich, aber du hast auch eine harte Zeit hinter dir.«

»Was soll das heißen?«

»Dass ich glaube, es ist im Moment einfach für dich, dir was einzubilden. Vielleicht einfacher, als der Realität ins Auge zu blicken.«

Ich richte mich auf. »Hector nein, sie war es wirklich! Wenn ich dir ein Foto zeigen könnte, dann würdest du es selbst sehen! Ich bin nicht verrückt, okay?«

Wieder schweigt Hector eine Weile, ehe er antwortet: »Ich muss immer daran denken, wie du am Morgen der Beerdigung drauf warst. Da hatte ich schon den Eindruck, dass du ein wenig verrückt bist. Dann dieser blutige Racheplan. Nicht, dass ich dich nicht verstehe, aber der war ebenfalls völlig verrückt.«

»Hector –«

Er lässt mich nicht zu Wort kommen, redet unbeirrt weiter. »Doch ich bin dein Freund, und darum werde ich dir fürs Erste glauben.«

Ich nicke heftig. »Du wirst es sehen, wenn ich erst mit ihr zurückkomme!«

»Das hoffe ich. Ich hoffe es wirklich, Alex. Aber wie erklärst du dir, dass sie dich nicht erkannt hat?«

Ich tippe mir an die Stirn, auch wenn er das nicht sehen kann. »Denk doch mal nach. Der Unfall. Die Kopfverletzung. Sie muss ganz einfach ihr Gedächtnis verloren haben.«

»Und das nutzt Cosentino jetzt für sich aus?«, fragt Hector skeptisch.

»*Sí.*« Ich stoße mich von der Motorhaube ab und gehe ein paar Schritte. »Tommaso wollte schon früher was von ihr, da bin ich mir ganz sicher. Aber sie hat ihn immer verachtet. Doch wenn sie alles vergessen hat, kann er ihr einreden, was immer er will. Dass sie seine Frau ist, seine Verlobte, was weiß ich!« Ich denke daran, wie er neben ihr gelegen hat. Augenscheinlich nackt. Meine Fantasie fügt Bilder hinzu, die ich nie gesehen habe. Wie er sie küsst, sie anfasst. Ich werde diesen Kerl sowas von fertigmachen, das schwöre ich.

Aber etwas anderes ist erstmal wichtiger: Alessia da rausholen.

»Was hast du vor?«, fragt Hector, als hätte er meine Gedanken gelesen. »Klingt nicht, als könntest du einfach da rein spazieren und ihr die Wahrheit sagen. Schon gar nicht nach deinem Auftritt heute Nacht.« Ehe ich etwas antworten kann, fährt er fort: »Wenn du meine Meinung hören willst, hast du nur eine Möglichkeit.«

»Und welche?«

Ich kann fast hören, wie Hector mit den Schultern zuckt, als wäre ganz klar, worauf er hinauswill. »Interpol. Du musst ihre Leute informieren. Die haben die

Mittel. Die kommen einfach mit ein paar Helikoptern und befreien sie.«

Ziemlich fassungslos höre ich zu und muss fast lachen, als er fertig ist. Interpol? Die Agenten, die uns fast beide erschossen hätten, als sie vor anderthalb Jahren in Salvatore Cosentinos Villa eingedrungen sind, um den Clan festzunehmen? »Hector, komm schon. Seit wann vertrauen wir den Bullen?«

»Deine Freundin war ... ist eine von ihnen«, erwidert er. »Und dein Onkel ist auch ein Bulle.«

»Na und?« Verächtlich blicke ich rauf zum Vulkan. »Das letzte Mal, als ich mit denen zu tun hatte, haben sie mir erzählt, dass Alessia tot und verbrannt ist. Die haben sich nicht mal die Mühe gemacht, das Wrack zu untersuchen.« Egal, wie weit ich zurückdenke: Die Polizei hat nie etwas für uns getan. Meine ganze Familie, wir mussten die Dinge immer selber regeln. Dylan ist eine Ausnahme, aber nur, weil er ein Freund der Familie ist und uns zuliebe nicht nach ihren Regeln spielt, wenn es darauf ankommt. »Ich sag dir, was Interpol tun würde. Die würden die Hütte stürmen, um Tommaso zu verhaften. Denn dass er wieder frei ist, passt ihnen sicher nicht. Vielleicht würden sie Alessia dabei retten. Aber es wäre sicher auch nicht so schlimm für sie, wenn eine schwer angeschlagene Agentin draufgeht.«

Hector seufzt. »Du musst endlich mal anfangen, jemand anderem als nur dir selbst zu vertrauen, Alex.«

Ich gebe mir einige Sekunden, ehe ich ihm antworte. Er soll verstehen, dass ich Recht habe. »Ich vertraue Alessia und dem, was zwischen uns ist. Ich werde sie zurück zu mir holen. Ohne zu riskieren, sie dabei endgültig zu verlieren.«

»Und wie genau willst du das anstellen? Du bist ein Fighter, aber keine Ein-Mann-Armee.«

Ich nicke und sehe wieder hoch zum Vulkan. Der Rauch ist dichter geworden, er verdunkelt die Sterne. »Du hast Recht. Aber mehr als ein Fighter muss ich auch nicht sein.«

»Was soll das heißen?«

»Dass Tommaso frei ist, kann nur eins bedeuten: Die Cosentinos hatten irgendwoher Geld, um ihn aus dem Knast zu kaufen. Und das wiederum heißt, dass sie wieder im Fight-Geschäft sind. Das ist ihr Ding. Das haben sie schon immer getan. Und ich habe mir gedacht, dass sie einen Weg gefunden haben, wieder einzusteigen.« Ich schüttle den Kopf. »Ich habe ein paar Dinge herausgefunden, Hector. Eine Menge Dinge, die jetzt alle Sinn ergeben. Hier fließt im Moment Kohle in ein Gym. Der Trainer dort hat mir gesagt, dass er auf der Suche nach einem besonderen Talent ist, das er ausbilden und professionell fighten lassen kann. Bisher hat er einen Favoriten. Und das ist rein zufällig der Kerl, der ...« Bei dem Gedanken schnürt es mir die Kehle zu und meine Stimme klingt gepresst, als ich weiterrede: »Es ist der Kerl, der den Anschlag auf Alessia verübt hat. Ich wette, dass das ein Gefallen war, den er der Mafia dafür getan hat, dass sie in ihn investieren. Aber ich habe bereits bewiesen, dass ich besser bin als er.«

»Ich verstehe schon, *compañero*. Du willst an seiner Stelle dieser besondere Fighter sein.«

Ich nicke. Genau das will ich, auch wenn es nach meinem Rauswurf schwer wird. »Wenn mich das in Alessias Nähe bringt.«

»Und was dann, eh? Denkst du, du hast das große Glück und sie verliebt sich noch einmal in dich Schwachkopf?«

Für einen Moment bringen mich seine Worte aus dem Konzept. Ich runzle die Stirn und denke für ein paar Sekunden darüber nach. Im nächsten Augenblick muss ich fast lachen – ein verdammt seltsames Gefühl nach all der Zeit. »Alter. Hörst du mir überhaupt zu? Ich habe dir gerade erklärt, dass sie noch lebt. Sie ist am Leben, Mann. Denkst du wirklich, dass ich mich da von einem verlorenen Gedächtnis aufhalten lasse? Sie hat sich einmal in mich verliebt, sie wird es wieder tun. *Claro?*«

»Nun ja«, erwidert Hector, »das klingt zumindest endlich mal wieder nach dem Alex, den ich kenne.«

Er sagt mir, dass ich trotzdem vorsichtig sein soll und ich versichere ihm, dass ich weiß, was ich tue. Es ist keine Lüge: Zum ersten Mal seit langem bin ich nicht mehr blind vor Hass. Das heißt nicht, dass Tommaso und seine Handlanger nicht bekommen werden, was sie verdienen. Doch zuerst mal ist das Einzige, was für mich zählt, Alessia. Und mir wird klar, dass ich ein Riesendummkopf bin.

Einfach loszuziehen, um Luca vor den Augen von Paulo und den anderen Fightern totzuschlagen, war ein Fehler. Es war klar, dass das nicht gutgeht. Hätte ich nicht so kopflos gehandelt, wäre ich nicht aus dem Gym geflogen und nach dem, was Paulo angedeutet hat, wäre es sogar machbar für mich, tiefer in die Szene einzusteigen. Jetzt muss ich mich bei ihm entschuldigen und versuchen, irgendwie wieder reinzukommen. Ich hoffe nur, dass er sich darauf einlässt, denn ich habe keine Zeit zu verlieren. Und noch etwas hoffe ich sehr: Dass er Tommaso raushält, was die Auswahl seiner Kämpfer angeht. Denn eins steht fest: Tommaso Cosentino könnte mir gefährlich werden. Er muss mich nur erkennen.

Und noch etwas steht genauso unumstößlich fest: Alessia gehört nicht in sein Bett. Sie gehört zu mir. Ich werde sie da rausholen, und das so schnell wie möglich. Das bedeutet, dass ich in ihre Nähe muss. Rausfinden, was mit ihr Los ist, ob sie wirklich ihr Gedächtnis verloren hat. Und ich muss wissen, welche Rolle sie in den neuen Plänen der Cosentinos spielt und wie gut sie sie bewachen. Dann muss ich sie für mich gewinnen, zumindest soweit, dass sie mir vertraut und ich sie mitnehmen kann und anschließend werde ich ihr klarmachen, dass ich der eigentliche Mann an ihrer Seite bin. Und erst, wenn es so weit ist, ist der richtige Zeitpunkt für unsere Rache gekommen. Denn wenn ich eins mittlerweile verstanden habe, dann das: Es gibt genau eine Sache, die wichtiger ist als Vergeltung – Liebe.

***

Über dem Meer geht die Sonne auf, als ich den Wagen zurück zur Hütte fahre. Nach dieser Nacht spüre ich zum ersten Mal seit Wochen wirklich, wie kaputt ich bin. Aber ich habe keine Zeit zu verlieren. Noch heute Morgen muss ich zusehen, dass ich wieder aufgenommen werde.

Ich parke das Auto an der Straße kurz vor dem Strand und überlege mir, während ich durch den Sand laufe, was ich Paulo sagen werde. Dass ich eine harte Zeit hatte und die Kontrolle verloren habe. Dass das nicht wieder vorkommen wird. Und dass – Moment.

Etwa hundert Meter, bevor ich die Hütte erreiche, bleibe ich stehen. Gegen das rötliche Sonnenlicht hebt sich die Fassade nur als Umriss ab und für einen Moment glaube ich, dass ich einfach geblendet bin und mich täusche. Aber dann sehe ich es ganz deutlich: Jemand ist dort unten. Jemand, der das kleine Haus umrundet und versucht, einen Blick durchs Fenster und die Ritzen in den Brettern zu werfen. Verdammt! Bin ich etwa aufgeflogen? Hat Tommaso mich erkannt und seine Kontakte spielen lassen? Das würde meinen Plan direkt wieder umwerfen!

Ich bleibe stehen, beobachte die männliche Silhouette, die in diesem Moment an dem Vorhängeschloss zugange ist und überlege, was ich tun soll. Abhauen wäre wohl am klügsten, denn wenn ich tatsächlich aufgeflogen bin, ist der Kerl dort vorne mit Sicherheit hier, um mir nachträglich doch noch eine Kugel zu verpassen. Doch ich bin nicht hier, um Katz und Maus zu spielen. Der Typ scheint mich noch nicht entdeckt zu haben. Das heißt, dass ich ihn überraschen kann, wenn ich leise genug bin. Und das ist für mich nach jahrelangem Box- und Jiu-Jitsu-Training kein Problem.

Also schleiche ich mich an, kampfbereit, und behalte genau im Auge, was er tut. Nach einem Moment hört er auf, sich mit dem Schloss zu beschäftigen und klopft ganz einfach an. Der Hellste scheint er nicht zu sein.

Wer schließt sich denn bitte mit einem Vorhängeschloss, das von außen befestigt ist, in einer Hütte ein?

Ich komme näher, die Sonne, die noch tief steht, verschwindet hinter dem Dach, ich kann endlich Details ausmachen – und bin ziemlich überrascht. Denn der Kerl, der sich nicht sicher zu sein scheint, ob er mich besuchen oder bei mir einbrechen will, trägt einen Trainingsanzug, hat grau melierte Haare und ich erkenne ihn auf Anhieb. Es ist Paulo.

»He!«, sage ich, als ich bis auf zwei Meter an ihm dran bin.

Paulo fährt herum, prallt mit dem Rücken gegen die Tür und presst sich die Hand auf die Brust, als er mich erkennt. »*Mio Dio*, Savio! Was schleichst du dich so an?!«

»Dasselbe könnte ich dich fragen.« Ich deute auf die Hütte hinter ihm. »Was hast du hier zu suchen?« Im nächsten Moment wird mir klar, dass ich freundlicher sein sollte. Schließlich will ich ihn heute noch um etwas bitten. »Ich meine, woher weißt du, dass ich hier wohne?«

Paulo stößt ein Lachen aus. Er scheint sich wieder gefangen zu haben und sieht sich die Hütte genauer an. »Von Wohnen kann wohl nicht die Rede sein. Was bist du? Arm?«

Nein, arm bin ich nicht, aber es gibt einfach nicht viele Hotels, in denen man sich ohne Ausweis und echten Namen einmieten kann. Für den Flug hierher habe ich meine Papiere benutzt, aber seit ich in Sizilien bin, vermeide ich das. Die Mafia hat ihre Augen und Ohren sicher überall. Aber das werde ich ihm nicht sagen. »Und wenn schon.«

»Willst du deshalb in den Käfig? Um Geld zu verdienen?«

»Was hast du denn gedacht? Für Ruhm und Ehre?«

Paulo wendet sich mir wieder zu und sein Blick verfinstert sich. »Von Ehre kann bei deiner Kampfweise wirklich nicht die Rede sein. Was hast du dir gedacht, einfach auf einen Mann einzuschlagen, der längst abgeklopft hat?«

Gerade will ich ihm sagen, was ich mir vorhin zurechtgelegt habe, als er auch schon die Hand hebt, um mich zu unterbrechen. »Spar dir die Ausreden. Lass uns drinnen weiterreden.«

Ich zögere und mustere ihn misstrauisch. Eine Knarre hat er in seinen Trainingssachen definitiv nirgends versteckt. Trotzdem ist es ziemlich seltsam, dass er hier aufgetaucht ist. »Ich will nicht unhöflich sein, aber du hast meine Frage nicht beantwortet«, sage ich, während ich aufschließe.

Paulo zuckt mit den Schultern. »Einer der Jungs hat dich nach dem Training hier runterlaufen sehen und ich dachte, du schläfst bestimmt nicht im Sand um die Jahreszeit.«

Ich nicke. Okay, das kann sein. Das Gym ist schließlich nicht weit von hier. Ich öffne die Tür, die ein ziemlich lautes Quietschen von sich gibt, und deute ins Innere. »Komm rein.«

Paulo betritt die Hütte und ich bin froh, dass ich die Fotos vor ein paar Tagen von der Wand gerissen habe. Noch froher bin ich, dass ich danach das Chaos halbwegs beseitigt habe. Zwar ist der Stuhl immer noch kaputt, die Einzelteile des Bettgestells lehnen an der

Wand und die Matratze liegt mittlerweile auf dem Boden. Aber zumindest gibt es hier nichts Verräterisches mehr.

»Du brauchst ein besseres Zuhause«, sagt Paulo und sieht sich um.

»Danke, auf die Idee wäre ich nicht gekommen.«

Paulo lacht schnaubend und dreht sich zu mir um. »Seit wann hast du denn Humor, Savio?«

Ich zucke mit den Schultern. »Ich habe mich wieder im Griff.«

»Das ist aber schade.«

Stirnrunzelnd sehe ich ihn an. Was sagt er da?

Paulo mustert mich noch einen Augenblick lang, dann macht er ein paar Schritte durch die Hütte, wobei er weiterspricht: »Der Kampf gegen Luca ... Ich muss zugeben, dass du mich da ziemlich beeindruckt hast.«

Ich verschränke die Arme. »So sehr, dass du mich rausgeworfen hast?«

Paulo sieht mich an. »Das musste ich. Versteh doch: Nicht alle Kämpfer, die bei mir trainieren, sind für Größeres geeignet. Und längst nicht alle von ihnen hätten Verständnis, wenn ich einen Fighter für seine Brutalität und Kompromisslosigkeit lobe.« Wieder geht er auf und ab. »Aber es gibt Menschen, die genau diese Kampfweise zu schätzen wissen. Die bereit sind, viel in einen Mann wie dich zu investieren. Und die dir zu einem ganz neuen Leben verhelfen können.« Er macht eine umfassende Handbewegung. »Weit weg von Bruchbuden wie dieser hier.«

Ich höre ihm genau zu und alle Alarmglocken in meinem Inneren beginnen zu schrillen. Mir ist klar, wovon er spricht: der Mafia. Illegalen Fights ohne Regeln und

Kompromisse. Millionenschweren Wettgeschäften. Ganz klar, er redet von der Welt der Cosentinos. Ich spüre, wie ein Grinsen mein Gesicht überzieht. Das läuft ja besser als gedacht!

»Was ist daran komisch?«, fragt Paulo.

»Nichts ist daran komisch. Es klingt einfach nur verdammt gut.«

Er mustert mich von oben bis unten. »Tut es das?«

»*Sì.*«

»Wenn ich dir also eine Chance gebe, dich in diesem Geschäft zu beweisen. Was denkst du? Könntest du darauf verzichten, dich ab jetzt besser im Griff zu haben?«

Ich nicke. »Absolut.«

Paulo begutachtet mich noch einen Moment lang forschend, dann nickt er, greift in seine Hosentasche und hält mir ein Kärtchen entgegen.

Ich nehme es ihm ab und werfe einen Blick darauf. *FIERO* steht dort in geschwungenen Großbuchstaben. Darunter eine Adresse. »Was ist das?«

»Ein Club. Wir treffen uns dort heute Abend um elf. Elf Uhr und keine Sekunde früher. Ist das klar?«

Ich blicke auf und kann mir das Grinsen schon wieder kaum verkneifen. Dieser Schwachkopf hat mir soeben meine Eintrittskarte geschenkt. »Elf Uhr«, sage ich. »Ich werde da sein.«

Paulo nickt. »Gut. Wir sehen uns dort.« Er geht an mir vorbei zur Tür und fügt hinzu: »Lass das blöde Grinsen zu Hause und bring eine gute Portion Wahnsinn mit. Da stehen die Typen drauf.«

Damit verlässt er die Hütte und ich verspreche ihm, dass ich eine ganze Menge Wahnsinn mitbringen werde. Genug um ihn und den dreckigen Haufen, mit

dem er sich eingelassen hat, für immer verschwinden
zu lassen.

KAPITEL 8

Harley

Das *FIERO* ist ein Club, der auf den ersten Blick vollkommen normal wirkt. Auch wenn es gerade erst 21 Uhr ist, ist die Tanzfläche schon gut gefüllt. In den Sitzecken hängen Gruppen von Leuten herum, lachen und trinken. An der Bar sitzen die einsamen Typen, die es in jedem Club dieser Art gibt und reden auf die sichtlich gelangweilte Barkeeperin ein.

Ich habe keine Ahnung was ich hier soll, denn ich entdecke weder einen Käfig, wie früher im Ivory, noch irgendjemanden, der auch nur im Ansatz so aussieht, als würde er Fights veranstalten. Aber Paulo wird schon wissen, warum er mich herbestellt hat.

Ein Blick auf mein Handy zeigt mir, dass es bereits eine Minute nach neun ist. Und noch etwas: Ich habe gleich drei Anrufe von Megan.

Ich tippe eine kurze Nachricht an sie und fühle mich schlecht, weil ich sie so hintergehe.

Hey Baymax,
Reha dauert heute etwas länger. Ich melde mich danach bei dir.
Kuss,
Harley

Dann stecke ich das Handy wieder in meine Tasche und wünsche mir, ich könnte einfach ehrlich zu ihr sein. Megan denkt, dass ich wegen meiner Verletzung – zu Hause bin ich immer noch auf Krücken gelaufen, obwohl es meinem Bein längst wieder gut ging – zur Kur in irgendeiner fernen Rehaklinik im hintersten Hinterland von Puerto Rico bin und keinen Besuch empfangen darf. In Wahrheit habe ich mich mit Hilfe gefälschter Papiere von Dylan in den nächsten Flieger nach Italien gesetzt, das sollte sie nur bloß nicht erfahren.

Wenn mich nicht alles täuscht, ist Alessia noch am Leben und wird irgendwo festgehalten. Das war mir klar, sobald mir die Sache mit der Kette wieder einfiel. Und dazu die ganzen Ungereimtheiten, die fehlenden Überreste. Wer auch immer den Anschlag auf sie verübt hat, hat sich verdammt blöd angestellt. Ich frage mich, ob es wirklich pure Dummheit oder vielleicht Absicht war. Letzteres ist die schlechtere, aber auch irgendwie wahrscheinlichere Möglichkeit. Wenn jemand Alex nach Italien locken wollte, bedeutet das nichts Gutes. Ich habe nochmal versucht ihn zu erreichen, aber er meldet sich nicht. Ich kann nur hoffen, dass das nicht heißt, dass sie ihn schon haben. Dann bin ich es nicht nur Alessia schuldig, sie nach Hause zurückzuholen, sondern muss mich auch darum kümmern, dass Alex den Heimweg findet.

Mein Instinkt sagt mir, dass die Cosentinos mit der Sache zu tun haben und Dylan hat meinen Verdacht bestätigt. In unserem letzten Telefongespräch hat er mir gesagt, dass Tommaso nicht mehr im Knast wäre und dass Alex ihn gesehen hätte. Ich hatte gehofft, dass ich Alex zuvorkomme, aber offenbar versucht er sein

Glück ebenfalls in Italien. Leider ist er viel zu clever, um sich von mir finden zu lassen, und ich hoffe, dass er sich auch gut vor unseren Feinden versteckt.

Aber den Gedanken, dass ihm etwas zugestoßen sein könnte, muss ich erstmal beiseite schieben. Ich muss mich von den Cosentinos oder den Leuten, die jetzt die Kämpfe für sie organisieren, engagieren lassen. Das dürfte nicht so schwer werden.

Paulo trainiert mich jetzt seit mehreren Wochen in seinem Studio in Taormina. Ihn habe ich bereits bei zahlreichen Übungskämpfen überzeugt und er meinte heute Morgen zu mir, dass es an der Zeit wäre, mich in einem richtig guten Team unterzubringen. Was jetzt noch folgt, ist reine Formsache. Er wird mich empfehlen und die Verantwortlichen werden mich mustern, als hätten sie auch nur die geringste Ahnung von MMA. Und dann werde ich einen Knebelvertrag unterschreiben und meine Seele an die Mafia verkaufen, wie ich es schon mal getan habe.

Ich kann nur hoffen, dass Megan mir die ganze Sache verzeiht, wenn ich mit Alessia nach Hause komme. Sollte mein Plan allerdings schiefgehen oder sollte ich mich irren und sie ist tatsächlich nicht mehr am Leben, weiß ich nicht, wie ich ihr all das erklären soll.

»Rico, du bist schon da!«

Mit einer Sekunde Verzögerung drehe ich mich zu Paulo um. Ich kann mich nie an neue Namen gewöhnen. Ich habe ewig gebraucht, bis ich auf Jack gehört habe, den Namen, den man mir im Zeugenschutz verpasst hat. Seit ich hier in Italien bin, nenne ich mich Rico und habe schon ein paar Mal überhört, dass man mich ruft.

»Neun Uhr«, sage ich nur, denn Rico ist kein Mann vieler Worte.

»Pünktlich wie immer.« Paulo nimmt mich an der Schulter mit in Richtung einer kleinen Treppe auf der anderen Seite des Clubs. »Dann wollen wir mal. Bereit für den Karrieresprung deines Lebens?«

Ich nicke.

Wenn er wüsste ...

Alex

Pünktlichkeit war nie meine größte Stärke, aber heute Abend stehe ich schon um kurz vor elf an der Bar des *FIERO* und warte. Die Musik ist laut, es ist voll und alles in allem kommt mir das hier vor wie ein gewöhnlicher Club. Einer dieser Läden, die in Puerto Rico in erster Linie von Touristen besucht werden und in die wir einheimischen Jungs früher nur gegangen sind, um Mädchen aufzureißen. Jetzt bin ich hier, um mir mein Mädchen zurückzuholen. Oder zumindest, um den ersten Schritt in die richtige Richtung zu machen.

Doch vorher habe ich noch mal mit Dylan gesprochen. Ich habe ihm gesagt, dass Tommaso frei ist, ihm aber nicht verraten, wann und wo ich ihn gesehen habe. Denn die Cosentinos stehen auch in den Staaten auf der Abschussliste und ich kann mir gut vorstellen, dass Dylan die erste sich bietende Chance nutzen würde, um einen flüchtigen Cosentino wieder einzufangen und dafür eine fette Beförderung zu kassieren. Nichts gegen Dylan. Ich mag ihn. Ich traue ihm nur nicht.

Doch er hat mir geliefert, was ich brauchte, und darauf kommt es an. Er konnte herausfinden, dass Tommaso nicht offiziell als flüchtig gemeldet wurde, das bedeutet, dass die sizilianischen Behörden mit drinhängen und seine Flucht vertuschen. Für meinen Plan ist das jedoch gut, denn Dylan hat mir erklärt, dass auf Sizilien zwar alle korrupt sind, dass aber kaum ein Mafioso so reich ist, dass er die Staatsanwaltschaft und die gesamte Polizei schmieren kann. Deshalb müsste Tommaso, wenn er sich in freier Wildbahn bewegt, damit rechnen, dass er ganz schnell wieder eingefangen wird. Und aus diesem Grund versteckt er sich dort draußen in der Villa, was bedeutet, dass er heute nicht hier sein und mich demnach auch nicht enttarnen wird.

Ansonsten muss ich mir keine Sorgen machen, dass mich jemand erkennen könnte. Diejenigen, die sich hier draußen um seine Geschäfte kümmern, kennen vielleicht meinen Namen oder irgendwelche Kinderfotos von mir aus dem Netz. Aber sonst haben sie nichts, von mir gibt es noch nicht einmal Kampfvideos auf YouTube. Insofern bin ich sicher.

»Na, Fremder. Was darf's denn sein?«, fragt mich die Barfrau und checkt mich ab. Früher hätte ich mir so eine Gelegenheit nicht entgehen lassen und sie auf der Stelle mit irgendeinem Spruch angemacht. Aber jetzt ist alles anders.

Also bestelle ich Corona und als sie mich nach meinem Namen fragt, während sie die Flasche öffnet, sage ich knapp: »Savio.«

»Ah, Savio«, erwidert sie, als hätte sie schon von mir gehört. Ist gut möglich. Wenn der Laden hier mit dem Fight-Business zu tun hat, spricht man vielleicht über den brutalen neuen Kämpfer aus Paulos Stall. Das wäre gut. Dann wüssten wenigstens alle Bescheid, dass es sich lohnt, mich in ihr Team aufzunehmen.

»Danke«, sage ich, als sie mir das Bier herüberschiebt, drehe mich weg und lehne mich mit dem Rücken an die Theke. Ich sehe mich in dem Club um und frage mich, wie der Abend weiterlaufen wird. Ob sie mich vielleicht testen, indem sie mich von jemandem angreifen lassen? Irgendwie habe ich das Gefühl, schon jetzt unter Beobachtung zu stehen, aber das stört mich nicht. Je eher es losgeht, desto besser. Ich trinke einen Schluck, wobei ich meinen Blick durch den Club wandern lasse – und bin auf einmal kurz davor, das Bier vor Schreck durch den halben Laden zu spucken. Schnell setze ich die Flasche ab und starre immer noch Richtung Tür. Ich traue meinen Augen nicht: In Begleitung der zwei Typen, die ich schon aus der Villa kenne und denen das Wort MAFIOSO genauso gut auf der Stirn stehen könnte, betritt ausgerechnet Alessia den Club!

Sie sieht atemberaubend aus. Ihr Körper, den ich fast besser kenne als meinen eigenen, steckt in einem engen schwarzen Kleid, das in ihrem Nacken geschlossen ist. Ihr Haar ist heute nicht hochgesteckt, sondern fällt offen und gewellt über ihre Schulter und das Rot ihrer Lippen kann ich von hier aus erkennen. Das Problem – das Riesenproblem – ist, dass sie mich aus dieser Entfernung ebenfalls erkennen kann. Mich, den Kerl, der letzte Nacht bei ihr eingebrochen ist, nachdem er den halben Garten ihres neuen Zuhauses in Schutt und Asche gelegt hat!

»*Qué mierda!*«, was für eine Scheiße, knurre ich und bin einen Moment lang wie gelähmt, während Alessia unbeirrt weiter auf die Bar zu stolziert. Wie ich eben lässt auch sie ihren Blick über die Menge schweifen und es ist nur eine Frage der Zeit, bis sie mich sieht.

Was mache ich dann? Nein, Alex, Denkfehler: Wenn sie dich erst gesehen hat, ist es zu spät. Wenn sie dich gesehen hat, kannst du dich aus der Sache auch nicht mehr herausreden, oder willst du ihr mit einer rührseligen Geschichte von deinem Zwillingsbruder, dem Einbrecher kommen?!

Gott, ich wünschte, ich hätte ihr mein Gesicht nicht gezeigt! Aber jetzt ist es zu spät, mein Verhalten von gestern Nacht zu überdenken. Stattdessen muss ich handeln. Alessia und ihre zwei Beschützer, Wachhunde oder was immer sie sind, haben mich fast erreicht.

Endlich schaffe ich es, mich zu rühren, stelle die Bierflasche weg, sehe mich dabei schnell um und entdecke neben mir an der Bar eine Gruppe von Frauen. Ich glaube, dass sie Touristinnen sind, zumindest diejenige, die neben mir auf einem Barhocker sitzt und die Menschen auf der Tanzfläche beobachtet, ist ganz sicher eine. Ihr kurz geschnittenes Haar ist hell, sie ist blasser als die Frauen hier und kommt mir mit ihrem Jeans- und Lederoutfit eher wie eine Amerikanerin vor. Oder auch eine Deutsche. Völlig egal. Jedenfalls brauche ich jetzt genau diese Frau. Ich wende mich ihr zu, lege ihr meine Hand an die Hüfte und die andere ins Gesicht, drehe mich zu ihr herum und küsse sie so leidenschaftlich, als wäre ich ihr Freund. Oder Mann. Auf diese Art kann mich Alessia nicht sehen und weil sie Anstand besitzt, wird sie so einen intimen Moment zwischen zwei Menschen auch gar nicht länger beobachten. Also halte ich die schlanke Frau weiter fest und küsse sie, so als wäre sie und nicht Alessia meine Freundin. Und was soll ich sagen? Meine Wirkung auf Frauen ist wohl immer noch dieselbe wie früher. Sie wehrt sich nicht, wirkt nur ziemlich überrumpelt, und als ich nach einigen Sekunden meine Lippen von ihren löse, sieht sie mich verwirrt, aber nicht wütend an. Sie knallt mir auch keine. Nett von ihr.

»Entschuldigung«, sage ich auf Englisch. »Ich konnte nicht anders.«

Die Frau mit dem hellen Haar räuspert sich und rückt mit erstauntem Blick ihre Brille zurecht. Süß, irgendwie. Aber mein Herz gehört schon einer anderen.

»Womit habe ich denn das verdient?«, fragt sie.

»Na ja, ich ...« Ich deute auf sie, ihr enges Top mit dem tiefen Ausschnitt und die körperbetonten Jeans. »Mir war danach, *chica*. Ich bin Südländer, wir machen sowas. Ich hoffe, das ist kein Problem.«

Die Frau lacht und scheint ihr Erstaunen langsam zu überwinden. »Nein, kein Problem«, sagt sie und hält mir die Hand hin. »Ich bin übrigens Bärbel. Da, wo ich herkomme, stellen wir uns normalerweise vor, ehe wir uns küssen.«

»Bär ... bel?« Ich mühe mich ein wenig damit ab, ihren Vornamen auszusprechen. Ganz bestimmt ist der deutsch. »Ich bin Savio. Und du hast mir gerade echt aus der Patsche geholfen.« Probehalber sehe ich mich um und stelle fest, dass Alessia an uns vorbeigegangen ist, ohne mich zu bemerken. In diesem Moment geht sie eine kleine Treppe im hinteren Bereich des Clubs hinauf, auf die eine verspiegelte Glastür folgt. Was liegt dahinter?

Damit werde ich mich gleich beschäftigen. Zuerst muss ich den Schock überwinden, dass sie hier ist. Und mich bei meiner Retterin bedanken.

»Also, Bär ...«

»Bel. Bärbel«, hilft sie mir.

Ich grinse schief. »Darf ich dir für die Rettung was ausgeben?«

Sie scheint einen Moment lang zu überlegen und wirft einen Blick auf die Frauen hinter sich. Das müssen ihre Freundinnen sein, die unseren Kuss bemerkt haben, denn sie flüstern aufgeregt miteinander.

»Nein«, sagt meine neue Bekanntschaft schließlich, »aber du darfst uns allen einen ausgeben. Eine Runde Bacardi-Cola bitte.«

Ha, okay, die Frau weiß, wie man's macht. Ich zwinkere ihr zu. »Mach ich doch gern.« Dann wende ich mich an die Barkeeperin.

Als ich gerade für die Getränke bezahle, fasst mich auf einmal eine Hand an der Schulter. Shit. Hoffentlich bin ich nicht doch aufgefallen! Ich sehe hinter mich und entdecke zu meinem Glück nur Paulo, jetzt nicht mehr in Trainingsklamotten, sondern einem billigen schwarzen Anzug.

»Na, du Draufgänger. Bist du bereit? Jetzt kannst du nämlich einem anderen Kaliber als den Hosenscheißern im Gym beweisen, dass du's draufhast. Komm mit.«

Ich lege die Geldscheine auf die Theke, nicke meiner Retterin noch mal zu und folge Paulo. Doch im nächsten Moment wünschte ich, ich wäre gar nicht erst hergekommen, denn er geht ausgerechnet in Richtung der kleinen Treppe, die auch Alessia genommen hat. Und

auf einmal habe ich überhaupt kein gutes Gefühl mehr
bei der Sache.

Harley

Ich fahre zurück nach Taormina und bin zufrieden damit, wie der Abend gelaufen ist. Paulo hat mich vor den
Geldgebern in den höchsten Tönen gelobt und so
wurde ich direkt aufgenommen, ohne irgendwelche
lästigen Castings durchlaufen zu müssen. Es war eigentlich auch nicht anders zu erwarten, denn es gibt
nicht viele Fighter, die sich auf diese Art zu kämpfen
einlassen würden. Und erst recht gibt es nicht viele
gute Kämpfer, die dazu bereit sind. Trotzdem bin ich erleichtert, dass alles reibungslos geklappt hat.

Das Einzige, was mich misstrauisch gemacht hat, war
Paulos Verhalten. Um halb elf schien er reichlich nervös zu werden und hat versucht, mich nach Hause zu
schicken. Um zwanzig vor elf hat er mich zu meinem
Wagen begleitet und als ich fünf Minuten später – ich
bin sicherheitshalber eine Runde um den Block gefahren – noch einmal am *FIERO* vorbei kam, war er immer
noch dort. Jetzt zwar versteckt in einem Auto, aber ich
habe ihn dennoch erkannt.

Zuerst habe ich überlegt, ihn zu beobachten, wie er
wen auch immer beobachtet, aber dann war es mir
doch zu riskant. Ich habe mich gerade einen großen
Schritt voran gearbeitet und da wäre es ziemlich blöd,
mich durch so eine Aktion wieder zurück zu katapul-
tieren.

Trotzdem hat sich bei mir die Frage eingebrannt, wen
er observiert.

Alex, wispert eine Stimme in meinem Kopf und ich fürchte, dass sie Recht hat.

Wie so oft überlege ich, ob ich hier gerade das Richtige tue. Momentan habe ich noch kein Lebenszeichen von Alessia, aber ich weiß geradezu mit absoluter Sicherheit, dass sie noch lebt. Es spricht alles dafür. Zwar ist es ziemlich blöd gelaufen, dass Alex seinen Rachefeldzug auf eigene Faust plant, doch was soll ich machen? Meine Zeit darauf verschwenden, *ihn* statt Alessia zu suchen? Was soll das bringen? Er wird nicht mit mir nach Hause kommen.

Zu Hause.

Ich schnappe mir mein Handy und wähle Megans Nummer. Ich hoffe, dass sie noch nicht schläft. Doch das Telefon klingelt nur kurz, bevor sie abnimmt.

»Harley«, sagt sie und ihre Stimme klingt eisig.

Sicher, sie ist sauer, dass es so spät geworden ist.

»Hier auch«, scherze ich. »Hey, wie –?«

»Spar dir das.«

Woh. Sie muss sogar ziemlich sauer sein.

»Alles okay?«, frage ich, auch wenn ich es besser weiß.

»Gar nichts ist okay.«

Und plötzlich schrillen bei mir alle Alarmglocken. »Geht es dir gut? Geht es Kim gut? Ist irgendwas passiert?«

»Bei uns ist alles in bester Ordnung.«

Gott sei Dank. Ich spüre, wie mir ein riesiger Stein vom Herzen fällt. Zwar fahren meine Kollegen in Streifen- und Zivilwagen ums Haus, aber trotzdem habe ich Angst, dass meiner Familie etwas zustoßen könnte. Dem kleinen Rest meiner Familie.

»Was ist dann?«

»Sag du es mir.«

Scheiße. Sie ahnt etwas. Aber kann ich jetzt ehrlich zu ihr sein?

»Bei mir ist auch alles in Ordnung«, weiche ich aus. »Die Reha war wie immer und –«

»Das hier ist deine letzte Chance, die Wahrheit zu sagen.«

Sie ahnt definitiv etwas. Aber was genau? Weiß sie, dass ich ihr Infos über den Unfall verheimliche? Oder sogar, dass ich nicht in der Reha bin? Was sage ich jetzt? Je weniger sie weiß, desto besser.

»Meg, ich weiß nicht, wovon du redest.«

»Das weißt du nicht?!« Ihre Stimme überschlägt sich fast vor Zorn. »Wie wäre es damit, dass du mich belügst? Dass du ohne mein Wissen nach Italien fliegst? Was treibst du da, sag es mir. Was treibst du nachts in irgendwelchen zwielichtigen Clubs?«

So. Ein. Mist. Das Gespräch verläuft in die völlig falsche Richtung.

»Meg, hör mal, ich kann das erklären. Es ist nicht, wie du denkst.«

»Ach nein?! Was denke ich denn?«

»Dass es hier um eine Frau geht.« Noch ehe ich den Satz ausgesprochen habe, merke ich, dass er mich nur noch mehr in Schwierigkeiten bringen wird.

»Und? Tut es das?«

Toll gemacht, Harley. Und jetzt? Weiterlügen oder endlich mit der Wahrheit rausrücken?

»Ja. Ja, schon, aber anders als du jetzt denkst. Du kannst mir vertrauen.«

Megan lacht hart und humorlos.

Ich kann mir gut vorstellen, wie das für sie aussieht. »Dieser Club war nicht zwielichtig und ... Ich habe mich da mit einem Mann getroffen, nicht mit einer Frau. Das Ganze ist nicht so leicht zu erklären, aber was du glaubst, ist absoluter Blödsinn.« Ich würde sie niemals betrügen. Eher würde ich mir die Eier abschneiden, als Megan auch nur in irgendeiner Form zu verletzen.

»Dann bist du also nicht dort, um Alessia zurückzuholen?«

Für einen Moment bin ich sprachlos. Dann erfüllt mich so etwas wie Stolz. Meine Frau lässt sich einfach nichts vormachen. »Woher weißt du ...?«

»Ich bin nicht blöd, Harley. Ich kenne dich, ich kenne Dylan und ich kann eins und eins zusammenzählen. Also, raus mit der Sprache. Was weißt du?«

Ich atme durch und beginne ihr zu erzählen, was ich bereits in Erfahrung gebracht habe. Ich erkläre ihr, welche Ungereimtheiten es bei dem Unfall gab, dass ich Alessias Kette gefunden habe und dass Tommaso nicht länger im Gefängnis ist. Auch dass ich befürchte, dass Alex der gleichen Spur nachgeht, verheimliche ich ihr nicht.

»Und jetzt?«, fragte Megan, als ich fertig bin. »Steigst du wieder in den Käfig.«

Es scheint eher eine Feststellung als eine Frage zu sein.

»Ja«, gebe ich zu.

»Du hattest einen Autounfall und mehrere Knochenbrüche! Du hast jahrelang nicht gekämpft, bist du verrückt?«

Das stimmt nicht ganz. Ich habe das Kämpfen nie ganz aufgegeben, nur professionelle Fights mache ich nicht mehr. Trotzdem verstehe ich natürlich, was sie meint. »Sowas verlernt man nicht. Ich habe erst gerade einen Vertrag unterschrieben.«

»Du hast was? Was kommt als Nächstes? Hast du dein Gesicht groß auf Plakatwände drucken lassen, damit auch jeder Mafioso in ganz Italien weiß, dass du im Land bist?«

Ich muss lachen, auch wenn die Situation eigentlich ernst ist. »Für so blöd hältst du mich, was?«

»Für noch blöder.«

Noch immer grinsend erkläre ich ihr, dass ich einen Decknamen habe, falsche Papiere und all das Zeug. Der Mafioso, mit dem ich früher zu tun hatte, Luigi Cosentino, ist längst tot. Er wird mich also sicher nicht erkennen.

Trotzdem bleibt natürlich ein nicht gerade kleines Restrisiko, da hat sie nicht ganz Unrecht. Aber was habe ich für eine Wahl?

»Ich will nicht, dass du in den Ring steigst, während ich hier tausende Kilometer entfernt von dir bin.«

»Ich weiß. Aber ich kann es nicht ändern.«

»Du nicht. Aber ich.«

Ich verstehe nicht ganz. Und irgendwie verstehe ich gleichzeitig sehr wohl.

»Komm schon, mach keinen Unsinn, ja?«

»Warum nicht? Weil das Unsinn machen schon für dich reserviert ist, Harley?«

»Du musst bei Kim bleiben, sie braucht dich.«

»Sie braucht auch dich. Und ich werde dafür sorgen, dass sie dich heile zurückbekommt. Hol mich in Catania am Flughafen ab.«

Das klingt nicht gut. Aber wenn ich in all den Jahren eins über Megan gelernt habe, dann, dass sie ein Dickkopf ist und sich von nichts abbringen lässt, was sie sich in den Kopf gesetzt hat. Irgendwie scheint das bei uns weit verbreitet zu sein.

»Wann?«, frage ich. »Wann fliegst du los?«

»Ich bin längst gelandet. Hol mich ab, dann muss ich kein Taxi nach Taormina nehmen.«

Sie ist schon hier. Natürlich. Habe ich etwas anderes erwartet?

Ich atme tief durch, ehe ich sage: »Ich beeile mich.«

»Gut.« Damit legt sie auf.

Sie ist noch immer wütend und ich muss erstmal den Schock überwinden, den diese neue Situation mit sich bringt.

Freue ich mich, sie wiederzusehen? Natürlich.

Ist es vollkommen lebensmüde, dass sie sich in das Gebiet der Cosentinos wagt? Absolut.

Aber ich sollte die ganze Sache realistisch sehen: Sie haben Alessia in Puerto Rico gefunden. Wenn sie Megan etwas tun wollen, finden sie sie so oder so.

Doch auch wenn ich mir Sorgen mache, dass sie sich in Gefahr bringen könnte, bin ich dennoch beeindruckt und frage mich, woher sie weiß, wo ich stecke.

An der nächsten Ampel durchforste ich mein Handy und muss lachen.

Eine Ortungs-App, gut versteckt und als Taschenrechner getarnt. Megan ist nicht auf den Kopf gefallen. Damit erübrigt sich auch die Frage, wie sie unbemerkt einreisen konnte. Eine Frau wie sie findet eine Möglichkeit, an einen gefälschten Pass zu kommen. Und im schlimmsten Fall ist da ja auch noch Dylan. Dylan, der es sich wohl zur Aufgabe gemacht hat, für andere Trojaner, Ortungs-Programme und was sonst noch alles auf fremde Handys zu schmuggeln.

Ich grinse und merke wieder, dass ich ziemlich stolz auf Megan sein kann. Sie weiß sich schon zu helfen. Und eigentlich ist der Gedanke, sie gleich in den Arm nehmen zu können, gar nicht so übel.

Ich trete das Gaspedal durch und sehe zu, dass ich schleunigst zurück nach Catania komme.

Alessia

Das *FIERO* ist kein Club, den ich privat jemals besuchen würde. Erstens stehe ich generell nicht auf Clubs. Wenn Alex und ich abends weggegangen sind, dann meistens in irgendeine der abgelegenen Strandbars, wo sich fast nur Einheimische treffen. Ich mag die Stimmung dort – das laute spanische Gerede, die vielen kleinen Lampions, auf Alex' Schoß zu sitzen, mich eng an ihn zu schmiegen und der puertoricanischen Musik zu lauschen.

Für einen Moment wird mein Heimweh so stark, dass es wie ein Messer in mein Herz sticht. Es ist kein Heimweh nach einem Ort, sondern nach einem ganzen Leben und vor allem nach einem Menschen. Nach ihm.

Noch immer kann ich kaum glauben, dass er letzte Nacht in meinem Schlafzimmer war. Rückblickend erscheint es mir wie ein Traum. Doch es war keiner, das wurde mir spätestens klar, als Tommaso morgens gleich alle Hebel in Bewegung setzte, um die Sicherheitsvorkehrungen zu verstärken. Seinen eigenen Aussagen nach glaubt er an einen gewöhnlichen Einbrecher, was mir wieder mal zeigt, wie blöd er ist. Aber ich bin froh darüber.

»Und? Wie ist es, endlich mal wieder draußen zu sein?«, reißt mich eine Stimme aus meinen Gedanken. Sie gehört Adrian, einem der zwei Handlager von Tommaso, mit denen ich hier bin.

Ich setze mich in meinem Sessel aufrechter hin und lächle, bemühe mich aber um eine verwirrte Note. »Gut, schätze ich.« Dann sehe ich mich um, als würde ich zwanghaft versuchen, mich an diesen Ort zu erinnern.

In Wahrheit war ich noch nie im FIERO, weder vorn im Club noch hier hinten im VIP-Bereich. Von Vito, meinem zweiten Begleiter, weiß ich, dass der vordere Bereich für die Touristen ist und der hintere, um Geld zu verdienen. Hier wird nicht getanzt, sondern es stehen überall Loungemöbel herum, die von vielen Mafiosi in Anzügen und wenigen Frauen besetzt sind, die entweder das strenge Gesicht echter Patinnen haben oder kurze Glitzerfummel tragen, die sie als Prostituierte ausweisen. Eine von ihnen hat ein notdürftig überschminktes blaues Auge, was mich nicht wundert. Das hier ist tiefstes Mafiagebiet und wenn du dir als Frau keinen Respekt erarbeitest, bist du nichts als Dreck. Ein Wegwerfartikel.

Darum habe ich mir für meine Mission ein paar Dinge geschworen: Ich werde mir Respekt erarbeiten. Ich werde keinerlei Angriffsfläche bieten. Ich werde die perfekte Freundin des Mafiabosses sein.

Doch vor allem muss ich eines: Beweise sammeln, sonst ist das hier alles nutzlos. Also habe ich vor wenigen Tagen angefangen, Tommaso gegenüber Andeutungen zu machen, dass ich mich in dem Landhaus langweile. Er muss sich dort, bei einer entfernten Cousine, verschanzen. Aber ich? Mich sucht die Polizei ja nicht

Nach einigem Nachbohren hat Tommaso zugegeben, dass ich früher nicht nur seine Freundin war, sondern auch für ihn gearbeitet habe, als Betreuerin seiner Fighter. Warum er das getan hat, ist mir klar. Er will nicht, dass ich weiter nachdenke und mir am Ende vielleicht doch wieder einfällt, dass ich keineswegs für ihn, sondern für seinen Vater gearbeitet habe. Dass er nur ein kleiner Wurm war, der niemandem und schon gar nicht mir etwas zu sagen hatte. Also hat er mir das Zugeständnis gemacht, dass ich mich trotz meines Gedächtnisverlustes langsam wieder einarbeiten darf. Wahrscheinlich hofft er, dass mich das entweder vom Grübeln ablenkt oder so sehr überfordert, dass ich mich bald freiwillig bei ihm verstecke.

Tja, die Hoffnung ist wohl umsonst. Ich werde meine Arbeit machen und meine verwanzte Handtasche wird alles aufzeichnen, was dabei an illegalem Zeug passiert.

»So, da bin ich wieder!« Vito setzt sich auf das weiße Ledersofa neben Adrian und hält stolz eine Flasche Champagner in die Höhe. »Unsere Geschäftspartner werden jeden Moment auftauchen und ich habe uns schon mal das Wichtigste organisiert!«

Verärgert nehme ich ihm die Flasche ab und stelle erleichtert fest, dass sie noch zu ist. »Was soll denn das?«, herrsche ich Vito an. »Du weißt doch selbst, dass wir sparen müssen!«

Vito verdreht die Augen. »Na schön, beschränken wir uns eben auf gewöhnlichen Prosecco.«

Er winkt die Kellnerin heran, eine leicht bekleidete, sehr künstliche Blondine, doch ehe er seine Bestellung aufgeben kann, sage ich: »Für meine zwei Begleiter ein Bier, für mich ein Wasser bitte.« Dann drücke ich ihr den Champagner in die Hand. »Und der hier geht zurück.« Kaum zieht sie mit der Flasche und einer beleidigten Schnute wieder ab, wende ich mich an Vito und füge hinzu: »So spart man Geld, nicht mit Prosecco.«

Er murmelt etwas, aber er weiß, dass er mir nicht allzu vehement widersprechen darf. Schließlich bin ich offiziell die Freundin seines Chefs. Wie weit die beiden eingeweiht sind, was meine wahre – in ihren Augen *frühere* – Identität angeht, weiß ich nicht. Doch ich denke, wenn ich mich ihnen gegenüber ein bisschen arrogant verhalte, kommt das schon ganz gut hin.

Wir bekommen unsere Getränke und ich suche gerade nach dem richtigen Moment, um zu fragen, was hier heute Abend genau besprochen werden soll, als sich Adrians und Vitos Gesichter plötzlich aufhellen. Sie sehen hinter mich und ich bin überzeugt, dass der Promoter, mit dem wir uns treffen sollen, gerade eingetroffen ist. Meinen Informationen nach ist sein Name Paulo und er hat ein paar vielversprechende Talente im Stall.

Vielversprechend, das bedeutet in Mafiasprache brutal und absolut skrupellos.

Ich drehe mich nach diesem Paulo um – und im nächsten Moment gefriert mir das Blut in den Adern.

Ganz automatisch krallen sich meine Finger in die Lehnen des Sessels und ein eiskalter Schauer jagt über meinen ganzen Körper. Denn der Mann im Anzug, der auf uns zukommt und zum Gruß die Hand hebt, ist nicht allein. Er hat einen zweiten Kerl dabei. Jemanden, in dessen Anblick ich mich hier und jetzt verlieben würde, wenn mein Herz ihm nicht längst gehören würde.

Er ist groß und hat breite Schultern. Die hochgeschobenen Ärmel seines schwarzen Hemdes verraten, dass auch seine Arme muskulös und noch dazu bis zu den Handgelenken tätowiert sind. Die geöffneten Knöpfe zeigen, dass auch seine Brust von Tattoos übersät ist und ich weiß genau, was ich zu sehen bekäme, wenn er das Hemd nicht tragen würde. Zuallererst einen Schriftzug. *Mi vida loca.* Doch nicht nur sein Leben ist vollkommen verrückt, sondern er genauso.

Alex.

Was um alles in der Welt hat er hier zu suchen?

Mich zumindest scheint er noch nicht entdeckt zu haben. Finster wandert sein Blick über die Menge und ich kann für einen Moment nichts tun, als ihm ins Gesicht zu starren. Der Dreitagebart steht ihm. Das längere, locker zurückgegelte Haar genauso. Mein Herz klopft wie wild, als ich beobachte, wie seine Augen in meine Richtung gleiten, wie es kurz darin aufblitzt, als er mich sieht.

Und wie er stehenbleibt, Paulo an der Schulter nimmt und mit ziemlich saurem Gesichtsausdruck etwas zu ihm sagt.

Was wird das?

»He, Alessia!« Vito lacht. »Bist du eingeschlafen oder was?«

Schnell drehe ich mich zu ihm um. »*No*, ich begutachte nur unsere Gäste. Ist das ein Problem?«

Vito hebt die Hände. »Kein Problem.« Er weist mit dem Kinn hinter mich. »Der Kerl, den er dabeihat, das ist einer seiner Fighter. Was sagst du?«

Was ich sage?!

Am liebsten würde ich aufspringen und Alex sagen, dass er verschwinden soll. Denn auch wenn ich es besser wissen müsste, hätte ich nicht mit ihm gerechnet. Dass er hier ist, bedeutet, dass er sich schon in die Szene eingeschlichen hat. Und das ist verdammt schlecht. War es Tommasos Idee ihn ausgerechnet heute Abend hierher einzuladen? Ein weiterer Test meiner Loyalität? Vito und Adrian werden sicher ganz genau auf meine Reaktion achten und ihm alles haarklein berichten.

Nein, eigentlich kann das nicht sein. Tommaso kann nicht wissen, dass Alex hier ist, sonst hätte er ihn sicher längst töten lassen. Oder läuft hier ein Spiel, das ich noch nicht ganz durchschaue? Verfluchter Mist. Eben war ich noch so gefasst und jetzt wirbeln meine Gedanken durcheinander, als hätte sie jemand ordentlich durchgeschüttelt.

»Keine Ahnung«, gebe ich zurück und versuche unbeeindruckt zu klingen. »Ich habe ihn ja noch nicht kämpfen sehen.«

Auf keinen Fall dürfen Vito und Adrian merken, dass ich ihn kenne. Ich bin die Frau ohne Gedächtnis und das muss ich bleiben.

»Nun.« Vito lehnt sich zurück und schnappt sich eine Erdnuss aus einer Schale auf dem Tisch. »Ich auch nicht, aber die Prellungen in Lucas Gesicht neulich

Abend – die stammten von ihm. Laut Paulo hätte der Typ ihn totgeschlagen, wenn nicht das halbe Gym eingegriffen hätte.«

Mein Herz macht in meiner Brust einen schmerzhaften Hüpfer. Luca. Der Mann, der versucht hat, mich zu töten. Ich habe ihn gesehen, als er und sein Komplize mich in ihr Auto zerrten und war entsetzt, als ihn Tommaso später ganz dreist zum Essen einlud. Wie schlimm sein Gesicht zugerichtet war, ist mir nicht entgangen, als er mit uns am Tisch saß. Dass Alex ausgerechnet ihn derart zu Brei geschlagen hat, kann kein Zufall sein.

Für einen Moment überflutet mich eine Welle der tiefen Liebe, die ich für Alex fühle. Doch sogleich machen sich widersprüchliche Gefühle in mir breit. Er hätte für mich jemanden getötet. Das soll er nicht.

Doch weiter komme ich mit meinen Gedanken nicht, denn im nächsten Augenblick tritt jemand an unseren Tisch. Wie ein schüchternes Schulmädchen traue ich mich im ersten Moment gar nicht aufzuschauen. Als ich es doch tue, bin ich überrascht. Paulo ist allein.

»Da seid ihr ja schon!«, sagt er und schüttelt erst Adrian, dann Vito die Hand. Am Ende hält er sie mir hin.

Eigentlich sollte ich ihn jetzt anfahren, dass man eine Dame zuerst begrüßt, wenn man Manieren hat. Aber mein Mund ist trocken und ich habe meine Fassung immer noch nicht wieder. Erst wollte ich, dass Alex verschwindet. Jetzt fühle ich mich um seine Nähe betrogen.

»Hallo«, sage ich mechanisch und schüttle Paulos Hand. Dann deute ich auf das noch freie Sofa zu meiner Linken. »Setzen Sie sich doch.«

Paulo nimmt Platz und zieht die Beine seiner billigen Anzughose ein Stück hoch, um sie nicht auszubeulen. Tommaso hat mir gegenüber schon angedeutet, dass der Promoter, den wir heute treffen, genauso dringend Geld braucht wie wir und darum zu allem bereit ist. Doch seinen Schützling hat er offenbar auf dem Weg hierher verloren.

»Was ist denn mit deinem besten Pferd im Stall los?«, fragt Vito und deutet hinter mich.

Ich runzle die Stirn. Steht Alex etwa immer noch da rum? Skeptisch drehe ich mich um, und tatsächlich. Er ist ungefähr genau dort stehen geblieben, wo er war, als sich unsere Blicke trafen, hat sich halb von uns weggedreht und begutachtet die Discoscheinwerfer an der Decke, als hätte er noch nie etwas so Spannendes gesehen.

Was zur Hölle soll das?

Sollte er sich nicht lieber unauffällig verhalten?

Paulo lacht nervös und ich wende mich ihm wieder zu.

»Tja, wie soll ich das sagen? Er ist ein wenig aufbrausend.«

»Sieht nicht aufbrausend aus«, knurrt Adrian. »Sondern eher wie ein Schwachkopf, der keinen Respekt hat.«

»Doch, doch, den hat er mit Sicherheit.« Paulo verzieht das Gesicht und sieht mich an.

»Was?!«, frage ich ungehaltener, als ich eigentlich will.

Gott, Alex bringt mich vollkommen aus dem Konzept. Nicht nur seine Anwesenheit, sondern auch die Sorge, dass er etwas Unüberlegtes tut. »Was ist sein Problem?«

Paulo zieht die Mundwinkel noch weiter herunter. »Genau weiß ich das nicht. Aber er sah Sie, sagte, dass er mit einer Frau keine Geschäfte macht und dass ich den Scheiß allein regeln soll, und blieb dort hinten stehen.«

Vito und Adrian lachen überrascht. Und ich? Ich fühle mich im ersten Moment tatsächlich verletzt. Doch dann wird mir klar, dass es keinen Grund dafür gibt. Alex versucht, genau wie ich, einfach nur unauffällig zu sein. Dass er es auf so vollkommen auffällige Art und Weise macht, ist irgendwie typisch er.

Nach gestern muss er, genau wie er soll, davon ausgehen, dass ich mein Gedächtnis verloren habe. Also glaubt er, ich halte mich für eine Mafiosa. Und er weiß, dass ich vergangene Nacht sein Gesicht gesehen habe. Wenn ich ihn als den Einbrecher erkenne und enttarne, ist sein Plan, wie auch immer der genau aussehen mag, dahin.

Ich nicke langsam. Auf einmal weiß ich genau, was ich tun muss. Es verursacht mir Herzklopfen und das gefällt mir gar nicht. Trotzdem sage ich: »Wartet hier. Bestellen Sie sich etwas, Paulo. Ich werde das mit diesem Schwachkopf klären!«

Damit stehe ich auf, drehe mich zu Alex und zwinge mich, auf ihn zuzugehen.

Mein dämliches Herz schlägt dabei immer schneller und auch, wenn das total unangemessen ist, kann ich nicht anders, als schon wieder seinen Körper zu bewundern. Seine tiefsitzenden Jeans, seinen knackigen ...

Alessia! Reiß dich zusammen!

Ich puste mir eine Strähne aus der Stirn, ordne schnell mein Haar und bleibe hinter Alex stehen, der immer noch die Deckenstrahler bewundert.

»Toller Anblick, nicht? Die Dinger nennen sich Lampen. Man kann sie an- und ausschalten!«, sage ich laut und in zynischem Tonfall.

Langsam, sehr langsam dreht sich Alex zu mir um. Für einen Moment sieht er mich ziemlich fassungslos an, dann sagt er: »Alessia.«

Seine Stimme klingt heiser und dieses eine Wort reicht, um mich erkennen zu lassen, dass er mich genauso vermisst wie ich ihn. Ich will ihm in die Arme fallen und mit ihm abhauen. Aber das geht nicht.

»*Sì*, das ist mein Name, aber für Sie bin ich *Signora* Calliari.« Das ist mein echter Name, kein Deckname wie früher. Als ich nach dem Unfall hierhergebracht wurde, sprach mich Tommaso damit an.

Alex schluckt sichtlich. Gleichzeitig sieht er mir prüfend in die Augen. Ich kann förmlich fühlen, wie komisch die ganze Situation für ihn ist. Sicher fühle ich es, mir geht es ja nicht anders. Ihm wieder so nah zu sein ist atemberaubend. Doch ihm gleichzeitig so fern zu sein, treibt mich in den Wahnsinn.

Aber ich darf jetzt nicht die Fassung verlieren. »Sie wollen also keine Geschäfte mit Frauen machen«, sage ich, so sauer ich kann.

»Ich will …« *Dass du mit mir nach Hause kommst!*, fordert Alex' Blick. Doch er hat sich gut genug im Griff, um diese Worte nicht auszusprechen. Noch einen Moment lang mustert er mich, als wäre ich das achte Weltwunder. Ich lasse ihn gewähren, denn die letzten Wochen müssen die Hölle für ihn gewesen sein. Eine Hölle, die ich ihm erspart hätte, wenn ich auch nur die geringste Chance dazu gesehen hätte. Aber das konnte ich nicht, und so muss ich ihm zumindest etwas Zeit geben, zu erfassen, dass ich hier bin, dass ich echt bin.

Dann fahre ich fort: »Ich verstehe. Sie bringen einer Frau gegenüber anscheinend kein gerades Wort raus. Und ich dachte schon, Sie wären einfach ein machohafter Arsch.«

Alex schüttelt den Kopf. Spätestens jetzt muss ihm klar sein, dass ich ihn nicht als den Einbrecher von gestern enttarnt habe. »Ein Arsch bin ich zumindest nicht«, sagt er schließlich mit rauer Stimme und mir schießen fast die Tränen in die Augen, als ich so viel von dem Mann, den ich liebe, in diesen Worten erkenne. Sein Selbstbewusstsein, seinen Humor. Ich bin so froh, dass er noch derselbe ist.

»Dann sind Sie sicher auch so höflich, mir Ihren Namen zu verraten.«

»Savio«, sagt er und mir fällt erst jetzt auf, dass er Italienisch mit mir redet. Himmel. Woher kann er das?

Savio. Der Wissende. Ich verkneife mir ein Lächeln und nicke nur. »Hat Savio auch einen Nachnamen oder ...?«

Er zuckt mit den Schultern. »Sicher. Aber den brauchst du nicht. Du kannst einfach Savio sagen ...« Seine blauen Augen gleiten über meinen Körper und ich erschauere unmerklich. »Alessia«, wiederholt er und macht damit nicht nur klar, dass er mich nicht siezen wird, sondern –

Moment. Fängt er etwa an, mit mir zu flirten? Nein, das kann unmöglich sein. So dreist ist noch nicht einmal Alex. Aber sein Blick spricht eine deutliche Sprache und ich spüre, wie er schon wieder dabei ist, mich um die Fassung zu bringen.

Ich räuspere mich. »Also, was ist jetzt? Wärst du vielleicht doch bereit, dich zu einer Frau an den Tisch zu setzen?«

Er verzieht das Gesicht und senkt die Stimme. »Hör zu, Alessia. Was ich da eben gesagt habe, war nicht ...« Er lacht kurz und ziemlich ungläubig, was ich nicht richtig einordnen kann. Gleich darauf sieht er mich an und fährt fort: »Es ist ein ziemlich brutales Geschäft.«

Ich halte seinem Blick stand und es fällt mir noch nicht einmal sonderlich schwer. Davon, tief in seine Augen zu sehen, träume ich seit Wochen. »Alle guten Dinge im Leben haben ihre brutalen Seiten«, höre ich mich sagen.

Dann mache ich auf dem Absatz kehrt, gehe zurück zum Tisch und muss mich nicht umdrehen, um zu wissen, dass er mir folgt. Ich spüre seine Anwesenheit deutlich, denn sie sorgt dafür, dass ich mich zum ersten Mal seit einer Ewigkeit wieder vollständig fühle.

Doch kaum haben wir uns zu den Mafiosi gesetzt, wird mir bewusst, dass ich die Situation zwar einerseits entschärft habe, aber andererseits mehr denn je mit dem Feuer spiele. Sein Verhalten war auffällig. Doch wie sollen wir es jetzt beide schaffen, uns unauffällig zu verhalten und unter den Augen von Tommasos Männern glaubhaft so tun, als wären wir Fremde?

Gott, dieser Mann macht mich so kopflos!

Alex

Oh Mann. Ich habe so ein Glück, dass es schon fast nicht mehr sein kann! Sie ist zu mir gekommen, hat mit mir gesprochen – und mich nicht als den Einbrecher von letzter Nacht erkannt! Anscheinend war es zu dunkel, als dass sie mein Gesicht wirklich hätte sehen können. Das ändert alles, einfach alles.

Wenn sie nicht weiß, dass ich derjenige bin, der ihren Garten in Brand gesetzt und sich an ihr Bett geschlichen hat, muss ich mich auch nicht von ihr fernhalten. Dann muss ich nicht heimlich in ihrer Nähe sein und auf den richtigen Moment warten, sie hier raus zu bringen. Sondern ich kann sie dazu bringen, freiwillig mit mir zu kommen.

Da ist noch etwas zwischen uns. Auch wenn es extrem seltsam ist, dass sie nicht weiß, wer ich bin, sehe ich deutlich, wie ihr Blick immer wieder zu mir wandert, während wir gemeinsam mit den Mafiosi am Tisch sitzen. Und eben, als sie plötzlich vor mir stand, habe ich gespürt, dass ich sie nervös gemacht habe. Sicher, auch wenn sie ihr Gedächtnis verloren hat, ist sie immer noch Alessia. Alessia und ich lieben uns nun einmal. Das werde ich ihr klarmachen – entweder, indem ich sie dazu bringe, sich neu in mich zu verlieben. Oder indem ich ihr helfe, sich an uns zu erinnern.

»So, und das ist also der Junge, der im Käfig gern mal das Blut spritzen lässt?«, fragt einer ihrer Begleiter und mustert mich wie ein Stück Fleisch beim Metzger. Er heißt Vito und ist ein großer, ziemlich hagerer Kerl, den ich in der Mitte durchbrechen könnte, wenn ich wollte. Und bis an die Zähne bewaffnet. Ich sehe das

Holster an seinem Gürtel unter seinem Jackett hervorblitzen.

»Zeig ihm deine Hände, Savio«, verlangt Paulo.

Ich lasse ihn die Wunden an meinen Fingerknöcheln sehen, die noch davon stammen, wie ich Luca fast zu Brei geschlagen habe. Wenn sie wollen, schlage ich auch einen beliebigen Gast zusammen, damit sie mich aufnehmen. Ich muss diesen Job einfach haben und wenn das bedeutet, dass ich einen der Mafiosi hier im hinteren Bereich des Clubs verprügeln muss, mache ich das mit Vergnügen.

Wenn ich aufgenommen werden würde, wäre Alessia meine Betreuerin. Der absolute Jackpot.

Aber ich bin auch ohne spontane Schlägerei zuversichtlich, dass sie mich nehmen. Ein brutaler und rücksichtsloser Fighter ist genau, was sie suchen. Wenn sie wüssten, dass der Grund für meine Rücksichtslosigkeit mit uns am Tisch sitzt.

Während Paulo und die Mafiosi um mich feilschen, suche ich ihren Blick. Sie spürt es, das sehe ich daran, wie angestrengt sie auf ihr Wasserglas starrt. Noch immer fasse ich nicht, dass sie hier ist. Ich sehe auf ihren Brustkorb, der sich hebt und senkt, mir beweist, dass sie lebt. Und dann blickt sie plötzlich doch noch auf und zieht die Brauen zusammen, als sie erkennt, wo ich hinschaue.

Ich richte mich auf und muss fast lachen. Vielleicht sollte ich froh sein, dass sie ihr Gedächtnis verloren hat. Ihr Freund erfährt, dass sie am Leben ist und das Erste, was er tut, ist ihre Brüste zu begutachten, so muss es doch für sie aussehen. *Madre mia*, sie würde mir dafür die Hölle heiß machen, wenn sie eine Ahnung hätte, wer ich bin. Und wo sie in Wahrheit hingehört.

»Was ist denn so komisch?«, reißt mich der zweite Mafioso, der Glatzkopf namens Adrian, aus meinen Gedanken.

Paulo winkt ab. »Stört euch nicht daran. Seit seinem Fight mit Luca ist dem das blöde Grinsen ins Gesicht getackert. Aber ich schwöre euch, dass er im Käfig zur Maschine wird. Ihr habt Lucas Gesicht gesehen.«

Ich bemühe mich um einen ernsteren Ausdruck. Alessia sieht mich immer noch an und scheint sich tausend Fragen zugleich zu stellen. Was mit mir los ist. Wer ich bin. Weshalb sie es nicht schafft, den Blick abzuwenden.

Ich zwinkere ihr leicht zu, dann wende ich mich den zwei Mafiosi zu. »Luca war nur der Anfang. Setzt mir einen Gegner vor, egal wen, und ich werde ihn für euch fertigmachen. Ich kann jeden besiegen.«

»Wie lange kämpfst du schon?«, will Vito wissen.

»Mein ganzes Leben.«

»Und wozu? Was willst du erreichen?«

Wow, das ist eine verdammt philosophische Frage für jemanden von der Mafia. Aber ich weiß, wie sie wirklich gemeint ist. Ich sollte antworten, dass ich Geld will, denn der Mafia geht es immer um Geld. Aber mir geht es um Alessia und ich kenne sie gut genug, um zu wissen, dass sie sich nicht in einen geldgierigen Trottel verlieben wird. Also? Was sage ich nun?

»Komm schon, Savio«, mischt sich Paulo ein. »Sag deinen neuen Arbeitgebern, was dich antreibt.«

»Was mich antreibt«, wiederhole ich und nehme die zwei Penner ins Visier. »Ich weiß, was ihr normalerweise zu hören bekommt. Reichtum. Ruhm. Der Größte zu sein. Aber das ist es bei mir nicht.« Während sie mich fragend ansehen, lasse ich meinen Blick ganz langsam weiter Richtung Alessia wandern. »Was ich will, ist nur eins. Das Feuer löschen.«

Wieder blickt sie auf und sieht mir direkt in die Augen. Und auch, wenn sie keine Ahnung hat, wer ich bin, bin ich mir sicher, dass sie sie sich zumindest an den Unfall erinnert. Dass sie in diesem Moment genau dasselbe Bild vor Augen hat wie ich. Ein brennendes Wrack. Flammen, die uns voneinander getrennt haben. Dieser Unfall, der alles verändert hat.

Sie öffnet den Mund, um etwas zu sagen, doch Vito kommt ihr zuvor.

»Du bist dabei, Savio. Wir brauchen einen Fighter, der fürs Kämpfen brennt.«

»Ihr könnt euch sicher sein, dass ich das tue.«

Vito hält mir die Hand hin und erst jetzt unterbreche ich den Blickkontakt mit Alessia. Aus dem Augenwinkel sehe ich, wie sie in ihren Sessel zurücksinkt und bin mir nicht sicher, ob sie erleichtert, erschöpft oder etwas ganz anderes ist.

»Herzlich willkommen im Team, Savio Giordano.«

»Danke.« Ich schüttle Vito die Hand und er lächelt mich mit schmalen Lippen an.

Ich weiß, was er denkt: Dass ich gerade einen Pakt mit dem Teufel schließe. In Wahrheit ist es genau umgekehrt. Aber das werden er und die anderen Cosentino-Schergen noch früh genug verstehen.

Alessia

Als wir wenig später in Adrians Wagen zurück nach San Gregorio fahren, klopft mein Herz immer noch viel zu schnell, und das aus gleich mehreren Gründen. Aber eigentlich ist es doch nur ein einziger Grund: Alex.

Sein Auftauchen. Die Tatsache, dass er sich längst als Fighter bei Paulo eingeschlichen hat. Weiß er auch nur im Ansatz, in welche Gefahr er sich damit begibt?

Und seine kleinen Flirtereien mit mir. Er weiß genau, welche Wirkung er auf mich hat. Sein gewinnendes Lächeln, seine tiefen Blicke. Noch nie habe ich jemanden so intensiv, so körperlich vermisst wie ihn.

Gott, ich war sogar froh, als Vito ihn gerade bei uns aufgenommen hat! Ich habe mich ernsthaft gefreut, ist das zu fassen? Ich sollte alles dafür tun, dass er verschwindet, stattdessen habe ich nur daran denken können, dass ich ihn morgen wiedersehen werde.

Und dann? Wie soll es weitergehen?

Ich atme tief durch und lehne den Kopf an den Sitz.

»Ist alles in Ordnung?«, fragt Vito, der neben mir sitzt.

»Sì.«

»War dieser Ausflug heute zu anstrengend für dich? Wenn du noch nicht bereit bist, finden wir einen anderen Betreuer.«

Haha, klar. Das hätte Tommaso gern.

»Keine Ahnung, ob ich je wieder für irgendwas bereit sein werde. Aber ich kann mich nicht für den Rest meines Lebens verkriechen, nur weil ich mein Gedächtnis verloren habe.«

»Und du erinnerst dich wirklich an nichts?«, bohrt Vito weiter.

Ich sehe nach vorn, auf die dunkle Landstraße vor der Windschutzscheibe, doch ich spüre, wie sein Blick mich scannt. Was glaubt er? Dass er klug genug ist, meine Lügen zu enttarnen?

»An nichts und niemanden«, sage ich. »Alles, was war, bevor ich bei Tommaso wach geworden bin, ist einfach nur schwarz.«

»Das muss schlimm sein.«

Ich blicke zu ihm herüber und lächle. »Es hätte schlimmer kommen können. Ich bin bei den Menschen, die ich kenne und dem Mann, der mich liebt. Von ihm zu hören, wie mein Leben früher war, ist fast, als würde ich mich erinnern.«

Vito nickt zufrieden. »Das verstehe ich.«

Dann blickt er aus dem Fenster und ich spüre, dass die Situation entschärft ist. Ich kann gut lügen, mich verstellen. Das habe ich mir selbst beigebracht, seit ich als Teenagerin beschloss, die Cosentinos fertigzumachen. Alex hingegen ...

Gott, für einen Moment dachte ich gerade, er versaut es. Als er von dem Feuer sprach und sein Blick zu lodern begann, war ich sicher, dass er gleich aufspringen und eine Waffe ziehen, dass er eine Schießerei anfangen würde, um mit mir abzuhauen. Dadurch hätten wir nichts gewonnen, denn Vito, Adrian und auch Paulo sind nur Rädchen in einem viel größeren Getriebe.

Die Sache ist nochmal gutgegangen. Alex' Erleichterung, mich gefunden zu haben, scheint im Moment noch größer zu sein als sein Zorn. Aber wie lange wird das anhalten? Wann wird er die Kontrolle verlieren? Und, was noch viel gravierender ist: Wie zur Hölle soll er unser neuer Superstar werden, ohne je Tommaso zu begegnen? Denn Tommaso würde ihn auch mit Bart und längerem Haar erkennen, das ist absolut sicher.

Ich seufze innerlich, als mir klar wird, was für eine Riesenidiotin ich war, mich auch nur eine Sekunde lang über sein Auftauchen zu freuen. Ich habe die Lage hier im Griff, aber Alex ist eine tickende Zeitbombe. Und wenn ich nicht will, dass das alles hier in einer Katastrophe endet, wenn ich sicherstellen will, dass wir immer noch eine Zukunft haben, bleibt mir nach wie vor nur eines. Ich muss ihn loswerden. Und ich weiß auch schon, wie ich das anstelle.

Leider, denkt ein Teil von mir.

Du hast keine Wahl, antwortet mein Verstand.

Harley

Das kleine Hotel, in das ich mit Megan fahre, liegt irgendwo im Nirgendwo kurz vor Taormina. Ich habe nochmal ernsthaft darüber nachgedacht, was die richtige Entscheidung ist. Wenn ich sie in meiner Nähe habe, kann ich auf sie achtgeben. Dann wird sie allerdings auch schneller von Leuten entdeckt, die gar nicht erst wissen sollen, dass sie im Land ist. Aber wenn wir ehrlich sind, ist es, wie ich direkt gedacht habe. Egal, ob sie hier ist, in der Nähe der Cosentinos, oder am anderen Ende der Welt: Wenn ihr jemand wirklich etwas tun will, gelingt es ihm so oder so. Egal wo sie ist. Das haben wir ja erst deutlich zu spüren bekommen. Was mir allerdings Sorgen bereitet, ist, dass Kim ohne uns in Puerto Rico ist. Ich habe überlegt, sie nachzuholen, mich allerdings dagegen entschieden. Ich muss die Mafia erst gar nicht auf sie aufmerksam machen. Stattdessen habe ich einen meiner Kollegen bei ihr, Sally und Juan einquartiert. Ich hoffe, sie ist sicher.

Bisher haben die Cosentinos wenigstens ein bisschen Ehre bewiesen. Als Alex noch klein war, haben sie schließlich auch die Finger von ihm gelassen und ich bin froh, dass sie eigentlich gar nichts von Kims Existenz wissen dürften. Trotzdem bleibt ein ungutes Gefühl, das auch schon da war, als ich mich entschlossen habe, Alessia zurückzuholen und ein für alle Mal gegen die Mafia vorzugehen.

Aber was bleibt mir anderes übrig? Die Cosentinos haben uns bewiesen, dass sie uns überall finden können.

Und ich möchte nicht, dass sie uns immer noch im Visier haben, wenn Kim in einem Alter ist, in dem sie für die Männer des Clans erst richtig interessant wird.

Ich glaube, dass meine Entscheidung die richtige war. Trotzdem geht mir unsere Tochter nicht aus dem Sinn.

Auf dem Weg ins Hotel denke ich weiter über sie nach. Im Zimmer schließe ich die Tür ab und ziehe die Vorhänge zu. Dann wende ich mich an Megan.

»Was hast du ihr gesagt?«

»Kim?«

Ich nicke.

Megan zuckt mit den Schultern. »Die Wahrheit. Kinder sind nicht dumm, Harley. Ich weiß noch, wie ich damals an Weihnachten versucht habe, mit Alex heile Welt zu spielen, während du in Mexiko warst, um seine Mutter zu retten. Und was haben wir mit diesem Verhalten angerichtet? Er traut uns bis heute nicht. Stell dir vor, er würde. Dann hätte er dir von seinen Racheplänen erzählt, anstatt einfach loszuziehen und wir müssten uns jetzt keine Sorgen um ihn machen!« Sie macht einen Schritt auf mich zu.

Ich kann ihr nicht böse sein. Warum auch? Sie hat, genau wie ich, das getan, was sie für richtig hält. Im Endeffekt ist es doch so, dass wir ohnehin nicht in der Hand haben, was passiert. Eins wissen wir jedoch: Wir haben uns lange genug versteckt und es hat doch nichts gebracht. Es kann nicht viel schlimmer werden, wenn wir jetzt offensiv werden.

»Kim ist in guten Händen«, fährt Megan fort und ihre Finger gleiten beruhigend über meine Brust. »Aber bei uns wäre sie in noch besseren. Wenn du dir Sorgen um sie machst, sieh zu, dass du schnell wieder nach Hause kommst.«

Ich atme tief durch und blicke an ihr vorbei in Richtung Fenster. Auch wenn die Vorhänge geschlossen sind, kann ich die italienische Nacht förmlich vor mir sehen. Nicht die warmen Vollmondnächte, an denen die Touristen durch die Gassen schlendern. Nein. Ich sehe die grellen Neonlichter der Hinterhofclubs, sehe Blut auf billigen Linoleumboden tropfen und die kalten Blicke der Männer, die dafür abkassieren, dass andere zu Brei geschlagen werden.

Wie gerne würde ich einfach meine Sachen packen und mit Megan zurück zu Kim fliegen.

Aber das geht nicht.

»Es ist schön zu sehen, dass du wieder laufen kannst.« Megan blickt von meiner Brust herab auf meine Beine. Dann lächelt sie. »Als ich dich zuletzt gesehen habe, gingst du auf Krücken. Wie lange hast du mir was vorgespielt?«

Ich schüttle den Kopf. Ich möchte den Moment nicht dadurch kaputt machen, dass wir über meine Lüge sprechen. Sie weiß, dass ich sie nicht belogen habe, um ihr wehzutun. Im Gegenteil.

Ich lege ihr meine Hände an die Hüften und ziehe sie zu mir. »Gut, dich zu sehen, Baymax.«

Megan lacht leise. »Wirst du irgendwann aufhören, mich so zu nennen?«

»Es wird mein letztes Wort sein. Auf dem Sterbebett.«

Auch wenn sie eigentlich wissen muss, dass ich scherze, sieht sie mich tadelnd an. »Sprich nicht so.«

»Keine Sorge. So bald wird das nicht passieren. Ich habe viel zu viele Gründe, nach Hause zu kommen.« Ich mustere sie ganz genau und spüre erst jetzt, wie sehr sie mir gefehlt hat.

Auch wenn wir seit mehr als zehn Jahren zusammen sind, finde ich sie noch immer so sexy wie am ersten Tag. Und ich erkenne, dass es ihr genauso geht – spätestens, als sie ihre Hände auf meinen Hintern legt.

Ich lasse meine Finger unter ihrem Shirt ihre Taille hinauf gleiten. Eine Gänsehaut beginnt ihre Haut zu überziehen.

»Hätte gar nicht gedacht, dass es in Italien so kühl sein kann«, versucht sie sich herauszureden.

»Ich kann dich wärmen«, sage ich und schiebe sie mit sanfter Gewalt in Richtung Bett.

Sie legt sich hin und zieht mich am Kragen zu sich herunter. Kaum bin ich über ihr, drücke ich meine Lippen auf ihre und wir küssen uns so leidenschaftlich, dass ich sofort hart werde. Sie hat mir so gefehlt. Und ihr Körper auch.

Megan scheint es ähnlich zu gehen. Sie drückt ihren Unterleib gegen meinen, was mir ein Keuchen entlockt.

Ich schiebe mit den Händen ihr Shirt nach oben und ertaste den dünnen Stoff ihres BHs. Während meine Finger über ihre Nippel reiben, küsse ich sie weiter. Als ich spüre, wie sie sich mir entgegenrecken, senke ich meine Lippen auf einen davon und beginne durch den Spitzenstoff des BHs daran zu saugen.

Megan stöhnt auf und drückt ihren Körper noch dichter gegen meinen. Meine Hose wird immer enger, während ich ihren Nippel weiter mit meiner Zunge verwöhne. Dann lasse ich von ihren Brüsten ab, öffne ihre Hose und zerre sie ihr von den Hüften.

Megan beobachtet mich dabei schwer atmend und mit glasigem Blick.

Ich sehe sie prüfend an, frage mich, ob ihr das nach den Schwierigkeiten der letzten Zeit vielleicht etwas zu schnell geht. Doch sie nickt mir auffordernd zu. Und als wäre das nicht genug, richtet sie sich in dem Moment auf und zieht sich das Shirt über den Kopf. Als sie auch noch ihren BH auszieht, kann ich nicht anders, als meine Hände erneut nach ihren Brüsten auszustrecken.

Megan lässt sich zurück aufs Bett sinken und genießt meine Berührungen sichtlich. Während ich ihre Brüste knete, nähere ich mich mit dem Mund ihrer Mitte. Vorsichtig beiße ich in den Stoff ihres Höschens, um es ihr herunterzuziehen. Megan hebt ihr Becken und ich befreie sie von dem dünnen Stück Stoff.

Ich richte mich wieder auf und sehe auf Megan hinab.

Langsam spreizt sie die Beine für mich und der Anblick macht mich fast wahnsinnig. Meine Hose fühlt sich an, als würde sie jeden Moment reißen. Als sie auch noch ihre Hand in meine Shorts schiebt und sie um meinen Schwanz schließt, halte ich es nicht mehr aus.

Ich ziehe Hose und Slip herunter und beuge mich über Megan. Wieder legen sich ihre Finger um meinen Schwanz, bringen ihn zwischen ihren Schenkeln in Position. Ich fühle ihre feuchte Scham und kann nicht anders, als langsam in sie einzudringen.

Megan stöhnt erneut, diesmal lauter als zuvor. Sie presst sich eine Hand auf den Mund, anscheinend hat sie Angst, dass wir gehört werden.

Ich genieße für einen Moment, wie ich in ihr anschwelle, bis ich sie komplett ausfülle. Es ist ein unglaubliches Gefühl. Erst dann beginne ich mich vorsichtig in ihr zu bewegen.

Megan legt den Kopf in den Nacken und ihr ganzer Körper erbebt, als ich ihren Hals mit Küssen bedecke und immer wieder in sie eindringe. Sie schlingt ihre Beine um meine Lenden und ich gleite noch ein Stück tiefer in sie hinein.

Meine Stöße werden immer heftiger und ich spüre, dass Megan schon fast so weit ist. Auch ich habe Mühe, mich zusammenzureißen.

Als Megan schließlich stöhnend zum Orgasmus kommt und ihre Muskeln sich fest um meine Männlichkeit schließen, ergieße auch ich mich in ihr.

Atemlos bleibe ich auf ihr liegen, während mein ganzer Körper zu pulsieren scheint.

Und obwohl wir gerade eine Weltreise von zu Hause weg sind, obwohl um uns herum die Welt in Scherben zu liegen scheint, könnte ich in diesen Moment nicht glücklicher sein. Ich weiß, dass wir das hier schaffen und zurück nach Hause kehren werden.

Wir alle vier.

KAPITEL 9

Alex

Vom nächsten Morgen an ist alles anders. Ich fahre mit dem Leihwagen zu Paulos Gym, das fürs Erste nur noch mir gehört. Die anderen dürfen abends dort trainieren, wenn ich fertig bin. Aber den Tag über wird sich mein Trainer ganz auf mich konzentrieren, und genauso wird es meine neue Betreuerin.

Ich kann es kaum erwarten, sie heute zu sehen. Wer weiß, vielleicht bekomme ich einen ungestörten Moment mit ihr. Auch wenn ich noch nicht so genau weiß, wie ich das anstellen soll, muss ich wissen, bis wohin Alessia ihr Gedächtnis verloren hat. Denn eines habe ich gestern kapiert: Sie ist alles andere als eine Gefangene der Cosentinos.

Aber welche Geschichte haben sie ihr erzählt?

Im Moment hält sie sich für eine von ihnen, also scheint sie sich zumindest an die letzten Jahre nicht erinnern zu können. Wenn doch, muss es schwer gewesen sein, sie davon zu überzeugen, dass sie zu den Cosentinos gehört. Alessia ist eine Waise. Ihre Mutter nahm sich das Leben, nachdem ihr Vater im Knast getötet worden war – auf den Befehl seines eigenen Clans hin. Ihr Vater war Luigi Cosentino.

Wenn sie seinen Tod vergessen hat, sich aber noch daran erinnert, dass sie seine Tochter ist, ergibt es Sinn, dass sie sich der Familie zugehörig fühlt. Was ihr dann aber ein bisschen komisch vorkommen müsste, ist ihre Beziehung zu Tommaso, denn er ist immerhin ihr Cousin.

Wer weiß, vielleicht hat sie auch alles vergessen. Ihr ganzes Leben. Sowas ist möglich und kommt nach Unfällen manchmal vor.

Ich habe in der vergangenen Nacht viel darüber gelesen. Ihre Erinnerungen können zurückkommen, das tun sie sogar oft. Manchmal erinnern sich Menschen mit Gedächtnisverlust an immer mehr Bruchstücke aus ihrem alten Leben, manchmal kommen ganz plötzlich alle Erinnerungen zurück. Natürlich gibt es auch Fälle, in denen das nie passiert. Aber selbst wenn es bei Alessia so ist: Ich werde ihr zeigen, dass sie nicht zu ihnen, sondern zu mir gehört.

Ich parke den Wagen vor dem Gym und steige aus. Paulo steht vor der Tür und raucht eine Zigarette. Ich komme auf ihn zu und frage: »Was ist? Nervös? Hast du Angst, dass ich es versaue?«

Paulo sagt einen Moment lang nichts und mustert mich ziemlich nachdenklich. Dann erwidert er: »Du solltest besser Angst haben, dass du es versaust. Hier geht es schließlich um deine Zukunft.«

Wenn er wüsste, wie Recht er hat. »Keine Sorge.« Ich nehme ihm die Kippe aus der Hand und trete sie auf dem Boden aus. »Ich bin ein Gewinnertyp.«

»He, was soll denn das?!«

Ich zucke mit den Schultern. »Sportler rauchen nicht.« Damit öffne ich die Stahltür und betrete den Hausflur des Gym.

Paulo folgt mir. »Ich hoffe, du nimmst die Sache wirklich so ernst, wie du gerade tust, Savio. Ich habe das Gefühl, dass man bei dir nie wirklich weiß, woran man ist.«

»Glaub mir, ich nehme das hier verdammt ernst.« Ich steige die Stufen hinauf und mich interessiert dabei eigentlich nur eines: Ist sie schon da? Taucht sie erst später auf? Wann und wie lange werde ich sie heute sehen?

»Wie gesagt, das hoffe ich.« Paulo bleibt hinter mir stehen. »Es ist auf, du kannst schon reingehen.«

Ich öffne die Tür zum Gym und erkenne es gleich: ihr Parfum, das in der Luft liegt. Es ist dasselbe, das sie früher benutzt hat, als ich sie kennengelernt habe. Süß und schwer, wie der Duft der Rosen, die ich auf dem Grab abgelegt habe.

Was werden wir mit dem Grab machen, wenn sie wieder da ist? Den Grabstein zerschmettern? Ihn im Meer versenken?

»Savio! Da bist du ja!«

Kaum betreten wir die Halle mit dem Oktagon, reißt mich Vitos Stimme aus meinen Gedanken.

Ich blicke auf und sehe, dass nicht nur er da ist. Neben ihm steht der glatzköpfige Adrian. Und weiter hinten, an den Gittern des Käfigs, lehnt Alessia.

Mein Herz schlägt schneller, als ich sie betrachte. Sie trägt eine weiße Bluse, die in einem hoch geschnittenen schwarzen Rock steckt. Sie hat hohe Schuhe an und das Haar zu einem strengen Zopf gebunden. Ich muss lächeln. Genau diese Frisur hatte sie, als wir uns zum ersten Mal begegnet sind. Ich werde nie vergessen, dass ich im ersten Moment dachte, sie wäre nicht mein Typ. Wie man sich täuschen kann.

»*Sì*, da bin ich«, sage ich und schüttle Vito, dann Adrian die Hand. »Und? Was steht jetzt an? Setzt ihr mir heute jemanden zum Verprügeln vor?«

»Noch nicht«, erklärt Adrian und deutet auf die Sandsäcke, Boxbirnen und Matten, die um den Käfig herum verteilt sind. Mir fällt auf, dass ich bis jetzt nicht die geringste Ahnung hatte, wie das Gym überhaupt genau aussieht. Dass das Oktagon rot ist. Dass die Matten blau sind. Dass es Fenster gibt. Wochenlang habe ich trainiert und war die ganze Zeit über blind vor Hass.

»Was soll das heißen, noch nicht?« Wieder sehe ich zu Alessia, doch sie blickt zu Boden. Sowieso wirkt sie gerade ziemlich abwesend. Was ist mit ihr?

»Das heißt, dass du die nächsten Tage über erst einmal trainieren wirst. Zum einen wollen wir sehen, was du draufhast. Übermorgen steht ein Fitnesstest an, ein paar Untersuchungen. Und jede Menge Sparring. Am Wochenende, wird es einen Testkampf geben. Einen großen Fight vor Publikum gegen unseren zweiten Favoriten.«

Sofort denke ich an Luca und nicke. Diesmal werde ich es zu Ende bringen.

»Wenn du dich dort beweist, steht dir die ganz große Karriere bevor. Und zwar in Amerika.«

»Amerika?«, frage ich stirnrunzelnd und sehe Vito und Adrian an. Ganz sicher werde ich nirgendwo hingehen, wenn Alessia nicht mitkommt.

»Südamerika, um genau zu sein«, erklärt Vito an Adrians Stelle. »Wir gehen dorthin, weil unser Boss hier in Italien geschäftliche Schwierigkeiten hat. Er will in Mexiko neu anfangen.«

Mexiko. Ich nicke. »Verstehe.« Schon früher haben die Cosentinos versucht, dort Fuß zu fassen. Die MMA-Szene ist groß, es gibt viele Touristen, die heiß auf blutige Fights sind. Und es ist für einen Mafioso einfach, in Mexiko unterzutauchen. Sicher hat Tommaso vor, mit den Einnahmen aus dem Testfight den Rest seiner Sippe aus dem Knast freizukaufen und dann mit ihnen allen zu verschwinden.

Wieder blicke ich zu Alessia. Sie ist offiziell Tommasos Freundin, also wird sie mitkommen. Ist es das, was sie bedrückt? Die Vorstellung, Italien zu verlassen? Nein, Unsinn. Als sie ihr Gedächtnis noch hatte, war sie schon niemand, der sein Herz an einen Ort gehängt hat. Wieso sollte sie es jetzt tun?

Sie scheint meinen Blick zu spüren, denn sie sieht auf und ich erkenne, dass ihre Augen geschwollen sind. Hat sie geweint? Hat dieser Bastard von Cosentino etwa was damit zu tun?

Ich muss mich beherrschen. Ich kann sie nur von Tommaso wegholen, wenn ich mich zusammenreiße. Doch jedes Mal, wenn ich daran denke, wie er neben ihr im Bett gelegen hat, fällt mir das verdammt schwer. Auch wenn es hart ist, kann ich nur hoffen, dass sie ihm im Moment abkauft, dass er ihr Freund ist. Dass er sich nicht mit Gewalt von ihr holt, was er will. Denn wenn er das tut oder bereits getan hat …

»He, Savio!« Paulo schnipst vor meinem Gesicht herum und ich sehe ihn an. »Hast du überhaupt zugehört, he?«

Irritiert blicke ich die zwei Mafiosi an. Scheiße. Ich muss mich wirklich zusammenreißen.

»Ich sagte, dass deine Betreuerin alles Weitere mit dir besprechen wird. Dann könnt ihr loslegen. Wir halten uns im Hintergrund und sehen einfach mal, was du draufhast.«

Ich nicke und die beiden Mafiosi wenden sich Paulo zu, um irgendwas mit ihm zu besprechen. Ich gehe auf Alessia zu, doch sie blickt erst auf, als ich genau vor ihr stehe.

»Savio«, sagt sie.

»Was ist mit dir?«, frage ich ohne Umschweife.

Sie runzelt die Stirn. »Eine seltsame Begrüßung, findest du nicht?«

»Etwas stimmt nicht mit dir«, beharre ich. Kurz blicke ich hinter mich, zu den drei anderen, aber sie stehen weit genug weg, um uns nicht zu hören, wenn wir leise reden. Also blicke ich wieder Alessia an. »Gestern warst du anders.«

»Wer ist schon jeden Tag gleich?«, fragt sie und ihre Stimme nimmt kurz einen gereizten Tonfall an. Dann jedoch schüttelt sie den Kopf und senkt den Blick wieder auf den Boden.

Ich mustere sie und wünschte mehr denn je, ich könnte ehrlich zu ihr sein. Ihr sagen, wer ich bin und dass ich jedes ihrer Probleme aus der Welt schaffen kann. Sie muss es nur sagen, eine Andeutung machen, und ich lege auf der Stelle los.

Aber dafür ist es zu früh, viel zu früh, wie mir ihr nächster Satz verrät.

»Ich habe einfach Kopfschmerzen«, sagt sie. Eine Lüge, das spüre ich, und ich sollte nicht überrascht sein. Weshalb sollte sie mir vertrauen? Sie erkennt mich nicht.

»Hat das was damit zu tun?«, frage ich und deute auf die kleine Narbe an ihrem Haaransatz. Ich berühre sie gar nicht, trotzdem erschauert sie sichtlich. Zumindest ihr Körper scheint sich an mich zu erinnern. Das ist ein Anfang.

»Möglich«, sagt sie und schafft es endlich, mir in die Augen zu sehen. »Es gibt da etwas, das du wissen solltest, Savio. Ich hatte einen Unfall. Ich habe mein Gedächtnis verloren.«

Ich nicke und begreife erst im nächsten Moment, dass ich überrascht tun sollte. »Das tut mir leid für dich«, sage ich und erwidere ihren Blick. »Ich bin mir sicher, dass es viele Dinge in deiner Vergangenheit gibt, die es wert wären, sich daran zu erinnern.«

Alessias Augen scheinen mich durchbohren zu wollen. Kurz sagt sie nichts, dann mit heiserer Stimme: »Ich habe einen Freund.«

Sicher hat sie den, mich. Doch ich weiß, dass sie von einem anderen spricht und spüre, wie sich schon wieder Finsternis in mir breitmacht. Es ist eine widersprüchliche Mischung aus Gefühlen: Einerseits glaube ich, dass ich nie wieder wütend oder traurig sein kann, nur noch dankbar, dass Alessia lebt. Andererseits sehe ich immer wieder sie und Tommaso im Bett vor mir und weiß, dass das Bullshit ist. Es ist ein Wunder, das sie lebt. Aber dieses Wunder befähigt mich erst recht, die Hölle losbrechen zu lassen, wenn es nötig ist.

Für sie.

Für uns.

Ich trete einen Schritt näher an sie heran, senke die Stimme noch weiter. »Muss ich den Zusammenhang verstehen oder versuchst du nur, mich abzuschrecken?«

»Wenn du einen Funken Verstand hast«, sagt sie leise, »schreckt dich allein die Tatsache ab, dass mein Freund Tommaso Cosentino ist.«

»Der Möchtegern-Mafioso, der sich in einer Villa versteckt?« Ich lache kurz, beuge mich zu ihr vor und flüstere in ihr Ohr: »Ich weiß eine Menge über Tommaso Cosentino. Er hielt sich mal für einen Fighter. Nannte sich *der italienische Löwe*, aber im Käfig war er nur ein kleines Kätzchen. 92 Sekunden, so lange hat sein einziger wichtiger Fight gedauert. Sein Gegner hat ihn windelweich geschlagen, nachdem er dessen Freundin beleidigt hatte. Das ist es, was ein Mann tut. Würde dein sogenannter Freund für dich in den Käfig steigen? Ich würde jederzeit für die Frau, die ich liebe, antreten. Gegen jeden. Ich sollte dein Freund sein, nicht –«

»Hör auf!« Mit etwas zu lauter und viel zu schriller Stimme schiebt Alessia mich von sich. Noch einmal begegnen unsere Blicke einander und ich sehe deutlich, dass sie etwas spürt, so wie gestern, als ich von dem Feuer sprach. Vielleicht erinnert sie sich nicht an mich, aber ich bin mir ganz sicher, dass ich noch immer dieselben Gefühle in ihr auslöse wie früher. Und wenn ich von Dingen spreche, die sie miterlebt hat, bringt sie das offenbar total aus dem Konzept. Das ist gut. Ein Anfang. Doch damit, dass sie so auffällig reagiert, hätte ich nicht gerechnet.

Ich trete zurück und spüre die Blicke der Mafiosi im Nacken. »Okay, okay«, sage ich und hebe die Hände. »Es ist euer Trainingsplan, ihr habt das Sagen, ich werde dir da nicht mehr reinreden!«

»Das hoffe ich!«, steigt sie mit noch immer erhobener Stimme auf mein Ablenkungsmanöver ein. Zum Glück. »Denn einen Fighter, der nicht hören kann, brauche ich hier nicht!« Sie greift hinter sich und gibt mir ein paar Papiere, die auf dem erhöhten Boden des Oktagons lagen. »Hier, da ist auch dein Ernährungsplan bei. Erwische ich dich in der nächsten Woche mit einem Bier oder einem Burger, kannst du dir ein anderes Gym suchen!«

Damit löst sie sich von ihrem Platz, schiebt sich an mir vorbei und stürmt, auf Italienisch fluchend, auf die Tür zu.

Ich blicke herüber zu Paulo und den anderen, die mich fragend ansehen, und zucke mit den Schultern. »Frauen. Fühlen sich immer gleich persönlich angegriffen.«

»Hab ein bisschen Nachsicht mit ihr, Savio. Sie hat eine schwere Zeit hinter sich.«

Ich nicke, dann sagt Paulo, dass ich mich schon mal warm machen soll und ich ziehe meine Jacke aus. Ich beginne zu laufen und versuche die unterschiedlichen Gefühle, die in mir toben, in den Griff zu bekommen. Ich will sie zurückerobern und ich weiß, dass ich es kann. Doch das, was die Cosentinos getan haben und immer noch tun, kann ich trotzdem nicht vergessen.

Nachdem ich herausgefunden hatte, dass Alessia am Leben ist, gab es zuerst nur noch zwei Gedanken in meinem Kopf: Sie lebt und ich muss zu ihr. Jetzt, langsam, beginne ich, darüber hinaus zu denken. Meine Rache hat jetzt einen anderen Hintergrund. Aber sie wird nicht weniger grausam ausfallen. Wenn Alessia und

ich zurück nach Hause kehren, wird diese Familie vernichtet sein. Diesmal für immer.

Alessia

Neben dem Gym gibt es ein kleines Büro, das eigentlich
Paulo gehört, in das ich mich jedoch zurückziehen
kann, sobald mir alles zu viel wird. Das habe ich mit
ihm vereinbart. Er ist nicht so ein Bluthund wie Vito
und Adrian und ich gehe davon aus, dass er die Wahrheit über mich nicht kennt. Er hat einfach nur Mitleid,
was in diesem Fall gut ist, denn einen Ort, an dem ich
allein sein kann, brauche ich gerade dringend.

Die Anwesenheit der Mafiosi ist nervtötend, die von
Tommaso ist unerträglich – noch mehr, seit ich Alex
wieder begegnet bin. Doch Alex nahe zu sein, ist … Es
verwirrt mich, wie meine Gefühle meinen Verstand
ausstechen, wann immer es um ihn geht. Gerade habe
ich mich schon wieder total idiotisch aufgeführt. Und
die Komödie, die die Situation retten sollte, war auch
nicht gerade ein Meisterwerk.

Ich laufe auf und ab, wobei seine Worte durch mein
Hirn geistern und mir eine Gänsehaut nach der anderen bescheren.

*Das ist es, was ein Mann tut. Ich würde jederzeit für
die Frau, die ich liebe, antreten. Gegen jeden. Ich sollte
dein Freund sein, nicht –*

»Schluss damit«, flüstere ich, aber mein Herz denkt
gar nicht daran, sich auf etwas anderes als diese Sätze
zu fokussieren. Wie er versucht, mir unsere Vergangenheit näherzubringen, ohne sie wirklich anzuspre-
chen. Er spielt mit dem Feuer, bewegt sich ganz nah am

Abgrund. Für seine Annäherungsversuche könnte ich sonst was mit ihm machen lassen, wenn ich wirklich ohne jegliche Erinnerung wäre. Aber das ist ihm egal. So ist er nun mal.

Gut, dass ich ihn nachher los sein werde. Ich muss diesen Tag nur bis zum Abend überstehen, und das werde ich, indem ich ihm aus dem Weg gehe. Ein paar Stunden noch, dann ist der Spuk vorbei. Er wird sich geschlagen geben müssen, wir werden einen anderen Fighter auswählen, wahrscheinlich Luca, und ich kann meinen Plan in Ruhe zu Ende bringen. Das muss sein. Es ist viel zu gefährlich so. Für uns alle. Er wird mir in die Quere kommen was meine Pläne angeht und wenn der Zugriff durch Interpol erfolgt, muss ich alles daran setzen, dass er nicht in die Schussbahn gerät. Er darf auf keinen Fall getroffen werden und ich auch nicht.

Schützend lege ich eine Hand auf meinen Bauch, als ich vor meinem inneren Auge die Kugeln dicht an mir vorbeizischen sehe. Das läuft alles in eine komplett falsche Richtung, und deshalb muss Alex verschwinden. Noch heute.

»Das ist gut«, flüstere ich. »Es ist besser so.«

Doch egal, wie oft ich dieses Mantra wiederhole: Ich fühle mich schrecklich. Seit ich gestern meine Kollegen alarmiert habe, heimlich, über die Wanze, die in meine Tasche eingenäht ist, während im Badezimmer alle Wasserhähne liefen, bringt mich mein schlechtes Gewissen fast um.

Ihm wird nichts geschehen, sage ich mir. Nichts von dem Kaliber, was geschehen würde, wenn er enttarnt wird.

Aber es hilft alles nichts. Ich hasse den Gedanken an das, was nachher geschehen wird und an die Zeit danach, die Zeit ohne ihn.

Aber es ist, wie es ist. Ich habe keine Wahl. Und unsere Zukunft ist wichtiger als das Hier und Jetzt. Wichtiger, als es Alex auch nur ahnt.

Alex

Ich sagte ja, alles ist anders. Und genauso ist es auch mit dem Training. Paulo nimmt mich unter den Augen der Mafiosi viel härter ran als in den letzten Wochen. Er ist ab sofort mein Sparringspartner und ich bin überrascht, was er drauf hat, wenn er nicht nur die Pratze hält.

Trotzdem schicke ich ihn wieder und wieder auf die Matte oder aber ich gehe mit ihm zu Boden und mache ihn dort fertig. So wie jetzt gerade. Ich liege auf der Matte, umklammere Paulos Hüften mit den Beinen und lege meinen Arm um seinen Hals. Den Unterarm drücke ich gegen seine rechte Halsvene, meinen Bizeps gegen die linke, und mit der freien Hand übe ich Druck auf seinen Hinterkopf aus. Das alles geht so schnell, dass Paulo nicht einmal mehr die Hände nach oben bekommt, um meinen Arm zu packen. Er keucht überrascht, dann klopft er hastig ab, ehe mein Griff ihm das Bewusstsein raubt.

Ich lasse ihn los. Vito, der neben dem Käfig steht und zusieht, applaudiert. »Ein Rear Naked Choke ohne Rücksicht auf Verluste. Sehr schön! Bisher wusste ich nur, dass du brutal zuschlagen kannst, aber du bist auch ziemlich gut im technischen Bereich.«

»Ich weiß«, sage ich und stehe auf.

»Du weißt.« Vito lacht und sieht auf die Uhr. »Okay, Schluss für heute. Bevor dein Trainer noch das Zeitliche segnet.« Er deutet auf Paulo, der nach wie vor am Boden kauert und um Atem ringt.

Mein Mitleid bekommt dieser Drecksack sicher nicht. Ohne ihn weiter zu beachten, steige ich aus dem Käfig und sehe mich unauffällig nach Alessia um. Nach unserem Gespräch heute Morgen war sie nur noch einmal kurz hier, um mir das Essen zu bringen, das mir laut Ernährungsplan verordnet worden ist. Reis, Hühnchen, Salat, ein Eiweißshake. Danach ist sie wieder verschwunden und ich frage mich, ob ich vorhin zu weit gegangen bin.

Vielleicht haben meine Worte sie mehr verwirrt, als ich dachte. Aber möglicherweise ist das auch gut und bringt sie dazu, nachzudenken und sich an irgendetwas zu erinnern. Ich bin mir bei alldem noch nicht sicher und werde mich auf mein Gefühl verlassen müssen.

»Ich gehe duschen«, sage ich und schnappe mir meine Sachen. Vielleicht begegne ich ihr ja auf dem Flur nochmal. Vito und Adrian sind nach wie vor beide hier, und dass sie sie allein nach Hause haben fahren lassen, kann ich mir nicht vorstellen. Tommaso hat sie mit Sicherheit angewiesen, gut auf sie aufzupassen, für den Fall, dass ihr Gedächtnis zurückkehrt. Mich wundert es schon, dass er sie nicht irgendwo einsperrt. Doch solange mir sein Verhalten derart in die Hände spielt, werde ich es einfach so hinnehmen. Ich habe genug andere Dinge, über die ich mir den Kopf zerbrechen muss.

Mit meiner Trainingstasche über der Schulter verlasse ich das Gym. Die Dusche liegt am anderen Ende des Flurs. Ansonsten gibt es hier zwei Türen, soweit ich weiß, ein Büro und einen Lagerraum. Ob sich Alessia dort irgendwo versteckt?

Vor der ersten der zwei Türen bleibe ich kurz stehen und überlege, anzuklopfen. Doch das würde keinen Sinn machen. Wenn sie sich versteckt, weil ich sie heute Morgen überfordert habe, sollte ich ihr etwas Zeit geben.

Also gehe ich weiter und betrete die Umkleidekabine. Da das Studio eigentlich für mehr als nur einen Fighter ausgelegt ist, habe ich jede Menge Platz. In der Mitte befindet sich ein Block mit Spinden, rundherum sind Bänke, auf der rechten Seite ist der gekachelte Zugang zum Duschraum. Nichts hier sieht billig oder gebraucht aus. Wenn die Cosentinos sich nach Mexiko abgesetzt haben, kann Paulo richtig was aus dem Laden machen. Denkt er. In Wahrheit wird sich höchstens sein Nachmieter freuen.

Ich stelle die Tasche vor den Duschen ab, betrete den Nassbereich und ziehe mein durchgeschwitztes Shirt aus. Ich hänge es über einen Kleiderhaken, streife die Schuhe ab und will gerade die Hose ausziehen, als mir auffällt, dass Handtuch und Duschgel noch in der Tasche sind. Anscheinend habe ich meine Gedanken nicht ganz beisammen heute. Ich drehe mich um, um die Sachen zu holen – beziehungsweise will ich genau das tun, doch in dem Moment nehme ich einen Windhauch hinter mir wahr und kaum eine Sekunde darauf wird plötzlich etwas um meinen Hals geschlungen und jemand nimmt mich in den Würgegriff.

Sofort lasse ich mich nach hinten fallen und greife nach den Armen desjenigen, als mir mein Fehler klar wird, denn statt Stoff oder Haut bekomme ich nur kaltes Metall zu packen. Und als sich der Angreifer mit mir zurückfallen lässt, wir auf dem Boden landen und er den Druck direkt wieder verstärkt, spüre ich die Kälte an meiner Haut.

Kein Zweifel. Was da gegen meinen Hals gedrückt wird, ist eine Eisenstange. Da meint es jemand ernst. Wer, darüber kann ich mir später Gedanken machen. Jetzt werde ich erst mal eines tun: die Sache ebenfalls ernst meinen.

Blitzschnell taste ich nach den Händen des feigen Pissers, der mir hier aufgelauert hat.

Mal sehen, wie ihm zwei gebrochene Daumen gefallen!

Alessia

Ich kann das nicht. Die letzten zwei Stunden habe ich damit verbracht, auf meinen Händen zu sitzen, um mich daran zu hindern, die ganze Sache abzublasen. Doch gerade, als ich gehört habe, wie Alex die Trainingshalle verlassen hat und zu den Duschen gegangen ist, habe ich es nicht länger ausgehalten.

Eine geschlagene Minute stand ich an der Bürotür und betete mir immer wieder dasselbe Mantra vor: *Es muss sein. Es ist besser für ihn. Besser für uns.*

Doch es hilft alles nichts. Wieder einmal besiegt mein Herz meinen Verstand, ich stürme aus dem kleinen Raum neben dem Gym und suche fieberhaft nach einer

Idee, um den Angriff auf ihn zu verhindern, ohne aufzufliegen.

Ich habe keine Ahnung, wer derjenige ist, der von Interpol auf Alex angesetzt wurde. Das Büro hat mich nur wissen lassen – über eine verschlüsselte Nachricht an das Handy, das Tommaso mir erlaubt und regelmäßig heimlich kontrolliert –, dass sie sich wie gewünscht um die Sache kümmern würden.

Es war nicht schwer, sie davon zu überzeugen. Ein Fighter, der sich in Interpol-Ermittlungen einmischt, mit einem persönlichen Motiv und jeder Menge Wut im Bauch, ist ein Risiko, das sich niemand leisten kann. Ich am allerwenigsten. Darum habe ich um jemanden gebeten, der ihn für die nächste Zeit kampfunfähig macht, ohne ihn schwer zu verletzen. Möglichkeiten dazu gibt es einige: Ein gebrochener Finger reicht schon.

Mein Plan war gut. Ich habe das Büro gebeten, den Angreifer das Zeichen des Bonaccorso-Clans, einer verfeindeten Familie, an die Wand pinseln zu lassen. Die Bonaccorsos haben das Kampfgeschehen in Sizilien das letzte Jahr über kontrolliert, es ist nur logisch, dass sie jetzt sauer sind, weil die Cosentinos sich wieder einmischen. Mit Sicherheit hätten Tommaso und die anderen auch das Feuer und den Einbruch den Bonaccorsos zugeschrieben und Alex wäre aus dem Schneider gewesen.

Ein wirklich toller Plan. Und was mache ich? Ich sabotiere ihn. Mit klopfendem Herzen packe ich den Griff der Tür zur Umkleide, doch ich bin zu spät. Von drinnen dringen schon Kampfgeräusche an mein Ohr.

Hektisch versuche ich die Tür aufzustoßen, aber es geht nicht. Zuerst denke ich, dass sie klemmt und rüttle daran, doch als sie sich immer noch nicht öffnen lässt, wird mir klar, dass etwas anderes dahintersteckt: Der Angreifer, den meine Leute geschickt haben, hat sie blockiert!

Natürlich. Interpol ist gründlich.

Ich höre einen dumpfen Aufprall und mein Puls beschleunigt sich noch. Vollkommen kopflos schlage ich mit der Faust gegen die Tür. Was habe ich mir nur dabei gedacht?!

Ein schmerzhaftes Keuchen dringt durch das massive Metall und ich lehne für einen Moment die Stirn dagegen.

»Oh, Alex«, flüstere ich. Dann wende ich mich ab, renne aufs Gym zu und schreie: »Hey! Ich brauche hier Hilfe!!«

Alex

Es ist eine verdammt dumme Idee, zu versuchen, einen Jiu-Jitsu-Kämpfer mit einem Würgegriff zu bezwingen. Ich kenne mindestens zwanzig verschiedene Wege, mich daraus zu befreien, Eisenstange hin oder her. Doch jetzt, wo ich wieder auf den Füßen bin und mein Angreifer ebenfalls, macht mir die verdammte Stange zu schaffen. Er benutzt sie nicht wie einen Baseballschläger, sondern eher, als wäre er ein geübter Stockkämpfer. Immer wieder lässt er sie durch die Luft wirbeln, vollführt irgendwelche komplizierten Drehungen und stößt oder schlägt ganz anders zu, als ich es erwartet hätte.

Zweimal hat er mich erwischt, einmal an der Schulter und einmal an der Hüfte. Dafür hat er aber auch ein paar harte Faustschläge kassiert, doch dieser Kerl ist kein Schwächling. Er steht immer noch fest auf beiden Beinen und geht langsam um mich herum, auf der Suche nach einer Stelle, an der er den nächsten Treffer landen kann.

Ich drehe mich mit ihm, habe ihn genauso im Visier wie er mich. Wer ist dieser Kerl? Die schwarze Sturmhaube, die er trägt, verhindert, dass ich ihn auch nur ansatzweise erkennen kann. Wieso ist er maskiert? Ist das jetzt vielleicht ein Test der Cosentinos? Wollen sie auf diese Weise prüfen, ob ich wirklich ein guter Fighter bin?

Keine Zeit, darüber nachzudenken. Mein Gegner reißt die Stange hoch, ich mache einen Schritt zurück und wir stürzen uns gleichzeitig aufeinander. Ich weiche der Stange aus, ducke mich, ramme meine Schulter in seinen Magen und er kracht gegen die Duschwand in seinem Rücken. Sofort richte ich mich auf, lasse einen Schlag folgen, dann einen weiteren in seine Seite. Unter seiner Maske höre ich ihn keuchen, doch er gibt nicht auf, lässt noch nicht mal die Stange los. Stattdessen spüre ich plötzlich einen stumpfen, brennenden Schmerz, als er eines der Enden von oben herab in meine hinteren Rippen stößt.

Fuck, das tut weh.

Der Treffer treibt mir die Luft aus den Lungen und lässt mich zurücktaumeln. Für einen Moment wird mir richtig schlecht und ich bin mir fast sicher, dass mindestens eine Rippe gebrochen ist.

Ich zwinge mich Luft zu holen, auch wenn der Schmerz dabei noch stärker, irgendwie schärfer wird, und im nächsten Augenblick geschieht irgendwie alles zugleich. Der Maskierte stürmt mit seiner Stange auf mich zu, jemand rüttelt an der Tür. Etwas knallt dagegen, die Stange saust auf mich herab und ich werfe mich zur Seite, lande auf dem Boden. Draußen sind Schritte zu hören, Schritte und Alessias Stimme, die etwas ruft und ängstlich, beinahe panisch klingt.

Und das ist der Moment, der alles ändert. In meinem Hirn legt sich ein Schalter um, für den Bruchteil einer Sekunde blitzt ein Bild vor meinem inneren Auge auf: das brennende Wrack. Doch diesmal bleibt es nicht bei Feuer und Rauch. Es ist, als würde jemand näher heranzoomen und auf einmal kann ich die Rückbank erkennen, Alessias Faust, die gegen die verrußte Scheibe hämmert, ihre verzweifelten Hilferufe.

Ihre Worte wirken auf mich wie Brandbeschleuniger. Plötzlich ist in meinem Kopf nur noch die Angst, dass ihr was zustößt. Durch Luca. Die Cosentinos. Tommaso. Niemand von denen hat Alessia wehzutun oder sie auch nur anzurühren.

Hey!! Ich brauche hier Hilfe!!

Ich habe sie vor der Tür um Hilfe schreien hören, gerade eben, klar und deutlich, und das kann nur eine Sache bedeuten: Nicht nur ich werde angegriffen, sondern sie genauso. Das kann ich nicht zulassen. Diesmal nicht.

Blitzschnell packe ich die Stange, als sie das nächste Mal nach mir geschlagen wird, ziehe ruckartig daran, und als der Maskierte überrascht einen Schritt nach vorne taumelt, hole ich ihn aus dem Liegen mit einem

Fußfeger von den Beinen. Schwer schlägt er auf die Kacheln und ich bin mit einem Satz über ihm, packe mit beiden Händen seinen Kopf und donnere ihn mit der Nase voran auf die Fliesen. Ein trockenes Knacken hallt durch den Raum, gefolgt von einem Scheppern, als die Eisenstange davonrollt. Unter mir versucht sich der Maskierte aufzurichten, doch ich lasse ihn nicht, schlage ihm die Faust in die Nieren, einmal, zweimal.

Dann springe ich auf und will zur Tür, aber er ist nicht so fertig, wie ich gehofft hatte. Er packt meinen Knöchel, zieht an meinem Bein und ich falle, lande auf den Knien, ignoriere den Schmerz, stütze mich auf den Händen ab und drehe mich ruckartig herum.

Mein Angreifer lässt los, schafft es jedoch tatsächlich, noch einmal aufzustehen. Wieder höre ich von draußen Lärm, wieder mischt sich Alessias panische Stimme darunter. Ich muss zu ihr, aber dieser Pisser wird mich nicht gehen lassen. Er muss mich enttarnt haben und wissen, dass ich alles für sie tun würde.

Ich springe auf, werfe mich ihm entgegen und verpasse ihm eine Kopfnuss, die ihn gegen die nächste Wand schleudert. Ich setze ihm nach, schlage zu, schlage nochmal zu, achte schon gar nicht mehr darauf, wohin. Hauptsache, ich werde ihn los.

Alessias Stimme klingt jetzt ganz nah – so nah, dass ich ihre Worte deutlich verstehe. »Hör auf! Hör sofort damit auf!«

Niemand hat sie anzurühren, ich muss auf der Stelle zu ihr.

Der Maskierte umklammert mich, hängt auf einmal schwer an mir. Ich schlage wieder zu. Und wieder. Gehe mit ihm zu Boden, bin über ihm und habe plötzliche die Stange in der Hand.

Diesmal werde ich da sein, wenn Alessia mich braucht.

Ich reiße die Stange hoch, hebe sie über meinen Kopf...

Und auf einmal ist sie weg, ich werde von dem Maskierten heruntergezerrt, aber gleich wieder losgelassen. Ich taumle zurück, zwei Männer beugen sich über ihn, und plötzlich ist da Alessia, gleich vor mir. Sie sagt etwas zu den beiden Männern, anschließend zu mir, doch ich verstehe sie nicht, das Fiepen in meinem Hirn ist viel zu laut. Ich muss wissen, ob es ihr gutgeht, packe ihr Gesicht mit beiden Händen.

Dann sehe ich das Blut.

Alessia

»Bringt ihn raus hier! Bringt ihn weg von Savio, sonst schlägt er ihn tot!«

Noch während ich spreche, reagiert Adrian, der offenbar dieselbe Sorge hat wie ich. »Vito, hilf mir!« Er schnappt sich den Bewusstlosen und Vito packt nach kurzem Zögern mit an. Ein Toter ist für zwei Mafiosi an sich kein Grund zur Sorge, deshalb bin ich froh, dass die beiden den Mann nicht einfach sich selbst überlassen. Oder, besser gesagt, Alex. Gemeinsam mit ihnen habe ich es geschafft, die Tür zu öffnen, die mit einem Besenstiel verklemmt war. Wir stürmten in den Raum und das Erste, was wir hörten, war das trockene Bersten eines Knochens.

In meiner Panik dachte ich, dass es Alex ist, dem etwas gebrochen wird. Ich rannte zu den Duschen und erlebte mein blaues Wunder. So habe ich Alex noch nie kämpfen sehen. Nicht mehr wie ein Mensch, der ein Herz und eine Seele besitzt. Sondern wie eine Maschine. Harte, erbarmungslose Schläge auf einen Mann, der sich zuerst noch mühsam auf den Beinen halten konnte, aber ziemlich direkt zu Boden ging. Als ich das sah, musste ich eingreifen, und ich kam gerade noch rechtzeitig. Alex hatte eine Eisenstange in der Hand, als ich ihn zu fassen bekam. Und er hätte nicht gezögert, sie zu benutzen.

Während Vito und Adrian den Verletzten wegbringen, taumelt er zurück und starrt mich an, als wäre ich eine Erscheinung. Dann packt er mein Gesicht mit beiden Händen, mustert mich hektisch mit starrem Blick und keucht: »Du blutest. Du blutest, Baby. Was haben die mit dir gemacht?!«

Schnell löse ich seine Hände von mir und sehe zur Tür, doch sie ist hinter Vito und Adrian zugefallen. Zum Glück, denn sie dürfen diese Worte auf keinen Fall gehört haben. Ich wende mich wieder Alex zu, sehe den Schock in seinen Augen und weiß genau, was er durchmacht. Er glaubt, ich wäre verletzt worden.

Kein Wunder.

Auch wenn ich hier vor ihm stehe, ist ein Teil von ihm gefangen in dem Glauben, mir wäre etwas Schreckliches passiert. Auch wenn er jetzt weiß, dass ich lebe, hat sein Verstand es noch nicht ganz erfasst. Zu lange dachte er, ich wäre tot.

Gott. Ich wünschte, ich hätte ihn anstatt Interpol angerufen in diesem einen unbeobachteten Moment.

Aber ich musste eine Entscheidung treffen. Eine Entscheidung, die er hoffentlich irgendwann verstehen wird.

»Es geht mir gut«, flüstere ich und hebe seine Hände, die ich immer noch festhalte, sodass er sie selbst sehen kann. »Das ist sein Blut, nicht meins. Seins. Verstehst du?«

Alex starrt auf seine blutigen Finger, dann greift er nach meinen Händen, hält sie fest, mustert mich ungläubig. »Du bist okay«, flüstert er.

Ich drücke seine Hände. »Ja, ich bin okay. Bitte beruhig dich. Es geht mir gut.«

Alex nickt und wiederholt meine Worte, als würde er sie sich selbst einhämmern wollen. »Es geht dir gut«, sagt er heiser, fast erstickt. Die Kampfbereitschaft weicht langsam aus seinem Körper und die fiebrige Hitze, die er abstrahlt, lässt nach. Er gibt meine Hände frei und ich bin fast enttäuscht, als ich seine Berührung nicht mehr spüre.

Dicht voreinander stehen wir da. Ich weiß, dass ich jetzt wieder die Geschäftsfrau sein sollte, gehen und nach Vito und Adrian sehen sollte, aber ich kann es nicht.

Ich lasse den Blick über seinen schweißglänzenden nackten Oberkörper wandern. In meiner Brust sticht es schmerzhaft, als ich seine neue Tätowierung entdecke. Ein Kreuz, noch leicht geschwollen und gerötet. Kopfschüttelnd hebe ich die Finger und lasse sie darüber wandern. Er hat meinen Tod auf seiner Haut verewigt. Egal, was die Zukunft noch für uns bereithält – diese Wochen, in denen er dachte, ich wäre fort, werden für immer ein Teil von ihm sein, das wird mir jetzt klar. So etwas lässt sich nicht löschen, nicht ausmerzen.

Ich will ihm sagen, dass es mir leidtut, aber das würde viel zu viel verraten. Stattdessen macht sich weiterhin nur mein Körper selbstständig. Meine Hände legen sich an seine Hüften, ich lasse zu, dass er mich dicht an sich zieht und lehne meine Stirn an seine. Meine Finger wandern über seine Haut, seinen Rücken hinauf, und auch, als ich eine Beule ertaste und Alex ein schmerzhaftes Zischen von sich gibt, lässt er mich nicht los.

»Hat er dich erwischt?«, frage ich erstickt.

»Es ist nichts weiter.«

»Brauchst du einen Arzt?« Ich werde langsam wieder klar im Kopf und realisiere, dass ich mich von ihm lösen sollte. »Ich werde das versorgen. Ich bin deine Betreuerin, ich ...«

Alex macht keine Anstalten, mich loszulassen. Seine Arme halten mich fest und ich will nichts dringender, als es einfach geschehen zu lassen. Hier, genau hier, gehöre ich hin. Und wenn wir uns den Weg freischießen müssen, ich will mit ihm nach Hause gehen, noch heute Nacht.

Er löst seine Stirn von meiner, sieht mich aus diesen tiefblauen Augen an, die mir mit als Erstes an ihm aufgefallen sind, und sagt heiser: »Du bist viel mehr als das, *cariño*, und tief in deinem Inneren weißt du das auch.«

Ich blinzle. Er spricht es tatsächlich aus, sagt es mir direkt ins Gesicht, und das an unserem ersten Tag. Mein Herz klopft heftig, die Lüge lastet schwerer auf mir denn je. Alles in mir weigert sich, die nächsten

Worte zu sagen. Dennoch tue ich es. »Was soll das heißen?«, stelle ich mich weiter dumm, auch wenn ich selbst nicht überzeugt klinge.

»Mein Name ist nicht Savio. Ich bin's, Alex. Wir sind seit ...«

Das reicht. Ich halte es nicht länger aus. Heftig schüttle ich den Kopf und löse seine Arme von mir. »Ich kenne keinen Alex!«

»Doch, das tust du.«

Ich wende mich ab, will vor ihm fliehen, aber er kriegt mein Handgelenk zu fassen, zieht mich zurück und dreht mich zu sich herum. Diesmal reagiert mein Körper richtig. Nicht so, wie es sich richtig anfühlt. Aber so, wie es besser ist. Mit der freien Hand packe ich sein Handgelenk, drehe meinen Arm aus seinem Griff und kann mich gerade noch an einem Gegenangriff hindern, der nun in einer wirklich gefährlichen Situation folgen müsste.

Alex sieht mich verdutzt an und ich muss trotz all der Verzweiflung, die ich gerade spüre, fast lachen. Er weiß doch, dass ich mich wehren kann. Was erstaunt ihn jetzt so?

Ich mache zwei, drei Schritte zurück, wische mir das fremde Blut von den Wangen und ordne meine Kleider. »Du hast ein paar harte Treffer kassiert, Savio. Sieh zu, dass du die Stellen heute Nacht gut kühlst. Ich muss jetzt ein paar Dinge regeln. Denn diese Attacke ...« Ich deute mit dem Kinn hinter ihn. »... hatte für uns Cosentinos einen ernsten Hintergrund.«

Er dreht den Kopf, um zu erkennen, was ich meine, und ich nutze den Moment, um zu verschwinden.

Alex

Mit schwarzer Farbe hat jemand ein gezacktes B an die hintere Duschwand gesprüht, die Dose liegt auf dem Boden. Beim Reinkommen ist mir das gar nicht aufgefallen, jetzt frage ich mich, was es soll. Ich drehe mich zu Alessia um und sehe sie gerade noch durch die Tür verschwinden. Ihre Worte hallen in meinem Kopf nach: *Für uns Cosentinos.*

Uns Cosentinos! Sie ist keine von denen, das habe ich ihr doch gerade gesagt. Doch aus irgendeinem Grund sind meine Worte nicht bei ihr angekommen.

Klar. Ich dachte eben schon, dass die Wahrheit sie überfordert. Wieso konnte ich dann meine Klappe nicht halten und musste ihr gleich zum zweiten Mal damit ankommen? Diesmal sogar mit meinem echten Namen?

Die Antwort ist einfach: Weil ich mich nicht im Griff hatte.

Als ich dachte, dass ihr jemand etwas anzutun versucht, bin ich komplett ausgetickt. Wieder mal. Dabei hat sie in Wahrheit nur versucht, in den Duschraum zu kommen, um mir zu helfen.

Ich schüttle den Kopf über mich selbst und sehe mir das Chaos an. Die bemalte Wand, die Eisenstange am Boden, das Blut. Es klebt an den Kacheln und dort, wo mein Angreifer zuletzt lag, ist eine kleine Lache. Meine Hände schmerzen von den Schlägen, die ich ihm verpasst habe.

Was wollte der Typ von mir? Ich habe nicht die geringste Ahnung, aber er hat Glück, dass Alessia eingeschritten ist und ich ihn nicht zum Krüppel geschlagen habe.

Paulo hatte Recht, als er zu mir sagte, dass ich ohne Ehre kämpfe. Das war nicht immer so und jetzt, wo sich die Dinge so grundlegend geändert haben, gefällt es mir auch nicht mehr.

Ich will kein ehrloser Mann sein. Ich will genau der bleiben, den Alessia kannte. Ich hoffe, dass es dafür nicht zu spät ist.

Noch einmal sehe ich zur Tür, doch da draußen ist alles still. Alessia, Vito und Adrian kümmern sich vermutlich um den Maskierten.

Ich hingegen sollte endlich duschen, und zwar so kalt wie möglich. Das Blut von meinen Händen und den Wahnsinn aus meinem Verstand waschen.

Ich ziehe Hose und Slip in einem aus und spüre, dass dieser Typ mich echt ganz schön erwischt hat. Vor allem die Verletzung an den Rippen wird mir noch zu schaffen machen. Aber das darf keiner erfahren, denn ich muss meine neue Position dringend behalten.

Während ich mich unter den kühlen Wasserstrahl stelle, denke ich daran, wie schwer es Alessia gefallen ist, sich von mir zu lösen. Sie spürt, dass da was zwischen uns ist, das weiß ich ganz sicher. Sie erinnert sich vielleicht nicht, aber sie fühlt es. Ich werde nicht lockerlassen. Ich werde diese Chance nutzen. Und ich werde zusehen, dass ich mich von jetzt an besser im Griff habe.

Wenn sie schon nicht ganz bei sich ist, muss zumindest ich es sein.

KAPITEL 10

Alessia

Es ist spät, als ich zurück zur Villa komme. Die Attacke auf Alex hat für eine ziemliche Aufregung gesorgt – vor allem, weil dem maskierten Angreifer die Flucht gelungen ist. Vito und Adrian haben ihn in den Kofferraum von Adrians Wagen verfrachtet, um sich später um ihn zu kümmern. Doch nachdem im Gym der Kriegsrat in Sachen Bonaccorso abgehalten war und alle, auch die eilig herbeigerufenen Handlanger, nach Hause gehen durften, war er weg. Ich kann mir denken, was passiert ist. Mit Sicherheit war ein zweiter Agent zur Stelle, der ihm aus der Patsche geholfen hat. Es ist beruhigend zu wissen, dass Interpol aktiv und ganz in meiner Nähe ist. Nicht so beruhigend ist die Tatsache, dass für Alex nach wie vor dasselbe gilt.

Er lässt sich von meiner angeblichen Amnesie nicht abschrecken, doch wenn ich ihm sage, dass ich mich an alles erinnere, wird er auch nicht einfach so zurück nach Hause fliegen und abwarten. Er ist einfach so stur und es scheint für ihn nur einen logischen Weg zu geben.

Egal, auf welche Art – er will mich zurückholen.

Langsam werde ich mich mit dem Gedanken anfreunden müssen. Das passt mir nicht, und zwar aus mehreren Gründen. Nicht nur, weil ich Angst habe, dass er sich in Schwierigkeiten bringen könnte. Sondern auch, weil ich für die brutalen Fights, die Tommaso plant, lieber einen anderen in den Käfig geschickt hätte. Luca wäre der ideale Kandidat gewesen. Wenn es ihn erwischt hätte, hätte mich das vollkommen kalt gelassen. Stattdessen soll es nun der Mann sein, den ich liebe. Er ist ein extrem guter Fighter, das weiß ich. Trotzdem gefällt es mir nicht, ihn als Lockvogel zu benutzen.

Ich stelle fest, dass ich mich immer noch nicht rühre und dass es etwas seltsam aussehen könnte, wenn Tommaso mich dabei erwischt, wie ich hier draußen stehe und den Boden anstarre. Als ich mich umblicke, stelle ich außerdem fest, dass Adrian immer noch vor der Einfahrt steht und wartet, dass ich das Haus betrete. Komischerweise geht er nicht mit rein, dabei schläft er normalerweise immer mit in der Villa. Heute hat er es sich wohl zur Aufgabe gemacht, mich von draußen zu bewachen.

Verfluchte Wachhunde.

Ich tue, als würde ich endlich meinen Schlüssel in meiner Tasche finden und gehe rein. Es fühlt sich nicht gut an, diese Villa zu betreten. Nicht, als würde ich nach Hause kommen. Wehmütig denke ich zurück an Puerto Rico. Alex' und meine Wohnung ist klein, manche würden sie vielleicht schäbig finden. Doch ich war jeden Abend glücklich, wenn ich sie betreten habe. Es war das erste Mal seit vielen Jahren, dass ich eine Heimat hatte. Und einen Menschen, den ich über alles liebe. Ich denke daran, wie ich für uns gekocht habe und Alex währenddessen kaum die Finger von mir lassen konnte. Oder wie er mich gemalt hat und ich ihn fasziniert dabei beobachtet habe, ungläubig darüber, dass seine starken Hände so feine Linien zeichnen können.

Besonders oft denke ich jedoch an die Nächte, in denen ich in seinen Armen gelegen und gewusst habe, dass bis ans Ende meines Lebens alle Nächte so aussehen würden.

Und jetzt?

Jetzt werde ich darum betrogen, jeden Abend aufs Neue. Anstatt neben Alex wache ich morgens neben Tommaso auf, dem Mann, den ich schon früher einfach nur abstoßend fand. Ich kann seinen Geruch nicht ertragen, seine Unsicherheit, die er unter einem Haufen aufgesetzter Selbstverliebtheit versteckt und besonders widerlich finde ich seinen Körper. Zwar hat er im Gefängnis an Masse verloren, dennoch ekeln mich seine aufgeblasenen Muskeln einfach nur an. Ich hasse seine Berührungen und wenn ich daran denke, wie sich seine Zunge jeden Morgen zur Begrüßung fordernd in meinen Mund schiebt, wird mir schlecht.

Bald ist es geschafft, rede ich mir selbst gut zu. Bald ist der Albtraum vorbei und Alex und ich sind wieder vereint. Es ist nur noch eine Frage der Zeit.

Ich hänge meinen roten Mantel an die Garderobe und erstarre mitten in der Bewegung, als mein Blick auf die Treppe fällt. Jemand hat auf den Stufen nach oben Teelichter aufgestellt.

Nein, nicht jemand. Tommaso.

Das soll wohl romantisch sein. Für einen Moment bin ich drauf und dran, einfach leise meinen Mantel wieder anzuziehen und abzuhauen. Doch das geht nicht. Draußen steht Adrian und es gibt für mich keinen

Grund mehr, um diese Uhrzeit noch einmal das Grundstück zu verlassen. Für eine spontane Yoga-Stunde im Garten ist es zu kalt und auch, dass ich um diese Uhrzeit die Rosen wässern will, kauft mir sicher niemand ab. Fieberhaft überlege ich nach einer anderen Fluchtmöglichkeit, aber es gibt keine. Weg kann ich also nicht, aber es gibt auch niemanden im Haus, mit dem ich noch dringend etwas zu besprechen haben könnte. Unsere beiden Aufpasser belagern ja heute lieber den Garten und Tommasos Cousine ist nach dem Feuer und dem Einbruch fürs Erste nach Catania gezogen, weil sie sich hier nicht mehr sicher fühlt.

Ich bin also mit Tommaso alleine im Haus. Ausgerechnet mit dem Mann, dem ich versuche irgendwie aus dem Weg zu gehen.

Mist.

Ich ziehe meine Schuhe aus und denke nach. Wenn ich schnell genug bin, schließe ich mich einfach im Bad ein und tue so, als würde ich über Kopfhörer zu laute Musik hören. Ich ziehe das so lange durch, bis Tommaso müde wird und –

Nein, das geht gleich aus mehreren Gründen nicht. Einer davon ist das Knatschen über mir, das mir verrät, dass es zu spät für eine Flucht ist. Ich blicke auf.

Tommaso steht auf dem oberen Treppenabsatz und trägt nichts außer einem nachtblauen Seidenbademantel, den er an der Hüfte locker zugeknotet hat. Ich kann zu viel von seinem Körper sehen, viel zu viel. Was er vorhat, ist klar, und mein Magen rebelliert alleine beim Gedanken daran. Ich kann das nicht. Erst recht nicht mehr jetzt, wo Alex wieder in meinem Leben ist.

»Da bist du ja!« ruft er und deutet auf mich, als wäre ich nicht vollkommen alleine in der Eingangshalle.

»Ja, da bin ich«, erwidere ich und mache keine Anstalten, zu ihm nach oben zu gehen. Meine Beine verweigern mir den Dienst und ich stehe einfach nur da wie angewurzelt.

»Ein langer Tag, was?«, ruft er. »Ich habe mich zu Tode gelangweilt!«

»Ich nicht«, sage ich. »Es gab viel zu tun und ...«

»Ganz untätig war ich jedoch nicht«, sagt Tommaso weiter unbeirrt seinen Text auf. »Ich habe uns ein paar Leckereien organisiert!«

Pfff, organisieren lassen, meint er wohl eher. Dieser Feigling würde doch nicht mal das Haus verlassen, wenn hier drin eine Epidemie ausgebrochen wäre!

Langsam und selbstgefällig kommt er die ersten paar Stufen hinunter, wobei der Morgenmantel noch mehr Haut freigibt, als mir lieb ist. »Champagner, Erdbeeren, frische Austern.«

»Ich mag keine Austern«, gebe ich schnell zurück. Meeresfrüchte habe ich auch früher schon gehasst, als ich die Frau seines Vaters war. Damals habe ich sie heruntergewürgt, jetzt geht das nicht mehr. »Die leben noch, wenn man sie isst.«

»Ich weiß. Darin besteht ja der Spaß.« Tommaso kommt noch ein paar weitere Stufen zu mir runter und ich sehe, dass seine Haut ölig im Licht der Kerzen glänzt.

Kann dieser ekelhafte Typ nicht einfach seinen blöden Morgenmantel an einem seiner Teelichter entzünden und zu Asche verbrennen?

Doch leider erreicht er unbeschadet die letzte Stufe und bleibt dicht vor mir stehen. Sein penetranter Geruch nach Rasierwasser und Babyöl bringt mich erneut dazu, ihn in die Flammen stoßen zu wollen. Statt an einem Mord versuche ich mich an einem Lächeln, das sich anfühlt, als würde ich eine wahnsinnig lustige Grimasse ziehen.

Tommaso erwidert mein Lächeln auf seine gewohnt schleimige Art und legt mir eine Hand auf die Wange. »Meine wunderschöne Frau«, imitiert er die Worte, die sein Vater immer zu mir gesagt hat.

Ich lächle weiter, lege meine Hand auf seine und befreie mich sanft aus seinem Griff. »Ich wünsche dir viel Spaß mit den Austern und all dem Zeug«, starte ich einen kläglichen Versuch ihn abzuwimmeln. »Ich gehe ins Bett. Ich bin wirklich todmüde und –«

Weiter komme ich nicht. Tommaso hat mich bereits gepackt und auf seine Arme gehoben.

»Dann lassen wir das Abendessen eben ausfallen«, säuselt er und trägt mich zwischen den Kerzen hindurch nach oben.

»Hey, was wird denn das?«, protestiere ich, aber Tommaso lacht nur, wobei sich seine eingeölte Brust gegen meinen Arm drückt. »Du kannst dir ja gar nicht vorstellen, wie –«

Tommaso presst seine Lippen auf meinen Mund und bringt mich so zum Schweigen. Ich schließe die Augen und hoffe, dass es weniger schlimm ist, wenn ich ihn nicht sehe. Doch die Art, wie er mich küsst, ist für Tommaso einmalig und macht es unmöglich, sich jemand anderen an seiner Stelle vorzustellen. Seine Zunge fühlt sich hart an und drückt meine Lippen und Zähne auseinander. Als ich ihm endlich Einlass gewähre, reißt er seinen Mund auf, als würde er mich verschlingen wollen und torpediert meine Zunge mit seiner.

Ich habe noch nie einen so schlechten Küsser erlebt und würde mich Tommaso am liebsten sofort entziehen. Während er weiter so unbeholfen wie ein Schüler versucht, meinen Mund zu erobern, öffnet er die Schlafzimmertür.

Okay. Okay, da muss ich jetzt wohl durch. Es ist nicht das erste Mal, aber es wäre das erste Mal, seit Alex aufgetaucht ist. Und alleine der Gedanke daran fühlt sich schrecklich an. Aber was ist die Alternative? Natürlich könnte ich Tommaso mit irgendeiner Ausrede abwimmeln, aber genau das ist es ja wahrscheinlich, worauf er insgeheim wartet. Er hofft, dass ich mich, jetzt, wo ich Alex gesehen habe, verraten und offenbaren werde, dass mein Gedächtnis sehr wohl funktioniert. Zumindest denke ich, dass er so testen will, ob meine Loyalität echt ist. Und da ich weder durch eine Kugel in den Kopf getötet noch mit einem Zementschuh im Meer ertränkt werden will, werde ich ihm keine Angriffsfläche bieten.

Tommaso legt mich auf dem Bett ab und muss für einen Moment Atem holen. Ich nutze den Augenblick und senke meine Lippen auf seinen Hals. Das ist zwar auch nicht schön, aber immer noch besser, als das unbeholfene Spiel seiner Zunge weiter ertragen zu müssen. Ich sauge lieblos an seiner Haut herum, die genauso ölig schmeckt, wie der Rest von Tommasos Körper aussieht, aber für ihn scheint es zu reichen, denn sein Atem beginnt bereits heftiger zu gehen.

Vielleicht liegt das auch an den vielen Treppenstufen, denn so sportlich Tommaso auch tut, Kondition hat er keine.

Ich lasse meine Hände über seine schmierige Brust gleiten, was sich anfühlt, als würde ich ein Hühnerfilet marinieren und beschäftige mich weiter ausgiebig mit seinem Hals. Doch das scheint ihm nicht zu reichen, denn er nimmt meine Hand und schiebt sie langsam in Richtung seines Schritts.

Das kann er schön vergessen. Ich lasse meine Finger bis zu seinem Bauchnabel und wieder nach oben gleiten.

Tommaso gibt ein Grunzen von sich. »Du kleiner Fiesling«, säuselt er und schiebt mit seinen Händen meinen Rock nach oben. Einer seiner Finger bahnt sich einen Weg in mein Spitzenhöschen und ich weiß, dass das Gestochere, das er mit seiner Zunge begonnen hat, nun eine Etage tiefer weitergehen wird. Ich presse meine Beine zusammen und hebe sein Kinn an.

»Nicht so hastig, Großer«, flüstere ich und will mich ein Stück unter ihm wegbewegen, aber sein massiger Körper nagelt mich am Bett fest. »Wie wäre es, wenn ich dich zuerst mit einem richtig schönen Blowjob verwöhne?« Die Masche hat schon einige Male funktioniert. Danach ist Tommaso meist so müde, dass an Sex gar nicht mehr zu denken ist.

Doch dieses Mal ist er nicht so leicht zu steuern.

Ein Grinsen breitet sich auf seinem Gesicht aus und er schüttelt langsam und bedächtig den Kopf. »Heute bist du dran, mein Engel.« Mit diesen Worten zieht er sich von mir zurück und ich hoffe schon, dass das Schicksal doch noch ein Einsehen mit mir hat.

Aber anstatt sich einfach in Luft aufzulösen, baut sich Tommaso vor dem Bett auf und lässt seinen Bademantel lasziv sinken. Zum Vorschein kommen sein komplett rasierter und glänzender Körper sowie ein halberigierter Penis, der so unrhythmisch zuckt, dass ich mir das Lachen nur schwer verkneifen kann.

Ich starre in Tommasos Gesicht und versuche meinen Blick nicht tiefer wandern zu lassen. Er sieht anders aus als früher. Die albernen kleinen Löckchen hat er durch einen seriösen Kurzhaarschnitt ersetzt und das Jahr, das er im Knast verbracht hat, lässt ihn etwas erwachsener aussehen. Manchmal frage ich mich, wieso Salvatore ihn anstatt sich selbst freigekauft hat. Wahrscheinlich war ihm einfach klar, dass sich sein Sohn im Gefängnis nicht durchsetzen kann. Tommaso spielt gern den harten Kerl, aber in Wahrheit ist er ein Verlierer, der in seinem Leben noch nichts zustande gebracht hat außer einer gescheiterten Fighter-Karriere – die ausgerechnet durch Alex beendet wurde. Und jetzt will er es Alex heimzahlen, indem er ihm auch etwas wegnimmt. Er mag dämlich sein, aber er ist trotzdem ein Sadist.

»Weißt du eigentlich, dass du wunderschön bist?«, reißt er mich aus meinen aufkeimenden Gedanken an Alex.

Weißt du eigentlich, dass du absolut widerlich bist?, würde ich am liebsten zurück fragen, aber das wäre wohl ein bisschen dumm. Also rette ich mich in ein verlegenes Kichern, das auch schon bei Tommasos Vater eine Menge Aussagekraft zu haben schien.

Ich wünschte, Alex hätte für heute seinen Anschlag mit dem Feuer im Garten geplant. Ich wünschte, er wäre hier und nicht Tommaso.

Doch leider habe ich kein Glück.

Langsam kommt Tommaso näher und kniet sich vors Bett. Mit beiden Händen fährt er wieder unter meinen Rock und zieht mir das Höschen bis auf die Knöchel herunter.

Ich schließe die Augen. Nicht, weil mir gefällt, was jetzt kommt, sondern weil ich ganz schnell an etwas anderes denken will. Ich rufe mir die blauen Augen von Alex ins Gedächtnis, seine Berührungen, seine warme Haut und –

Dann spüre ich etwas Nasses zwischen meinen Schenkeln und die Illusion ist dahin. Tommasos Zunge wird in mich gestoßen und ich keuche vor Überraschung und Schmerz. Am liebsten würde ich ihn mit einem gezielten Tritt in die Bewusstlosigkeit befördern.

Nicht mehr lange, sage ich mir. Nicht mehr lange.

Während Tommaso sich weiter an meinem Unterleib austobt, male ich mir aus, was alles im Gefängnis mit ihm angestellt werden wird, wenn er erst wieder hinter Gittern ist.

Der Gedanke ist befriedigend und lenkt mich für eine Weile von der Realität ab.

***

Ich habe die ganze Nacht wachgelegen und in die Dunkelheit gestarrt, während Tommaso schnaubend und schwitzend neben mir geschlafen hat. Mein Unterleib fühlt sich wund an und am liebsten wäre ich aufgestanden und unter die Dusche gegangen. Doch auch das wäre zu auffällig gewesen. Also habe ich bis zum Morgengrauen gewartet, mich aus Tommasos Griff befreit und eine lange und heiße Dusche genommen, um seine Spuren abzuwaschen, bevor ich Alex gleich wieder begegne.

Wird er es mir ansehen?

Wird er merken, dass ich mit einem anderen Mann geschlafen habe?

Ich hoffe es nicht.

Eingehend betrachte ich mein Gesicht im Spiegel. Meine Augen sind glasig und dunkel gerändert. Man sieht mir an, dass ich zu wenig Schlaf hatte. Aber sonst?

Ich trage Make-up auf und habe dabei das Gefühl, dass der Kaffee, den ich ausnahmsweise mal wieder getrunken habe, um zumindest etwas wacher zu werden, meinen Körper jeden Moment wieder verlassen wird. Feindselig sehe ich herüber zur Kloschüssel, doch das macht alles nur noch schlimmer. Ich versuche, mich aufs Schminken zu konzentrieren.

»Komm schon«, flüstere ich, »beherrsch dich.«

Prüfend mustere ich mein Werk im Spiegel und stelle fest, dass der Eyeliner alles andere als perfekt geschwungen ist. Der Strich ähnelt einer Kindermalerei. Von einem nicht sonderlich begabten Kind.

Gerade will ich einen weiteren Versuch starten, als sich die Badezimmertür öffnet. Tommaso.

Er trägt nur seine Pyjamahose und kommt rein, ohne zu klopfen.

Ich kann ihn nicht mehr ertragen. Heute weniger denn je.

»Hier versteckst du dich«, sagt er, tritt hinter mich und legt beide Arme um meine Taille.

»Ich verstecke mich nicht, ich mache mich fertig«, sage ich und versuche dabei nicht so abweisend zu wirken.

»Und?« Er drückt mir einen feuchten Kuss auf die Halsbeuge. »Immer noch Lust auf den Job oder würdest du lieber bei mir in der Villa bleiben?«

»Natürlich wäre ich lieber bei dir«, lüge ich. »Aber das geht nicht. Jemand muss die Geschäfte überwachen und ich traue mir da am allermeisten.«

»Bist du dir sicher?« Er zuckt mit den Schultern. »Ich meine, wenn du glaubst, dass dich das im Moment noch überfordert, kannst du auch gern zu Hause bleiben.«

Eine Falle. Das ist eine Falle, das ist mir gleich klar. »Je schneller ich wieder ganz die Alte bin, desto besser«, sage ich und das ist noch nicht mal eine Lüge. »Oder traust du mir diese Aufgabe etwa nicht zu?«

»Doch, natürlich.« Wieder drückt er mir seine schleimigen Lippen auf den Hals. »Aber ich hätte dich auch gern hier bei mir. Es ist tagsüber sehr einsam.«

»Es wird nicht immer so sein.« Ich drehe mich zu ihm herum und lege die Arme um seine Hüften, auch wenn sich alles in mir dagegen sträubt. »Bald schon gehen wir nach Südamerika und verschaffen dir eine neue Identität. Dann bist du wieder frei.« Ich will noch mehr sagen, aber mein Magen zieht sich schmerzhaft zusammen und mir wird ganz schwindelig.

Tommaso mustert mich von oben bis unten, scheint aber gar nicht zu spüren, wie es mir gerade geht. »Das Erste, was wir zwei machen werden, ist heiraten.«

»Ich w-«, versuche ich zu sagen. Weit komme ich nicht. Auf einmal überrollt mich eine so heftige Welle der Übelkeit, dass ich mich losmachen und zur Toilette stürzen muss. Ich schaffe es so gerade eben noch, den Deckel hochzuklappen, ehe ich mich würgend übergebe.

Schwer atmend hänge ich über der Kloschüssel, wische mir über den Mund und horche in mich, ob noch eine weitere Attacke kommt. Doch stattdessen flaut die Übelkeit langsam ab. Na, wenigstens. Trotzdem war das gerade echt dumm von mir, auch wenn ich keinerlei Kontrolle darüber hatte.

Tommaso tritt neben mich und ich sehe durch einen Tränenschleier hinweg zu ihm auf.

»Morgenübelkeit«, sagt er und ich kann sein Grinsen förmlich hören. »Dabei verhüten wir doch.«

In mir schrillen alle Alarmglocken. Diesen Gedanken soll er sich ganz schnell wieder aus dem Kopf schlagen. »Ich bin einfach nur nervös«, krächze ich. »Diese Attacke auf Savio gestern, das war ganz schön aufregend.«

»Schon gut.« Gnädig legt mir Tommaso eine Hand auf die Schulter. »Ich verstehe dich. Du hast ja überhaupt kein Wissen, worauf du zurückgreifen kannst. Du weißt ja nicht, wie du dich verteidigen sollst, wenn so etwas nochmal vorkommt.«

»Genau«, erwidere ich mit noch immer heiserer Stimme. Er soll gehen! Kann er mich nicht wenigstens in Ruhe kotzen lassen?

Als hätte er meine Gedanken gelesen, lässt er mich los und ich höre, wie er sich von mir entfernt.

Innerlich atme ich auf. Das ist nochmal gutgegangen. Geschlagene zehn Minuten bleibe ich vor der Toilette sitzen und versuche mich zu sammeln.

Dann erhebe ich mich endlich vom Boden, spüle ab und trete wieder ans Waschbecken, um mir die Zähne zu putzen. Doch ehe ich auch nur die Zahnpasta aufgetragen habe, kommt Tommaso mit etwas in der Hand zurück, das mir das Blut in den Adern gefrieren lässt. Einer Pistole.

Schnell drehe ich mich zu ihm um und halte Ausschau nach etwas, das ich als Waffe verwenden kann. Ich bin sehr gut in Krav Maga, was bedeutet, dass ich ihn mit so ziemlich jedem beliebigen Gegenstand töten könnte, wenn es darauf ankäme. Einer Nagelschere, einem Parfum-Flakon, von mir aus auch mit einem Wattestäbchen.

Doch Tommaso macht keine Anstalten, die Waffe auf mich zu richten. Stattdessen hält er sie mir mit dem Griff voran hin. »Hier. Die trägst du ab heute bei dir. Und wenn es nochmal einen Zwischenfall gibt oder Paulos Goldjunge Scheiße baut, wie zum Beispiel, mit Außenstehenden über unseren erlesenen kleinen Fight Club zu reden, erledigst du die Sache, so wie du es früher getan hättest.«

Ich strecke die Hand aus und nehme die Pistole entgegen. Ihr metallener Griff fühlt sich angenehm kühl in meinen Fingern an und für einen Moment spiele ich mit dem Gedanken, sie einfach gegen Tommaso zu richten. Ich könnte ihn erledigen, hier und jetzt. Dem Spuk ein Ende setzen.

Aber ich mache mir klar, dass das ein Trugschluss ist. Der Spuk ist erst beendet, wenn alle Cosentinos und ihre Unterstützer aus dem Weg geschafft sind. Tommasos Tod würde sie nur noch weiter anstacheln. Also beherrsche ich mich, drehe mich um und lege die Waffe auf dem Waschbeckenrand ab.

»Verstanden.« Ich nicke.

Tommaso lächelt. »Gut. Mach dich jetzt zu Ende fertig. In zehn Minuten holt Vito dich ab.« Er macht auf dem Absatz kehrt und verlässt das Bad.

Ich sehe ihm nach und spüre, dass ich zittere. Gleich ist es so weit. Gleich sehe ich Alex wieder. Ich kann nur hoffen, dass er mir nicht ansieht, was letzte Nacht passiert ist. Und wenn doch, dann hoffe ich, dass es ihn mich nicht mit anderen Augen sehen lässt.

Alex

Am Morgen nach meinem Kampf gegen den Maskierten bin ich früh im Gym. Paulo und ich trainieren schon, bevor die Mafiosi und Alessia auftauchen. Wie so oft lässt Paulo mich Boxkombinationen üben. Als hätte ich, was das Boxen angeht, nicht längst alles drauf.

Paulo sieht zu, wie ich den Sandsack verprügle und gibt immer wieder Kommentare ab wie »Schön« und »Weiter so«. Nach einer gefühlten Stunde lässt er mich eine Pause machen. Ich lockere meine Schultern und spüre, dass sich die Sache mit meinen Rippen noch nicht erledigt hat. Doch erfahren darf das nach wie vor niemand.

»Weißt du, eigentlich gefällt mir der Boxsport viel besser als MMA«, gerät Paulo auf einmal ins Plaudern, während ich zu meinen Sachen gehe, um einen Schluck zu trinken.

Irritiert sehe ich in Richtung Käfig.

Paulo folgt meinem Blick. »Früher stand dort ein gewöhnlicher Ring. Aber meine neuen Sponsoren halten Boxen für veraltet. Sie glauben, niemand will es mehr sehen.«

Seine neuen Sponsoren.

Die Mafia meint er wohl. Schon klar.

Ich schweige und drehe meine Wasserflasche zu.

»Bevor sie versprochen haben, meinen Laden mit mir ganz neu aufzuziehen, war ich so gut wie pleite. Dazu kommt ein Riesenberg Schulden.« Er hebt die Schultern. »Wenn es irgendwie gegangen wäre, hätte ich hier mit dem Boxsport weitergemacht, bis ich alt und grau bin. Aber ich will meinen Kindern später was anderes hinterlassen als einen Haufen wütende Gläubiger. Das verstehst du doch sicher?«

Tz. Auf jeden Fall verstehe ich, was Paulo hier versucht: vor sich selbst zu rechtfertigen, dass er mit der Mafia kooperiert. Dass er sogar einen Mordversuch deckt. Anscheinend packt ihn so langsam das schlechte Gewissen, aber das ist nicht mein Problem.

»Sì«, sage ich darum nur und gehe zurück zum Sandsack. »Machen wir weiter.«

Ich spüre, dass Paulo mich noch einen Moment lang nachdenklich betrachtet. »Ich glaube, du bist ein guter Kerl, Savio«, sagt er. Dann gibt er mir endlich neue Kommandos und ich frage mich, was die rührselige Nummer soll.

Kein Mafiamitglied kann jemals Verständnis von mir erwarten.

Wie auf ein Kommando hin geht in diesem Moment die Tür auf und ich spüre Alessias Anwesenheit, bevor ich sie sehe.

»Ah, ihr seid schon voll dabei!« ruft Vito. »Lasst euch nicht stören!«

Ich schlage weiter auf den Sandsack ein und fühle Alessias Blick auf mir. Also lege ich mich noch etwas mehr ins Zeug und höre erst auf, als sie plötzlich vor mir auftaucht und mit einer Hand den Sandsack anhält.

»Hey«, sagt sie und mir fallen auf der Stelle mehrere Dinge auf.

Erstens: Wieso geht sie mir nicht aus dem Weg? Nach gestern hätte ich das irgendwie erwartet. Zweitens: Weshalb ist sie so dick geschminkt? Ich suche ihr Gesicht nach durchscheinenden Wunden oder blauen Flecken ab, doch das Einzige, was mir auffällt, ist der extrem müde Ausdruck in ihren Augen. Müde, aber gleichzeitig aufmerksam. Wie sie mich ansieht, irgendwie prüfend, das ist komisch.

Erinnert sie sich vielleicht an irgendetwas?

Nein, das ist es nicht. In dem Fall würde sie ganz anders reagieren.

»Hey«, erwidere ich und versuche, so ruhig und gelassen wie möglich zu wirken. »Gut geschlafen?«

Alessia senkt den Blick und gibt es leises, trockenes Lachen von sich, das beinahe wie ein Würgen klingt. »Ja«, sagt sie, und es klingt wie eine Lüge. »Und du? Hast du noch irgendwelche Beschwerden wegen gestern oder bist du fit?«

Ich höre, dass sie sich um einen professionellen Tonfall bemüht, doch ich kaufe ihn ihr nicht ab. Schon gestern hat sie sich seltsam verhalten, jedoch auf eine ganz andere Art. Sie ist mir aus dem Weg gegangen, vermutlich, weil ich sie verwirre. Heute jedoch wirkt sie für ihre Verhältnisse ziemlich verletzlich.

Gerade will ich etwas erwidern, als uns Vito unterbricht: »Hört mal zu, ihr beiden! Die Bonaccorsos behaupten, dass sie mit dem Angriff gestern nichts zu tun hatten! Wir haben die Anweisung, uns mal bei ihrem Boss schlau zu machen! Ihr drei kommt hier doch zurecht?«

Ich blicke zu ihm herüber und bemerke den strengen Blick, den er Paulo zuwirft. Dieser nickt hastig und sagt: »*Sì*, wir werden das Training eisern durchziehen!«

»Gut«, erwidert Vito, dann sieht er Alessia und mich an. »Wir sind in ein paar Stunden wieder da. Lasst niemanden rein. Keine Ahnung, ob sie eine weitere Attacke planen.«

»Verstanden«, sagt Alessia und blickt den beiden nachdenklich hinterher, während sie das Gym verlassen.

Ich überlege währenddessen fieberhaft. Ich muss mit ihr reden, unter vier Augen und am besten sofort. Doch auch wenn uns dieser andere Mafia-Clan gerade ziemlich in die Hände spielt und Vito und Adrian beschäftigt, bleibt immer noch Paulo übrig. Und der funkt natürlich auch direkt dazwischen.

»Also schön«, sagt er und kommt zu uns herüber. »Dann würde ich sagen, wir machen direkt weiter.« Er sieht Alessia an. »Bis heute Mittag habe ich Boxtraining angesetzt. Heute Nachmittag kommt ein bisschen Ausdauer dran. Vergiss den Kampf gestern. Ich mach ihn schon fit für eure große Nummer in Mexiko!«

Alessia nickt, macht aber keine Anstalten, sich von der Stelle zu rühren. Erst jetzt merke ich, wie nervös sie zu sein scheint. Aber weshalb auf einmal?

»Alessia ...« Ich nehme sie am Arm und ziehe sie behutsam ein Stück vom Sandsack weg. »Du willst doch nicht, dass ich dich auch noch ausknocke, oder?«

Sie blinzelt und scheint von jetzt auf gleich wieder wach, wieder voll da zu sein. Ihr Körper spannt sich sichtlich, sie lacht kurz und sagt: »Nach allem, was ich gestern gesehen habe? Nein, danke!« Damit geht sie aus dem Weg und, wie ich bedauernd feststelle, direkt weiter zur Tür.

»He, das war kein Rauswurf!«, rufe ich ihr nach.

Sie dreht sich im Gehen zu mir um und deutet auf ihre große Handtasche. »Ich habe noch ein paar Dinge zu erledigen!« Damit wendet sie sich wieder ab und verlässt, viel schneller, als sie müsste, das Gym.

»Du magst sie«, stellt Paulo fest, kaum dass sie weg ist.

Ertappt sehe ich ihn an.

Scheiße. Ich dachte, ich wäre unauffälliger. »Sie ist heiß«, erwidere ich vage. Soll er doch denken, dass ich sie scharf finde und deshalb ihre Nähe suche. Daran ist nichts Seltsames, oder?

»Sicher ist sie das«, gibt Paulo zurück und ich würde ihm dafür, dass er auf meine Freundin abfährt, liebend gern die Fresse polieren. Doch das geht natürlich nicht, also höre ich nur weiter zu. »Aber du solltest trotzdem vorsichtig sein, Savio. Der Boss hat ein genaues Auge auf sie und auf jeden, der ihr zu nahekommt. Er meint es ernst mit ihr, wenn du verstehst.«

Ich sehe ihn an und nicke langsam. Ist ja rührend, dass er mich warnt. Aber er hat keine Ahnung, wie ernst ich es mit Alessia meine. Keine Ahnung, was sich die miese Ratte von Tommaso derzeit einbildet. Keine Ahnung, was er ihr einredet. Aber eins steht fest: Er wird sie nicht bekommen.

»Ich verstehe«, antworte ich. »Danke für die Warnung.«

Paulo nickt. »Nichts für ungut. Jetzt machen wir weiter.«

»Sekunde noch.« Ich löse mich vom Sandsack und gehe zur Tür. »Ich werfe mir ein paar Liter kaltes Wasser ins Gesicht und gehe pinkeln, dann bin ich wieder da.«

»Gut, aber mach hin.«

Ich verlasse die Trainingshalle, blicke kurz zur Bürotür, aber sie ist geschlossen. Schnell laufe ich zum Duschraum und lasse mir dabei Paulos Worte nochmal durch den Kopf gehen. Nein, eigentlich nicht seine Worte. Seine ganze Art.

Warum macht er plötzlich auf väterlichen Freund? Vielleicht ist ihm gestern klar geworden, wie ernst die ganze Sache hier ist. Möglicherweise musste er erst Blut sehen, um zu kapieren, dass er seine Seele an den Teufel verkauft hat. Wie auch immer. Mein Vertrauen wird er sich nicht erschleichen. Aber ich werde mir was erschleichen – ein paar ungestörte Minuten mit Alessia. Und ich weiß auch schon, wie.

Mit einem kurzen Blick hinter mich betrete ich die Toiletten, stelle den Wasserhahn an und schöpfe meine

Hände voll. Anschließend gehe ich zu den Pissoirs. Ich kann nur hoffen, dass der Seifenspender gut gefüllt ist. Ich treffe alle Vorbereitungen, wasche mir das Gesicht kalt ab, um nicht aufzufallen und gehe mit nassem Shirtkragen zurück ins Gym.

Paulo blickt mir bereits entgegen, in der Hand seine Thermoskanne. Ich hoffe, er hat sich die Zeit damit vertrieben, eine Menge zu trinken. Jetzt heißt es weitertrainieren und warten.

Alessia

Sdfsfsfsddfsfdfsdffffffff

Ich drücke die Löschtaste und lasse die sinnlose Buchstabenkombination vom Bildschirm verschwinden. Ich kann nur hoffen, dass Tommaso nicht auf irgendeine Weise kontrollieren kann, was ich hier im Büro treibe. Sonst würde er nämlich sehen, dass es absolut nichts Sinnvolles ist und mich von meinem Betreuerjob – oder besser Verkriecherjob – direkt wieder abziehen. Dann hätte er, was er wollte und ich wäre wieder Tag und Nacht bei ihm in der Villa. Da das so ziemlich das Letzte ist, was ich will, versuche ich etwas zu tun, das wie Arbeiten aussieht.

Also füge ich in das leere Dokument zumindest mal eine Tabelle ein. Was kann ich darin notieren? Alex', ich meine *Savios* Fortschritte?

Alex. Es war hart, ihn gerade im Gym zu sehen. Ich fühle mich, als wäre ich ihm fremdgegangen, als hätte ich unsere Liebe irgendwie beschmutzt, indem ich mit Tommaso geschlafen habe. Das ist irrational, ich weiß.

Bevor Alex aufgetaucht ist, fühlte es sich schließlich auch nicht so an. Wir sind momentan nicht zusammen. Und ich habe ja nicht zu meinem Vergnügen Sex mit Tommaso. Gott, nein, das ganz sicher nicht.

Und trotzdem. Zum ersten Mal, seit ich nach dem Unfall wach geworden bin, seit dem Start dieser unfreiwilligen Mission, habe ich wirklich Angst, dass ich ihn verlieren könnte. Bisher war für mich immer klar, dass ich das hier zu Ende bringen und zu ihm nach Hause zurückkehren würde. Diese Vorstellung, einfach wieder zu ihm zu kommen, ihm in die Arme zu fallen und dass dann alles gut wäre, hat mich weitermachen lassen. Doch seit Alex aufgetaucht ist, habe ich mir mehr und mehr klarmachen müssen, dass ich das Drehbuch dieser Geschichte nicht alleine schreibe.

Alex sitzt nicht zu Hause und wartet auf mich. Er ist selbst auf einer Mission. Er ist die letzten Wochen über durch die Hölle gegangen, das habe ich gestern Abend deutlich gespürt. Wer weiß, was das mit ihm gemacht hat. Wenn er erfährt, dass zwischen Tommaso und mir etwas läuft – vielleicht ist das einfach zu viel. Der Stich ins Herz, der seine Liebe zu mir erlöschen lässt. Oder möglicherweise werde ich auch das Problem sein. Wer weiß, vielleicht bin ich nach alldem hier nicht mehr dieselbe.

Zum ersten Mal überhaupt habe ich Angst, dass unsere Liebe diese Sache hier nicht überstehen könnte. Der Gedanke ist schrecklich, aber die Wahrheit ist, dass wir es nicht wissen. Wir balancieren beide am Abgrund und es gibt kein Netz, keinen doppelten Boden. Wir könnten alles verlieren.

Ich spüre, wie sich mein Herz bei der Vorstellung zusammenkrampft, dass sich unsere Wege hiernach trennen könnten. Dass alles, was wir uns aufgebaut haben, einfach kaputt und nicht zu kitten sein wird. Ohne dass ich es irgendwie steuern kann, vernebeln Tränen meinen Blick und ich versuche die finsteren Gedanken zu verscheuchen, aber es geht nicht. Die Ungewissheit ist plötzlich unerträglich für mich und ich bin so gefangen darin, dass ich erst mit einem Moment Verzögerung wahrnehme, was sich draußen tut.

Die Gym-Tür öffnet und schließt sich. Schritte sind zu hören und ich halte die Luft an, aber wer auch immer da ist, Alex oder Paulo, kommt nicht zu mir, sondern geht zum Waschraum. Gerade atme ich auf, denn meine Tränen soll nun wirklich keiner von beiden sehen, als sich auf einmal doch noch die Bürotür öffnet. Erschrocken und zugleich bewegungsunfähig sehe ich, wie Alex reinkommt, die Tür hinter sich schließt und sich mir zuwendet.

Er ist völlig verschwitzt vom Training, das Haar klebt ihm feucht in der Stirn. Seine Brust hebt und senkt sich sichtbar unter seinem engen grauen Shirt. Sein Blick ist fest auf mich gerichtet.

»Was ist?«, höre ich mich mit der Stimme einer Fremden fragen. Einer erstickten Stimme, die kein bisschen sachlich und so gar nicht nach mir klingt.

Alex sieht mich noch einen Moment an, löst sich von seinem Platz, umrundet mit ein paar schnellen Schritten den Schreibtisch und zieht mich an den Armen in die Höhe, als ich mich mit meinem Stuhl ganz automatisch zu ihm drehe.

»Weinst du etwa?«, will er wissen.

Nein, tue ich nicht. Ich blinzle hektisch, will die Hand heben, um die wenigen Tränen fortzuwischen, doch Alex hält mich immer noch fest.

»Was ist passiert? Was hat er getan?«

Es ist wie gestern: Seine Offenheit bringt mich aus dem Konzept. Zwar wirkt er deutlich ruhiger und beherrschter, doch er macht immer noch keine Anstalten, mir vorzuspielen, dass er ein Fremder, dass er wirklich dieser Savio Giordano wäre. Hier vor mir steht Alex, mein Partner, um mich zu beschützen, so wie er es immer tun würde für die Frau, die er liebt.

Aber ich kann ihn nicht lassen.

»Niemand hat etwas getan«, sage ich.

»Du lügst. Ich kenne dich. Ich sehe es dir an. Deine linke Augenbraue zuckt, wenn du nicht die Wahrheit sagst, hast du das gewusst?«

Ich runzle die Stirn und obwohl meine Augen immer noch feucht sind, muss ich auf einmal lächeln. Es fühlt sich so gut an, dass er mit mir hier ist. Dass er mich wie die Alessia behandelt, die ich wirklich bin. Ich bin traurig, nervös und gleichzeitig glücklich.

Gott, meine Hormone spielen verrückt.

Obwohl ich mich eigentlich nur auf Alex konzentrieren will, zwinge ich mich, zur Tür zu sehen. »Du musst zurück zum Training, Savio. Paulo wird gleich wieder da sein und ...«

Ein dumpfer Knall ertönt, gefolgt von einem schmerzhaften Fluchen.

Alex dreht mein Gesicht zu sich. »Wir haben ein paar Minuten, dafür habe ich gesorgt.«

»Wie?«, bringe ich hervor, jetzt vollkommen verwirrt.

»Seifenlauge.« Er zuckt mit den Schultern. »Vor den Pinkelbecken.«

Ich schaue ihn ungläubig an und kann nicht mehr anders. Ich muss lachen. Das ist alles so absurd, so verrückt. Wir befinden uns im Kampf gegen die Mafia und Alex, der muskelbepackte Fighter, der, wie ich gestern gesehen habe, zu allem bereit und zu allem fähig ist, verschafft uns einen ungestörten Moment durch einen Schuljungenstreich.

»Was ...?«, beginnt er, doch ich schüttle den Kopf, lege meinen Kopf an seine Schulter und muss immer noch lachen. Ich genieße Alex' Nähe, sauge tief seinen männlichen Duft ein und mein Herz schlägt etwas schneller, als er seinen Griff lockert und dafür die Arme um mich legt. Spätestens jetzt sollte ich ihn wegschicken. Paulo wird nicht einfach wie ein Käfer auf dem Rücken am Boden liegen bleiben und darf uns auf keinen Fall so erwischen. Aber ich kann das jetzt nicht. Ich lehne die Wange an seine Schulter, die von Schweiß feucht ist und weigere mich, trotzig wie ein kleines Kind, auf meinen Verstand zu hören.

Einen Moment lang sagt keiner von uns etwas. Es fühlt sich an wie eine kurze Pause in diesem komplizierten Schachspiel, das wir nicht nur gegen die Cosentinos, sondern irgendwie auch miteinander spielen.

Doch nach ein paar Sekunden sagt Alex mit sanfter Stimme: »Du weißt, dass ich nicht Savio bin. Du musst nichts dazu sagen. Ich will dich nicht überfordern. Es muss hart sein, wenn man sein Gedächtnis verliert.«

Ich kneife die Augen fest zu, beiße mir auf die Zunge. In diesem Moment bin ich so kurz davor, ihm einfach alles zu sagen.

Aber wenn er die Wahrheit erfährt, die ganze Wahrheit, wird er nicht mehr zu kontrollieren sein. Er wird durch meinen Plan toben wie ein Hurrikan.

Also sehe ich nur stumm zu ihm auf und erschauere, als unsere Blicke sich treffen.

»Du weißt, wer ich bin«, sagt er leise.

Ich zögere. Natürlich weiß ich es, jede Faser von mir weiß es. Und selbst wenn ich wirklich mein Gedächtnis verloren hätte, würde ich es vermutlich immer noch spüren, so intensiv ist die Anziehung zwischen uns. »Nein«, erwidere ich trotzdem, ebenso leise wie er.

Aber dieses Wort erhält die unsichtbare Grenze zwischen uns nicht aufrecht. Es verhallt einfach ungehört im Raum, während Alex' Blick meinen und meiner seinen hypnotisiert. Mein Herz klopft so heftig, dass es fast wehtut und ein dummes, irrationales Glücksgefühl strömt warm in meinen Körper, einfach weil Alex hier ist, mich in den Armen hält und mir genau in dem Moment, in dem ich es am meisten brauche, klarmacht, dass ich ihn so leicht nicht verlieren kann.

Immer noch sehe ich ihn an. Eine Hand löst sich von meinem Rücken und streicht über meine Wange, was sich so viel besser anfühlt als alles, was in der letzten Zeit geschehen ist. Seine Finger fahren hinab zu meinem Hals, legen sich unter mein Kinn, heben es ein Stück an. Und schließlich passiert es. Alex beugt sich zu mir herunter, seine Lippen finden meine und er küsst mich.

Sofort öffne ich den Mund, und als unsere Zungen einander sanft zu massieren beginnen, schließe ich die Augen. Meine rechte Hand fährt unter sein Shirt, krallt sich in seinen Rücken, und die linke greift in das feuchte Haar in seinem Nacken. Ich halte ihn fest, wie er mich festhält und sein Kuss ist so leidenschaftlich, dass meine Knie weich werden. Alles, was wir einander in Worten nicht sagen können, liegt darin. Dass wir uns lieben. Dass wir uns nicht entzweien lassen, egal was kommt. Wie zum Beweis kann ich plötzlich unsere Zukunft vor mir sehen, unser Zuhause, die weiten Straßen Puerto Ricos, die Plantage, den Strand. Sonnendurchflutet, durchströmt von Meeresrauschen und einem hellen Lachen, das im Moment noch nicht viel mehr als ein Versprechen ist.

Ein Teil von mir ist enttäuscht, als Alex seine Lippen von meinen löst. Ein anderer ist froh, denn ich hätte es nicht gekonnt.

Er legt mir die Hand ins Gesicht, mustert mich kurz, ehe er mir wieder in die Augen sieht. »Du weißt, dass du zu mir gehörst und nicht zu ihm.«

Ich schlucke, sage aber nichts. Er weiß also, dass ich mit Tommaso geschlafen habe. Sicher. Liebende spüren so etwas. Salvatore hat damals nicht gemerkt, als ich ihn mit Alex betrogen hatte, aber für ihn war ich auch nur eine Trophäe. Für Alex bin ich einfach alles. So wie er für mich. Allein dieses Wissen weckt meinen Kampfgeist von Neuem.

»Wenn er dir wehtut, wenn er dich zu irgendetwas zwingt«, fährt Alex fort, »mache ich ihn fertig.«

»Niemand zwingt mich«, erwidere ich und löse mich endlich aus seinem Griff. »Du musst jetzt gehen.«

Er sieht zur Tür und auch ihm scheint klarzuwerden, dass die Zeit, die er uns verschafft hat, bald abgelaufen sein muss. »Du kannst mir vertrauen«, sagt er noch. »Versuch dich zu erinnern, Alessia.«

Damit wendet er sich ab und geht zur Tür.

Ich blicke seinen breiten Schultern hinterher, bis er draußen ist, lasse mich zurück auf meinen Stuhl sinken und spüre seinem Kuss nach. Wir hätten das nicht tun dürfen, hätten uns nicht derart nahekommen dürfen. Doch obwohl mir klar ist, wie vollkommen falsch das war, war es auch genau richtig. Dieser Vorgeschmack auf die Zukunft wird mir helfen, bis zum Ende durchzuhalten.

Harley

Während ich den Wagen über die nächtliche Landstraße auf das Ortseingangsschild von San Gregorio zusteuere, sehe ich zu Megan herüber. Sie hat einen Block auf dem Schoß und versucht für sich eine Ordnung in das Chaos aus Informationen zu bringen, die ich ihr gegeben habe. Sie wirkt konzentriert und kaut hin und wieder auf ihrem Stift herum, bevor sie ihn sinken lässt und eifrig etwas zu ihren Notizen hinzufügt. Ich bekomme ein ziemlich gutes Bild davon, wie sie früher, bevor sie Autorin wurde, als Reporterin gearbeitet haben muss.

»Und dieser Paulo«, beginnt sie schließlich und sieht zu mir auf. »Bei ihm warst du auch schon?«

Ich nicke. »Genau.«

Die letzten Tage habe ich damit verbracht, Paulo auszuspionieren. Auch wenn ich davon ausgehe, dass ich die Drahtzieher und vielleicht sogar Alessia selber spätestens beim großen Fight zu sehen bekomme, möchte ich dennoch keine Zeit verlieren. Je früher ich sie aufspüre, desto besser.

Eines Abends bin ich Paulo nach dem Training nach Hause gefolgt, einfach, weil ich keinen anderen Anhaltspunkt hatte. Als ich dort keinen Erfolg hatte, bin ich ihm als Nächstes zum Gym hinterhergefahren, in dem Alex kämpft. Außer meinem Neffen haben dort noch einige andere Jungs trainiert, von denen ich jeden Abend einem gefolgt bin. Vorgestern kam das Treffen im *FIERO* dazwischen und gestern haben Megan und ich uns an Alex' Fersen geheftet, um zu sehen, ob es ihm gutgeht und wie er zurechtkommt. Die Tatsache, dass er in einer zugigen Hütte am Strand haust, hat vor allem Meg nicht gefallen. Doch sie hat einsehen müssen, dass er alt genug ist, um selber zu wissen, was er tut.

Heute wollen wir unser Glück noch mal am Gym in Catania versuchen, doch als wir in den Ortskern von San Gregorio fahren, den wir auf dem Weg zum Studio durchqueren müssen, traue ich meinen Augen kaum. In einem der hell erleuchteten Fenster eines kleinen Fischgeschäfts entdecke ich eine Gestalt, die ich auf Anhieb erkenne.

Ich drossele das Tempo, bis ich in Schrittgeschwindigkeit am Schaufenster vorbeirolle Zuerst glaube ich, dass ich mich irre. Dieser Kerl stammt aus einer ganz anderen Zeit meines Lebens und passt so wenig hierher wie ein Schneemann nach Puerto Rico. Doch sobald ich ihn genauer erkennen kann, bin ich mir ganz sicher, dass ich mich nicht täusche.

»Was ist?«, fragt Megan und sieht sich gleich alarmiert um. Dann entdeckt sie ihn auch. »Ist das ...?«

Ich habe bereits die Tür geöffnet und bin schon fast ausgestiegen. »Ich glaube schon. Warte hier.« Ich umrunde den Wagen und gehe langsam auf den Eingang zu, nähere mich dem Mann mit der Glatze und den auffälligen Tattoos und lausche.

»Das waren frische Austern, Signore. Die kann ich nicht einfach zurücknehmen. Ich bedaure.« Der Fischverkäufer wirkt eingeschüchtert in Anbetracht der beeindruckenden Gestalt seines Gegenübers, doch sein Kunde wirkt weder verärgert noch enttäuscht.

»Kein Problem.« Mit einem Schulterzucken lässt er den Plastikbeutel voll Muscheln in einen Mülleimer neben der Tür fallen. »Ich wünsche Ihnen noch einen schönen Abend.« Mit diesen Worten verlässt er den Laden und zückt sein Handy.

Ganz automatisch weiche ich einen Schritt zurück in den Schatten eines angrenzenden Hauseingangs. Ich deute Megan, dass sie den Kopf einziehen soll. Bevor ich ihn anspreche, möchte ich erst hören, mit wem er telefoniert. Und dafür ist es wichtig, dass er uns nicht entdeckt.

»Tommaso? Ja, Adrian hier«, sagt er auf Englisch mit einem Akzent, den ich unter tausenden wiedererkennen würde.

Ich atme scharf ein und höre gespannt zu.

»Signore Ferri lässt eine Entschuldigung ausrichten, für die nicht mehr ganz frischen Austern. Er hat sie direkt zurückgenommen und mir als Entschädigung den doppelten Kaufpreis mitgegeben.«

Während er Tommaso so offenkundig belügt, kramt er einige Scheine aus seinem Geldbeutel und steckt sie in seine Hosentasche. Aus irgendwelchen Gründen deckt er den Fischverkäufer und legt sogar noch ein gutes Wort für ihn ein. Wahrscheinlich, weil er weiß, wie ungesund es für Signore Ferri werden könnte, sich mit der Mafia anzulegen.

»Ja, du hast Recht. Er ist ein Idiot.« Er lacht. »Anscheinend weiß er nicht, wie man Geschäfte macht.«

Wieder eine kurze Pause, während Tommaso am anderen Ende der Leitung zu reden scheint.

»Ich komme jetzt wieder nach Hause.« Damit legt er auf und ich trete aus den Schatten hervor.

»Hey«, sage ich und verstelle ihm den Weg.

Mein Gegenüber fährt zusammen, dann hellt sich sein Gesicht auf. »Harley Jones! Das gibt es doch nicht!« Er will mich umarmen, aber ich weiche einen Schritt zurück.

»Tu nicht so, als wärst du überrascht. Du wirst längst wissen, dass ich im Land bin. Wie ich dich kenne, bist du nicht zum Urlaub machen hier und dein Kontakt zu Tommaso Cosen-«

»Ssht. Nicht so laut.« Er sieht sich schnell um, aber außer uns ist niemand zu sehen.

»Kein Problem. Wir können uns gerne in Ruhe unterhalten.« Ich nicke auffordernd in Richtung des Wagens, mit dem wir gekommen sind und aus dessen Fenster uns Megan bereits unverhohlen ansieht. »Auf geht's. Du wirst mir jetzt alles erzählen, was du weißt.«

KAPITEL 11

Alex

Ich liege wach und mein Herz hämmert wie wild. Als wäre ich immer noch beim Training. Oder mitten in einem Fight. Wir haben uns geküsst. Es fühlte sich richtig an. Genau wie früher. Sie hat es nicht nur geschehen lassen, sondern meinen Kuss erwidert.

Aber trotzdem ist sie jetzt gerade bei ihm, bei Tommaso.

Als ich ihr diesmal meinen richtigen Namen gesagt habe, ist sie zumindest nicht wütend geworden und nicht gleich weggelaufen. Wer weiß, vielleicht fängt sie langsam an sich zu erinnern. Oder sie ist einfach zu verwirrt, um überhaupt zu registrieren, was ich ihr zu sagen versuche.

Ich muss daran denken, wie sie vorhin geweint und gleichzeitig gelacht hat. So habe ich sie noch nie erlebt, kein einziges Mal, seit ich sie kenne. Sie muss total durcheinander sein. Aber eines steht fest: Sie spürt, dass etwas zwischen uns ist, sonst hätte es diesen Kuss nicht gegeben.

Und doch ist sie jetzt bei ihm, nicht bei mir.

Ich drehe mich auf die Seite, die alte Matratze ächzt unter mir und durch die Ritzen im Holz der kleinen Hütte dringt das Meeresrauschen. Obwohl ich schon seit Wochen hier bin, habe ich bisher gar nicht realisiert, dass das Meer überhaupt in der Nähe ist.

Sicher, es war da, eine weite Fläche irgendwo am Rand meines Blickfelds, abwechselnd blau, grau und schwarz. Doch ich war so gefangen in meiner Trauer um die Frau, die ich liebe, dass ich es nicht wahrgenommen habe. Jetzt erinnert es mich an zu Hause, an das Leben, in das ich Alessia zurückholen will. Eine unserer gemeinsamen Nächte fällt mir ein, vielleicht zwei Wochen, bevor der ganze Wahnsinn begann.

Wir fuhren mit dem neuen Wagen runter an den Strand, nur wir zwei, in eine einsame Bucht, in die sich kein Tourist je verirrt. Wir saßen gemeinsam im Sand, Alessia sah sich den Vollmond an und ich mir sie. Ihre ebenmäßige Haut im blassen Mondlicht, ihr Haar, das offen war und im leichten Wind wehte.

Wie in den meisten unserer gemeinsamen Nächte konnten wir die Finger nicht lange voneinander lassen. Wir zogen uns gegenseitig aus, liebten uns im feuchten, warmen Sand. Ich weiß nicht, weshalb ich gerade an diese Nacht denken muss. Irgendetwas war besonders daran, ohne dass ich es beim Namen nennen könnte. Es fühlte sich an, als würde sich etwas zwischen uns verändern, während wir dort waren, als würde unsere Liebe, wenn das überhaupt möglich ist, noch tiefer werden.

Doch dieses Gefühl ist unglücklicherweise nicht alles, was ich gerade ziemlich plastisch vor Augen habe. Ich muss auch an ihren Körper denken, an ihre weichen Brüste unter meinen Lippen, an die feuchte Wärme ihrer Schenkel ...

»Alex, komm schon«, knurre ich und drehe mich wieder auf den Rücken. Auf den Bauch zumindest wäre auch gar nicht möglich, denn ich werde gerade ziemlich deutlich daran erinnert, dass mein Körper auch noch für andere Dinge außer das Kämpfen gut ist. Kaum denke ich zwei Minuten lang an den Sex mit Alessia, habe ich auch schon eine stahlharte Erektion. Und das, während sie bei einem anderen Mann ist.

Ich atme tief durch, sehe an die Decke. Sie hat gesagt, dass er sie zu nichts zwingt. Das ist gut, aber was bedeutet es genau? Ich bin mir sicher, dass sie Sex mit ihm hatte, doch was geschieht dabei in ihr? Versucht sie sich in ihn zu verlieben, irgendetwas an ihm zu finden, weil er ihr einredet, dass es früher so gewesen wäre? Und wie ordnet sie meine Worte ein? Wer weiß, vielleicht hat sie gestern ja genau deswegen mit Tommaso geschlafen. Um sich zu beweisen, dass ich lüge, dass sie tatsächlich keinen Alex kennt.

»Scheiße«, sage ich in die Stille der alten Hütte hinein, vertiefe diesen Gedanken und komme zu dem Schluss, dass ich mir ganz dringend etwas vornehmen sollte. Ich werde dafür sorgen, dass ich morgen länger ungestört mit ihr bin, und ihr endlich die ganze Wahrheit erzählen. Alles von unserem Kennenlernen bis zu unserem Wiedersehen. Ich habe auch schon eine Idee, wie ich es hinkriegen kann, dass wir etwas Zeit haben – eine ziemlich gute sogar. Diese Idee umzusetzen bedeutet allerdings auch, dass an Schlaf jetzt erstmal nicht mehr zu denken ist.

Also stehe ich auf, verlasse die Hütte und trete in die windige Nacht. Ein Blick in den Himmel verrät mir, dass Vollmond ist. Ich hoffe, Alessia ist wach, so wie ich, und sieht ihn auch. Ich hoffe, sie liegt in diesem Moment nicht in den Armen des falschen Mannes.

Alessia

Wie immer eskortieren mich am nächsten Morgen Vito und Adrian ins Gym. Ich habe ein wenig Mühe, ihrem Gespräch zu folgen. Zu gefangen bin ich in meinen Erinnerungen an gestern. Es gibt nichts, was ich gleich lieber tun würde, als Alex noch einmal zu küssen. Stattdessen muss ich wieder die Geschäftsfrau spielen.

Vito und Adrian haben mir berichtet, dass ihr gestriger Ausflug zu den Bonaccorsos nichts ergeben hat – trotz Drohungen haben sie steif und fest behauptet, nichts mit dem Überfall auf unseren neuen Fighter zu tun zu haben. Das ist nicht verwunderlich, schließlich weiß jeder, wie es um die Cosentinos steht und dass sie im Moment kaum eine Bedrohung darstellen. Doch anstatt irgendwelche Verdächtigungen auszusprechen, gebe ich mich lieber naiv.

»Na, dann waren sie es vielleicht nicht.«

Vito lacht. »Du musst noch viel lernen!«

Wir steigen die Stufen hinauf und während auch Adrian einen Spruch darüber macht, dass ich keine Ahnung habe, erkenne ich schon, dass etwas nicht stimmt.

Die Tür zu Paulos Studio steht weit offen. Das Metall ist verbogen. Es sieht aus, als wäre sie aufgehebelt worden.

Was hat das zu bedeuten?

Gleichzeitig stürmen wir drei den Rest der Treppe hinauf und laufen ins Gym.

»Paulo?!«, ruft Vito. »Alles okay??«

»Ich bin hier«, erwidert eine geknickte Stimme.

Vito schiebt sich an mir vorbei und hat bereits seine Waffe in der Hand. Adrian bleibt hinter mir, um mich zu schützen, während ich noch gar nicht realisiere, wovor. Gemeinsam erreichen wir die Trainingshalle und bleiben alle drei wie angewurzelt stehen.

Paulo steht mitten im Raum und wirkt um zehn Jahre gealtert. Alex steht mit den Händen in den Taschen daneben und macht ein zerknirschtes Gesicht. Keiner von beiden sagt ein Wort und ich sehe mich überrascht um. Nicht erschrocken, nicht entsetzt. Nur überrascht.

Die Sandsäcke sind aufgeschlitzt, jeder einzelne davon. Den Boxbirnen ist es nicht besser ergangen und der Schaumstoff aus den Matten ist über den ganzen Boden verteilt. Der Maschendraht des Oktagons wurde zerschnitten, aufgerolltes Toilettenpapier hängt wie die hässlichste Girlande der Welt über den Stützpfeilern und ich ahne schon, dass auch Umkleide und Dusche nicht verschont geblieben sind. Das Erstaunlichste an der ganzen Angelegenheit ist jedoch das gezackte B, das mit schwarzer Farbe an die Rückwand der Trainingshalle gesprayt wurde. Das Symbol der Bonaccorsos – von denen ich weiß, dass sie bisher nicht das Geringste gegen den Wiederaufstieg der Cosentinos unternommen haben.

»Ach du Scheiße«, sagt Vito.

»*Mamma mia*«, entfährt es auch Adrian.

»Wann ist das passiert?«, will ich wissen und sehe Paulo an.

Hilflos zuckt er mit den Schultern. »Das muss letzte Nacht gewesen sein. Als ich vorhin aufschließen wollte, war schon alles zerstört und von den Einbrechern keine Spur.«

»Verdammte Bonaccorsos«, grollt Vito und starrt wütend auf das B an der Wand. »Gestern lügen sie uns dreist ins Gesicht und heute sowas!«

»Ich weiß ja nicht«, sagt Alex und sieht sich mit unheilvollem Gesicht um, »aber ich würde denen das nicht durchgehen lassen. Das muss ein Schaden von mehreren tausend Euro sein.«

»Von vielen tausend Euro«, jammert Paulo und lässt sich auf den Rand des Oktagons sinken. »Allein der Käfig!« Er schüttelt den Kopf. »Das war es dann wohl.«

»Unsinn!« Vito macht eine umfassende Handbewegung. »Die werden dafür bezahlen, und zwar doppelt!«

Während er beginnt, Paulo zu erklären, dass er zur Polizei gehen muss, ohne die Unterstützung der Cosentinos, die ihm das moderne Gym verschafft hat, zu erwähnen und gleichzeitig Adrian auf blutige Rache einschwört, sehe ich verstohlen herüber zu Alex und gehe die Möglichkeiten durch.

Erstens: Meine Jungs von Interpol haben es aus irgendeinem Grund für nötig gehalten, hier nochmal Unruhe zu stiften und diese Aktion gestartet, ohne mich zu informieren.

Sehr unwahrscheinlich.

Zweitens: Alex war das.

Er erwidert meinen Blick und macht dabei das unschuldigste Gesicht, das ich je an ihm gesehen habe. Doch genau das macht ihn verdächtig. Alex sieht niemals unschuldig aus.

»Während du mit der Polizei sprichst«, reißt mich Vitos laute Stimme aus meinen Gedanken, »fahren wir nochmal zu den Bonaccorsos, und diesmal werden sie uns Rede und Antwort stehen!« Er wendet sich mir zu.

»Du kommst mit.« Dann sieht er Alex an. »Und du hast heute leider frei!«

Alex verzieht das Gesicht. »Ich will euch ja jetzt wirklich nicht auf die Nerven gehen, aber ...«

»Aber was?«, herrscht ihn Vito an.

»Aber habe ich heute nicht diesen Arzttermin? Zum Fitnesstest und so?«

Vito stöhnt und macht ein paar Schritte durchs Studio.

»Kann er da nicht allein hin?«, fragt Paulo.

»*No*, natürlich nicht! Das ist unser Spezialarzt, wenn du verstehst.«

Paulo scheint zu verstehen und ich verstehe leider ebenfalls. Es geht um Doping. Alex kneift die Brauen zusammen, doch ich erkenne, dass er nicht wirklich verwirrt ist. Er scheint sich so etwas gedacht zu haben und ich bin mir immer sicherer in der Frage, wer das Chaos hier zu verantworten hat.

Das war ein Schachzug. Er erwartet dafür einen von mir. Und ich sollte endlich spielen, ehe meine Untätigkeit auffällig wird. »Reicht es nicht, wenn einer von euch zu den Bonaccorsos fährt?«, frage ich.

Adrian schüttelt den Kopf. »Die waren schon gestern auf 180. Wir zwei sind derzeit Tommasos einzige fähige Mitarbeiter, er will sicher nicht riskieren, einen von uns zu verlieren.« Er blickt erst Vito an, anschließend wieder mich.

»Dann soll Alessia eben mit mir zum Arzt fahren«, mischt sich Alex ein. »Oder wo ist das Problem?«

Alle drei Männer wenden sich ihm zu und sitzen jetzt in der Klemme. Was sollen sie auch sagen? Dass sie mir nicht über den Weg trauen, weil sie wissen, dass ich ihren Boss und die halbe Familie in den Knast gebracht habe?

»Was denkst du, Alessia?«, fragt Vito.

»Ich denke, das schaffe ich«, erwidere ich mit möglichst arglosem Gesicht.

Vito mustert mich prüfend, sieht sich nochmal die ganze Verwüstung an und sagt mit sichtlich unwohlem Gefühl: »Na schön. Irgendwie müssen wir es ja machen.«

Ganz kurz huscht ein zufriedenes Grinsen über Alex' Gesicht. Lange genug, um meine letzten Zweifel auszuradieren. Das hier war er und kein anderer.

»Okay«, sage ich so gleichgültig wie möglich und schüttle innerlich den Kopf. Dieser Mann ist vollkommen verrückt.

Alex

Der Arzttermin verläuft genau so, wie ich es erwartet hatte. Einen Fitnesstest gibt es nicht, eine richtige Untersuchung auch nicht. Stattdessen öffnet der ziemlich zwielichtig wirkende Hinterhofdoktor, zu dem wir fahren, einen Giftschrank in einer Ecke seines Behandlungszimmers, holt einen kleinen Karton voller Ampullen heraus und stellt ihn vor Alessia auf den Tisch.

»Davon jeden Tag zwei bis zum großen Kampf. Können Sie Spritzen setzen oder soll ich es Ihnen zeigen?«

»Ich weiß, wie es geht«, erwidert sie und zieht einen Umschlag aus ihrer Handtasche.

Keine Ahnung, wie viel Geld darin ist, aber es muss eine Menge sein. Die Cosentinos legen sich für diesen

Fight richtig ins Zeug. Sie müssen sich eine Menge davon erhoffen. Vermutlich genug Einnahmen für ihre Reise nach Mexiko, für ihren Neubeginn.

Ich warte ab, bis das Geschäftliche geregelt ist und tue so, als ginge mich das alles nichts an. Erst als der Arzt das Geld in einer Kassette verstaut hat, in meine Richtung blickt und fragt, ob wir gleich hier und jetzt mit der „Kur" beginnen sollen, zucke ich gleichmütig mit den Schultern und antworte: »Warum nicht.«

Natürlich bin ich nicht scharf darauf, aber ich hatte dieses Teufelszeug schon in den Venen und weiß, dass ich damit klarkomme, wenn es sein muss. Es mir spritzen zu lassen ist besser als aufzufallen.

Doch Alessia schüttelt den Kopf. »Ich muss noch mit ihm zurückfahren, da kann ich es nicht gebrauchen, dass er plötzlich durchdreht und den Taxifahrer angreift oder so.«

Der Arzt lacht leise. »Sie überschätzen das Zeug.«

Aber er diskutiert auch nicht weiter, was Alessia zu erleichtern scheint. Offensichtlich will sie nicht, dass ich das Dopingmittel nehme. Ein weiteres Indiz dafür, dass ich ihr alles andere als egal bin.

»Gehen wir, Savio.« Sie schultert ihre Handtasche, auf die sie, wie mir aufgefallen ist, die ganze Zeit ziemlich gut aufpasst. »Danke, Doktor.«

»Ich helfe gern, das ist mein Job.«

»Danke«, sage auch ich, verlasse mit Alessia den Behandlungsraum und schließlich die Praxis, von der aus wir auf einen Innenhof voller Efeu gelangen. Auch heute scheint wieder die Sonne, doch es ist kühl und ich erkenne eine Gänsehaut auf Alessias Armen.

»Ich hätte meinen Mantel mitnehmen sollen«, sagt sie.

»Ist er rot?«, frage ich ganz automatisch.

Verwirrt sieht sie zu mir herüber, schüttelt leicht den Kopf, antwortet jedoch mit »Ja«.

Ich lache leise, was den Ausdruck in ihren Augen nur noch verwirrter werden lässt. Ich habe sie gesehen. An dem Tag, als ich ihren Tod auf meiner Haut verewigen ließ, habe ich sie vor dem Fenster gesehen. Als hätte mir jemand ein Zeichen geben wollen.

»Gut zu wissen«, sage ich, ziehe meine schwarze Trainingsjacke aus und lege sie ihr über die Schultern.

Ihr Blick fällt auf meine Arme. Ziemlich unverhohlen starrt sie meine Muskeln an. »Danke.«

»Hey, ich würde dich nie frieren lassen, *cariño*.« Wir treten aus dem Hinterhof auf die Straße und Alessia murmelt etwas davon, dass sie jetzt besser das Taxi ruft, doch als sie ihr Handy aus der Tasche ziehen will, halte ich sie zurück. »Noch nicht.«

»Was soll das heißen?« Sie schaut zu mir auf.

»Wir müssen uns unterhalten. Dringend.«

Einen Moment lang blickt sie mir nur in die Augen, dann blinzelt sie, sieht weg und sagt: »Hör zu, Savio, dieser Kuss gestern, das war ...«

»Wir wissen beide, was es war«, unterbreche ich sie, hebe die Hand und drehe ihr Gesicht zu mir. »Und du weißt, dass mein Name nicht Savio ist.«

Alessia macht sich los. »Ich will davon nichts hören.«

»Wieso nicht?«

»Weil auch so schon alles kompliziert genug ist!«

Klar. Es ist genau, wie ich vermutet hatte. Sie versucht sich gerade an den Gedanken zu gewöhnen, dass sie Tommasos Freundin ist.

Ich trete einen Schritt näher an sie heran, senke die Stimme. »Du willst nichts von ihm. Du magst ihn noch nicht einmal. Und du wirst dich niemals wirklich davon überzeugen können, dass es anders ist. Willst du wirklich so leben, Alessia?«

Alessia atmet tief durch und bemüht sich sichtlich, mich nicht anzusehen. »Ich will, dass wir jetzt zurückfahren.« Damit holt sie ihr Handy raus und dreht sich weg. Sie wählt eine Nummer, hält es sich ans Ohr und ich nehme es ihr kurzerhand ab.

»Hey!« Mit einem wütenden Funkeln in den Augen dreht sie sich zu mir herum.

»Keine Sorge, du kriegst es wieder«, sage ich. »Aber vorher gehst du mit mir was essen.«

»Savio.«

»Alex. Und ich glaube nicht, dass deine Aufpasser dagegen was einwenden können. Es ist Mittag.«

Alessia schüttelt den Kopf. »Du lässt nicht locker, oder?«

»Niemals«, gebe ich zu.

Alessia sagt nichts, sieht wieder überall und nirgends hin, nur nicht mich an und scheint krampfhaft zu versuchen, standhaft zu bleiben. Aber ich lasse sie nicht. »Wenn wir jetzt zurück zum Gym fahren, wird sowieso noch keiner da sein. Die Polizei, der Ärger mit dieser anderen Familie, sowas dauert.«

»Ja, das hast du toll eingefädelt«, sagt sie in grimmigem Tonfall.

Sie hat also herausgefunden, dass ich es war? Nein, das kann sie eigentlich gar nicht. Doch offensichtloch ahnt sie es zumindest. Sie kennt mich eben doch noch ein bisschen.

»Ich?«, frage ich trotzdem so unschuldig wie möglich. »Von wegen, das war einfach Glück. Und jetzt komm. Ich kaufe dir einen fetten Burger und wir reden ein bisschen, so schlimm ist das nicht.« Ich drehe mich um und marschiere einfach los.

»Ich werde dir nicht nachlaufen!«, ruft Alessia.

Das sagt sie jetzt, aber ich weiß es besser. Erstens fühlt sie sich genauso von mir angezogen wie ich mich von ihr, das ist spätestens seit gestern klar. Und zweitens ... na ja, zweitens kenne ich meine Freundin, wenn sie Hunger hat.

»Savio! Bleib stehen!«

Ich grinse über den wütenden Klang ihrer Stimme und laufe weiter. Es ist nur eine Frage von Sekunden, bis sie sich in Bewegung setzt.

Höchstens zehn.

Ich laufe auf eine Kreuzung zu, die um diese Zeit stark befahren ist. Rechts geht es runter zum Hafen, und genau da will ich mit ihr hin. Heute ist Markt, ein Riesengedränge, und was habe ich von Harley gelernt? In Menschenmengen fällt man nicht auf. Aber noch scheint sie mir nicht auf den Fersen zu sein.

Neun ...

»Savio!«

Acht.

»Oder von mir aus auch Alex, wenn du darauf bestehst!«

Sieben.

»Du bist ein sturer Idiot!«

Sechs.

Fünf.

Entweder bilde ich es mir ein oder ich höre Schritte. Schnelle Schritte auf hohen Schuhen.

Vier, drei ...

»Warte!« Ihre Stimme, deutlich näher jetzt.

»Wenn du den Burger willst, musst du mich schon einholen!«

Ich höre, wie sie ein entnervtes Geräusch von sich gibt, und dann ist sie auf einmal neben mir.

Wow. Das waren ja noch nicht mal zehn Sekunden. Ich grinse zu ihr herüber.

»Spar dir die Sprüche. Ich mache das nur, weil ich Hunger habe.«

»Aber klar doch.«

»Und weil du Recht hast und im Gym vermutlich echt noch keiner ist.«

Ich zucke mit den Schultern. »Sicher.«

Alessia sieht zu mir auf und kneift die schmalen Brauen zusammen, nur um mir mit voller Wucht vor die Schulter zu boxen. »Grins nicht so blöd!«

Ich muss lachen. Ihr Schlag ist immer noch ordentlich. »Hey, wenn du mich vorher K.o. schlägst gibt's nichts zu essen!«

»Oh doch, Freundchen. Du hast mir diesen Burger versprochen, jetzt wirst du ihn mir auch kaufen. Ein Mann, ein Wort, oder wie sagt man?«

»Ja, so sagt man«, erwidere ich und lege meinen Arm um ihre Schulter, während ich mit ihr die Kreuzung überquere. Für einen kurzen Moment versteift sich ihr

Körper. Dann jedoch erreichen wir den Markt und verschwinden im Gedränge. Und obwohl sie eigentlich mit einem anderen zusammen ist, lehnt sie sich an mich und lässt sich von mir durch die Menschen mitnehmen. Das fühlt sich ein bisschen an wie früher. Und ich bin mir absolut sicher, dass sie das auch spürt.

Alessia

Gott, das hier ist so falsch. Ich wusste, dass es so enden würde. Ich habe es schon gewusst, als ich mit Alex zum Arzt losgefahren bin. Doch gleichzeitig habe ich es geschehen lassen, habe die tiefen Blicke sogar erwidert, die er mir schon auf der Hinfahrt immer wieder zugeworfen hat, und ich habe noch mehr getan als das. Ziemlich unverhohlen seinen Körper bewundert, zum Beispiel. Was soll ich denn auch anderes machen, wenn er mit seinen perfekt trainierten Muskeln vor mir herumspaziert?

Tja, und jetzt laufe ich Arm in Arm mit ihm über den Markt von Catania und versuche verzweifelt mir einzureden, dass das okay ist. Vermutlich ist es das sogar, ich glaube nämlich nicht, dass wir nach der Aufregung heute Morgen von irgendwem beschattet werden. Ein Spiel mit dem Feuer ist es trotzdem, und wenn ich eines nicht sollte, dann mit dem Feuer spielen. Aber es fühlt sich einfach so gut an, bei ihm zu sein.

»Hier sieht alles nach Fisch aus. Wehe, ich bekomme den versprochenen Burger nicht«, sage ich und blicke zu ihm auf.

»Sonst kauf ich dir halt ein paar schöne Meeresfrüchte.«

»Ich hasse Meeresfrüchte!«

Alex zeigt mir sein gewinnendes Grinsen. »Ich weiß. Du hasst Meeresfrüchte, Tomaten und Wassermelonen. Die aber nur, weil du zu viel davon gegessen hast.«

Ich runzle die Stirn und sehe weg. »Ich habe keine Ahnung, wovon du redest.«

Mann, ich habe diese Lügen so satt. Natürlich weiß ich, wovon er redet. Ganz genau sogar. In meinem ersten Frühling in Puerto Rico habe ich jeden Tag eine halbe Melone gegessen, bis ich sie irgendwann nicht mehr sehen konnte.

»Ich werde es dir gleich erklären«, sagt Alex. »Aber erst essen wir.«

Er zieht mich mit zu einem Stand in der ersten Reihe, direkt am Wasser. Ich war ewig nicht hier, lasse meinen Blick über die rot gestrichenen Hafengebäude wandern, über die kleinen Yachten und Fischerboote sowie die riesigen Kreuzfahrtschiffe, die weiter hinten am Terminal ankern. Ein trügerischer Hauch von Freiheit macht sich in mir breit, was ich nur Alex verdanke. Es fühlt sich gut und gleichzeitig schlecht an.

»Da vorne ist es.« Alex deutet auf einen eher unscheinbaren Stand.

Ich trete näher heran, lese mir die Aufschriften auf den Preistafeln durch und merke erst jetzt, was für einen unfassbaren Hunger ich habe. Eigentlich ist das klar, denn bei Tommaso gibt es, wie schon bei seinem Vater, immer nur Feinkost und die wegen der Geldknappheit in spartanischen Mengen. Der Blödmann stopft sich zusätzlich mit rohen Eiern und Quark voll, um seine nutzlose Muskelmasse wieder aufzubauen und ich soll von ein paar Antipasti satt werden.

»Such dir was aus«, sagt Alex.

»Okay.« Ich wende mich dem Verkäufer zu, einem nett aussehenden Mann mit Halbglatze, der der Optik nach sein bester Kunde ist. »Ich hätte gerne den doppelten Cheeseburger. Ohne Tomaten, dafür mit Extra-Käse, Bacon, Röstzwiebeln und Spiegelei. Dazu eine große Pommes. Überbacken, mit Ketchup.«

»Für mich dasselbe«, lacht Alex und sieht mich ziemlich begeistert an.

Klar. Echte Kerle stehen auf Frauen, die auch mal was essen. Trotzdem spüre ich, dass ich leicht erröte. Das ist schon eine echte Bauarbeiterportion, aber ohne Witz, ich sterbe vor Hunger.

»Und zwei Cola«, sagt Alex noch und ich spüre, wie sich wegen der ganzen bescheuerten Situation hier schon wieder Glücksgefühle in mir breitmachen, die ich nicht empfinden sollte. Aber einfach mit Alex hier zu sein, in Ruhe was zu essen und eine kalte Cola zu trinken ist so ziemlich das Beste, das ich mir jetzt gerade vorstellen kann. Und ich erlaube mir, für einen Moment einfach mal nicht an später zu denken.

»Setzen wir uns in die Sonne«, sage ich und nehme seine Hand.

Alex

Ein paar Minuten später sitzen wir gemeinsam auf der Kaimauer und essen. Alessia haut rein, als hätte sie seit Wochen nichts bekommen.

»Das ischt scho gut«, schwärmt sie mit vollem Mund.

»Siehst du? Zum Glück bist du mitgekommen.« Ich klappe meinen Burger auf und halte ihn ihr hin, und wie immer nimmt sie sich die Gurke herunter. Ganz selbstverständlich. Wundert sie sowas nicht selbst? All die kleinen Dinge, die einfach wie immer zwischen uns sind?

Ich beobachte sie noch einen Moment beim Essen und beschließe dabei, dass es Zeit ist. Ich habe es mir für heute vorgenommen. Es bringt nichts, die Sache noch länger hinauszuzögern. Also schön.

»Hey, Alessia.«

Kauend sieht sie mich an. »Ich dachte, wir essen erst und reden dann.«

»Je eher du es weißt, desto besser.«

Sie wendet den Blick ab, was mich wundert. Aber irgendwie auch nicht. Sie hat ja schon gesagt, dass ihr die Wahrheit eigentlich viel zu kompliziert ist.

»Sieh mich an, okay?« Ich drehe mich ein Stück weit zu ihr herum und warte, bis sich ihre dunklen Augen wieder auf mich richten.

»Alex ...«

»Nein, hör zu.« Ich lege meinen Burger zur Seite, um noch einen Moment lang nach den richtigen Worten suchen zu können. Doch eigentlich ist mir klar, dass es für so etwas keine richtigen oder falschen Worte gibt. Also blicke ich sie weder an und sage: »Das, was du für einen Unfall hältst, war keiner. Es war ein Anschlag, befohlen von Tommaso Cosentino. Ich glaubte, du wärst dabei gestorben. Keine Ahnung, was sein eigentlicher Plan war, aber du hast dabei dein Gedächtnis verloren. Und darum weißt du nicht mehr, dass ...« Scheiße. Auf einmal fällt es mir doch schwer. Kurz sehe ich auf das Hafenbecken, dann wieder in ihre Augen. »Du weißt nicht mehr, dass du seit sechzehn Monaten mit mir zusammen bist. Dass wir zusammengekommen sind, als wir beide versucht haben, den Cosentinos heimzuzahlen, was sie unseren Familien angetan haben. Dass wir sie besiegt haben und dass wir eine gemeinsame Zukunft für uns geplant haben. Aber eines weißt du ganz sicher noch, das spüre ich genau. Du weißt, dass wir uns lieben, Alessia.«

Immer noch sehe ich sie an, immer noch erwidert sie meinen Blick, aber sie sagt nichts. Also zögere ich nicht länger und erzähle ihr endlich die ganze Geschichte, von unserem Kennenlernen im *Ivory* in Chicago bis zu unserem Abschied auf der Plantage. Sie bleibt die ganze Zeit stumm, aber manchmal huscht ein Lächeln über ihre Lippen. Zum Beispiel, als ich ihr von dem Cocktail erzähle, den ich ihr gemixt habe. Oder von unserem ersten Mal in meinem schäbigen Motelzimmer.

Ich rechne mit vielem. Damit, dass sie aufsteht und wegläuft, dass sie wütend wird und alles leugnet, dass sie in Tränen ausbricht oder mich einfach auslacht. Aber mit dem, was sie in Wahrheit tut, rechne ich am allerwenigsten. Sie legt den Rest ihres Burgers weg, rutscht näher an mich heran, schlingt die Arme um meinen Hals und umarmt mich fest.

Der Duft ihres Parfums hüllt mich ein und ich erwidere ihre Umarmung. »Du weißt, dass ich die Wahrheit sage«, flüstere ich ihr zu und drücke ihr einen Kuss aufs Haar.

»Wie hast du mich gefunden?«, erwidert sie kaum lauter als ich.

»Ich glaubte, du wärst tot. Ich kam her, um deinen Mörder zu töten.«

Alessia löst sich ein Stück von mir, gerade so weit, dass sie mich alarmiert ansehen kann. »Der Benzingeruch im Garten. Ich habe mir das nicht eingebildet.«

Ich schüttle den Kopf und spüre, wie die altbekannte Finsternis von mir Besitz ergreift, als ich an den Beginn jener Nacht denke. »Ich wollte ihn brennen lassen. Ihn und den beschissenen Mafia-Haufen, der ...«

Die Ohrfeige kommt unerwartet. Schnell und hart trifft sie mein Gesicht und ich brauche einen Moment, um den plötzlich wütenden Ausdruck in Alessias Augen damit in Verbindung zu bringen.

»Und wenn du mich nicht rechtzeitig entdeckt hättest?!«, fährt sie mich an. »Hättest du mich einfach mit abgefackelt oder was??«

Ich nicke langsam. Diesen Gedanken hatte ich oft in der letzten Zeit und allein die Vorstellung, dass das beinahe passiert wäre, bringt mein Herz zum Rasen. Doch ich werde sie nicht belügen.

»Ja«, sage ich. »Vermutlich. Aber dass du noch am Leben bist ...« Ich schüttle den Kopf. »Ich hatte keine Ahnung, Alessia. Nicht mal eine Vermutung. Die haben ... die Polizei zu Hause in Arecibo hat mir gesagt, dass du verbrannt bist. Es gab eine Beerdigung, du hast einen Grabstein, es war ...«

Mist. Ich spüre, wie meine Stimme zu versagen droht. Meine Augen brennen und ich sehe weg. Ich wollte dieses Gespräch nicht, um ihr meine Schwäche zu zeigen, sondern um sie zu überzeugen, dass sie zu mir zurückkommen und mit mir von hier fortgehen muss.

»Du hast keine Ahnung, wie echt sich das alles angefühlt hat. Jetzt mit dir hier zu sitzen ist ein Wunder, *cariño.* Und ich werde uns nicht aufgeben. Ich werde nicht ohne dich von hier weggehen.«

Alessia schweigt, während ich aufs Wasser sehe und versuche, mich zusammenzureißen. Ich muss aufhören, ihren Tod immer noch ein Stück weit für real zu halten. Sie ist hier. Sie lebt. Wie um mir das zu zeigen, nimmt sie nach ein paar Minuten meine Hand.

»Der Grabstein«, fragt sie leise und betroffen, »wie lautet die Inschrift?«

Ich will es ihr sagen, aber meine Kehle ist wie zugeschnürt. Ich schlucke und bringe die fünf Worte nur mühsam heraus: »Die Liebe hört niemals auf.«

»So wie du das sagst ...« Alessia lacht tonlos. »... klingt es wie eine Drohung. Du hättest das wirklich getan, oder? Menschen getötet. Angezündet. Alles aus Liebe zu mir.«

Ich sehe zu ihr herüber und spüre, wie sie unter meinem Blick erschauert. »Aus Liebe zu dir würde ich alles tun.«

Alessia öffnet den Mund, um etwas zu sagen. Auch in ihren Augen stehen Tränen, aber sie wirkt nicht traurig. Irgendwie entsetzt, aber gleichzeitig auch beruhigt. Als würden wir uns im Auge eines Orkans befinden und sie wäre sich trotzdem sicher, dass wir heil herauskommen. Sie sagt nichts, schüttelt nur den Kopf. Dann beugt sie sich zu mir vor, legt mir ihre Hände ins Gesicht und küsst mich.

Es ist ein ganz anderer Kuss als gestern. Viel stürmischer, viel weniger vorsichtig. Ich ziehe sie an mich, halte sie fest und erwidere ihren Kuss, bis wir beide keine Luft mehr bekommen. Alessia löst sich so plötzlich von mir, als würde sie erst jetzt merken, was sie da eigentlich tut. Kurz glaube ich, dass sie aufstehen wird, einfach abhauen oder so etwas. Aber stattdessen lehnt sie sich an mich.

»Erinnerst du dich an irgendwas?«, frage ich atemlos, als sie ihren Kopf an meinen Hals legt.

»Ich kann ... Hör zu. Ich verspreche dir etwas.« Ich spüre ihren Atem auf meiner Haut, während sie leise und aufgeregt weiterspricht. »Diese gemeinsame Zukunft, von der du gesprochen hast. Wir können sie immer noch erreichen, wenn du mir etwas Zeit gibst. Kannst du das? Mir Zeit geben und dich ruhig verhalten? Kannst du mir das versprechen, Alex?«

Verwirrt sehe ich zu ihr herunter. Zeit, was heißt das? Ich spüre Eifersucht in mir aufbranden. Muss sie sich etwa erst klar darüber werden, ob sie mich oder Tommaso will?

»Hey.« Sie sucht meinen Blick. »Du ...« Wieder scheint sie einen Moment nach den richtigen Worten zu suchen. »Du hast mir da eine lange und verrückte Geschichte erzählt. Ich muss nachdenken, das ist alles.«

»Worüber?«, frage ich und klinge aufgebrachter, als ich will.

Sie legt mir wieder die Hände ins Gesicht, fester diesmal, und sieht mir tief in die Augen. »Darüber, wie wir das hier beenden«, sagt sie leise.

Ich nicke langsam und verstehe plötzlich, was sie meint.

Wir können nicht einfach gehen, nach allem, was die Cosentinos getan haben. Wir müssen es ihnen heimzahlen, dafür sorgen, dass sie so etwas nie wieder auch nur versuchen werden. Es erstaunt mich, dass Alessia so weit denkt. Gleichzeitig tut es das aber auch nicht. Ich kenne sie. Ich weiß, wie sie ist.

Der Durst nach Rache war unsere allererste Gemeinsamkeit.

»Okay«, erwidere ich darum.

»Vertrau mir«, sagt sie noch einmal, leiser und eindringlicher als eben.

Und auch wenn ich nicht wirklich weiß, wie ich das tun soll – einer Frau vertrauen, die nur aus Erzählungen weiß, wer sie eigentlich ist –, nicke ich. »Ich vertraue dir.«

»Ich will dieses Leben, das mit uns ...«, sagt sie leise. »Ich will es unbedingt. Egal was noch passiert, das darfst du nicht vergessen.«

Ich spüre, wie echt ihre Worte sind und langsam macht sich Erleichterung in mir breit. Alles Mögliche hätte passieren können. Sie hätte mir nicht glauben, mich für verrückt erklären können. Doch ich hatte Recht mit meiner Vermutung. Sie hat gefühlt, dass etwas zwischen uns ist. Schon die ganzen letzten Tage über. Ich will etwas zu ihr sagen, doch in dem Moment klingelt das Handy in ihrer Tasche.

Kurz schließt sie die Augen und scheint sich zwingen zu müssen, es rauszuholen und ranzugehen.

»Sì?«, fragt sie ziemlich heiser. »Ja, waren wir. Ja, das ist richtig. Wir haben noch eine Kleinigkeit gegessen. ... Natürlich. Wir machen uns sofort auf den Weg.« Sie legt auf, blickt mich an und ich erkenne, wie sich etwas in ihren Augen verändert, wie etwas daraus verschwindet. Fast, als würde sie eine Maske aufsetzen. »Das war Vito. Wir sollen ins Gym kommen. Die Polizei ist weg

und Paulo will ein improvisiertes Training mit dir ab-
solvieren.« Sie blickt sich kurz um, greift erneut in ihre
Tasche und holt etwas heraus. »Hier.«

Ich blicke auf den Gegenstand in ihrer Hand und erkenne, dass es sich dabei um die verpackte Nadel einer
Spritze handelt.

»Was soll ich damit?«

»Damit stichst du gleich in der Umkleide ein Loch in
deine Armbeuge. Und das tust du von nun an zweimal
am Tag.«

Ich runzle die Stirn. »Aber das Dopingmittel ...«

Sie schüttelt den Kopf. »Eher trinke ich dieses Teufelszeug aus, als dass ich es dir in die Venen spritze.«

Ich mustere sie und grinse leicht. »Du hast vermutlich
Angst, dass ich doch noch alles in Brand setze, wenn ich
es erstmal in den Venen habe, he?«

»Das ist nicht so lustig, wie du denkst.« Sie schüttelt
den Kopf. »Du bist vollkommen verrückt.«

Ich lasse die Nadel in meiner Hosentasche verschwinden. »Ich werde keine Scheiße bauen. So oder so nicht.
Verlass dich drauf.«

»Das tue ich«, sagt Alessia und drückt mir noch einen
Kuss auf die Lippen. Dann stehen wir auf, um den Hafen zu verlassen und wieder unsere Rollen zu spielen.

Aber nicht mehr lange.

Was gerade begonnen hat, ist der letzte Akt dieser ver-
rückten Geschichte. Das spüre ich ganz deutlich.

KAPITEL 12

Alessia

Als ich die Villa betrete, höre ich Tommaso irgendwo lautstark telefonieren. Gut so. Wenn er seinen Geschäften nachgeht, wird er sich wenigstens nicht mit mir beschäftigen wollen.

Ich ziehe Jacke und Schuhe aus und eile nach oben ins Bad. Mein Rücken schmerzt, wahrscheinlich, weil ich den ganzen Tag auf hohen Schuhen unterwegs war, und ich fühle mich vollkommen erschöpft. Nicht körperlich, eher psychisch. Nach Alex' Offenbarung laufen meine Gedanken auf Hochtouren und ich weiß weniger denn je, was das Richtige ist.

Wie auch schon in Salvatores Haus lässt sich das Badezimmer nicht abschließen. Die Cosentinos haben gerne jederzeit Zugriff auf ihre Frauen. Während ich mir heißes Wasser einlasse, betrachte ich meinen Körper im Spiegel. Alles an mir scheint eine Spur runder und weicher geworden zu sein, was nicht nur daran liegt, dass ich den Sport im Augenblick wieder einmal vernachlässigen muss.

Ich betrachte meinen Bauch und kann kaum erwarten, es Alex zu erzählen. Insgeheim frage ich mich immer wieder, wie er reagieren wird. Wird er sprachlos sein? Zum vielleicht ersten Mal in seinem Leben?

Aber bevor es so weit ist, müssen unsere Probleme erstmal beseitigt werden. Und zwar dringend.

Wenn ich daran denke, was hätte passieren können, wird mir ganz anders. Ich kann nicht wütend auf ihn sein, nicht wirklich, denn wenn jemand ihn mir nehmen würde, würde ich demjenigen auch die Hölle auf Erden bescheren wollen. Dennoch hat es mich schockiert, zu erfahren, wozu er bereit war. Wenn er mich nicht gesehen hätte in jener Nacht …

Ich schüttle den Kopf. Es bringt nichts, darüber nachzudenken. Ich muss nach vorne blicken.

Die Wanne ist vollgelaufen, ich drehe den Hahn zu. Der Schaum knistert verführerisch und ich steige in das dampfende Wasser. Mit einem Seufzer lasse ich mich hineingleiten und genieße die Wärme auf meiner ausgekühlten Haut. In Puerto Rico ist es nie so kühl. Nein, eigentlich ist es auch hier in Italien nicht wirklich kalt, aber ich bin mittlerweile wärmere Wintertage gewöhnt.

Eine Weile liege ich so da und male mir meine Zukunft im warmen Arecibo aus, als sich die Tür öffnet. Ich riskiere einen Blick und sehe Tommaso eintreten. In einem seiner engen Slips und sonst nichts.

»Du bist schon zurück?«, fragt er und sieht kurz zu mir rüber, während er das Waschbecken ansteuert. »Ich hätte gedacht, du bleibst länger weg.«

Ich runzle die Stirn. Meint er das ironisch? Er weiß doch selbst, dass wir heute kaum arbeiten konnten, und dafür war ich lange weg. Draußen ist es schon dunkel.

»Wieso sollte ich?«

Tommaso antwortet mir nicht gleich. Stattdessen steckt er den Stecker seines Elektrorasierers in die

Steckdose und macht ihn an. Er beginnt über seine ohnehin schon glatte Brust zu rasieren. Durch den Spiegel kann ich sehen, wie er mir immer wieder einen Seitenblick zuwirft.

»Wieso sollte ich?«, wiederhole ich meine Frage. Die ganze Situation wirkt seltsam auf mich und ich glaube, dass es besser ist, mich offensiv statt eingeschüchtert zu geben.

»Hm?« Tommaso hebt beide Brauen und sieht erneut zu mir herüber. Dann stellt er seinen sinnlosen Rasiervorgang endlich ein. »Ich dachte, du verbringst gerne Zeit dort. Im Gym. Vielleicht lieber als hier. Bei mir.«

Mein Herz beginnt in meiner Brust zu rasen. Ahnt er etwas?

Ich richte mich ein Stück auf, bereit, aus der Wanne zu springen, wenn es nötig ist.

»Du weißt, dass ich ungerne irgendwo eingesperrt bin«, sage ich so unverbindlich wie möglich. »Das heißt aber nicht, dass ich nicht gerne mit dir zusammen bin.«

Mein Herz hämmert weiter wie verrückt und ich habe das Gefühl, zu wenig Luft zu bekommen. Trotzdem klingen meine Worte, zumindest in meinen Ohren, vollkommen ruhig.

Tommaso tritt, den Rasierapparat immer noch in der Hand, näher an die Wanne heran. Seine Miene hat sich verfinstert. »Was war da vorhin los?«

Ich kann nicht anders, als den Rasierer anzustarren, der von Tommasos Hand herunter nah über dem Wasser der Badewanne baumelt.

Was hat dieser Psycho vor? Mich bei lebendigem Leib unter Strom zu setzen, wenn ich ihm nicht die passenden Antworten gebe?

»Ich weiß nicht, wovon du redest«, sage ich und diesmal klingt meine Stimme wirklich eine Spur zu gepresst.

In mir schrillen alle Alarmglocken. Er darf uns nicht töten. Er darf einfach nicht. Wir sind so weit gekommen, haben einen Autounfall überlebt ... Soll das alles umsonst gewesen sein?

»Weißt du nicht?« Tommaso lässt den Rasierer in seiner Hand ein wenig hin- und herschwingen.

Ich überlege fieberhaft, ob man jemanden töten kann, wenn man ein Elektrogerät ins Wasser wirft. Früher war das mal so, aber gibt es nicht Sicherungen, die frühzeitig rausspringen? Andererseits ist doch kürzlich erst ein Mädchen beim Baden gestorben, weil sie währenddessen ihr Handy aufgeladen hat. Die Gedanken in meinem Kopf überschlagen sich. Es gibt ein Codewort, das ich sagen muss, wenn Interpol mich rausholen soll. Aber wären sie schnell genug, um mich zu retten? Mich zu reanimieren?

»Dann helfe ich dir mal auf die Sprünge.« Tommaso lässt sich auf dem Wannenrand nieder und sieht mir fest in die Augen. »Ich weiß von deinem kleinen Ausflug mit diesem Fighter. Mit Savio.«

Ich beobachte ihn genau dabei, wie er „Savio“ sagt, aber nichts regt sich in seinem Gesicht. Savio ist für ihn nur irgendein Kämpfer. Gott sei Dank scheint er nicht zu wissen, dass es Alex ist. Das ist ein Anfang.

»Adrian und Vito waren damit beschäftigt, die Wahrheit aus den Bonaccorsos herauszubekommen und Savio –«

»So etwas kommt nicht wieder vor, haben wir uns da verstanden? Ab heute tust du, was ich dir sage und dazu gehört, dass immer einer der beiden in deiner unmittelbaren Nähe sein wird. Keine Unternehmungen mehr mit den Kämpfern. Wir sind die Cosentinos, wir geben uns nicht mit solchem Abschaum ab.«

Ich nicke. »Verstanden.« Wenn er doch nur aufhören würde, mit dem blöden Rasierer zu hantieren.

Tommaso mustert mich noch einen Moment eindringlich, steht schließlich ruckartig auf und zieht den Stecker aus der Steckdose. »Morgen Nachmittag geben wir unsere Verlobung bekannt.«

»Wir ...? Was?« Ich traue meinen Ohren kaum. Er faselt ja schon länger von einer Hochzeit, aber das wollte er erst in Mexiko in Angriff nehmen. Ich kann ihn doch nicht wirklich heiraten! Außerdem darf er unter keinen Umständen anfangen, plötzlich doch die Villa zu verlassen. Er darf Alex nicht begegnen. »Aber du kannst doch gar nicht raus.«

»Lass das mal meine Sorge sein. Über kurz oder lang muss ich sowieso vor die Tür.« Er macht Anstalten das Bad zu verlassen, hält allerdings an der Schwelle nochmal an und mustert mich mit lüsternem Blick. »Sieh zu, dass du aus dem Wasser kommst. Ich warte im Schlafzimmer auf dich.« Damit geht er und lässt mich alleine mit hunderten Szenarien, die durch meinen Kopf geistern.

Dass er direkt so misstrauisch wird, wenn er mich einmal für ein paar Stunden nicht im Blick hat, hätte ich nicht geglaubt. Wahrscheinlich ist es die vermeintliche Bedrohung durch die Bonaccorsos, die ihn aus der Bahn wirft. Doch woran es liegt, ist am Ende auch vollkommen egal. Fest steht nur eines. Ich werde tun, was

er verlangt. Ich werde sogar noch einen Schritt weitergehen, auch wenn es Alex verletzen wird. Ich habe
keine andere Wahl.

***

Als wir am nächsten Morgen ins Gym kommen, haben
Paulo und die anderen das Chaos halbwegs beseitigt.
Die kaputten Matten und die Sandsäcke, die nicht
mehr zu retten waren, stapeln sich auf der Straße vor
dem Studio und warten darauf, abgeholt zu werden.
Ein paar Männer, die ich nicht kenne, sind da und reparieren das Oktagon. Paulo flickt einen Sandsack, der
nicht allzu kaputt ist.

Alex kann ich nirgendwo entdecken.

Ich fluche innerlich, denn eigentlich wollte ich das
Gespräch mit ihm direkt hinter mich bringen, bevor ich
mich noch umentscheide.

Die ganze Nacht lag ich wach und habe darüber nachgedacht, habe mir die Situation vorgestellt, sie immer
wieder durchgespielt. Ich habe mir sogar eine ideale
Version davon geschaffen, eine Version, in der er einfach versteht, dass ich nur tue, was ich tun muss. Dass
ich es nicht im Ansatz so meine.

Doch egal, wie sehr ich mir das wünsche – ich weiß,
dass ich ihm wehtun werde. Er ist angeschlagen, nerv-
lich sowieso schon am Ende. Keine Ahnung, ob er noch
in der Lage ist, einen wirklich klaren Gedanken zu fassen. Ich hasse es, jetzt nicht einfach für ihn da sein zu
können, so wie er vorgestern im Büro für mich da war.

Aber ich habe nicht vergessen, wie Tommaso gestern über mir stand, mit dem Rasierer in der Hand und diesem unberechenbaren Gesichtsausdruck.

»Tja.« Vito sieht sich ratlos im Gym um, dann blickt er mich an. »Vielleicht machst du schon mal seine Injektion fertig, während wir warten. Heute muss alles etwas schneller gehen wegen der Feier nachher.«

Ich nicke stumm, drehe mich um und verlasse die Halle. Wenn ich an diese Feier denke, wird mir schon wieder schlecht und ich würde am liebsten direkt durchlaufen zu den Toiletten. Doch ich kann mich jetzt nicht dauernd übergeben, sonst schickt mich Tommaso noch zu einem Arzt. Und das könnte fatal enden.

Dieser Widerling hat für heute Abend eine Reservierung in einem Restaurant gemacht, wo er unsere plötzliche Verlobung offiziell bekanntgeben will. Ich hasse ihn. Dass er das jetzt tut, zeigt nicht nur, wie sehr er mir misstraut, sondern auch, wie ernst ihm die Sache mit uns ist. Er will mich ganz für sich. Und ich will einfach nur noch, dass dieser Albtraum endet.

Doch stattdessen wird er jetzt noch einmal tiefer werden. Ich muss das alles hier einfach bis zum Kampf durchziehen, denn nur dort bekomme ich die Gelegenheit, die Cosentinos und ihre Verbündeten endlich ein für alle Mal loszuwerden. An diesem Abend werden sie alle aus ihren Löchern kommen. Bis dahin darf ich keinesfalls auffliegen, auch wenn meine Sehnsucht nach Alex noch so groß ist. So etwas wie gestern darf nicht wieder passieren. Also wende ich mich dem Büro zu, lange nach dem Türgriff – und werde eine Sekunde später einfach in den Raum hineingezogen.

Die Tür fällt zu und plötzlich ist er da. Ich atme tief seinen Duft ein, lasse zu, dass seine Arme mich umfangen und kann mich nicht einmal ansatzweise gegen den innigen Kuss wehren, mit dem er mich begrüßt. Ich schließe die Augen und spüre Dinge, die verkehrt sind.

Herzrasen, Euphorie, ein heftiges Ziehen in meinem Unterleib. Ich lege die Hände auf seine Brust, genieße es einen Moment lang, dass sein Puls genauso schnell geht wie meiner.

Dann löse ich meine Lippen fast gewaltsam von seinen.

»Hey«, keuche ich und in diesem einen unschuldigen Worten liegen all meine Gefühle. Verdammt.

»Hey«, erwidert Alex mit diesem halben Grinsen, das ich besonders an ihm mag. Er ist noch außer Atem vom Joggen, sein Haar ist feucht.

Ich beiße mir auf die Unterlippe. »Du kannst mir nicht einfach so auflauern«, sage ich leise.

»Niemand wird irgendwas merken«, erwidert er ebenso leise.

Ich habe jetzt genau zwei Möglichkeiten. Entweder ich bleibe ehrlich und sage, dass ich mir da nicht so sicher bin, dass ich Angst vor dem habe, was passieren wird, wenn wir auffliegen. Oder ich fange an zu lügen.

Los, mach schon, Alessia. Belüg den Mann, den du liebst. Ist doch ein Kinderspiel!

Meine Übelkeit wird stärker, aber ich versuche sie zu ignorieren. Stattdessen sammle ich mich und schiebe Alex von mir. »Darum geht es nicht.«

»Worum dann?«, will er wissen.

Ich schüttle den Kopf. Was hatte ich mir nochmal für den Anfang dieses Gesprächs zurechtgelegt? Ach ja. »Ich habe nachgedacht.«

Alex mustert mich, versucht meinen Blick einzufangen, doch ich sehe auf seine Schulter. »Und?«

»Und ich bin zu einem Schluss gekommen.«

Jetzt fragt er nicht weiter nach, sondern blickt mich nur noch an. Immer noch steht er viel zu dicht vor mir, als dass ich die Sache durchziehen könnte, also schiebe ich mich an ihm vorbei, mache ein paar Schritte durchs Büro und drehe mich zu ihm um.

»Was du mir gestern erzählt hast, das hat sich schön angehört.«

»Das ist es ja auch«, erwidert er verständnislos.

Ich nicke. »Ja, und ich konnte mir das alles so gut vorstellen, während du geredet hast. Puerto Rico, die Menschen, die wir dort um uns hatten, uns als Paar. Es ist ...« Ich schaffe einfach nicht, ihn weiter anzusehen, also senke ich den Blick und betrachte den Teppich. »Es ist vertraut mit dir. Das fühlt sich gut an. Und ich glaube, weil es sich so gut anfühlt, habe ich mir eingeredet, dass ich in der Zeit zurückreisen und wieder die Frau sein kann, die *wirklich* so vertraut mit dir war.«

»Aber du bist diese Frau« sagt Alex und kommt langsam auf mich zu. Die Unbeirrtheit in seiner Stimme tut mir weh. Seine Hoffnung, sein Optimismus. Das ist nicht der richtige Zeitpunkt dafür.

»Nein«, erwidere ich. »Ich meine, ja, ich bin Alessia. Ich stecke immer noch im selben Körper wie damals. Aber ich bin nicht mehr derselbe Mensch.« Ich muss ihn ansehen. Ich muss. Ich kann ihm das nur glaubhaft machen, wenn ich ihm dabei fest in die Augen schaue und dafür sorge, dass keine Liebe in meinem Blick liegt. Ich zwinge mich, an Tommaso zu denken. An seine Drohungen gegen mich. Gegen uns. An seinen widerlichen Körper. Und dabei sehe ich langsam auf und rede mir ein, dass nicht Alex vor mir steht, sondern er. »Ich bin nicht mehr derselbe Mensch«, wiederhole ich.

»Klar bist du das!« Genau vor mir bleibt er stehen. »Du ...« Er taxiert mich kurz und lacht ein bisschen ungläubig. »Du verhältst dich genau wie du, du redest wie immer, du hast dieselben Ansichten und ...«

»Das ist doch Blödsinn!«, fahre ich dazwischen und bemühe mich, nicht laut zu werden, auch wenn ich gerade all meine Wut auf Tommaso in dieses Gespräch lenke. »Wie lange haben wir miteinander geredet, seit du hier bist? Insgesamt vielleicht eine Stunde? Zwei? Du hast überhaupt keine Ahnung, was ich für Ansichten habe!«

»Und wenn schon. Wenn du dich verändert hast, lernen wir uns eben neu kennen.«

Er nimmt mich an den Schultern, aber ich mache mich los. »Ja, wir machen das eben, wir kriegen das schon hin, du stellst dir immer alles so einfach vor!«

»Weil es das ist!«

Er packt mich wieder und lässt mich diesmal nicht entwischen. Trotzig sehe ich ihn an, doch in seinen Augen ist immer noch Hoffnung.

»Es ist alles einfach, solange wir beide am Leben sind, verstehst du? Wir haben eine zweite Chance bekommen und ich werde nicht ...«

»Alex«, zische ich und drücke ihm meine Hand auf den Mund, damit er aufhört. Ich kann das jetzt nicht hören. Ich will es nicht. Sonst werde ich niemals hart bleiben. »Es ist ja schön und gut, dass du das so siehst und dass du dir vorgenommen hast, alles wieder hinzubiegen. Mir gefällt diese Art, okay? Sie gefällt mir so sehr, dass ich mir für einen Moment eingeredet habe, es könnte funktionieren. Aber letzte Nacht habe ich nachgedacht und mir ist etwas klargeworden, das die Dinge ändert. Für immer.«

Ich lasse die Hand sinken und stelle fest, dass sich sein Gesichtsausdruck verändert hat. Es liegt jetzt etwas Lauerndes in seinem Blick.

Endlich, denke ich und fühle mich gleichzeitig schrecklich.

Doch es gibt jetzt kein Zurück mehr.

»Und was?«, fragt er mit tonloser, irgendwie mechanischer Stimme.

Ich schüttle langsam den Kopf. »Ich liebe dich nicht mehr.«

Alex blickt mich immer noch an, rührt sich einen Moment überhaupt nicht. Dann lacht er kurz und hart. »Du lügst.«

»Nein, wieso sollte ich denn? Ich habe es versucht, weil mir der Gedanke, zu dir zu gehören besser gefiel als der, zur Mafia zu gehören. Doch die Dinge sind, wie sie sind. Ich liebe ihn, nicht dich, also muss ich in Kauf nehmen –«

Sein Griff um meine Schultern verstärkt sich. »Sag das nochmal!«

»Ich liebe ihn«, wiederhole ich und jetzt ist es meine Stimme, die tonlos klingt. »Nicht d-«

Er schüttelt den Kopf. »Sag seinen Namen!«

Gott, er ist nicht blöd. Er testet mich. Er weiß, dass es mir auf diese Weise hundert mal schwerer fällt, zu lügen – wenn ich mir nicht vorstellen kann, dass ich mit „ihn" Alex meine, sondern wenn ich es tatsächlich aussprechen muss.

Doch er unterschätzt mich. Er weiß ja noch nicht, in welcher Lage ich mich befinde. Dass ich alles tun muss, alles tun werde, um uns zu schützen.

Also sehe ich ihm fest in die Augen und sage ihm, was er hören will. »Ich liebe Tommaso.« An den Rasierapparat dicht über dem Badewasser zu denken, hat gereicht. Meine Stimme hat noch nicht einmal gezittert.

»Lügnerin«, flüstert er, klingt aber nicht überzeugt. Sein Blick irrt über mein Gesicht, forscht nach einem Anzeichen, dass ich etwas anderes als die Wahrheit gesagt haben könnte. »Du lügst doch.«

Ich sehe die Hoffnung aus seinem Blick schwinden und spüre einen Schmerz in der Brust, der schnell anschwillt und absolut unerträglich ist. Lange halte ich das hier nicht mehr aus. Aber einen Moment lang muss ich noch. Ich muss den letzten Funken Zweifel auch noch aus seinen Augen vertreiben.

»Ich liebe Tommaso«, wiederhole ich, »und ich werde ihn heiraten. Noch heute werden wir unsere Verlobung feiern. Respektier das bitte, Alex. Und jetzt lass mich los.«

Wieder versuche ich mich aus seinem Griff zu befreien, und diesmal funktioniert es sofort, denn er hält mich nicht länger fest. Seine Arme sinken, er tritt einen Schritt zurück und starrt mich einfach nur an – sekundenlang, doch es kommt mir wie Stunden vor.

Ich bleibe standhaft, male mir in meinem Kopf ein Bild von der Zukunft aus. Von meiner kleinen Familie, von der ich niemandem mehr verlieren will. Nie wieder. Doch jetzt ist noch nicht die Zeit für diese Zukunft. Jetzt ist die Zeit, Opfer zu bringen.

Alex steht immer noch vor mir. Ich verschränke die Arme vor der Brust und rechne mit allem. Beschimpfungen, Zweifeln, hundert Fragen, mit denen er mich löchert.

Doch es kommt vollkommen anders, als ich dachte. Auf einmal gleitet sein Blick von mir und er öffnet den Mund, um etwas zu sagen. Stattdessen nickt er nur vage und starrt einen Moment ins Leere, wobei ihm eine feuchte Strähne in die Stirn rutscht. Ich muss mich zwingen, nicht die Hand auszustrecken und sie zurückzustreichen. Aber nur noch für eine Sekunde, denn plötzlich wendet sich Alex ab und geht zur Tür.

Ich flüstere seinen Namen, zumindest glaube ich das, doch es kommt kein Laut über meine Lippen. Reglos beobachte ich, wie er die Tür öffnet und einfach verschwindet, leise, ohne Ärger, ohne Stress, ohne einen Funken seines puertoricanischen Temperaments.

Fast rechne ich damit, dass es losgeht, sobald er hier raus ist. Dass er in die Trainingshalle stürmt und sich mit Vito oder Paulo anlegt oder dass er den Duschraum noch mehr zerlegt, als er es vorletzte Nacht getan hat. Ich bete, dass er nichts davon tut, und das macht er auch nicht.

Es bleibt still, verdächtig still im Gym.

Ich atme aus, lasse mich zurücksinken, setze mich auf den Schreibtisch. Alles in mir fühlt sich leer an, stumpf. Dieses Gespräch hat mich fast mehr erschöpft als die ganzen letzten Wochen. Ich wollte ihm das nicht antun. Ich wollte sein Herz nicht brechen, nicht schon wieder. Aber das habe ich, ich konnte es deutlich in seinen Augen sehen. Und auch wenn es mir Angst macht, dass er so untypisch reagiert hat, kann ich nur hoffen, dass es dabei bleibt. Dass das Unwetter, das ich heraufbeschworen habe, nicht doch noch kommt.

Lange sitze ich einfach nur da, lausche und warte. Als ich nach einer gefühlten halben Stunde immer noch nichts höre, beginne ich zu glauben, dass Paulo ihn Sit-ups oder sonst etwas Leises machen lässt und er sich dabei auspowert. Schweren Herzens, dennoch erleichtert mache auch ich mich an die Arbeit. Ich hole eine der Ampullen aus meiner Tasche, leere sie in eine vertrocknete Topfpflanze, die in einem der Regale steht und werfe sie in den Papierkorb. Gerade habe ich eine gebraucht aussehende Spritze dazu entsorgt, als sich die Tür öffnet und Adrian hereinkommt.

»He, Alessia«, sagt er mit besorgtem Gesicht und fährt sich mit der Hand über die Glatze. »Hast du eine Ahnung, wo Savio steckt? Er ist immer noch nicht vom Joggen zurück.«

Langsam richte ich mich auf, sehe ihn an und schlagartig wird mir klar, weshalb alles so ruhig geblieben ist.

Alex ist abgehauen. Er ist einfach gegangen.

Alex

Mein ganzes Leben lang war ich wütend, weil die Menschen um mich herum mich angelogen haben. Heute ist das erste Mal, dass ich mir wünsche, ich wäre belogen worden.

Ich wünschte, sie hätte mir diese Wahrheit nicht gesagt. Ich wünschte, sie hätte diese Worte für sich behalten.

Seit ich weiß, dass sie am Leben ist, gab es für mich nur eine Option: sie zu mir zurückholen.

Jetzt muss ich an Hectors Worte denken. Er hat etwas geahnt. Hat sich schon gedacht, dass sie sich nicht einfach so wieder in mich verlieben wird. Aber ich wollte ihm nicht glauben. Ich dachte, das zwischen uns wäre stärker als alles andere, stärker als jede Logik.

Doch für Alessia sehen die Dinge anders aus.

Sie ist bei Tommaso aufgewacht, sie denkt seit Wochen, dass er sie gerettet hat. In der ganzen Zeit, als sie sich an nichts erinnern konnte, als sie vermutlich noch nicht einmal ihren Namen wusste, war er da und hat ihr vorgemacht, dass er sich um sie kümmert. Dass sie sich auf ihn verlassen kann.

Irgendwann während dieser Phase muss es passiert sein. Sie hat sich in ihn verliebt. Und wo war ich? Wo war ich, als sie mich anstatt ihn gebraucht hätte?

Auf der Suche nach Rache. Wie schon mein ganzes Leben. Ich bin so ein verfluchter Idiot!

Mit der flachen Hand schlage ich gegen einen Laternenpfahl und spüre erst jetzt wirklich, dass ich draußen bin. Wie ich das Gym verlassen habe, daran kann ich mich nicht wirklich erinnern. Ich war da, habe mit Alessia gesprochen und sie hat mir gesagt, dass –

Verflucht, ich kann es noch nicht einmal in Gedanken aussprechen.

Ich sehe sie mit seinem Ring am Finger, dort, wo eigentlich meiner sein sollte, und es macht mich wahnsinnig. Ich kann sie nicht verloren haben, nicht so.

Nicht schon wieder. Gestern noch wirkte alles zwischen uns so echt. Wie wir uns geküsst haben. Wie sie mich angesehen hat.

Das waren nur Versuche. Versuche von ihr, die zu sein, die sie mal war. Warum habe ich das nicht gemerkt?

Ich laufe weiter, keine Ahnung wohin. Zum ersten Mal seit Monaten, vielleicht zum ersten Mal überhaupt, habe ich kein Ziel, keinen Plan.

Rache? Wie soll das gehen? Ich kann keiner Familie schaden, zu der Alessia aus freien Stücken gehören will. Einfach weitermachen, weiterkämpfen? Nein. Ich weiß, wie das ist, wenn man jemanden nicht mehr liebt.

Aber wenn ich sie dazu bringen könnte, sich doch noch zu erinnern?

Ich schüttle den Kopf, vergrabe die Hände in den Taschen. Sie sagt selbst, dass sie sich verändert hat und ich kann mir kaum vorstellen, dass diese Veränderungen sich einfach rückgängig machen, wenn ihr Gedächtnis irgendwann zurückkehrt. Möglicherweise war das Schicksal einfach gegen uns. Vielleicht muss ich einsehen, dass wir nie wirklich eine Chance hatten.

Doch allein die Vorstellung fühlt sich an, als würde jemand mein Herz ganz langsam in meiner Brust zerdrücken. Und ich habe keine Ahnung, was geschehen wird, wenn derjenige damit fertig ist.

Harley

Es gibt nichts Besseres als richtig gute Informanten.

Megan und ich sitzen im Wagen auf der anderen Straßenseite vor dem *Ristorante Mercato* und warten. Einige Autos, die nach Mafia aussehen, sind bereits vorgefahren, doch die, auf die wir warten, ist bisher nicht ausgestiegen.

Angeblich sollen Alessia und Tommaso Cosentino hier heute ihre Verlobung feiern.

»Glaubst du ihm?«, fragt Megan und spricht damit die Frage aus, die mir seit einiger Zeit im Kopf herumspukt. »Ich meine, dass Alessia noch leben soll, ist schon absolut unglaublich, aber dass sie zu den Cosentinos gehört und einen von denen heiraten soll?« Sie schüttelt ungläubig den Kopf. »So schätze ich sie einfach nicht ein. Das zwischen Alex und ihr hat so echt gewirkt. Ich kann mir einfach nicht vorstellen, dass das alles nur gespielt war.«

»Ich auch nicht«, knurre ich. Doch ich sage nicht, welchen Verdacht ich stattdessen habe.

Aber Megan zieht schon von selber die richtigen Schlüsse. »Glaubst du, sie zwingen sie?«

»Lass uns erstmal abwarten, ob sie wirklich am Leben ist und hier auftaucht. Bevor ich sie nicht mit eigenen Augen gesehen habe, glaube ich erstmal gar nichts.« Ich habe weiter die Tür des Restaurants im Blick, doch seit einiger Zeit ist niemand mehr rein- oder rausgegangen. Jeder Tisch scheint besetzt zu sein, aber nicht nur von Mafialeuten. Es essen auch ganz normale Menschen dort, was mir zeigt, dass es den Cosentinos finanziell wirklich nicht besonders gut gehen kann.

»Stell dir vor, wie es für Alex sein muss, wenn wir sie tatsächlich lebend nach Hause bringen!«

Das muss ich nicht, denn ich habe es mir bereits oft genug vorgestellt. Ich stelle mir vor, wie ihr Anblick die Dunkelheit und den Wahnsinn aus seinem Blick vertreibt. Ich hoffe wirklich, dass es dafür noch nicht zu spät ist.

»Ich glaube, ich würde an seiner Stelle in Ohnmacht fallen.«

Megan ist nervös, das spüre ich daran, wie viel sie redet. Natürlich ist sie es. Auch sie hat Alessia in ihr Herz geschlossen. Die Tatsache, dass sie vielleicht gar nicht tot ist, lässt uns beide unruhig werden.

»Wahrscheinlich würde ich – Hey, da kommt jemand.« Megan beugt sich vor, sodass ihr Kopf fast an meiner Brust ruht, und späht durch mein Seitenfenster. Auch ich habe den dunklen Wagen längst kommen gesehen und bete, dass er vor dem *Mercato* hält.

»Kannst du sie sehen?«

Ich schüttle den Kopf. »Noch sehe ich niemanden. Verdunkelte Scheiben.«

Der Wagen hält vor dem Eingang des Restaurants und ich merke erst jetzt, wie angespannt ich bin. Dann öffnen sich die Türen und Tommaso Cosentino steigt aus.

»Das ist der Cosentino-Sohn«, kläre ich Megan auf und sie verzieht angewidert das Gesicht. Aber ehe sie etwas sagen kann, steigt eine zweite Person aus. Eine Frau in einem roten Kleid.

»Ist sie das?«, wispert Megan.

»Ich bin mir nicht sicher«, muss ich zugeben.

Zwar hat diese Frau dunkles Haar und könnte auch von der Statur her Alessia sein, doch sie bewegt sich anders. Weniger selbstbewusst. Wie Tommaso sie an der Hand herzieht, wirkt sie eher wie eine Puppe, nicht jedoch wie eine durchtrainierte und in Krav Maga ausgebildete Interpol-Agentin.

»Vielleicht haben sie ihr Drogen gegeben«, mutmaßt Megan. Ich merke ihr an, dass sie unbedingt möchte, dass es sich bei der Frau um Alessia handelt. Ihr ist es lieber, dass Alessia Drogen eingeflößt bekommt oder anderswie gefügig gemacht wird, als dass sie tot ist. Das ist verständlich.

Trotzdem bin ich mir nicht sicher, ob es sich nicht einfach um eine andere Italienerin handelt.

Ich beobachte, wie Tommaso, zwei seiner Männer und die Frau mit den dunklen Haaren und dem signalroten Kleid einen Tisch im hinteren Bereits des Restaurants ansteuern, an dem bereits acht weitere Personen sitzen.

»Wir müssen näher ran«, sage ich und schaue mich um.

Megan legt mir eine Hand auf den Arm. »Sei nicht verrückt. Einige von denen kennen ganz sicher dein Gesicht.«

Ich sehe Megan an und schüttle heftig den Kopf. »Oh nein, komm bloß nicht auf blöde Ideen. Du gehst da nicht rein!«

»Ich bin für sie einfach nur irgendein Gast. Sie werden mich gar nicht weiter beachten.«

»Trotzdem, Megan. Alessia muss sich nur tatsächlich auf die falsche Seite geschlagen haben. Sie erkennt dich und alles fliegt auf.«

Ich sehe wieder herüber zum Restaurant. Die Frau in dem roten Kleid hat sich vom Tisch erhoben und entfernt sich.

»Sie geht zur Toilette, das ist meine Chance. Harley.« Megan dreht mein Gesicht zu sich und sieht mich eindringlich an. »Bitte. Vertrau mir. Trau mir einmal was zu. Ich will nur wissen, was mit ihr los ist. Wer weiß, wie viele Chancen wir noch kriegen, ungestört mit ihr zu reden.«

Auch wenn ich nicht will, muss ich ihr Recht geben.

»Aber sobald einer von den Kerlen aufsteht, bin ich bei euch drinnen. Egal, ob es auffällig ist, oder nicht.« Ich werde auf keinen Fall zulassen, dass sie einer der Cosentinos anrührt.

»Abgemacht.«

Ich gebe Megan einen Kuss, dann steigt sie aus und überquert strammen Schrittes die Straße.

Alessia

Ich hatte gehofft, dass sich mein Körper über den Tag wieder beruhigen würde. Als Alex mittags immer noch nicht zurück im Gym war, sind wir abgehauen und haben Paulo beauftragt, ihn zu suchen. Vito war ganz schön sauer, ich hingegen mache mir tierische Sorgen. Trotzdem habe ich mich in der Villa hingelegt und versucht, etwas Ruhe zu bekommen. Doch abends in dem Restaurant geht es mir kein bisschen besser als heute Morgen, im Gegenteil. Mein ganzer Bauch wird immer wieder von Krämpfen geplagt und zum ersten Mal wird mir so richtig bewusst, was es heißt, ein ungeborenes Leben unter dem Herzen zu tragen.

Ich habe fürchterliche Angst, dass ich durch den ganzen Stress eine Fehlgeburt erleiden könnte und bin zu keinem klaren Gedanken fähig. Ich wünschte, ich könnte mit jemandem reden, der sich auskennt.

Mit den Händen stütze ich mich am Waschbeckenrand ab und blicke meinem Spiegelbild ins Gesicht. Meine Haut ist fahl und meine Augen sind glasig. Ich atme tief durch und warte darauf, dass die Krämpfe, die mich nicht aufrecht gehen lassen, abklingen. Wenn es so weitergeht oder schlimmer wird, muss ich die ganze Undercover-Aktion abbrechen. Ich werde auf keinen Fall die Gesundheit meines Kindes riskieren. *Unseres* Kindes.

Meine Leute bei Interpol wissen nicht, dass ich schwanger bin. Wüssten sie es, hätten sie mir diesen Einsatz gar nicht erlaubt. Aber ich hatte nun einmal das perfekte Alibi. Eine Amnesie ist die beste Fahrkarte in die Geschäfte der Cosentinos. Dachte ich. Doch jetzt habe ich zum ersten Mal das Gefühl, dass ich der ganzen Situation nicht gewachsen bin.

Aber was bleibt mir anderes übrig?

Ich möchte kein Kind in eine Welt setzen, in der wir jeden Moment mit einem Attentat der Mafia rechnen müssen. Ich will nicht in ständiger Angst um unser Baby leben müssen. Und genau aus diesem Grund bin ich hier: Um dem Clan das Handwerk zu legen. Um unserem Kind eine sichere Zukunft zu ermöglichen.

Die Tür zum Waschraum geht auf und ich glaube zuerst, dass Tommaso jemanden hinter mir hergeschickt hat. Doch als ich sehe, wer reinkommt, traue ich meinen Augen kaum.

Es ist Megan, zweifellos. Das schulterlange dunkle Haar, die schlanke Gestalt, ihre Haut, die nie so braun wird wie meine, obwohl sie in Puerto Rico lebt.

Sie sieht mich nicht weniger ungläubig an als ich sie.

»Du lebst wirklich«, flüsterte sie und dann fällt sie mir in die Arme.

Ich will sie wegstoßen, schließlich bin ich die Frau ohne Gedächtnis. Aber ich kann nicht. Ich erwidere ihre Umarmung und mit einem Mal übermannt mich die ganze Anspannung der letzten Wochen und es geschieht das, was der plötzliche Lachkrampf neulich gerade noch verhindert hat. Ich breche in Tränen aus.

»Sssh, ist schon gut.« Megan streichelt mir über den Rücken. »Es ist alles gut.«

Ich versuche gegen die Tränen anzukämpfen, doch es gelingt mir einfach nicht. Es kommen immer neue nach und ich fühle mich so schwach wie schon lange nicht mehr.

»Alessia«, flüstert Megan nach einigen Augenblicken und sieht mir ins Gesicht.

Der Ausdruck ist ein ähnlicher wie bei Alex. Eine Mischung aus purer Freude und absoluter Fassungslosigkeit.

Und ich möchte nur eins: nach Hause.

»Halten sie dich gefangen?«, fragt sie.

Ich will ihr einfach alles sagen, will ihr beichten, dass ich der Situation nicht gewachsen bin und dass ich ihre Hilfe brauche, die Hilfe meiner Familie – da erfasst mich ein neuerlicher Krampf und lässt mich aufstöhnen.

Megan sagt meinen Namen und stützt mich. »Was ist los?«

Ich halte meinen Bauch fest, streiche mit beiden Händen darüber und atme so ruhig wie nur möglich.

Megan sieht auf meine Hände und auch in ihre Augen treten Tränen. »Bist du …?«

Ich nicke und spüre, wie mich trotz allem ein Glücksgefühl überflutet. Es ist das erste Mal, dass ich jemandem davon erzähle.

»Hast du Schmerzen?«

»Ich habe immer mal wieder Krämpfe, aber heute sind sie besonders schlimm.«

Megan nickt und ich forsche in ihren Augen nach Beunruhigung oder Sorge. Schließlich hat sie bereits ein Kind bekommen und kennt sich sicher mit den Anzeichen einer Fehlgeburt aus.

Doch sie bleibt ganz ruhig, was dazu führt, dass auch ich mich etwas beruhige. »Hast du Blutungen?«

Ich schüttle den Kopf. Gott sei Dank nicht.

»Fieber, Schüttelfrost?«

Ich verneine wieder und merke langsam, wie ich mich entspanne und auch die Krämpfe nachlassen.

»Dann ist das vollkommen normal. Gerade in der ersten Zeit der Schwangerschaft wird alles gedehnt und das …« Sie lächelt. »Das tut weh. Wenn auch noch Stress dazukommt und das falsche Schuhwerk«, sie deutet mit dem Kinn auf meine High Heels, »ist es besonders unangenehm. Eigentlich solltest du dich hinlegen. Du brauchst Ruhe und Wärme, damit sich dein Körper entspannt.«

Ich bin erleichtert und unendlich froh, dass sie da ist. Natürlich kann sie keinen Arzt ersetzen, doch ihre Worte beruhigen mich zumindest fürs Erste.

»Sollte es aber schlimmer werden oder sollten noch andere Symptome hinzukommen, musst du trotzdem zu einem Arzt gehen.« Megan sieht mich an.

Ich nicke und nehme mir vor, mich gleich morgen durchchecken zu lassen, auch wenn ich intuitiv spüre, dass eigentlich alles in Ordnung ist. Mein Bauch hat schon früher ziemlich empfindlich auf Probleme reagiert.

Mit einem Mal fühle ich mich gleich viel besser.

»Danke, Megan«, sage ich und wische mir die Tränen weg.

Megan lächelt und streichelt mir über den Rücken. »Und jetzt erzähl mir, was los ist«, fordert sie.

Und ich spüre, dass es das Richtige ist, ihr alles zu sagen.

KAPITEL 13

Alex

Ich bin Sportler. Ich trinke normalerweise nicht allzu viel. Doch heute ist mir kein anderer Ausweg mehr eingefallen, als mich einfach nur volllaufen zu lassen.

Stundenlang bin ich durch die Gegend gerannt, verfolgt von Alessias Stimme.

»Sie will dies'n ... diesen widerlichen Lackaff'n heiraten, verstehstu?«, frage ich den Typen, der neben mir an der Bar steht.

Ich kenne ihn. Er ist einer der Fighter, die in Paulos Gym waren, bevor es in meine private Trainingshalle umgewandelt wurde. In dieser Bar hier haben sich die anderen Jungs oft nach dem Training getroffen. Damals habe ich mich drangehängt, um sie auszuspionieren. Jetzt heule ich ihnen die Ohren voll.

»Wusste gar nicht, dass du ein Mädchen hast, Savio«, sagt der Typ neben mir.

»Ja, du weiss' so vieles nich', *cabrón*.«

Der Kerl neben mir lacht und sieht mich zweifelnd an. »Cabrón? Ist das nicht Spanisch? Redest du immer Spanisch, wenn du besoffen bist?«

Scheiße. Jetzt fang ich auch noch an, mich zu verraten. Ich sollte dringend weniger trinken, aber sobald ich auch nur einen Funken klarer im Kopf werde, sehe ich sie vor mir und höre ihre Stimme, wie sie sagt, dass sie diesen Pisser liebt.

Das kann eigentlich gar nicht sein. Tommaso Cosentino ist niemand, in den sich meine Alessia verlieben würde. Trotzdem hat sie es gesagt, laut und deutlich, und das Einzige, was im Moment hilft, ist Tequila.

Also hebe ich die Hand und deute dem Barkeeper, dass er mein Glas nachfüllen soll. Sobald wieder ein guter Schluck darin ist, schnappe ich es mir, leere es auf ex und höre dabei, wie ein paar Stimmen ziemlich erfreut rufen: »He, Paulo, lange nicht gesehen, was machst du denn hier?«

Ich kann die Worte nicht einordnen und sie scheren mich auch nicht. Mich interessiert nur eins. »Was findet sie an dem, he? Kannstu mir das erklär'n oder –«

Weiter komme ich nicht. Auf einmal packt mich eine Hand an der Schulter und dreht mich grob herum. Mir wird schwindelig und es dauert einen Moment, bis meine Augen sich wieder scharfstellen. Ziemlich überrascht sehe ich in Paulos ärgerliches Gesicht.

»He, Trainer«, nuschle ich.

»Sag mal, hast du den Verstand verloren?«, begrüßt er mich nicht gerade freundlich.

Ich taste hinter mir nach meinem Glas, kann es aber nicht finden, und dann packt mich Paulo auch noch am Kragen und schüttelt mich.

»Ich hab dich was gefragt! Du steckst mitten in der Vorbereitung auf einen großen Fight! Du kannst dich doch nicht einfach betrinken, ganz zu schweigen davon, dass du das Training geschwänzt hast!«

Geschwänzt. Oh verflucht, das hab ich mir zuletzt in meiner Schulzeit anhören können. Ich muss lachen, doch sofort denke ich wieder an Alessia und würde lieber heulen.

»Paulo, glaub mir eins ... Dieser große Fight ...« Ich haue ihm vor die Schulter. »Der geht mirso ... dermaß'n am Arsch vorbei ...«

Paulo mustert mich fassungslos. »Du hast einen Vertrag unterschrieben! Du hast dich zu diesem Kampf verpflichtet! Weißt du eigentlich, was die da oben mit dir machen, wenn du dich nicht an eure Vereinbarung hältst?!«

Die da oben. Mann, er tut ja, als wären die Cosentinos Götter oder sowas. »Vielleicht schick'n sie ja einen Blitz vom Himmel und ...«

»Halt den Mund, Savio!« Paulo zieht mich von der Bar weg und greift in seine Hosentasche. »Ich werde jetzt bezahlen und bringe dich nach Hause. Du musst deinen Rausch ausschlafen und morgen das versäumte Training nachholen.«

Jetzt bin ich derjenige, der Paulo zu sich umdreht. »Spinns' du oder was? Du bist nich' mein Vater oder mein beschiss'ner Onkel, ich entscheide selber, wann ich aufhör zu trinken!«

»Du weißt nicht, was gut für dich ist, Savio!«

Ehe ich etwas antworten kann, ruft auf einmal eine Stimme von weiter hinten: »Darum hat er sich auch in die Freundin vom Boss verknallt! Blöder geht's nicht, würd ich sagen!« Der Kerl, dem die Stimme gehört, kommt näher und mustert mich grinsend von oben bis unten. »Wenn du meine Meinung hören willst, Savi: Such dir eine Frau, die einen guten Straßenkämpfer zu schätzen weiß. Nicht so eine Luxushure wie die zukünftige Signora Cosentino.«

Paulo erwidert irgendwas, aber ich höre nicht auf ihn. Ich starre nur den Typen an, der mir dumm ins Gesicht grinst und Alessia gerade als Hure bezeichnet hat. Es ist kein Geringerer als –

»Luca«, zische ich.

Der Penner, mit dem diese ganze Katastrophe begonnen hat.

Alessia

Das Gespräch mit Megan hat mir gut getan. Ich habe wieder neue Energie und bin mir sicher, dass alles gut werden wird. Den Abend im Restaurant habe ich neben Tommaso verbracht, der zuerst großspurig unsere Verlobung bekanntgegeben und sich im Anschluss viel zu viel Alkohol gegönnt hat. Auf dem Weg nach Hause schläft er neben mir im Auto ein und als wir an der Villa ankommen, muss er von Vito und Adrian ins Schlafzimmer geschleppt werden.

Die beiden verabschieden sich und kurz darauf ist es still im Haus.

Ich gehe ins Schlafzimmer zu Tommaso und bin froh, dass er tief und fest schläft. So betrunken, wie er ist, wird er vor morgen Mittag nicht aufwachen. Das ist auch gut so.

Auch wenn ich keine Schmerzen mehr habe, möchte ich am liebsten gleich ins Krankenhaus fahren. Nur zur Sicherheit.

Ich taste nach dem kleinen Fläschchen in meiner Handtasche, das mir Megan für Notfälle mitgegeben hat. Es enthält ein Betäubungsmittel, das schnell wirken soll. Mit einem ähnlichen Mittel hat sie vor vielen Jahren mal ihren Exfreund außer Gefecht gesetzt. Es war so ein Glück, dass ich sie getroffen habe.

Leise, damit Tommaso nicht doch noch aufwacht, tappe ich in die Küche und öffne eine Flasche Sekt. Zwei Gläser gieße ich voll und mische in einem dritten Mineralwasser mit einem Schuss Apfelsaft. In den Sekt träufle ich das Betäubungsmittel und mache mich anschließend auf die Suche nach unseren zwei Bodyguards. Ich bitte sie zur mir in die Küche, um mit mir auf die Verlobung anzustoßen. Sie wirken unsicher, schließlich sind sie im Dienst. Doch einer zukünftigen Cosentino wollen sie wohl keinen Wunsch abschlagen. Ich trinke meine Apfelschorle auf ex und unsere zwei Leibwächter sehen sich offenbar im Zugzwang, denn auch sie leeren ihre Gläser komplett.

»Noch einen Schluck?«, frage ich nach einem Moment und befülle die Gläser neu.

»Das war schon ...«, beginnt einer der beiden und setzt sich. »Ich muss mich ...«

»Hinsetzen«, nuschelt der Zweite und lässt sich ebenfalls auf einen Stuhl sinken.

Ich hätte gar nicht gedacht, dass Megans Teufelszeug derart schnell wirkt. Ich beobachte unsere zwei Wachhunde und bereits nach fünf Minuten schlafen sie beide selig. Zufrieden gieße ich den restlichen Sekt in den Abfluss und noch eine zweite Flasche hinterher. Sollte Tommaso aufwachen, sieht es so aus, als hätten sie einfach nur zu viel Alkohol gehabt.

Noch einmal vergewissere ich mich, dass mein Verlobter tief und fest schläft, dann verlasse ich die Villa.

Alex

Luca. Hätte er nicht versucht, die Cosentinos durch einen Mord zu beeindrucken, wären Alessia und ich jetzt zu Hause. Sie wäre mit mir verlobt, nicht mit einem Mann, den sich bis vor ein paar Wochen abgrundtief gehasst hat. Alles wäre, wie es sein sollte. Patricia würde noch leben.

Patricia. Erst nach und nach merke ich, wie sehr mich ihr Tod fertigmacht. Am Anfang waren all meine Gefühle überlagert von der Trauer um Alessia, einem Schmerz, der mit nichts zu vergleichen war. Doch jetzt gibt es immer mehr Momente, in denen ich sie anrufen, sie um Rat fragen will. Oder einfach hören will, wie es bei ihr läuft. Oder ihr von etwas erzählen. Dann greife ich nach meinem Handy – und realisiere im letzten Moment, dass dieser Anruf ins Leere gehen würde. Dass ich nie wieder mit ihr sprechen werde.

Obwohl ich sturzbetrunken bin, wird mir in diesem Moment erst so richtig klar, was Luca mir alles genommen hat. Viel klarer als bei unserem letzten Aufeinandertreffen, bei dem ich einfach nur außer mir war und rot gesehen habe.

Er hat diese ganze beschissene Lawine ausgelöst. Und jetzt wagt er es, vor mir zu stehen, mich dämlich anzugrinsen und blöde Sprüche zu machen.

Ich komme einen Schritt auf ihn zu. »Was has' du da gerade gesagt?«

»Was ich gesagt habe, war«, beginnt Luca, aber weit lasse ich ihn nicht kommen.

Ich stoße ihn an den Schultern von mir und frage weiter: »Wen has' du eine Hure genannt, he?!«

Sofort stehen ein paar der anderen Jungs auf und scharen sich um uns.

»Mach das Großmaul fertig, Luca!

»Der hat sie doch nicht alle! Zeit, dass er verschwindet!«

Auch Luca wirkt jetzt nicht mehr amüsiert, sondern wütend. »Soll ich das machen, Savi? Dich verschwinden lassen? Du solltest nämlich nicht glauben, dass ich dich nochmal gewinnen lasse!«

Ich packe ihn am Kragen, ziehe ihn dicht zu mir heran. »Wenn mich Paulo nich' zurückgehalten hätte, *pendejo*, wärst du jetz' schon tot!«

Paulo sagt meinen Namen, packt mich an der Schulter, die Anfeuerungsrufe der anderen werden lauter, fordernder, und plötzlich geht alles ganz schnell.

Luca reißt sich los, holt mit der Faust aus, ich schaffe es gerade noch, seinem Schlag auszuweichen. Doch auf einmal ist er nicht mehr vor mir, sondern neben mir und verpasst mir einen seitlichen Kick gegen die Kniescheibe, der mich ins Taumeln bringt. Ich drehe mich zu ihm herum, wanke dabei gegen irgendwen, doch Luca ist schon wieder verschwunden. Verflucht. Weshalb ist der Kerl so schnell heute?! Und wieso dreht sich der ganze verdammte Raum?

Da sehe ich ihn schattenhaft aus dem Augenwinkel, fahre herum, reiße die Faust noch. Doch da, wo ich Luca vermutet hatte, ist nur Paulo.

»Nicht schon wieder!«, ruft er und hebt schützend die Hände.

Wo ist Luca hin, dieser feige Arsch?! Ich sehe mich um und schaue in die Gesichter der anderen, die ihn anfeuern, die immer wieder seinen Namen rufen. Ich werd ihnen zeigen, was ich mit Typen wie Luca mache ... Aber zur Hölle, wo ist er?

Meine Frage wird schneller beantwortet, als mir lieb ist. Auf einmal werde ich herumgerissen und diesmal ist es Luca, der mich am Kragen packt.

»Und jetzt«, sagt er, »lasse ich dich verschwinden.«

Damit holt er aus und verpasst mir eine Kopfnuss, die mir für einen Moment die Lichter ausgehen lässt. Als ich die Bar und die Jungs wieder sehe, taumle ich gerade zurück, nein, vielmehr falle ich.

Verzerrt höre ich meinen Namen, nicht meinen richtigen, sondern den Decknamen. Wieder sehe ich Paulos Gesicht und wie er versucht, mich festzuhalten. Dann bekomme ich auf einmal noch einen Schlag, fester, diesmal vor den Hinterkopf.

Und noch ehe mein Körper auf dem Boden aufschlägt, verstummen die Rufe der anderen und alles wird schwarz.

Alessia

Ich stehe im Nieselregen vor dem Krankenhaus und kann zum zweiten Mal am heutigen Tag meine Tränen nicht zurückhalten. Ich habe es unbehelligt in die Notaufnahme geschafft und da heute Abend nicht viel los ist, bin ich auch gleich untersucht worden.

Nun stehe ich hier, mit einem Ultraschallbild in den Händen, und kann mein Glück kaum fassen.

Zum ersten Mal sehe ich eine Aufnahme des Babys. Die Ärztin hat mir bestätigt, dass alles in bester Ordnung ist und ich mir keine Sorgen machen muss. Ganz wie ich erwartet habe, nachdem kurz nach meiner Ankunft bei Tommaso das erste Mal meine Tage ausblieben, bin ich am Beginn des dritten Monats.

Ich fahre mit dem Finger die Umrisse meines Kindes nach und kann mich gar nicht dazu durchringen, das Bild wegzuwerfen. Doch ich muss. Auch wenn Tommaso und unsere Bodyguards so schnell nicht aufwachen werden, muss ich zurück. Und da Tommaso regelmäßig meine Sachen durchsucht, kann ich das Bild nicht mitnehmen.

Noch einmal sehe ich es mir genauer an, dann will ich es gerade wegwerfen, als mein Handy klingelt. Ich fürchte sofort, dass es Tommaso ist und hole es mit steifen Fingern aus meiner Tasche.

Paulo steht dort.

Im ersten Moment atme ich auf. Ich bin nicht aufgeflogen, es besteht keine Gefahr. Doch sofort wird mir klar, dass mich Paulo nicht grundlos mitten in der Nacht anrufen würde. Irgendetwas muss passiert sein. Ich fluche leise und nehme mit zitternden Fingern den Anruf an.

»Sì?«

»Alessia? Hier ist Paulo! Ich wusste nicht, wen ich sonst anrufen soll ...« Er klingt gehetzt, beinahe panisch.

Augenblicklich beginnt mein Herz zu rasen. »Was ist denn?«

»Savio! Ich habe ihn gefunden, er war in einer Bar und völlig betrunken! Die ganze Sache ist aus dem Ruder gelaufen, es gab eine Prügelei und ...«

»Paulo!«, unterbreche ich ihn atemlos. »Was ist mit ihm?«

Eine kurze Pause, ehe Paulo erwidert: »Ich bin mir nicht sicher. Er hat sich den Kopf an der Theke angeschlagen und jetzt bekomme ich ihn nicht wach. Wenn Tommaso das erfährt, wird er außer sich sein. Kannst du herkommen, Alessia?«

Ich schließe die Augen. Das darf einfach nicht wahr sein. Es kann nicht sein, dass ich gerade das erste Bild von meinem gesunden Baby in den Händen halte, nur um im nächsten Augenblick zu erfahren, dass seinem Vater etwas zugestoßen ist. »Wo ist er?«, frage ich mühsam beherrscht.

»In seiner Hütte am Strand. Ich gebe dir die Adresse.«

Die nächsten Minuten fühlen sich wie Stunden an. Wie ferngesteuert laufe ich zum Taxistand vor dem Haupteingang des Krankenhauses und nehme mir einen Wagen. Ich bezahle den Fahrer im Voraus und herrsche ihn an, dass er Vollgas geben soll. Die ganze Zeit, während er durch die dunklen Straßen Catanias rast, starre ich aus dem Fenster und nehme viel zu viele Details auf, die es mir schwer machen, die Fassung zu wahren. Ich sehe die Weihnachtsbeleuchtung in den Fenstern, hinter manchen erkenne ich sogar schon bunt geschmückte Bäume.

Warum kann unser Leben nicht so sein? Weshalb können wir nicht einfach zwei normale Menschen sein, ein gewöhnliches, glückliches Paar, das sich im Dezember nur für Tannenbäume, die besten Geschenkverstecke und das richtige Weihnachtsessen interessiert? Wieso kann ich in diesem Moment nicht zu Hause in Arecibo sitzen, unsere albern geschmückte Palme bewundern und mir überlegen, was ich Heiligabend anziehen soll?

Wir verlassen das Zentrum der Stadt, die Lichter werden weniger und vom Meer her zieht Nebel auf. Ich blinzle und straffe die Schultern. Weil dein Leben nun einmal nicht so ist, Alessia, sage ich mir. Du hättest diesen Weg wählen können, aber du hast dich für die Rache, das Abenteuer, die Gefahr entschieden. Auf diesem Weg begegnet man gefährlichen Menschen. Wenn man Pech hat, verliebt man sich in einen davon. Wenn man großes Pech hat, gerät dieser Mensch selbst in Gefahr.

Das Taxi hält irgendwo im Nichts, an einem einsamen Strand, sicher einen Kilometer von den letzten Behausungen entfernt. Nur die Bushaltestelle, die mir Paulo aus Anhaltspunkt genannt hat, ist erleuchtet.

»Wir sind da«, sagt der Fahrer unnötigerweise.

Ich murmle ein »Danke«, steige aus und spüre selbst, wie wacklig meine Beine sind.

Das Taxi rast davon. Ich stehe im dichten Nebel und sehe mich um. Zuerst entdecke ich Paulos Wagen, einen alten Lada, der ein paar Meter entfernt im Dünengras steht. Gerade will ich darauf zulaufen, als ich eine Stimme aus der Dunkelheit höre: »Alessia, hierher!«

Paulo. Ich drehe mich herum und laufe herunter in den Sand. Ein paar Meter entfernt rauscht der Ozean, aber sehen kann ich ihn nicht. Die Nacht ist zu dunkel, zu dunstig.

»Komm, es ist gleich hier vorne!« Paulo nimmt mich am Arm und führt mich auf eine Hütte zu, die so windschief ist, dass sie eigentlich längst zusammengebrochen sein müsste. Rote Farbe blättert von den Wänden. Die Tür bebt im Wind.

»Bitte sag es nicht Tommaso. Ich bin sein Trainer, ich hätte ihn besser im Griff haben müssen ...«

»Ich bin seine Betreuerin, Paulo«, erwidere ich ruhiger, als ich mir zugetraut hätte. »Wir sitzen im selben Boot.«

»Ja, aber wenn er gar nicht mehr wach wird, werden sie mich ...« Er packt meinen Arm fester. »Ich habe eine Familie, Alessia!«

Ich werde wütend. Ja, er hat eine Familie, und ich etwa nicht, oder was? Doch ich muss ruhig bleiben, nur noch einen Moment. Ich mache mich los, wende mich der Tür zu. »Fahr nach Hause, Paulo.«

»Bist du sicher, ich meine –«

»Es gibt nichts, was du tun könntest. Jetzt fahr zu deiner Familie.« Damit öffne ich die morsche Brettertür, mache sie hinter mir zu und blende Paulo einfach aus. Er wird sowieso gehen, froh, die Verantwortung abzugeben, und für mich gibt es jetzt Wichtigeres.

Ich atme tief durch und höre selbst daran, wie sehr ich zittere. Kurz sehe ich mich um. Diese Hütte ist nichts als ein Haufen Schrott. Alles ist irgendwie kaputt, die Luft ist feucht und die nackte Glühbirne an der Decke spendet kaum Licht.

Zögernd lasse ich den Blick durch den Raum wandern und entdecke eine bloße Matratze auf dem Boden in der Ecke. Sofort füllen wieder Tränen meine Augen.

Wann wird dieser Idiot endlich lernen, dass es Bettgestelle gibt?

Eine boshafte Stimme in meinem Kopf sagt mir, dass er vielleicht nie wieder etwas lernen, sagen oder tun wird. Ein Teil von mir will vor dieser Befürchtung davonlaufen, doch das geht nicht. Also nähere ich mich der Gestalt, die auf der Matratze liegt und sich nicht rührt.

Alex.

Ich zwinge mich, ihm ins Gesicht zu sehen. Er ist bleich, viel blasser, als ich ihn kenne. Auf einmal sieht er überhaupt nicht mehr puertoricanisch aus. Ich setze mich zu ihm und entdecke eine leichte Schwellung an seiner Stirn. Vorsichtig strecke ich die Hand aus, aber ich traue mich nicht, ihn zu berühren. Mein Blick wandert über seine dunklen Brauen, seine geschlossenen Lider, hinab zu seinen Lippen, die nun nicht mehr dieses selbstsichere angedeutete Grinsen umspielt, das immer so typisch für ihn war. Wenn ich ehrlich bin, ist das nicht erst seit jetzt so. Schon die ganze Zeit, seit wir uns hier in Italien wieder begegnet sind, ist er viel ernster als früher. Die Finsternis in seinem Blick, von der ich glaubte, dass er sie losgeworden ist – sie hat noch einen viel größeren Teil von ihm vereinnahmt als früher.

Ich lasse den Blick an ihm hinunterwandern, zu seinen Händen, den wunden Fingerknöcheln. Tränen rinnen über mein Gesicht, während ich mir sage, dass ich es jetzt wissen muss. Ich halte die Luft an, schließe die Augen, umfasse sein Handgelenk – und würde vor Erleichterung am liebsten laut loslachen. Ich spüre seinen Puls, langsam und kräftig. Seine Haut fühlt sich warm und lebendig an. Er lebt.

Doch sofort machen sich neue Ängste in mir breit. Er hat sich den Kopf angeschlagen. Was, wenn er trotzdem nicht aufwacht? Oder wenn das Schicksal mich für meine Lügen bestraft und er sein Gedächtnis verloren hat? Solche Gedanken hätte ich früher nie gehabt, doch hier und jetzt, in dieser dunklen Hütte, inmitten dieser ganzen wahnsinnigen Geschichte, kommen sie mir auf einmal realistisch vor. Was ist, wenn er wach wird und keine Ahnung mehr hat, wer ich bin? Mich nicht mehr liebt? Mein Gott, was tue ich denn hier? Was sitze ich herum? Ich muss ihm einen Arzt rufen, auch auf die Gefahr hin, dass ich auffliege!

»Baby«, reißt mich eine schwache Stimme aus meinen Plänen. »Du zerquetschst meinen Arm ...«

Mir wird klar, dass ich meine Finger fest in Alex' Handgelenk gegraben habe. Ich lasse los – und kapiere erst jetzt, was seine Worte bedeuten. Er ist aufgewacht!

Schnell blicke ich zu ihm auf und sehe in seine blauen Augen, die ein wenig trüb wirken, mich aber eindeutig erkennen.

»Bist du okay?«, frage ich leise.

»Mein Hirn steckt in 'ner Schraubzwinge, aber ansonsten ...« Er versucht sich aufzusetzen, doch ich drücke ihn mit sanfter Gewalt zurück auf die Matratze.

»Bleib liegen. Du warst den ganzen Weg hierher bewusstlos. Du musst dich ausruhen, Alex.«

Er sieht hinunter auf meine Hand, die noch auf seiner Brust ruht. Auf seinem schwarzen Shirt fällt er besonders auf – der dünne goldene Ring mit dem funkelnden Edelstein, den mir Tommaso angesteckt hat.

»Du solltest jetzt gehen«, sagt Alex und auf einmal ist jegliche Schwäche aus seiner Stimme verschwunden. Sein Blick hat sich verfinstert und ich sehe ihm an, dass er liebend gern direkt rauslaufen und sich in die nächste Schlägerei stürzen würde. Als könnte man diese Art von Schmerz einfach aus sich herausprügeln.

»Alex ...«

»Hau schon ab.« Er setzt sich auf und meine Hand rutscht von seinem Oberkörper. Feindselig sieht er mich an. »Verschwinde, los! Geh zu deinem Verlobten!«

Ich mache keine Anstalten, mich zu rühren, sondern blicke ihn nur an. Ich bin das alles so leid. Die Lügen, die Distanz zwischen uns, dieses ganze verfluchte Versteckspiel.

»Worauf wartest du? Geh zu ihm, wenn du ihn so liebst!« Alex versucht aufzustehen, doch ich halte ihn an der Schulter zurück.

»Vorgestern«, sage ich leise, »da habe ich dich gebeten, mir zu vertrauen.«

»Ja, und gestern hast du mich zum Teufel gejagt! Im einen Moment küssen wir uns und im nächsten verlobst du dich mit dem größten Pisser der Weltgeschichte! Ich weiß nicht mehr –« Er bricht ab, unterbricht sich selbst, nimmt meine Hand von seiner Schulter und steht doch noch auf. Er wankt leicht, schafft es aber, sich ein paar Schritte von mir und dem Bett zu entfernen.

Ich drehe mich zu ihm, blicke seinen breiten Schultern nach.

»Du warst ... tot, dann bist du auf einmal wieder da, aber ich verliere dich trotzdem. Ich weiß nicht ... Ich hab keine Ahnung mehr, was ich denken soll, Alessia! Ich hab auch keine Ahnung mehr, was ich machen soll! Ich hab immer ...« Am einzigen Fenster der kleinen Hütte bleibt er stehen und blickt nach draußen, stützt sich dabei schwer an der Wand neben der Scheibe ab. »Ich hab immer gekämpft. Aber jetzt weiß ich nicht mehr, wer mein Gegner ist.«

Lange hocke ich nur da und blicke ihn an. Irgendwann stehe ich auf, langsam, und auch mir wird für einen Moment schwindelig. Dann sage ich: »Ich aber.«

Diesmal klingt meine Stimme nicht fest. Sie bebt.
Vielleicht ist genau das der Grund, warum sich Alex zu
mir umdreht und mich mit Tränen in den Augen ansieht.

Alex

Scheiße. Jetzt fang nicht an zu heulen, du Weichei. Sie
hat sich für einen anderen entschieden. Das ändert sich
nicht, indem du ihr jetzt auch noch zeigst, wie fertig
dich das macht.

Sie kommt auf mich zu und ich sehe, dass ihre Augen
ebenfalls feucht sind.

Weshalb? Für sie müsste doch jetzt alles toll sein. Sie
ist verlobt, wird bald heiraten, ein neues Leben anfangen. Keine Ahnung, was sie überhaupt noch hier sucht.
Doch anstatt zu gehen, tritt sie dicht vor mich und wiederholt: »Aber ich weiß es, Alex.«

Ich sage nichts, denn mir fällt nichts mehr ein. Halb
erwarte ich, dass sie versuchen wird, mich auf den großen Fight einzuschwören, denn das ist es doch, was uns
jetzt noch verbindet. Der Job. Doch wenn sie das vorhat,
warum sieht sie aus, als würde sie gleich komplett die
Fassung verlieren?

»Ich bin es«, sagt sie leise und senkt den Blick. »Ich bin
dein Gegner.«

Stirnrunzelnd sehe ich auf sie herunter. »Was soll das
heißen?«

Sie atmet tief ein. Obwohl wir uns nicht berühren, spüre ich, wie ihr Körper bebt. »Versprich, dass du mich nicht hassen wirst.«

Ich sehe sie immer noch an und kapiere von Sekunde zu Sekunde weniger. Ich bin wütend, natürlich. Wütend darüber, dass sie mich nicht mehr will. Aber sie hassen? »Ich könnte dich niemals hassen«, sage ich. »Ich liebe dich.«

»Das ist es ja gerade«, murmelt sie.

Ich sollte vermutlich irgendetwas tun oder sagen. Sie irgendwie dazu bringen, weiterzusprechen. Aber in diesem Moment bin ich zu gar nichts mehr imstande. Die Energie, die mich die letzten Wochen über angetrieben hat, ist fort.

Da sind nur noch Fragezeichen in meinem Kopf. Wie konnte es so weit kommen? Wie soll es weitergehen? Wie wird mein Leben sein, ohne sie?

Doch schließlich spricht Alessia weiter und fegt all diese Fragen einfach davon, mit nichts als drei leisen Sätzen. »Ich liebe dich auch, Alex. Das weiß ich genau, denn ich erinnere mich an dich. Ich erinnere mich an alles.«

Was ...?

Mir wird schwindelig. Wie nach Lucas Kopfnuss vorhin taumle ich einen Schritt zurück und der Schmerz in meinem Kopf schwillt für einen Moment zu einer grellen, unendlich lauten Explosion an. Dann verschwindet er und plötzlich ist alles seltsam dumpf. Doch gleichzeitig rast mein Herz.

»Was sagst du da?«, höre ich mich fragen.

Unendlich langsam hebt sie den Blick und sieht mich aus geröteten Augen an. »Ich erinnere mich.«

»Du ... was ... Seit wann?«, stammle ich.

Alessia schüttelt den Kopf. Zum allerersten Mal, seit ich sie kenne, sehe ich nichts als nackte Angst in ihren Augen. Ich will sie in meine Arme nehmen, doch ich rühre mich nicht, starre sie nur weiter an.

»Die ganze Zeit«, höre ich ihre Stimme wie durch Watte. »Ich habe mein Gedächtnis nie verloren. Es tut mir leid.«

Noch ein Schritt zurück, ich wanke gegen die Wand. Fassungslos starre ich sie an und bin im ersten Moment zu keiner Reaktion fähig. Sie hat uns nicht vergessen? Sie hat die ganze Zeit alles gewusst? Ich verstehe nicht, wieso sie das tut. War vielleicht von Anfang an alles nur gespielt, aus irgendeinem Grund, den ich nicht durchschaue?

»Wieso?«, bringe ich schließlich hervor, nur dieses eine Wort, und schon das kostet mich unendlich viel Mühe.

Alessia schluchzt. Sie hält sich die Hand vor den Mund, wendet wieder den Blick ab und flüstert: »Weil ich dich raushalten wollte. Weil ich nicht zulassen wollte, dass du dich einmischst. Weil dir nichts zusto-ßen durfte.«

Mir was zustoßen? Sie ist diejenige, der etwas zuge-stoßen ist. Oder? Ich schüttle den Kopf. Ich verstehe das alles nicht. Ich weiß nicht, was ich antworten, was ich machen soll, ich weiß gar nichts mehr.

Doch dann lässt Alessia die Hand sinken und greift in ihre Tasche, die sie über der Schulter trägt. Sie wühlt kurz darin, zieht etwas hervor und hält es mir entge-gen.

Und auf einmal weiß ich alles. Verstehe alles. Und bin mir sicher, dass ich imstande bin, alles zu ertragen, alles zu glauben, zu hoffen, zu tun. Alles, was nötig ist. Denn von einer Sekunde auf die andere ergibt das alles einen Sinn.

Alessia

Es ist der Ausdruck in seinen Augen, der nicht nur einen Stein, sondern ein ganzes Gebirge von meinem Herzen fallen lässt. Trotzdem kann ich nicht aufhören zu heulen. Diese verdammten Hormone. Schluchzend sehe ich zu, wie er mir das Ultraschallbild aus der Hand nimmt und es sich ansieht, als hätte ich ihm gerade das achte Weltwunder überreicht.

»Ist ... Bist du sicher, dass ...«

Ich nicke heftig. »Ich bin im dritten Monat, Alex. Das ist dein Baby. Unser Baby.«

Er blickt immer noch auf das Foto und ich kann jeden seiner Gedanken, jedes seiner Gefühle in seinen Augen sehen. Ich weiß genau, was er empfindet, bei mir war es ja nicht anders, als ich die ersten Anzeichen verstand. Von jetzt auf gleich ändert sich sein ganzes Leben. Alles, was bisher wichtig erschien, rückt in den Hintergrund. Oder zumindest fast alles, wie mir klar wird, als er endlich wieder mich ansieht und da nichts als Liebe in seinem Blick ist.

»Du bist total irre«, bringt er hervor. »Du wolltest das ganz alleine durchziehen, weil ...«

Ich trete näher an ihn heran. »Weil ich einen Plan habe. Einen Plan, der dafür sorgen wird, dass unser

Kind aufwachsen kann, ohne je Angst vor der Mafia haben zu müssen. Ich wollte diesen Plan ausführen und zurück nach Hause kommen. Das schwöre ich bei Gott.«

Alex schüttelt den Kopf. »Du kannst die Cosentinos nicht alleine besiegen, du kannst –«

»Aber du?«, frage ich und komme noch näher.

Alex widerspricht nicht. Im Grunde genommen ist er derjenige, der allein in den Kampf gezogen ist, das weiß er ganz genau. Aber ich fürchte, dass ich ihm ein wenig auf die Sprünge helfen muss. Noch immer sieht er aus, als würde er total unter Schock stehen. Jetzt auf eine andere, bessere Art als vorhin. Aber wenn ich reinen Tisch mache, dann richtig.

Also erzähle ich ihm alles. Wie ich mein Leben gerettet habe, indem ich so tat, als wäre ich nicht mehr Alessia, sondern die Frau ohne Gedächtnis. Wie ich Interpol kontaktierte und Teil einer Mission wurde. Wie ich begann, Beweise zu sammeln. Und wie ich Tommaso Stück für Stück in die richtige Richtung lenkte. Das Einzige, was schiefgelaufen ist, ist, dass Luca irgendwann im Verlauf der ganzen Sache durch ihn, durch Alex ersetzt worden ist. Aber was das angeht, gibt es jetzt kein Zurück mehr. Das würde er nicht zulassen.

»Du bist verrückt«, wiederholt er, als ich fertig bin, und nimmt sanft mein Gesicht in seine Hände.

»Ich tue nur, was getan werden muss«, flüstere ich, greife nach seinen Fingern und lege sie auf meinen Bauch.

Alex blickt an mir herunter und keucht leise, als er die sanfte Wölbung spürt, die sich dort zu bilden beginnt.

»Dass es den Unfall überlebt hat«, murmelt er.

»Es ist unser Kind«, erwidere ich. »Was erwartest du denn?«

Alex sieht mich an. Lange. Dann packt er mich, zieht mich in seine Arme und küsst mich, und es ist das erste Mal seit einer Ewigkeit, dass wir uns küssen, ohne dass Lügen und Geheimnisse zwischen uns stehen.

Ich schlinge die Arme um seinen Körper, schließe die Augen und gebe das letzte bisschen Kontrolle ab. Diese Nacht hat alles geändert. Von jetzt an spielen wir auf volles Risiko, aber das macht nichts, denn es ist jetzt nicht mehr sein oder mein einsamer Krieg, sondern unser gemeinsamer Kampf. Endlich haben wir beide dasselbe Bild vor Augen, wenn wir an die Zukunft denken und ich weiß, dass wir alles tun werden, um es wahr werden zu lassen.

Es fühlt sich richtig an und ich bereue, dass ich diesen Schritt nicht schon viel eher gegangen bin.

Zum ersten Mal seit Wochen lasse ich mich fallen, verlasse mich ganz auf jemand anderen, weil ich weiß, dass ich es kann. In der Nacht meiner Verlobung mit einem anderen bin ich bei Alex, spüre seine Hände auf meinem Körper und ein unbändiges Verlangen, das wie Feuer in mir brennt.

Ich lasse zu, dass Alex mich hochhebt und zu der Matratze trägt – oder zumindest glaube ich, dass er das tun wird, doch in Wahrheit setzt er mich auf dem Tisch ab, einem der wenigen Möbelstücke in der kleinen Hütte. Schon will er mich wieder küssen, doch ich greife nach seinem Shirt, ziehe es ihm über den Kopf. Ich will ihn voll und ganz spüren, jeden Zentimeter seiner Haut, und während sich unsere Lippen erneut finden, fahren meine Finger über seinen Rücken, seine Schultern, über jedes einzelne Tattoo, jeden Muskel. Ich kenne diesen Körper so gut und doch zittere ich vor Aufregung, als ich ihn nach Wochen neu erkunde.

Alex scheint es nicht anders zu gehen. Er öffnet den Reißverschluss meines Kleides, streift es herunter, wobei wir uns immer noch küssen und öffnet geschickt meinen BH. Während der Stoff noch an meinem Körper hängt, gleiten seine Hände über meine Haut, erwärmen jede Stelle, die sie berühren und schließen sich endlich um meine empfindlichen Brüste.

Ich höre auf ihn zu küssen, lege den Kopf in den Nacken. »Gott, Alex«, flüstere ich, »du hast mir so gefehlt ...«

»Ihr mir auch«, erwidert er mit rauer Stimme und ich kapiere nach einem Moment, dass er mich und meine Brüste damit meint.

Ich muss lachen, aber im nächsten Moment geht es in ein Stöhnen über, als er meine Nippel zwischen seinen Fingern reibt. Mein Unterleib pocht, mein ganzer Körper verlangt nach ihm. Meine Hände machen sich selbstständig und ziehen ihm mit einem Ruck die Trainingshose herunter. Ich taste nach seiner Männlichkeit, spüre die Beule in seinem Slip durch den Stoff und schließe beinahe genießerisch meine Hand darum. Jetzt ist Alex derjenige, der stöhnt und ich kann es nicht erwarten, ihn endlich wieder in mir zu spüren. Ich ziehe ihm die Shorts herunter, umfasse sein Glied jetzt ganz.

Angeheizt von dem sanften Druck, den ich auf seine anschwellende Härte ausübe, schiebt er mir das Kleid hoch. Ich schlinge die Beine um ihn und hebe das Becken, um ihm zu helfen. Seine Hände tasten nach meinem Slip und ich erwarte, dass er ihn mir einfach vom Körper reißen wird. Doch plötzlich zögert er.

Schwer atmend sieht er mich an und fragt: »Ist das okay? Ich meine … Ich will ihm nicht wehtun oder …«

Ich schüttle den Kopf und habe wie er Mühe, ein paar klare Worte herauszubringen: »Mach dir keine Sorgen … es ist okay …«

Alex' Brauen ziehen sich zusammen und ich kann sehen, dass ihm durch diese Antwort noch ein anderer Gedanke kommt. »Du hast … Hast du mit Tommaso geschlafen?«

Ich schlucke und weiß, dass ich ihm die Wahrheit sagen muss. Keine Lügen mehr von dieser Nacht an. »Ja«, erwidere ich heiser.

Alex reagiert anders als gedacht. Er ist nicht sauer auf mich. Offenbar ist ihm klar, dass ich das niemals aus Vergnügen tun würde. »Hat er dich … ich meine …«

Ich spüre, wie sich sein Körper verspannt und schüttle schnell den Kopf. »Nein. Ich habe es freiwillig getan, als Teil meiner Tarnung. Er hat mich nicht gezwungen. Mir ist nichts passiert, Alex.«

Er nickt, scheint kurz nachzudenken, sich vielleicht etwas klarzumachen, dann nickt er nochmal. Ich weiß, was in ihm vorgeht. Nie würde er dulden, dass ich mit einem anderen Mann schlafe – außer, wenn ich es tue, um mein Leben zu retten. Meines und das ungeborene unter meinem Herzen.

»Komm her«, knurrt er, packt meine Schenkel und zieht mich an sich. Mein Körper kribbelt vor freudiger Erwartung auf das, was jetzt kommen wird. Denn er wird nicht einfach nur mit mir schlafen. Er wird mir zeigen, dass ich ihm gehöre und genau das brauche ich heute Nacht mit jeder Faser.

Wir küssen uns, mir wird schwindelig und ich zucke zusammen, als ich das Ratschen höre, mit dem er meinen Slip nun doch noch zerreißt. Ich stöhne in seinen Mund, als seine Hand zwischen meine Schamlippen gleitet, als er spürt, wie feucht ich bereits bin und zwei seiner Finger in mich schiebt.

Ich höre auf ihn zu küssen, sinke schwer gegen ihn und grabe die Nägel in seinen Rücken, während er mich sanft zu penetrieren beginnt und gleichzeitig seinen Daumen über meine empfindlichste Stelle kreisen lässt.

»Alex«, keuche ich und höre selbst, wie fassungslos ich klinge. Fassungslos, dass sich etwas so gut anfühlen kann. Dass man jemanden so sehr wollen kann wie ich ihn. »Tu es ...«, flüstere ich, doch er macht noch keine Anstalten dazu. Seine Finger bewegen sich weiter in mir, sein Daumen übt Druck auf meine Perle aus, bringt sie zum Anschwellen.

Ich spüre, wie mein ganzer Unterleib zu pulsieren beginnt und will ihn immer mehr. Ich beschließe nachzuhelfen und löse eine Hand von seinem Rücken, schiebe sie zwischen uns und umfasse wieder seine Männlichkeit, lasse meine Finger daran rauf und runter gleiten. Er ist stahlhart. Ich weiß genau, dass er es kaum erwarten kann, höre es an seinem ungeduldigen Keuchen. Doch so leicht macht er es uns nicht. Er wird sich nicht damit zufriedengeben, mich nur einmal zu erobern.

Seine Finger schieben sich ein wenig tiefer in mich, finden den kleinen rauen Punkt, den bisher noch kein anderer Mann bei mir gefunden hat. Alex weiß, dass er mich in den Wahnsinn treiben kann, indem er diese Stelle stimuliert, und genau das tut er. Er fingert mich unbeirrt weiter, auch dann noch, als ich heftig an seine Schulter stöhne, als sich mein Unterleib zusammenzieht und ich so heftig komme, dass der ganze Tisch unter mir bebt.

»Oh Gott«, flüstere ich, sobald die grellen Farbexplosionen vor meinen geschlossenen Lidern nachlassen. »*Mio Dio* ...«

Ich höre Alex leise lachen und lasse mich kraftlos zurück auf die Tischplatte sinken. Glückshormone fluten meinen Körper. Ich bin hier mit dem einen Mann, zu dem ich gehöre und in diesem Augenblick ist die Realität so weit entfernt, dass ich glaube, es wird für immer so sein. Auf einmal bin ich mit ihm in Puerto Rico, das Meer, das draußen rauscht ist der Karibische Ozean und alles ist friedlich, alles ist perfekt.

Langsam öffne ich die Augen und blicke zu ihm auf. Ich liebe es, wie ihm das dunkle Haar in die Stirn fällt. Und wie seine Augen glühen, wann immer er mich ansieht. Ich lächle zu ihm hinauf, spüre seine Hände an meinen Schenkeln und lasse zu, dass er meine Beine noch ein Stück weiter spreizt. Genüsslich lasse ich den Blick an ihm hinuntergleiten, an seinem perfekt trainierten Körper, bis hin zu seiner Erektion, die in wenigen Momenten ganz mir gehören wird.

Ich beiße mir auf die Lippe, lege meine Hände an seine Lenden und sehe zu, wie er sich zwischen meine Beine schiebt. Ich spüre, wie seine Härte an meine überempfindliche Mitte stößt und wir stöhnen beide, als er sich endlich in mich schiebt. Ich setze mich auf, schlinge die Beine fest um ihn, lasse mich von ihm dicht an seinen schweißfeuchten Körper ziehen und lege den Kopf an seinen Hals. Ich lausche seinem Herzen, während er sich in mir zu bewegen beginnt, schließe die Augen wieder, halte mich fest und genieße das Gefühl, dass wir eins sind.

Alex' Stöße intensivieren sich schnell, auch wenn ich spüre, dass er versucht sich Zeit zu lassen. Doch das muss er gar nicht. Wir werden bald so viel Zeit füreinander haben, dass wir das hier unendlich oft wiederholen können. Für den Rest unseres Lebens.

Ich lasse meine Hände an ihm hinunterwandern, lege sie auf seinen Po, spüre seinen Bewegungen nach, während er immer wieder in mich eindringt. Noch immer durchfluten mich Glückshormone, die von Stoß zu Stoß stärker werden, und als ich spüre, dass er bald so weit ist, baut sich auch in mir ein zweiter Orgasmus auf. Ich ziehe Alex enger an mich, halte ihn ganz fest, kneife die Augen zu und fühle, wie er ein letztes Mal in mich stößt, wie er in mir zu pulsieren beginnt und sich mit einem Keuchen in mich ergießt.

Mein zweiter Höhepunkt ist sanfter als der erste, aber zugleich noch viel besser. Er lässt meinen gesamten Körper vibrieren und raubt mir dabei das letzte bisschen Energie. Aber auf eine gute Art.

Ich sinke in Alex' Arme, lasse die Augen zu und lausche minutenlang einfach nur seinen tiefen, heftigen Atemzügen.

Irgendwann, als mein Verstand langsam wieder einsetzt und ich realisiere, dass wir nicht für immer eng umschlungen in dieser Hütte bleiben können, flüstere ich: »Vertraust du mir jetzt?«

»*Sí*«, erwidert er. Nur dieses eine Wort. Doch ohne jeden Zweifel.

»Dann hör mir jetzt gut zu.« Widerwillig löse ich mich so weit von ihm, dass ich ihn ansehen kann.

Er erwidert meinen Blick und nickt. Ich sehe ihm an, dass er zu allem bereit ist. Und in diesem Moment weiß ich, dass wir siegen werden.

KAPITEL 14

Zwei Tage später
Alex

Paulo steht vor mir, hält meine Schultern fest und ist um einiges nervöser als ich. »Hör zu, Savio. Ich weiß, wir hatten nicht viel Zeit. Und das Training ist nicht optimal gelaufen. Der Angriff auf dich, das zerstörte Gym. Rückblickend verstehe ich sehr gut, dass du die Nerven verloren hast. Aber heute darf das alles keine Rolle spielen, hast du mich verstanden? Wenn du diesen Fight überstehst, kannst du ...«

Er verstummt und ein Schatten huscht über seine Augen. Ich weiß genau, weshalb. Paulo ist im Grunde kein schlechter Mensch, das habe ich in der letzten Zeit begriffen. Er ist ein alter Feigling, aber auch ein Mann mit Familie, der sich auf die falschen Geschäftspartner eingelassen hat, damit seine Kinder nicht in Armut leben müssen. Ihm ist alles über den Kopf gewachsen und sein Gewissen macht ihn fertig. Ich schätze, für ihn ist das Strafe genug.

»Mach dir keine Sorgen«, sage ich. »Egal, wen sie mir da gleich vorsetzen. Ich werde ihn fertigmachen.«

»Ja.« Paulo nickt hastig. »Ja, sicher.« Er haut mir vor die Schulter, dann lässt er mich los. »Ich hole dich in fünf Minuten hier ab.«

Damit verlässt er die Kabine und ich atme tief durch.

Der große Fight findet in einem stillgelegten Schwefelbergwerk im sizilianischen Hinterland statt. Eine Ansammlung brüchiger Steinbauten dient neben der Einsamkeit als Schutz vor neugierigen Blicken. In der Mitte des Geländes befindet sich die frühere Schwefelgrube, ein Krater voller Felsen und Trümmer. Dort haben sie das Oktagon aufgestellt, ich habe es schon gesehen. Dort wird heute Abend alles enden.

Alessias Plan ist so einfach wie genial. Nachdem sie zum Schein Tommasos Freundin wurde, hat sie schnell herausgefunden, was er plant: Durch einen groß angelegten Fight ohne Regeln, dafür aber mit einer Menge Dopingmittel, wollte er genug Geld reinholen, um sich mit ihr nach Mexiko absetzen und dort das Geschäft neu aufziehen zu können. Seinen Vater und den Rest des Clans aus dem Knast zu kaufen, war nie Teil seines Vorhabens. Tommaso sieht sich selbst als den neuen Boss. Heute will er sein Können als Mafioso das erste Mal unter Beweis stellen. Eingeladen sind selbstverständlich nur Eingeweihte, Freunde der Familie, Mafiaangehörige. Sie dürfen zusehen und auf uns Fighter wetten. Die Wetten sind natürlich manipuliert, doch da mir niemand gesagt hat, dass ich verlieren soll, gehe ich davon aus, dass es der andere sein wird.

Im Grunde genommen ist das für Alessia und mich auch vollkommen egal, denn uns interessieren einzig und allein die Zuschauer. Die Freunde und Verbündeten der Cosentinos, alle vereint an einem Ort, alle auf frischer Tat ertappt, während sie auf einen illegalen Fight wetten. Das wird für eine Razzia reichen. Einige dieser Menschen werden von Interpol schon lange gesucht und wagen sich nur aus ihren Verstecken, wenn etwas ganz Besonderes ansteht. Also hat Alessia Tommaso dazu gedrängt, diesen Abend zu etwas ganz Besonderem zu machen.

Ich weiß, was auf den Einladungen stand, die die Gäste erhalten haben: *Ein Kampf wie im alten Rom – um alles oder nichts. Auf Leben und Tod.*

Das ist der besondere Aufhänger heute Abend. Der Grund, aus dem Alessia es gar nicht übel fand, dass ausgerechnet Luca im Käfig stehen sollte. Natürlich wird nicht gekämpft werden, bis einer von uns beiden stirbt. Alessias Leute werden rechtzeitig eingreifen. Dennoch ist sie jetzt, wo sie weiß, dass ich antreten werde, ziemlich nervös. Kein Wunder, dass sie versucht hat, mich loszuwerden. Doch irgendwann musste sie einsehen, dass wir zusammen einfach stärker sind.

Trotz meiner Anspannung muss ich lächeln, als ich an diese Nacht denke. Sie in den Armen zu halten, war unfassbar. Und dieses Bild zu sehen …

Nein. Das ist nicht der richtige Zeitpunkt, um daran zu denken. Das Wissen, dass wir ein Baby haben werden, bringt mich völlig aus dem Konzept, und das darf es jetzt nicht. Ich muss mich konzentrieren.

Also mache ich ein paar Schritte durch den früheren Pausenraum, der heute meine Kabine ist. Durch die gesprungenen Fensterscheiben höre ich, dass sich draußen schon das Publikum versammelt. Ich sehe auf meine Uhr, die mit dem Rest meiner Sachen auf einem staubigen alten Tisch liegt. Zehn Minuten noch.

Ich atme nochmal tief durch und frage mich, was mein Gegner für ein Kerl sein wird. Ich weiß nur, dass er ebenfalls von den Cosentinos auf heute vorbereitet worden ist, aber wo und von wem – keine Ahnung. Es heißt, dass Tommaso einfach auf Nummer sicher gehen wollte, dass er am Ende den besten Fighter mit nach Mexiko nimmt. Darum hat er zwei von uns trainieren lassen, von denen der Bessere den Abend überleben und in eine großartige Karriere starten darf.

Tja, schade für den armen Irren, dass es so weit nicht kommen wird. Ich kann mir richtig vorstellen, wie er in seiner Villa sitzt und in Gedanken schon das große Geld zählt. Bald zählt er nur noch Gitterstäbe. Verflucht schade, dass er zu feige ist, sich rauszuwagen. Denn auch wenn er Alessia nicht wehgetan hat, will ich ihm wehtun. Für alles, was er verbrochen hat, von dem Unfall bis zu der Verlobung. Dafür, dass er sie überhaupt nur angerührt hat.

Aber jetzt muss ich erst mal einen klaren Kopf bewahren.

Ich trete an das kaputte Fenster und sehe raus. Das Oktagon ist hell erleuchtet, rundherum ist alles dunkel. Doch ich erkenne genug, um zu sehen, wie Zuschauer in teuren Anzügen und Kleidern sich durch die Trümmer zu den Sitzbänken kämpfen, die in drei Reihen um den Käfig errichtet worden sind. Ich nehme an, dass uns fünfzig oder sechzig Menschen zusehen. Viel Spaß im Knast, denke ich.

Dann öffnet sich die Tür und meine Betreuerin kommt herein.

»Savio! Ich wollte dir nur viel Glück wünschen!«, sagt sie lauter, als sie müsste und schließt die Tür hinter sich.

Nur eine Sekunde später bin ich bei ihr und schließe sie in die Arme.

»Bist du bereit?«, fragt sie leise.

Ich nicke. »Und du?«

»Meine Leute sind alarmiert. In den ersten Minuten des Kampfes, wenn alle abgelenkt sind, werden sie zuschlagen.« Eine kurze Pause, ehe sie hinzufügt: »Morgen fliegen wir nach Hause.«

Ich sehe sie an, blicke tief in ihre dunklen Augen. »Da gibt es noch etwas, das ich dir sagen wollte, *cariño*.«

»Was denn?«, fragt sie leise.

»An dem Tag, als ich euch losgeschickt habe, um Klamotten zu kaufen ...«

Sie lächelt etwas schmerzlich. »Verrätst du mir endlich, was du zum Abschied zu mir gesagt hast? Im Gegensatz zu dir konnte ich in den vergangenen Wochen nämlich keine neue Sprache lernen.«

Ich lache kurz. »Ich habe gesagt, dass du mir zu viel bedeutest, um je wieder eine andere Geliebte zu haben. Aber darum geht es gar nicht.«

»Sondern?«, fragt sie leise und der Ausdruck in ihrem Gesicht ist noch etwas schmerzhafter geworden.

Ich weiß genau, was sie bei der Erinnerung an diesen Tag fühlt. Es war alles so perfekt, dass es einfach kaputtgehen musste. Das dachte ich auch lange Zeit und wir haben etwas verloren, das wir nie zurückbekommen werden. Jemanden. Einen bedeutenden Teil unserer Familie. Doch etwas anderes haben wir zurückbekommen und wir können dafür sorgen, dass es wieder so gut wird, wie es war. Besser.

»Der Grund, aus dem ich dich weggeschickt habe«, rede ich leise weiter, »war keine Überraschung für Harley. In Wahrheit ging es die ganze Zeit um dich und mich. Ich wollte, dass du dir dieses Kleid kaufst, dann sollte Harley dich zur Cueva Ventana bringen. Dort habe ich mit Sally, Juan, Megan und Kim gewartet. Es gab Kerzen, Rosen aus dem Garten ...«

Alessia schüttelt leicht den Kopf. »Du hast dort doch nicht wirklich Rosen gezüchtet, oder ...?«

»Ich schwöre es.«

Sie lacht ungläubig und blickt mir in die Augen.

»Es gab etwas zum Anstoßen. Unseren ersten gemeinsamen ...«

Ihr Gesicht hellt sich auf und sie fängt leise, beinahe albern an zu lachen. »*Adios, Motherfucker*«, sagt sie.

Ich grinse sie an. »Aber aus Sektgläsern.«

»Du bist verrückt.«

Ich lege ihr einen Finger auf die Lippen. »Hör mir weiter zu. Sobald ihr ankommt, sollten Kim und Juan euch nach drinnen bringen. Ich hätte dort gewartet. Die Sonne wäre gerade untergegangen. Erinnerst du dich, wie es aussieht, wenn sie dort hinter den Bergen untergeht?«

Alessia nimmt meine Hand und drückt einen Kuss darauf. »Ich erinnere mich an alles, *vita mia*. Vergiss das nicht.«

Ich nicke. »Ich hatte sogar einen Anzug.«

»Du machst Witze.«

»Nein, ich schwöre es dir. Ich hätte also in diesem Anzug vorn am Abgrund gestanden, Kim hätte dich zu mir geführt, und ...«

Alessia schluckt sichtlich. Sie sieht mir tief in die Augen und fragt leise: »Und dann?«

Ich erwidere ihren Blick. Ich weiß, dass das hier ein seltsamer Zeitpunkt ist. Ein seltsamer Ort. Kurz vor einem Fight, inmitten unserer Feinde, und anstatt einem Anzug trage ich eine Boxhose. Aber Alessia ist in ihrem schwarzen Kleid wunderschön und wenn ich sie ansehe, weiß ich, dass ich keine Sekunde meines Lebens mehr ohne sie sein will. Und nach dem Chaos der letzten Zeit sollte ich ihr das endlich sagen.

Also gehe ich vor ihr auf die Knie.

Sie lacht kurz und ein wenig hysterisch, während schon wieder Tränen in ihren Augen treten. »Die Hormone«, stammelt sie und fächelt sich Luft zu.

Ich grinse zu ihr auf und erwidere: »Klar, schieb es ruhig auf die Hormone.«

»Blödmann«, flüstert sie.

»Jetzt halt die Klappe und lass mich reden.«

Mit feuchten Augen, die roten Lippen fest zusammengepresst, blickt sie zu mir herunter.

»Alessia Calliari. Ich weiß, dass wir uns unter extrem seltsamen Umständen kennengelernt haben. Wir waren Feinde.«

Sie nickt langsam.

»Du eine Cosentino, ich ein Jones. Wir mussten einander hassen. Doch das konnten wir nicht. Von der ersten Sekunde an nicht. Und obwohl es mir vorher nie schwerfiel, einem Menschen etwas vorzumachen, habe ich es bei dir vom ersten Moment an verabscheut. Ich wollte dich kennenlernen und ich wollte, dass du mich kennenlernst. Auch wenn ich im Grunde von der ersten Sekunde an wusste, wer du bist.«

»Wer bin ich denn?«, fragt sie leise und drückt meine Hand. »Denn manchmal glaube ich, dass ich das selbst nicht mehr weiß.«

»Das geht mir genauso«, erwidere ich. »Aber dann sehe ich dich an und weiß es wieder. Egal, wie schwer

die Dinge gerade sind. Du zeigst mir, wer ich wirklich
bin.«

Alessia lächelt und nickt. Eine einzelne Träne läuft
über ihre Wange. »Das geht mir auch genauso«, flüstert
sie.

Ich streichle über ihre Finger und stelle fest, dass sie
ihren falschen Verlobungsring nicht trägt. Sie muss ihn
abgenommen haben, ehe sie zu mir reingekommen ist.
»Wenn wir wieder zu Hause sind«, fahre ich fort,
»werde ich dir einen Ring anstecken. Aber die Frage, die
dazu gehört, will ich dir heute Abend stellen. Wir gehören zusammen, Alessia. Nicht nur, weil wir einander zu
dem machen, was wir sind. Sondern auch, weil wir oh-
neeinander –«

»Nicht leben können«, vervollständigt sie und die
Träne tropft zu Boden.

»*Sí.*« Ich fange ihren Blick ein, drücke sanft ihre Hand
und beschließe, nicht länger zu warten. Das ist der Zeitpunkt, obwohl oder gerade weil um uns herum alles anders ist, als es hätte sein sollen. Also hole ich tief Luft
und frage: »Willst du meine Frau werden? Willst du
mich heiraten und Alessia Silva werden?«

Alessia schluckt, schüttelt langsam den Kopf und für
einen Moment denke ich, dass jetzt doch noch alles anders kommt. Dass es doch noch eine böse Überraschung gibt. Doch dann erwidert sie: »Kein Versteckspiel mehr, wenn wir hier fertig sind. Ich will Alessia
Jones werden.«

Ich sehe sie an und glaube, dass ich grinse wie ein
Idiot.

»Das heißt Ja«, flüstert sie.

Ich lache heiser, dann stehe ich auf, ziehe sie an mich und drücke einen Kuss auf ihre weichen Lippen.

Alessia erwidert meinen Kuss, schlingt die Arme um mich, macht die Augen zu und legt ihre Stirn gegen meine.

»Ich liebe dich«, haucht sie.

»Ich liebe dich auch.«

»Heute Nacht endet es.«

»Ja. Für immer.«

Wir lösen uns widerwillig voneinander, blicken uns an und ich sehe dieselbe Entschlossenheit in ihren Augen, die auch ich empfinde.

»Machen wir sie fertig«, sage ich.

Meine zukünftige Frau nickt. »Vernichten wir sie.«

***

Als Paulo schließlich zurückkommt, um mich abzuholen, ist Alessia längst weg. Mein Trainer führt mich aus der Umkleide und die Stufen eines verfallenen Hausflurs hinunter.

»Tu einfach, was du getan hast, als du mit Luca im Ring gestanden hast. Und als dieser Bonaccorso-Handlanger dich mit der Eisenstange angegriffen hat.«

»Du meinst, total ausflippen?«, frage ich und muss insgeheim darüber grinsen, dass er die Bonaccorso-Lüge glaubt. Diese Familie, von der ich noch nie was gehört habe, war für uns beide das perfekte Alibi.

»Ja, ganz genau. Mach ihn fertig. Diesmal wird dich niemand im letzten Moment zurückhalten.«

»Das klingt gut«, sage ich und trete durch die Tür, die Paulo mir aufhält, nach draußen.

Der Abend ist kühl. Kein Wunder. In einer Woche ist Weihnachten. Doch davon ist hier und heute nichts zu spüren. Durch eine Schneise in den Trümmern laufe ich aufs Oktagon zu und die Rufe, die mir dabei zugeworfen werden, machen deutlich, dass die Zuschauer hier nur eines wollen – Blut sehen.

»Bring ihn um, Savio Giordano!«

»Mach ihn fertig!«

Ich sehe mir die Menschen gar nicht erst im Detail an. Was ich aus dem Augenwinkel erkenne, ihre geleckten Frisuren und die Seide ihrer Kleider, reicht mir schon, um sie einzuschätzen. Arschlöcher mit Geld, die in ihren Leben schon zu viel gesehen und getan haben. Die sich langweilen. Reiche Mafiosi und ihre operierten Frauen auf der Suche nach dem ultimativen Kick.

Den sollen sie bekommen.

Ich steige die Stufen in den Käfig hinauf und ignoriere den Applaus, die bewundernden Rufe.

»Das ist der Irre, der schon im Training seinen Gegner fast totgeschlagen hat!«, freut sich irgendwer. »Der Typ ist absolut skrupellos!«

Das stimmt nicht. Ich bin weder irre noch skrupellos. Die letzten Tage haben mir ein ganzes Stück von meinem Verstand wiedergegeben. Doch trotzdem: Wenn es sein muss, werde ich mich heute skrupellos verhalten. Und wenn es sein muss, auch irre.

Ich mache ein paar Schritte, sehe mich unauffällig nach Alessia um. Sie ist nicht in Sicht. Ich weiß, dass Tommaso sie hergeschickt hat, um heute Abend die Stellung zu halten. Gemeinsam mit Vito und Adrian ist sie für die Organisation zuständig. Vielleicht sehen die drei aus einem der Fenster zu.

Die Stimme, die plötzlich aus ein paar Lautsprechern dringt, die an den Pfosten des Oktagons befestigt sind, klingt jedenfalls ganz eindeutig nach Vito.

»Liebe Freundinnen, liebe Freunde! Ich darf Sie alle zu einer ganz besonderen Nacht begrüßen!«

Applaus.

»Heute werden Sie Zeugen eines Kampfes werden, wie es sie seit den goldenen Zeiten unserer Vorfahren nicht mehr gegeben hat!«

Wieder klatschen und jubeln alle.

»Sie werden sehen, wie zwei furchtlose Krieger um alles oder nichts kämpfen. Um Ruhm und Geld eine große Karriere in einem fremden Land – oder um ein ruhmloses Ende in einem dunklen, feuchten Grab.«

Noch lauterer Applaus. Jetzt blicke ich doch in die Menge und sehe, wie die Augen der Zuschauer funkeln. Die haben sie doch nicht mehr alle.

»Auf der einen Seite«, fährt Vito fort, »haben wir Savio Giordano, einen Mann, der aus dem Nichts kam und uns bewies, dass ein wahrer Kämpfer nur eines braucht – den Mumm, im richtigen Moment einfach weiter zuzuschlagen. Davon zeugt auch sein Kampfname. Savio Giordano, *der Schlächter von Catania.*«

Oh Mann. Das ist fast schon lustig. Die Cosentinos waren ja schon immer beschissen darin, sich Kampfnamen auszudenken, aber *der Schlächter von Catania* schlägt echt alles. Doch die Menschen, die um den Käfig herumsitzen, feiern auch diesen Mist mit lautem Applaus. Einige jubeln mir jetzt sogar mit diesem dämlichen Namen zu.

Schwachköpfe.

Ich senke den Blick, mache ein paar Schritte durch den Ring. Bemühe mich, konzentriert zu bleiben. Es dauert nicht mehr lange. Bald schon werden überall um mich herum die Handschellen klicken.

»Wer würde sich diesem Tier von einem Fighter in den Weg stellen?«, fährt Vitos blecherne Stimme fort. »Niemand, sollte man meinen! Doch wir haben einen Mann gefunden, der sich von dem Ruf, der dem Schlächter vorauseilt, nicht einschüchtern lassen hat! Der sich der Herausforderung stellt, heute Nacht dem brutalsten Mann auf der ganzen Insel das Handwerk zu legen! Meine Damen und Herren, begrüßen Sie mit mir – *den Furchtlosen!*«

Wieder wird geklatscht und gejubelt. Ich höre die Tür quietschen, aus der ich selber gerade gekommen bin, Schritte auf dem Schotterboden, dann die Tür des Oktagons. Ich drehe mich um, um mir meinen Herausforderer anzusehen – und im nächsten Moment ändert sich wieder einmal alles.

Der Kerl, der zu mir in den Käfig kommt ist kein Fremder. Es ist auch keiner der Jungs aus dem Gym. Es ist kein Geringerer als der Mann, der mir das Kämpfen beigebracht hat. Der Mann, zu dem ich jahrelang aufgeblickt habe, obwohl er mich immer wieder belogen hat.

Der sogenannte Furchtlose ist in Wahrheit *der Unbesiegte.*

Harley Jones.

Harley

Alex hatte keine Ahnung. Das sehe ich an seinem Blick, als er mich erkennt. Zorn flammt in seinen Augen auf und ich befürchte für eine Sekunde, dass er sich direkt auf mich stürzen wird.

Doch er hat sich besser um Griff als gedacht. Er ballt die Hände zu Fäusten, presst die Lippen aufeinander und sagt einfach gar nichts, starrt mich nur fassungslos an.

Ich lasse mir ebenfalls nichts anmerken. Ich bin auch nicht halb so überrascht wie er. Von dem Moment an, als ich rausbekommen habe, dass Alex in Paulos zweitem Gym trainiert, habe ich so etwas befürchtet. Aus der Sicht von Tommaso Cosentino ist das hier der einzig logische Schritt, denn wir sind seine größten Feinde. Wegen uns hat er ein Jahr im Knast verbracht und sein Hass muss grenzenlos sein. Aber Alex hat sich davon nicht abschrecken lassen und Alessia genauso wenig. Und jetzt sitzen wir alle in der Falle.

»Liebe Zuschauer«, ruft diese nervtötende Stimme aus den Boxen, »endlich ist es so weit! Genießen Sie mit uns den ersten Kampf einer neuen Generation von Kämpfen!«

Die Käfigtür wird geschlossen. Alex zuckt nicht einmal zusammen, starrt mich nur weiter an.

»Keine Regeln! Keine Runden! Keine Handschuhe! Keine Chance zu entkommen!«

Etwas rasselt und ich blicke hinter mich, nur um zu sehen, dass die Tür mit einer Kette verschlossen wird.

»Einer dieser beiden Männer wird das Oktagon lebend verlassen, der andere in einem Leichensack! Kämpfer – sprecht eure letzten Gebete!«

»Wie lange weißt du es schon?«, knurrt Alex. »Wie lange weißt du schon, dass sie am Leben ist?«

»Später«, erwidere ich leise.

»Du dämliches Arschloch«, schleudert er mir entgegen.

»Kämpfer! Macht euch bereit!«

Applaus brandet auf. Alex sieht mich an und ich ihn. Ich erinnere mich, dass ich mir mal geschworen habe, dass ich nie gegen mein eigenes Fleisch und Blut antreten würde. Doch das war in einer anderen Zeit. Damals, als ich noch eine Wahl hatte. Ich erinnere mich auch daran, dass ich mal glaubte, Alex würde nie die Hand gegen seine eigene Familie erheben. Ich schätze, heute haben wir beide keine Wahl mehr. Doch auch wenn er eine hätte – so, wie er mich ansieht, würde er es trotzdem tun.

»Kämpfer! Es ist Zeit für euch, alles zu geben! Heute Nacht wird einer von euch seine Legende beginnen! Achtung! Fertig! *Fight!*«

Alex zögert keine Sekunde. Er stürzt sich auf mich wie eine entfesselte Urgewalt. Ich lasse ihn kommen.

Er sollte eines nicht vergessen: Am Ende bin immer noch ich derjenige, der noch nie einen Kampf verloren hat.

Alex

Sobald ich ihn gesehen habe, war mir alles klar. Ich stürze mich auf ihn, attackiere ihn sofort mit einer

Kombination aus Schlägen, doch er ist immer noch so schnell wie früher. Er weicht aus, weicht nochmal aus, meine Faust streift ihn nur.

»Du hast mich schon wieder angelogen!«, werfe ich ihm vor. »Du bist nicht wegen mir hergekommen, sondern um dich einzuschleichen!«

»Ja«, gibt er zu und weicht auch meiner zweiten Attacke mühelos aus. »Weil ich einen Verdacht hatte! Eine Vermutung, die alles ändern konnte!«

Ich weiß, wovon er redet. Während ich noch glaubte, dass Alessia tot ist, war er ihr schon längst auf der Spur. Warum sonst hätte er sich bei Tommaso einschleichen sollen? Nur um ihn wieder in den Knast zu bringen? Um Rache zu üben? Das würde er nie. Er hat eine Familie. Er würde nie riskieren, dass sie ihn verlieren, wenn es nicht um mehr als Vergeltung ginge.

»Du hast mir nichts davon gesagt! Ich saß genau vor dir und du hast –«

Seine Faust erwischt mich, ein übler Haken, der direkt in meine Magengrube geht. Ich gehe halb in die Knie, doch Harley fängt mich auf.

»Beruhig dich«, zischt er mir zu. »Du musst dich beruhigen, Alex. Gib Cosentino nicht, was er will!«

»Wenn er uns enttarnt hätte, wären wir längst tot, also kämpf wie ein Mann!« Ich stoße ihn von mir. Was bildet er sich eigentlich ein, sich mir gegenüber noch so aufzuführen? Nach allem, was er getan hat? »Wieso hast du es mir nicht gesagt?!«, herrsche ich ihn an, stürze mich erneut auf ihn und diesmal gehen wir beide zu Boden.

»Weil du den Verstand verloren hättest, wenn ich mich getäuscht hätte!«

Wieder weicht er einem meiner Schläge aus und meine Faust kracht gegen den Ringboden. Verfluchter Mist!

»Ich war mir zu dem Zeitpunkt noch nicht sicher und ich wollte dir keine falschen Hoffnungen machen«, versucht er mir zu erklären, während ich Sterne sehe. »Ich wollte sie zuerst aufspüren und wäre anschließend wieder zu dir gekommen. Doch als ich sie gefunden habe, warst du längst ...«

Lügen! Dieser Typ lügt doch immer nur! Als ich ein Kind war. Als meine Freundin angeblich bei einem Unfall ums Leben kam, genau wie mein Vater. Als er mir nach Sizilien hinterher reiste. Wann wird er endlich aufhören, mich zu behandeln, als wäre ich vollkommen verblödet?!

»Du bist und bleibst ein beschissener Lügner!« Ich hole wieder aus, doch erneut sieht Harley meinen Schlag kommen.

Diesmal weicht er nicht einfach nur aus, sondern er packt meine Faust, dreht mit einem Ruck meinen Arm herum und fordert: »Beruhig dich!«

Ich höre mich selbst schmerzhaft aufschreien.

Fuck. Wenn er nicht loslässt, wird er mir den Arm auskugeln. Doch ich kann mich nicht beruhigen. Ich habe es satt, dass er ständig versucht, meine Entscheidungen für mich zu treffen, indem er mir die Wahrheit, das echte Leben, einfach vorenthält.

»Du hattest kein Recht dazu«, keuche ich und versuche mich loszureißen.

»Beruhig dich«, fordert er erneut und dreht meinen Arm etwas weiter herum.

»Du hattest von Anfang an kein Recht dazu!«

»Ich habe immer nur versucht, dich zu beschützen, Alex. Und jetzt komm zu dir.«

Wieder versuche ich mich loszumachen. Harley flucht, bäumt sich auf, ein unerträglicher Schmerz ruckt durch meinen Arm und im nächsten Moment liege ich auf dem Bauch und Harley ist über mir, nagelt mich am Boden fest. Meinen Arm hat er losgelassen. Dafür drückt sein Knie jetzt hart gegen meine kaputten Rippen. Ich keuche, kriege kaum noch Luft.

»Wir wollen Blut sehen!«, ruft jemand.

Wir ignorieren denjenigen beide. Der Schmerz treibt mir die Tränen in die Augen. Ich will Harley sagen, dass er runtergehen soll, doch ich bringe kein Wort hervor.

Harley beugt sich zu mir herunter. »*Dale*«, zischt er. »Ich entschuldige mich, okay? Du hast Recht. Ich hätte ehrlich zu dir sein sollen. Von Anfang an. Aber du warst ein Kind und ich wollte dich beschützen, und wenn man einmal damit anfängt, einen Menschen zu schützen, lässt man es nicht plötzlich sein, außer dieser Mensch wird einem gleichgültig. Doch das bist du nicht. Ich weiß, dass es sich für dich so anfühlt. Dass du dich betrogen und verraten fühlst, seit du ein Junge warst. Aber du irrst dich. Wir alle, Sally, Megan, ich und auch Patricia, wir haben immer nur aus einem Grund gehandelt. Weil wir das Böse, mit dem wir es zu tun hatten, von dir fernhalten wollten. Nicht aus Gleichgültigkeit oder weil wir deine Gegner sind. Sondern aus Liebe. Kommt das jetzt vielleicht mal bei dir an oder muss ich es erst in dich reinprügeln?«

Ich spüre, wie sich vor meinen Augen alles dreht. Gottverflucht, meine Rippen. Keine Ahnung, ob Harley sie durch seine Aktion doch noch gebrochen hat oder ob sie nur geprellt sind, aber ich hatte in meinem Leben selten solche Schmerzen. Doch es ist fast wie beim Tätowierer: Der Schmerz hilft mir, wieder klarer zu sehen.

Nein, es ist nicht alles auf einmal vergessen. Nein, ich werde all die Lügen niemals gutheißen. Doch irgendwie kann ich Harley auf einmal verstehen. Ich denke an das, was Alessia mir vor zwei Nächten gesagt hat. An das Bild, das sie bei mir in der Hütte ließ und das ich seitdem immer wieder angestarrt habe. Würde ich dieses Kind belügen, ihm etwas vormachen, wenn ich glauben würde, dass ich es dadurch vor dem Bösen beschütze?

Ja.

»Geh ... von mir ...« Ich huste, als mir klar wird, dass ich kein bisschen Luft mehr in den Lungen habe.

»Sag mir erst, dass du es verstanden hast!«, herrscht mich Harley an.

»Ich hab ...« Für einen Moment wird mir schwarz vor Augen. Verzerrt höre ich die Stimmen der Zuschauer, die um den Käfig herum zu toben beginnen.

»Was wird denn das da drin?!«

»Mach ihn kalt, los! Brich ihm das Genick!«

»Du hast ihn doch schon!«

Ich blinzle, versuche den Schmerz nicht Überhand nehmen zu lassen und starte noch einen Versuch: »Ich ... habe ...«

Ehe ich weitersprechen kann, verschwindet Harleys Gewicht auf einmal von meinem Rücken. Der Schmerz wird erträglich und ich atme erleichtert ein. Doch die Erleichterung hält nicht lange. Ich höre das Rasseln der

Kette, die Tür wird geöffnet und mir wird klar, dass irgendetwas passiert sein muss. Sonst hätte Harley nicht so plötzlich von mir abgelassen.

Ich stemme mich mühsam auf die Arme hoch, drehe den Kopf in Richtung Käfigeingang und sehe einen Moment lang alles nur verwaschen, wie mit Wasserfarben gemalt. Dann erkenne ich, was hier läuft.

Kein Geringerer als Tommaso Cosentino hat das Oktagon betreten, flankiert von Vito und Adrian. Vito hält Alessia fest, die so wütend aussieht, wie ich sie noch nie erlebt habe. Und Adrian? Adrian hat eine andere Frau, die ich kenne, im Würgegriff und drückt ihr ein Messer an den Hals. Megan.

Ich sehe herüber zu Harley, der aufgestanden ist und so schockiert aussieht wie nie zuvor in seinem Leben.

Dann blicke ich Tommaso Cosentino an, auf dessen Lippen ein fast schon freundliches Lächeln liegt. Er zieht Alessia in seinen Arm und ich erkenne, dass ihre Hände hinter dem Rücken gefesselt sind.

»Überraschung«, sagt Tommaso.

Alessia blickt mir in die Augen. Ich erwidere ihren Blick und erkenne die Fassungslosigkeit darin. Und endlich wird auch mir klar, was das hier zu bedeuten hat.

Wir sind aufgeflogen. Unser Plan ist gescheitert.

Kapitel 15

Alessia

Mein Herz rast. Tommaso zieht mich in seinen Arm, doch ich beachte ihn gar nicht. Meine ganze Aufmerksamkeit gilt Alex, der am Boden kniet, schwer atmend und offensichtlich nicht weniger fassungslos als ich.

Ich habe Tommaso unterschätzt. Wir beide haben das. Bis zur letzten Minute vor Kampfbeginn dachte ich, dass alles nach Plan läuft. Meine Leute waren informiert, auf Position, und sobald der Fight gestartet war und alle abgelenkt sein sollten, würden sie zuschlagen – zumindest glaubte ich das.

Doch dann erreichte mich ein Anruf auf dem Handy. Eine hektische Stimme fragte mich, wo zur Hölle wir bleiben. An dem alten Bergwerk, dessen Koordinaten ich Interpol hatte zukommen lassen, sei niemand.

Ich kapierte diese Information nicht. Wir waren doch hier, die Zuschauer, das Oktagon, das konnte man doch nicht übersehen!

Ehe ich etwas unternehmen konnte, ging die Tür auf und Tommaso kam rein, flankiert von seinen zwei Bodyguards. Mit seinem dämlichen Grinsen im Gesicht ließ er mich wissen, dass er mir die ganze Zeit die falsche Adresse für den Kampf genannt hatte.

Es gibt nicht nur ein altes Bergwerk in Sizilien, meine Liebste.

Damit nahm er mir das Handy ab und seine zwei Gorillas stürzten sich auf mich. Ich leistete keine Gegenwehr. Ich bin schwanger, verflucht. Ich sollte zu Hause sein und –

Das spielt jetzt keine Rolle mehr. Ich sehe Alex an und er mich. Ich weiß bereits, dass wir verloren haben und schon bald wird die Hoffnung auch aus seinem Blick schwinden. Keine Ahnung, was dann auf uns wartet. Keine Ahnung, wie es weitergeht. Und ob überhaupt.

»Überraschung«, sagt Tommaso und weidet sich sichtlich an dem Anblick der zwei Fighter direkt vor ihm.

Harley starrt Megan an. Alex mich. Das ist die schlimmste Lage, in die wir bei unserem Schachspiel gelangen konnten. Vier Menschen, die alle auf irgendeine Art miteinander verbunden sind. Zwei Paare, die sich lieben. Und Tommaso mittendrin, mit der Gewalt über unsere Leben.

»Was hat das zu bedeuten?«, zischt schließlich Harley.

»Na, was wohl?«, fragt Tommaso fröhlich. Er scheint nur so darauf zu brennen, endlich seinen Triumph zu feiern. »Es bedeutet, dass ihr dumme Idioten seid. So, wie ich es schon immer vermutet habe!«

Alex gibt ein wütendes Schnauben von sich und springt auf, oder zumindest glaube ich für einen Moment, dass er das tut. Aber stattdessen sinkt er mit einem Keuchen zurück auf den Boden. Harley muss ihn hart erwischt haben. Wenn ich gewusst hätte, dass Tommaso ausgerechnet die beiden gegeneinander antreten lässt, hätte ich ihn gewarnt. Aber ich war ahnungslos. Bis zuletzt. Wann immer ich versucht habe, das Gespräch auf den mysteriösen zweiten Fighter aus

Taormina zu lenken, tat er, als wäre das ein Niemand, ein Fremder, für mich uninteressant. Doch seit wann hat er die Wahrheit gekannt?

»Versuch es gar nicht erst«, sagt Tommaso und blickt auf Alex hinab. »Egal was du jetzt tust, du hast verloren. Ihr habt verloren. Das hattet ihr von Anfang an.« Er lacht spöttisch und sieht noch einen Moment Alex an, dann Harley. »Weißt du, eigentlich kannst du deinem Onkel danken, dass du überhaupt noch am Leben bist. Denn eigentlich hätte ich dich schon vor Wochen loswerden wollen. Aber ihr Jones' seid hartnäckige kleine Nervensägen. Das wart ihr schon immer. Und so saßt nicht du in dem Wagen, in dem du und deine Hübsche Kleine hier sterben solltet ...« Er drückt mich an sich und mir wird sofort schlecht. »Sondern Harley war mit ihr unterwegs. Und er hatte unglücklicherweise unsere manipulierten Gurte bemerkt und deine Kleine auf den Rücksitz verfrachtet.« Er stößt einen tiefen, gequälten Seufzer aus. »Tja, was soll ich sagen? Sie starb nicht, du starbst nicht, mein Mitarbeiter wusste nicht, was zu tun ist und brachte sie zu mir. Und das war der Beginn einer wunderbaren ...« Er wendet sich mir zu und drückt mir einen Kuss auf den Mund. »Freundschaft.«

»Rühr sie nicht an, du Pisser!«

Aus dem Augenwinkel sehe ich, wie Alex auf Tommaso zuschießt. Einen Moment lang bleibt mein Herz stehen. Hat er die Knarre in Vitos Hand nicht gesehen?! Doch kein Schuss fällt, stattdessen wird Alex zurückgerissen. Von keinem Geringeren als Harley.

»Reiß dich zusammen«, zischt er ihm zu. »Das will er doch nur!«

Doch Alex sinkt ohnehin schon wieder in die Knie, sein Atem geht schwer und rasselnd. Er scheint bei dem Kampf gegen seinen Onkel ernsthaft verletzt worden zu sein. Wieso? Haben die zwei sich etwa echt geschlagen?

Tommaso jedenfalls scheint den Anblick sichtlich zu genießen. »Ich habe euch alle durchschaut, von Anfang an. Diese gespielte Amnesie war beinahe schon lustig. Ich wusste, dass meine neue Freundin ihre Bullenkollegen alarmieren würde. Ich wusste, dass ihr auftauchen würdet«, sagt er. »Na ja, zumindest bei dir wusste ich es.« Er deutet auf Alex. »Du würdest dich rächen wollen und ich würde dir die Hölle auf Erden bescheren. Dir deine süße Freundin zurückgeben, um sie dir wieder wegzunehmen.« Er wendet sich Harley zu. »Dass du ebenfalls herkommen würdest, war mir nicht so klar, und es war mir offen gesagt auch egal. Du warst Luigis Feind, nie der meines Vaters oder meiner. Aber was soll ich sagen? Ein, zwei, drei Mitglieder der Familie Jones ...« Er deutet erst auf Alex, dann auf Harley, dann auf Megan, die mittlerweile finster ins Leere starrt. »... sind besser als eins.«

»Wir sind zu viert«, zische ich, denn er spricht immerhin von meiner Familie.

Tommaso wendet sich mir zu. Das Funkeln in seinen Augen ist teuflisch. »Du meinst wohl eher zu fünft, oder hast du gedacht, ich kapiere nicht, was es mit deiner Kotzerei am Morgen auf sich hat?«

Mein Herz beginnt unkontrolliert zu stolpern. Er weiß von meinem Baby? Dieser Irre weiß davon? Das darf er nicht! Ich versuche meine Arme loszumachen, doch es ist natürlich zwecklos.

Tommaso lacht, packt mein Gesicht und sieht mir tief in die Augen. »Keine Sorge. Ich werde dieses Kind aufziehen wie mein eigenes. Wenn du erst meine Frau bist, wird es niemanden mehr scheren, dass es die Gene eines toten Bastards in sich trägt.«

Noch immer starre ich ihn an und realisiere nur langsam, was seine Worte bedeuten, auch wenn es mir eigentlich von Anfang an hätte klar sein müssen. Tot. Er will Alex tot sehen. Sicher. Von mir ist er auf kranke Art besessen, aber die anderen? Er braucht sie nicht mehr.

Ich weiß, ich sollte die Panik und die Wut nicht Überhand nehmen lassen, sollte klar denken, nach einem Ausweg suchen. Doch stattdessen spucke ich ihm voller Verachtung ins Gesicht.

Es dauert keine Millisekunde, bis eine Ohrfeige meinen Kopf herumschleudert. Ich höre Alex' wütende Stimme wie aus weiter Ferne, dann höre ich ihn husten und als ich ihn durch einen Tränenschleier sehen kann, ist er immer noch am Boden. Etwas stimmt nicht mit ihm, das ist jetzt mehr als klar. So etwas würde er nie einfach geschehen lassen. Ich bete, dass es nur das Messer an Megans Hals ist, das ihn davon abhält, nochmal auf Tommaso loszugehen. Aber ich bin mir nicht sicher. Nichts ist mehr sicher. Nur Tommasos Wahnsinn.

Mit einem Stofftaschentuch wischt er sich über die Wange. »Schön«, sagt er wütend. »Schön. Ihr scheint kein Interesse daran zu haben, noch weiter zu plaudern. Okay. Eure Entscheidung. Beenden wir es hier und jetzt.« Er dreht sich zu Harley, der wieder wie erstarrt dasteht, den Blick fest auf seine Frau gerichtet. »Harley Jones. Der Unbesiegte. Mit dir hat damals, vor vielen Jahren, alles begonnen. Ich würde es angemessen finden, wenn du es nun auch beendest.«

Langsam blickt Harley zu ihm herüber. In seinen eisblauen Augen liegt nichts als Kälte. »Das mache ich gern. Aber ich bezweifle, dass du dich mir stellen wirst.«

Tommaso lacht. »Oh nein, dieser Abend bedeutet nicht das Ende der Cosentinos. Für uns ist es ein neuer Anfang. Und den werden wir besiegeln, indem ich mein Versprechen halte.« Er wendet sich dem Publikum zu, das bis jetzt nur stumm und gebannt dagesessen hat. »Ich habe euch doch versprochen, dass es in diesem Käfig einen Toten geben wird! Nun, ich gedenke nicht, euch zu enttäuschen!«

Die Menschen jubeln ihm zu und er genießt es sichtlich. Mir hingegen krampft sich das Herz in der Brust zusammen, denn ich sehe immer noch keinen Ausweg. Keine Fluchtmöglichkeit. Alex am Boden, Megan mit dem Messer am Hals, ich gefesselt. Tommaso hat uns alle matt gesetzt.

Aber was wird sein finaler Zug sein?

Mit dem Arm noch immer um mich gelegt sieht er ein weiteres Mal Harley an. »Du liebst deine Frau, Jones, habe ich Recht?«

»Natürlich«, knurrt er.

»Was würdest du tun, um ihr Leben zu retten?«

»Alles.«

»Harley«, flüstert Megan erstickt, doch dann gibt sie ein Zischen von sich, als Adrian das Messer fester gegen ihre Kehle drückt.

»Es ist mein Ernst«, sagt Harley.

»Das ehrt dich«, erwidert Tommaso. Er macht eine lange, bedeutungsvolle Pause, die mein Herz nur heftiger stolpern lässt.

Was hat er vor? Was wird dieser Irre von Harley verlangen?!

»Das MMA-Business«, sagt er, »ist eine einzige große Show. Das wisst ihr, das weiß ich. Und wie sagt man so schön? *The show must go on.* Also. Geben wir dem Publikum, was es sehen will. Beweis uns, dass du der Unbesiegte bist und bleibst, Jones. Töte. Deinen. Neffen.«

Was?

Ich verstehe seine Worte nicht. Seinen Neffen töten. Ich weiß, was er will, ich habe ihn ja gehört, aber es erreicht mich einfach nicht.

Harleys Blick flackert. Aber er sagt nicht nein. Wieso sagt er nicht nein?!

Wegen Megan. Natürlich. Er würde alles für sie tun.

Wie in Zeitlupe, wie in einem Film, sehe ich, dass Tommaso Adrian ein Zeichen gibt. Dieser streckt die Hand aus, die nicht an Megans Kehle ruht und streckt Harley etwas entgegen. Eine Pistole.

»Solltest du auch nur auf die Idee kommen, sie gegen mich, einen meiner Männer oder dich selbst zu richten, stirbt Megan«, sagt Tommaso. »Du wirst sie nehmen, sie auf deinen Neffen richten, sie entsichern und abdrücken. Wenn du das tust, lasse ich dich und Megan gehen. Das sind die Spielregeln. Weichst du in irgendeiner Form davon ab, sterbt ihr alle vier. Pardon, fünf. Hast du das verstanden?«

Harley nickt knapp. Dann nimmt er Adrian die Waffe ab.

Unendlich langsam drehe ich den Kopf zu Alex. Er kniet am Boden, stützt sich mit dem Arm ab, atmet schwerer denn je. Schweiß steht auf seiner Stirn. Er macht keine Anstalten, sich zu wehren, sich auch nur zu rühren, wegzulaufen, irgendetwas zu tun. Mir wird klar, dass er bereit ist, sein Leben zu opfern. Für Megan, für Harley, für mich und unser ungeborenes Kind. Weiß er denn nicht, dass mein Leben ohne ihn auch nichts mehr wert ist?!

Ich versuche mich loszureißen, zu ihm zu stürzen, aber Vito und Tommaso zerren mich zurück an meinen Platz.

Alex hebt den Kopf und sein Blick trifft meinen. Langsam sieht er an mir runter und nickt mir zu, nur ganz leicht, doch ich weiß genau, was er mir sagen will.

Wir sollen weiterleben. Ich und unser Kind.

Wieder schauen seine blauen Augen in meine und unsere gemeinsame Zeit beginnt wie ein Film vor mir abzulaufen. Ich sehe hunderte Momente, höre das Meer rauschen und den Wind in den Palmen, und plötzlich kommt mir unser Leben wie ein ferner Traum vor. Einer dieser Träume, aus denen man nicht aufwachen will, weil sie einfach zu perfekt sind. Ich spüre noch einmal, wie seine Arme mich festhalten, wie seine Lippen meine finden, wie er mich küsst und mir zeigt, dass ich die Einzige bin, die er je geliebt hat. Ich fühle all die Stellen, wo er mich packt und umfasst, wenn wir miteinander trainieren, das Kribbeln im Bauch, wenn er mich zu Boden wirft und plötzlich über mir ist, mit diesem überlegenen Grinsen auf den Lippen, in das ich mich viel zu schnell und viel zu heftig verliebt habe.

Doch alle guten Träume enden irgendwann. Man wacht auf und es bleibt nichts übrig. Vielleicht war es von Anfang an klar, dass das mit uns so enden würde. Vielleicht hätten wir wissen müssen, dass wir nie wirklich eine Chance hatten.

Aber wir wussten es nicht.

Noch immer sehe ich in Alex' Augen und kann nicht glauben, dass gleich kein Leben mehr darin sein soll. Dass das Feuer in seinem Blick für immer erlöschen soll.

Am Rande meines Gesichtsfelds nehme ich wahr, wie Harley sich zu ihm umdreht. Ich erkenne, wie er die Waffe hebt und auf Alex richtet. Und ich höre das metallische Klicken, mit dem er sie entsichert.

Alex atmet tief ein. Sein Blick verändert sich, nimmt einen kämpferischen Ausdruck an, der mir mehr wehtut, als es Verzweiflung oder Tränen könnten.

Hört dieser Idiot denn nie auf zu hoffen?!

Ich öffne den Mund, will noch etwas zu ihm sagen, etwas das mehr bedeutet als ein bloßes „Ich liebe dich". Etwas, das ihm klarmacht, dass er alles für mich war und immer sein wird.

Doch ich bringe keinen Ton heraus.

Alex dreht sich zu Harley um, richtet sich auf und blickt ihm entgegen. Harley senkt den Lauf der Waffe auf seine Brust. Sein Blick ist kalt und ich weiß, dass ich ihn von nun an hassen werde, verachten werde, wie ich noch nie jemanden verachtet habe. Ich werde ...

Es knallt. Einmal, zweimal.

Alex' Körper prallt zu Boden.

Tommaso lacht.

Ich höre mich selbst schreien, aber meine Lippen sind fest geschlossen. Ich starre Alex an. Seine Augen sind zu. Sein Kopf ist zu mir gedreht. Blut läuft aus seinem Mund.

»Fantastisch!«, ruft Tommaso.

Die Menschen springen von ihren Plätzen auf, applaudieren und jubeln.

Adrian lässt Megan los, schleudert sie Harley entgegen.

Und in meinem Kopf wiederholt sich ein Gedanke, immer und immer wieder, und mit jedem Mal wird seine Bedeutung wahrer, wird sie grausamer für mich.

Er ist tot.

Alex ist tot.

Harley

»Fantastisch!«, ruft Tommaso Cosentino. Sein Gesicht ist zu einem euphorischen Lächeln verzerrt. Die Menge beginnt zu jubeln und er sieht sich hektisch um, will die Reaktionen einfangen, fühlt sich vielleicht zum ersten Mal in seinem Leben wirklich geliebt. Wirklich respektiert. Er genießt diesen Moment und ich gönne ihn ihm.

Je höher man fliegt, desto tiefer der Fall.

Der Mann, der unter dem Namen Adrian für ihn arbeitet und in Wahrheit Francisco Ortiz heißt, schubst Megan zu mir herüber. Sie hat Tränen in den Augen, doch gleichzeitig liegt ein triumphierendes Lächeln auf ihren Lippen. Sie drückt mir einen Kuss auf den Mund, dann blickt sie in den Himmel und ich tue es ihr gleich.

Denn man hört bereits, wie sich die Hubschrauber nähern.

Vito merkt es als Erster. Aber er ist zu langsam. Schon ist Adrian bei ihm und setzt ihn mit einem gezielten Schlag auf die Nase außer Gefecht.

Alessia merkt nicht, was um sie herum geschieht. Sie starrt Alex an, der immer noch am Boden liegt. Warum steht der Idiot nicht auf? Ist ihm nicht klar, dass ich mit nichts als Platzpatronen auf ihn geschossen habe?

Vito geht zu Boden. Und erst jetzt scheint auch Tommaso zu merken, dass etwas nicht stimmt. Irritiert sieht er Adrian an.

»Was ...?«

»Game over, Arschloch«, erwidert der Undercover-Cop, den ich vor vielen Jahren in Mexiko als Chico kennenlernte und vor wenigen Tagen vor dem Fischgeschäft mit einer Tüte Austern in den Händen wiedergetroffen habe. Schon damals, bei unserer ersten Begegnung, hatte er die Cosentinos unterwandert. Was soll ich sagen? Er hat die Sache durchgezogen. Noch bevor Tommaso realisiert, wie ihm geschieht, klicken die Handschellen.

Und währenddessen geschieht um uns herum alles gleichzeitig:

Über den Rand der Grube seilen sich die Männer der Spezialeinheit ab, die Scheinwerfer der Helikopter erfassen die Menge der Zuschauer, von denen die ersten bereits zu flüchten versuchen, aus den Gebäuden sind Schüsse zu hören und erschrockene Schreie werden laut.

»Das ist ja gerade noch mal gutgegangen«, sagt Megan und schmiegt sich erleichtert an mich.

»Tja, gut wenn man einen Freund beim Geheimdienst hat.« Ich blicke herüber zu Chico, der Tommaso zu Boden zwingt, in dessen Augen Tränen glitzern.

Breit grinsend nickt er mir zu, ganz ohne Goldzähne diesmal.

Ich erwidere sein Nicken, dann fällt mein Blick auf Alessia.

Um sie herum wendet sich gerade alles zum Guten. Doch sie steht nur da und starrt weiter Alex an. Kapiert sie denn nicht, dass ihm nichts passiert ist? Dass ich niemals auf ihn schießen würde?

»Was ist mit ihm?«, fragt Megan und es dauert einen Moment, bis auch mir klar wird, was hier falsch läuft.

Langsam drehe ich den Kopf in Alex' Richtung. Er liegt immer noch am Boden und rührt sich nicht. Mit Megan im Arm gehe ich auf ihn zu und sehe, dass etwas ganz und gar nicht stimmt: Seine Augen sind zu, er ist offensichtlich nicht bei Bewusstsein, und aus seinem Mund läuft Blut.

Alessia

Ich verstehe gar nichts mehr. Wo kommen die Hubschrauber her, wieso hat Adrian Tommaso gefesselt und löst dafür meine Handschellen? Wieso herrscht um uns herum auf einmal so ein Tumult? Meine Gedanken schieben sich zäh durch meinen Kopf und wollen keinen Sinn ergeben. Aber wenigstens mein Körper funktioniert wieder.

Sobald meine Hände frei sind, stürze ich zu Alex, falle neben ihm auf die Knie – und erkenne, dass sein Körper bis auf ein paar frische blaue Flecken unversehrt ist. Aber ... aber Harley hat doch auf ihn geschossen!

Augenblicklich ist auch er da, auf Alex' anderer Seite, packt sein Gesicht und ohrfeigt ihn: »Hey! Wach auf! Alex!«

»Hör auf!«, schreie ich ihn an und stoße ihn weg: »Hast du ihm nicht genug angetan?!«

»Alessia.« Megan, mit unerträglich ruhiger Stimme, legt mir den Arm um die Schultern und hält mich zurück. »Harley hat ihm gar nichts angetan. Das waren Platzpatronen. Tut mir so leid, dass wir dich nicht einweihen konnten, aber du musst jetzt Ruhe bewahren. Alex lebt. Okay? Er lebt.«

Ich starre hinab auf den Mann, den ich liebe, den Vater meines Kindes, und kapiere nur langsam, was Megan mir mitzuteilen versucht. Aber es macht nichts besser, es tröstet mich nicht. Da ist nur eine Frage in meinem Kopf und ich schaffe es endlich, sie zu formulieren: »Warum ist seine Haut dann so blau?«

Megan blickt jetzt ebenfalls herunter auf Alex. Seine Haut ist tatsächlich bläulich angelaufen und es läuft immer noch ein wenig Blut aus seinem Mund.

»Francisco!«, brüllt Harley. »Francisco, wir brauchen hier einen Arzt, schnell!«

Francisco? Den Namen habe ich schon mal gehört, aber ich kann ihn nicht einordnen. Ich kann gar nichts einordnen, starre nur auf Alex' leblose Züge. Auf einmal ist ein Mann bei uns – nein, nicht irgendeiner, Adrian, und er fühlt Alex' Puls, horcht nach seiner Atmung, legt ihm prüfend eine Hand auf die Brust.

»Seine Lunge ist verletzt! Da muss Luft in seinem Brustkorb sein, die sie zusammendrückt!«

»Was?! Aber wie kann das passiert sein, es waren doch nur Platzpatronen!« Harley.

Adrian schüttelt den Kopf. »Der Fight, mein Freund. Der Fight. Er war schon vorher verletzt.« Er sagt etwas in ein Funkgerät, sieht dabei mich an und auf einmal wird mir alles klar.

Bei dem Angriff mit der Eisenstange ist Alex an den Rippen verletzt worden.

Vorhin, als Tommaso mich in den Käfig brachte, hatte Harley ihn zu Boden gezwungen und hockte auf seinem Rücken.

Dabei muss es passiert sein. Eine der Rippen muss gebrochen und in seine Lunge eingedrungen sein. Darum war Alex so fertig. Er bekam kaum noch Luft.

»Kugelschreiber«, höre ich eine sachliche Stimme fordern.

»Was?«, fragt Megan.

»Der Arzt wird jede Sekunde hier sein«, erwidert Adrian, Francisco oder wie auch immer er heißt.

»Gebt mir einen Kugelschreiber und ein verfluchtes Messer! Die Luft muss aus seiner Brust!« Die Stimme klingt jetzt weniger sachlich. Ich strecke die Hand aus und kapiere, dass es meine Worte waren.

Adrian gibt mir das Messer, mit dem er gerade noch Megan bedroht hat.

Ich reiße es in die Höhe, fokussiere Alex' Brust. Ich habe so etwas noch nie gemacht, aber ich bin Interpol-Agentin und kenne jede erdenkliche Form von erster Hilfe.

»Kugelschreiber«, sage ich nochmal. Adrian steht auf und läuft davon. Ich senke die Hand und tue es einfach.

Ich setze den Schnitt. Im Leben hätte ich nicht gedacht, dass ich Alex mal auf diese Art verletzten müsste.

Aber als es darum geht, sein Leben zu retten, ist es plötzlich ganz leicht, ihm wehzutun.

Alex

Ich werde davon wach, dass meine Brust brennt wie Feuer. Heilige Scheiße. Harley muss mich ganz schön erwischt haben mit seinen Kugeln.

Seinen Kugeln? Moment. Er hat mich damit erwischt. Ich erinnere mich genau. Er hat zweimal auf mich geschossen und mir gingen die Lichter aus.

Doch weshalb lebe ich noch?

Hunderte Szenarien spielen sich sofort vor meinem inneren Auge ab. Ich bin nicht gestorben. Wer dann? Wie sah Tommasos teuflischer Plan wirklich aus? Wo bin ich? In Gefangenschaft? In irgendeinem Verlies? Und vor allem: Wo ist Alessia?

Ich taste nach dem Boden unter mir, um mich aufzusetzen, doch anstelle von Stein oder Schotter spüre ich weiche, knisternde Laken. Dazu höre ich das hektische Piepsen.

Und dann eine vertraute Stimme: »*Mio Dio!* Kaum ist er wach, regt er sich schon wieder auf!«

Gelächter.

Ich öffne die Augen und sehe mich ziemlich verwirrt um.

Über mir sind Neonröhren und einer dieser dreieckigen Haltegriffe. Ich bin also in einem Krankenhaus. Wieso? Tommaso wollte doch, dass ich sterbe.

Schon wieder lacht jemand.

»Habt ihr ihn je so ratlos gesehen? Also ich nicht!« Megans Stimme. Wieso klingt sie so fröhlich?

»Hey.« Eine warme Hand wird in mein Gesicht gelegt, ich drehe den Kopf ein Stück, und endlich sehe ich sie.

Alessia. Sie sieht glücklicher aus als in der gesamten letzten Zeit. Ihre Augen leuchten, das Haar liegt offen über ihre Schulter. Und sie lächelt. »Beruhigst du dich vielleicht mal?« fragt sie. »Es ist alles gut, Alex. Es ist vorbei.«

Ich runzle die Stirn und sehe zur anderen Seite vom Bett. Dort sitzen Harley und Megan, beide genauso frei und unverletzt wie Alessia.

»Was ...?« Das Brennen in meiner Brust verstärkt sich.

»Ssh, nicht reden«, sagt sie leise und ein wenig tadelnd. »Deine Lunge wurde verletzt. Du hattest Luft im Brustkorb. Beinahe wärst du erstickt. Gib deinem Körper ein bisschen Zeit, das zu verarbeiten.«

Es dauert, aber ganz langsam kehren meine Erinnerungen zurück.

Ich bin nochmal wach geworden nach Harleys Schüssen, und zwar davon, dass sich irgendetwas in meine Brust gebohrt hat. Ich öffnete die Augen und sah Alessia mit einem Messer über mir. Dann war plötzlich dieser Adrian da und brachte ihr ein Röhrchen, wie die Hülle von einem Kugelschreiber. Sie hantierte an der Wunde in meiner Brust herum und ich konnte plötzlich wieder atmen.

Oh Shit. »Du bist ... ja wohl zu allem fähig«, nuschle ich.

Alessia blickt auf mich herunter und lacht. Es klingt ein wenig schmerzhaft und unendlich erleichtert. »Jemand musste dich retten«, sagt sie leise.

»Ja«, mischt sich Harley ein. »Du hast schließlich noch einen Job zu erledigen.«

Ich sehe ihn an und weiß im ersten Moment nicht, was er meint. Doch als ich das Funkeln in Alessias Augen sehe, fällt mir alles wieder ein.

Harley klopft mir mit der Hand auf die Schulter. »Glückwunsch«, sagt er. »Und jetzt lassen wir euch zwei allein.«

Megan strahlt mich an und zeigt mir den erhobenen Daumen, dann stehen die zwei auf und verschwinden aus meinem Gesichtsfeld.

»Hast du etwa vergessen, dass du Vater wirst?«, fragt mich Alessia mit einem ungläubigen Lächeln.

»Willst du mit mir jetzt ernsthaft über Gedächtnisschwierigkeiten diskutieren ...?«, frage ich heiser und blicke in ihre Augen.

»Ha ha«, flüstert sie und beugt sich über mich.

»So komisch ist das nicht ...«

»Halt die Klappe.« Sie legt mir die Hände ins Gesicht und küsst mich.

Und endlich kapiere ich wirklich, was hier vor sich geht – oder besser gesagt, was nicht vor sich geht.

Denn es ist vorbei. Ich habe sie wieder. Wir haben überlebt. Wir bekommen noch eine Chance.

Es sieht aus, als könnte die Zukunft, die ich noch vor ein paar Wochen für immer verloren glaubte, jetzt endlich Realität werden.

EPILOG

Arecibo, Puerto Rico
Vier Wochen später
Alex

Wir hätten überall hingehen können.

Die Cosentinos sind im Knast, ein für alle Mal. Und nicht im sizilianischen Knast, wo sie sich mit genug Geld wieder rauskaufen können. Nein. Das FBI, für das Francisco, den Harley vor einer Ewigkeit in Mexiko als Chico kennengelernt hat, mittlerweile arbeitet, hat die Auslieferung der gesamten Familie in die Staaten erwirkt. Dort standen sie ebenfalls seit Jahren auf der Fahndungsliste. Jetzt schmoren sie in einem New Yorker Knast, in dem die Cosa Nostra nichts als ein Begriff aus dem Fernsehen ist. Sie haben nichts mehr zu sagen, kein Geld mehr, und ihre Verbündeten sitzen ebenfalls im Gefängnis. Illegale Wetten, die Organisation illegaler Fights auf Leben und Tod, eine Menge anderer Delikte. Von denen werden wir keinen jemals wiedersehen. Und das Schönste ist: Dank Dylan, der mir immer noch keinen Gefallen abschlagen kann, sind auf Tommasos Laptop und seinem Handy ein paar eindeutige Bilder minderjähriger Mädchen gefunden worden. Das hat sich im Knast schnell herumgesprochen. Meinen Informationen nach ist er bei seinen Mithäftlingen besonders beliebt. Mein kleines Abschiedsgeschenk für diesen Arsch.

Jedenfalls sind wir die Cosentinos los. Das ist der Grund, aus dem wir uns wieder Jones nennen können und aus dem wir nicht länger im Exil leben müssen. Doch wir alle, weiß der Teufel warum, haben uns entschieden, genau hier zu bleiben. Auf der Insel, die mittlerweile ein Zuhause für uns ist.

Vielleicht hat es damit zu tun, dass Patricias Grab hier liegt. Oder damit, dass sich keiner von uns den Mann meiner Mutter anderswo als auf seiner Plantage vorstellen kann. Keine Ahnung, was es genau ist, aber etwas hält uns hier, in der Sonne. Es spricht nichts dagegen – außer, dass es für eine Krawatte nach wie vor einfach viel zu heiß ist.

»Alex, komm schon.« Sobald ich sie gelockert habe, zieht Sally sie wieder fest. »Das kannst du heute wirklich nicht machen!«

»Aber so ein Ding passt überhaupt nicht zu mir!«

»Sei nicht so ein Weichei und ertrag es wie ein Mann!«

Erstaunt sehe ich meine Mutter an. Wow, so hat sie nicht mehr mit mir geredet, seit ich ein Teenager war. »Ist ja gut, ist ja gut.«

Sie zwinkert mir zu, dann deutet sie hinter sich. »Jetzt helfe ich an einer Stelle, wo ich dringender gebraucht werde.«

Damit ist sie auch schon weg und lässt Harley und mich in dem kleinen Hinterzimmer allein. Er lehnt an einem Tisch, genau wie ich im Anzug, und mustert mich auf eine Art, die ich nicht ganz verstehe.

»Was ist?«, frage ich und sehe in den mannshohen Spiegel vor mir. »Stimmt was nicht?«

Harley löst sich von seinem Platz und tritt neben mich. »Doch, das ist es ja gerade.«

»Du sprichst in Rätseln«, sage ich und sehe ihn durch die sauber polierte Scheibe an.

»Seit du vierzehn warst und wir dieses Gespräch über deinen Vater hatten, war ich mir ziemlich sicher, dass das mit dir nicht gutgehen kann. Du warst so zornig, dass ich überzeugt war, du würdest irgendwann im Knast enden. Oder in einem viel zu frühen Grab. Und jetzt stehst du hier und bist auf einmal überhaupt nicht mehr wütend. Damit hätte ich nicht gerechnet.«

»Tja, du hast eben ein verdammt mieses Gespür für einen Cop.«

»Ja. Sicher.«

Harley und ich sehen uns einen Moment lang nur an, dann tue ich etwas, das ich vor wenigen Wochen nicht für möglich gehalten hätte. Ich drehe mich zu ihm um, umarme ihn und haue ihm auf die Schulter.

»Danke, Mann. Im Ernst. Wenn du nicht nach Italien gekommen wärst, wenn ihr nicht diesen Plan in der Hinterhand gehab hättet ...«

Harley haut mir ebenfalls auf die Schulter. »Schon gut. Es war reines Glück, dass wir Francisco dort begegnet sind.«

Klar sagt er jetzt, dass es Glück war. Aber ich wette, dass er noch einige andere Pläne in der Hinterhand hatte. Im Gegensatz zu mir war Harley schon immer ziemlich bescheiden. Doch ich hoffe er weiß, dass er und Megan uns allen den Kopf gerettet haben. Alessia und ich haben beide versucht, die Familie im Alleingang zu retten. Wir hatten beide unsere Gründe, doch wir haben uns verrannt. Harley war der Einzige, der von Anfang an wusste, was zu tun ist. Dass man nur stark ist, wenn man als Familie zusammenhält. Und ich werde für den Rest meines Lebens in seiner Schuld stehen. Aus diesem Grund werde ich nie wieder Scheiße bauen. Stattdessen eröffne ich ein eigenes Gym, gleich hier in Arecibo. Ich trainiere dort wieder Jiu Jitsu und Alessia, sobald unser Sohn auf der Welt ist, Krav Maga. Das ist unsere Zukunft. Wir werden immer kämpfen, so sind wir eben. Doch es gibt endlich keinen Gegner mehr.

»Trotzdem danke«, sage ich zu Harley und lasse ihn los. »Ich würde ja meinen Erstgeborenen nach dir benennen, aber ...«

Harley lacht. »Ist schon okay. Der Zweite reicht. Harley Luigi klingt außerdem ziemlich bescheuert!«

Scott Luigi ist auch nicht viel besser. Doch mir ist es wichtig, mein Kind nach meinem Vater zu nennen und auch wenn Alessias Vater ein Mafioso und einer unserer Feinde war, verstehe ich, dass sie denselben Wunsch hat.

»Seien wir einfach froh, dass es keine Tochter wird.« Ich grinse schief und blicke zur Tür.

Draußen im Kirchenschiff füllen sich langsam die Bänke. Es ist heute deutlich voller als bei Alessias Beerdigung. Wie es aussieht, kommt die halbe Stadt.

Ich sehe Hector und Marisol auf einem der vorderen Plätze, die beide strahlen, als hätten sie einen Joint geraucht. Juan sitzt ganz vorn und wirkt jetzt nicht mehr so verzweifelt wie in der Nacht in der Höhle. Weiter hinten entdecke ich Francisco Ortiz, den Mann, der sich von einem einfachen mexikanischen Ermittler zum FBI-Agenten hochgearbeitet und uns allen das Leben gerettet hat.

Von Alessias Seite ist niemand hier, dafür kümmern sich Megan und Sally schon den ganzen Morgen um sie. Ich kann es kaum erwarten, sie gleich zu sehen.

»Harley?«

»Hm?«

Ich sehe ihn an. »Führst du sie zum Altar?«

Er verzieht das Gesicht.

»Komm schon, jetzt lass mich nicht hängen!«

Harley hebt hilflos die Schultern. »Ich würde gern, aber ich fürchte, der Job ist schon vergeben.«

Ich runzle die Stirn. »An wen?«

»Lass dich überraschen.«

Ich sehe ihn zweifelnd an, beschließe aber, die Sache einfach auf mich zukommen zu lassen. Eine andere Wahl habe ich auch nicht, denn wenige Minuten später geht es los.

Harley, der mein Trauzeuge ist, und ich, treten an den Altar. Megan, Alessias Trauzeugin, ist schon hier. Verliebt strahlt sie Harley an und ich wünsche mir, dass Alessia und ich uns in vielen Jahren auch noch so ansehen werden. Doch ich bin mir da ziemlich sicher.

»Es geht los«, flüstert Megan, und als hätte sie das Kommando gegeben, beginnt die Musik.

Ich spüre, wie meine Hände feucht werden und wünschte, ich wäre diese viel zu enge Krawatte los. Aber so zugeknöpft, wie ich jetzt bin, ist immerhin die Narbe nicht zu sehen, und das ist gut. Heute ist nicht der Tag, um an die finsteren Kapitel in unserer Vergangenheit zu denken.

Also drehe ich mir zur Tür, die sich langsam öffnet und eine Menge Sonnenlicht zu uns hereinlässt, und dann kommt auch schon die Frau, für die ich durch die

Hölle gehen würde. Nein, für die ich durch die Hölle gegangen bin.

Sie trägt ein Kleid aus weißer Spitze, das weich über ihren Körper fällt. Es ist tief ausgeschnitten, lässt mich einen Blick auf ihre gebräunte Haut werfen, ist an der Taille eng und wird unten weit, doch ihr gewölbter Bauch ist mittlerweile deutlich zu erkennen.

Das stört sie jedoch nicht und auch ich finde, dass sie schöner ist denn je. Freudestrahlend kommt sie auf mich zu, mit einem Schleier im Haar und einer langen Schleppe, und mit keiner Geringeren als Kim an der Hand, die – wie könnte es anders sein – zwar einen Rock, aber zu ihrer Bluse ebenfalls eine Krawatte trägt und auf Brautvater macht.

Sie ist verrückt, das muss ich ihr lassen. Aber auch wenn es ziemlich ungewöhnlich ist, dass die Braut von der Cousine des Bräutigams zum Altar geführt wird, passt es bei uns einfach. In unserer Familie läuft eben nie etwas so wie bei anderen.

Alessia und Kim erreichen uns. Ich strecke die Hand aus und Kim übergibt mir meine zukünftige Frau. Sie deutet mir, dass ich mich zu ihr herunterbeugen soll und ich tue, was sie verlangt.

»Wenn du kein guter Ehemann bist«, flüstert sie mir zu, »mache ich dich fertig. Den *Lion Killer* kann ich mittlerweile besser als du. Kapiert?«

»Wir sehen uns im Gym«, flüstere ich zurück und Kim geht zufrieden auf ihren Platz.

Sie wird eine der Ersten sein, die ich dort trainiere. Mal sehen, ob sie es durchzieht oder irgendwann die Lust verliert. Denn sie hat als Erste aus der Familie seit vielen Jahren eigentlich keinen Grund, zu kämpfen. Und Nummer zwei ist auf dem Weg.

Ich wende mich Alessia zu und mustere sie ziemlich fassungslos. Ich weiß, dass ich ihr jetzt hundert Komplimente machen sollte. Doch zum vermutlich ersten Mal überhaupt fehlen mir die Worte.

»Hi«, flüstert sie.

»Hey, *cariño*«, flüstere ich ebenfalls. »Du bist ...« Ich blicke ein weiteres Mal an ihr hinab und schüttle den Kopf.

»Warte ab, was ich drunter trage«, erwidert sie beinahe lautlos.

Ich sehe sie an, sie zwinkert mir zu und ich lache ungläubig. Wir stehen hier in einer Kirche! Ich dachte, sie wäre gläubig! Die Frau ist einfach nicht zu fassen.

Der Priester räuspert sich und zwinkert mir ebenfalls zu, als ich ihn ansehe.

Na bestens, er hat jedes Wort gehört. Doch er lächelt nur und scheint auch ziemlich froh darüber zu sein, wie die Sache ausgegangen ist. Kein Wunder. Es ist derselbe, der auch auf Alessias Beerdigung geredet hat. Jetzt steht sie hier vor ihm und heiratet. Das muss für ihn genau so ein Wunder sein wie für uns.

Während er zu sprechen beginnt, geistern die vergangenen Monate durch meinen Kopf.

An dem Tag, als ich Alessia wegschickte, um ein Kleid zu kaufen, war mir klar, dass wir hier stehen würden.

Aber ich hätte nie erwartet, dass der Weg bis hierher so steinig sein würde.

Ich sehe Alessia in die Augen. Sie strahlen noch immer, doch dahinter erkenne ich etwas anderes, einen

Funken tödlichen Ernst, der immer da sein wird. Sie hat sich verändert und mit mir ist dasselbe passiert.

Wir haben beide Dinge erlebt, die uns eines ein für alle Mal klargemacht haben: Unsere Liebe ist nicht einfach da. Sie ist nicht selbstverständlich. Wir haben eine Menge für sie ertragen und mussten hoffen und kämpfen, wo andere längst aufgegeben hätten. Wir waren bereit, für sie zu sterben und für sie zu töten und wenn es nötig wäre, wären wir das jederzeit wieder.

Alessia atmet tief durch und legt eine Hand auf ihren Bauch, und ich weiß genau, was sie mir damit sagen will.

Jetzt ist nicht die Zeit zu kämpfen. Jetzt ist die Zeit zu leben.

»Nun frage ich euch«, erhebt der Priester seine Stimme, »vor eurer Familie, euren Freunden und Trauzeugen: Wollt ihr füreinander da sein, euch Treue versprechen, einander lieben, achten und ehren, in guten wie in schlechten Zeiten, für den Rest eures Lebens? Wenn du, Alexander Jones, die hier anwesende Alessia zu deiner vor Gott angetrauten Ehefrau nehmen willst, so antworte bitte mit Ja.«

Alessia sieht mich an. Da ist keine einzige Träne in ihren Augen. Auch wenn ihre Hormone nach wie vor verrückt spielen, hat sie ihre Fassung wieder. Sie sieht glücklich aus, einfach nur glücklich, und ich kann gar nicht verstehen, dass dieser Kerl mich überhaupt fragt.

»Soll das ein Witz sein? Natürlich!«, erwidere ich.

Alessia lacht und schlägt nach mir. Klar tut sie das, aber ich weiche aus.

»Ein Mann, ein Wort!«, sagt der Priester. Dann wendet er sich an Alessia. »Und willst du, Alessia Calliari, den

hier anwesenden Alexander zu deinem vor Gott angetrauten Ehemann nehmen? So antworte auch du mit Ja,
natürlich, aber gern oder was immer dir einfällt.«

Alessia grinst breit und aus den Reihen der Gäste ist
leises Lachen zu hören. Sie sieht den Priester an, dann
mich, und aus ihrem Grinsen wird ein Lächeln. »Ich
will«, sagt sie leise. »Sowas von.«

»Damit erkläre ich Sie beide zu ...«

Keiner von uns hört dem Pfarrer mehr zu.

Alessia greift nach meiner Krawatte und zieht mich
an sich, ich lege die Arme um sie und wir küssen uns,
als wären wir allein. Ihre Hand legt sich auf meine
Brust, genau auf die Stelle, wo mich das tätowierte
Kreuz für immer daran erinnern wird, dass ich sie fast
verloren hätte.

»Sie dürfen die Braut jetzt küssen«, sagt der Priester
resigniert.

Ich höre Harley seufzen.

»Lass die beiden doch!«, sagt Megan fröhlich.

Alessia legt ihre Stirn an meine. »Wie war das?«, fragt
sie leise. »Die Liebe hört nie auf?«

Ich denke an ihr Grab. Wir haben den Stein mit dem
Pick-up zum Hafen gebracht und ihn im Meer versenkt.

»Genau so ist es«, erwidere ich ebenso leise. Dann lege
ich ihr die Hand unters Kinn und küsse sie nochmal,
und auf einmal wird alles um uns leise. Die applaudie-
renden Gäste, der Priester, der ein paar letzte Worte
spricht, der Lärm der Stadt, das Rauschen des Ozeans,
all das spielt für diesen Moment keine Rolle.

Da sind nur noch wir drei und alles fühlt sich richtig
an. Zum ersten Mal in meinem und in Alessias Leben
ist einfach alles an seinem Platz.

Etwas ist vorbei, für immer, und hat hier sein Ziel gefunden. Doch es fühlt sich nicht nach einem Abschied an.

Es fühlt sich nach einem Anfang an.

ENDE